VERTRAUEN IN CASSIDY

Die Männer von Silverstone, Buch 4

SUSAN STOKER

EBENFALLS VON SUSAN STOKER

<u>Die Männer von Silverstone</u>
Vertrauen in Skylar
Vertrauen in Taylor
Vertrauen in Molly
Vertrauen in Cassidy

<u>SEALs of Protection: Alliance</u>
Schutz für Remi (2 July)
Schutz für Wren (5 Nov)
Schutz für Josie (4 Mar)
Schutz für Maggie (1 Apr)
Schutz für Addison (6 May)
Schutz für Kelli
Schutz für Bree

<u>Die Zuflucht in den Bergen</u>
Zuflucht für Alaska
Zuflucht für Henley
Zuflucht für Reese
Zuflucht für Cora

Ein Held für Aspen
Ein Held für Jayme
Ein Held für Riley
Ein Held für Devyn
Ein Held für Ember
Ein Held für Sierra

Mountain Mercenaries:

Die Befreiung von Allye
Die Befreiung von Chloe
Die Befreiung von Morgan
Die Befreiung von Harlow
Die Befreiung von Everly
Die Befreiung von Zara
Die Befreiung von Raven

Ace Security Reihe:

Anspruch auf Grace
Anspruch auf Alexis
Anspruch auf Bailey
Anspruch auf Felicity
Anspruch auf Sarah

Die Delta Force Heroes:

Die Rettung von Rayne
Die Rettung von Emily
Die Rettung von Harley
Die Hochzeit von Emily
Die Rettung von Kassie
Die Rettung von Bryn
Die Rettung von Casey
Die Rettung von Wendy
Die Rettung von Sadie
Die Rettung von Mary
Die Rettung von Macie

KAPITEL EINS

»Willst du, Carson Rhodes, Skylar Reid zu deiner Frau nehmen? Willst du sie lieben, achten, ehren und beschützen, in guten und in schlechten Zeiten, in Gesundheit und Krankheit, bis dass der Tod euch scheidet?«

»Ja. Tausendmal ja.«

Bulls Antwort war so aufrichtig wie kaum etwas anderes, das Gramps je gehört hatte. Der große Aufenthaltsraum von *Silverstone Towing* war gerammelt voll, denn alle waren dabei, als Bull und Skylar endlich heirateten. Gramps schaute nach links und sah Smoke und Molly, die darauf warteten, dass sie an der Reihe waren, zum Altar zu schreiten.

Die Damen hatten sich darauf geeinigt, eine Doppelhochzeit in der Werkstatt zu feiern. Das Timing war etwas überstürzt, denn Bull und Smoke wollten den Bund fürs Leben schließen, bevor sie zu ihrem nächsten Einsatz nach Jamaika aufbrachen.

Das letzte Jahr hatte alle vier *Silverstone*-Männer gelehrt, dass im Leben nichts selbstverständlich ist. Sie waren zwar stolz auf ihre Arbeit, aber sie konnte auch einen sehr hohen Preis haben … nämlich ihr Leben.

Das wollte keiner von ihnen riskieren, obwohl alle vier bereit waren, alles aufzugeben, um die Welt zu einem sichereren Ort zu machen. Aber jetzt, da Bull, Eagle und Smoke Frauen hatten, die sie mehr liebten, als sie es sich je hätten vorstellen können, hatten ihre Einsätze einen anderen Charakter bekommen.

Gramps ahnte, dass sich die Dinge für das *Silverstone-Team* in naher Zukunft ändern würden, und er war nicht traurig darüber. Er war fünfundvierzig, und sein Körper ließ ihn auf subtile und nicht so subtile Weise wissen, dass er nicht mehr so jung war wie früher. Und jetzt war Molly schwanger. Und Eagle und Taylor hatten bereits einen wunderschönen kleinen Sohn. Sich ans Ende der Welt zu begeben, um Bösewichte auszuschalten, hatte jetzt verdammt viele Konsequenzen. Und keiner von ihnen wollte nach Indiana zurückkommen und einer der Frauen die Nachricht überbringen müssen, dass die Liebe ihres Lebens nicht mit nach Hause zurückgekehrt war.

Es standen also Veränderungen an.

Aber bevor das Team dieses Gespräch führen konnte, gab es einen großen Einsatz zu erledigen.

Cassidy Hewitt.

Gramps' Magen kribbelte bei dem Gedanken an ihren Namen.

Sie und er kannten sich schon lange. Er kannte sie schon, als sie in der Highschool war und er in der Oberstufe, also vor fast dreißig Jahren. Schon damals hatte er sich zu ihr hingezogen gefühlt. Seit seinem Schulabschluss hatte er sie hin und wieder gesehen, vor allem wenn er für kurze Besuche zu seinen Eltern nach El Paso zurückgekehrt war. Sie hatte ihm auch geschrieben, als er beim Militär im Einsatz war, und er hatte sich jedes Mal gefreut, von ihr zu hören.

Sie hatte geheiratet, ein Kind bekommen und sich dann scheiden lassen. Dann war sie aus irgendeinem Grund nach Jamaika gegangen. Und das hatte sie in ihre jetzige Lage gebracht, aus der das *Silverstone-Team* sie nun befreien wollte.

»Willst du, Skylar Reid, Carson Rhodes zu deinem Ehemann nehmen? Willst du ihn lieben, achten, ehren und beschützen, in guten und in schlechten Zeiten, in Gesundheit und Krankheit, bis dass der Tod euch scheidet?«

»Ich will«, erklärte Skylar mit einem breiten Lächeln im Gesicht.

»Kraft der mir vom Staat Indiana verliehenen Vollmacht ist es mir eine Ehre, euch zu Mann und Frau zu erklären. Bull, du darfst deine Braut küssen«, sagte Bart. Er war einer der Angestellten von *Silverstone Towing* und Skylar und Molly hatten ihn gefragt, ob er die Trauung vornehmen wolle. Der große, stämmige Mann hatte geweint und sofort eingewilligt. Er hatte recherchiert und die nötigen Schritte unternommen, um ordiniert zu werden, und nun stand er vor der Gruppe und grinste wie ein Idiot, während er Bull und Skylar die Ehre erwies, sie zu trauen.

Bull lächelte seine neue Frau an, dann nahm er Skylar in den Arm und küsste sie. Er ignorierte die Zurufe seiner Freunde und Angestellten und nahm sich Zeit, seiner Frau zu zeigen, wie glücklich er darüber war, dass sie nun rechtmäßig ihm gehörte.

»Genug!«, rief Smoke, sichtlich ungeduldig. »Ein paar von uns müssen noch heiraten, weißt du!«

Alle lachten, und Bull richtete Skylar auf. Er legte seine Hände an ihre Wangen und flüsterte ihr etwas zu. Sie nickte und beide drehten sich zu der Gruppe um.

»Mr. und Mrs. Rhodes!«, verkündete Bart.

Dann gingen Skylar und Bull den Mittelgang hinunter, der eigentlich nur ein schmaler Streifen zwischen zwei Gruppen von Menschen war. Skylar blieb stehen, um ihre Eltern zu küssen, die über das ganze Gesicht grinsten, und ging dann in den hinteren Teil des Raumes.

Nach einem Moment drückte Leigh – eine weitere Fahrerin – auf ihrem Handy auf »Play«, und der Hochzeitsmarsch ertönte erneut aus den Lautsprechern.

Molly strahlte über das ganze Gesicht, das konnte Gramps von der Küche aus sehen, wo er stand. Es war offensichtlich, dass die Schwangerschaft ihr guttat, und er freute sich riesig für Smoke. Als das Team Molly zum ersten Mal getroffen hatte, war sie in einem schlechten Zustand gewesen. Nachdem sie während ihres Einsatzes in Nigeria entführt, ausgehungert und zum Sterben in ein Loch geworfen worden war, hatten sich alle gefragt, ob sie es schaffen würde, sich davon zu erholen. Und das hatte sie nicht nur geschafft, sie war sogar aufgeblüht.

Es war Molly, die vorgeschlagen hatte, mit Skylar zusammen zu heiraten. Die Frauen hatten beschlossen, die Trauung bei *Silverstone Towing* abzuhalten, wo ihre Freunde und Familien in entspannter Atmosphäre zusammen sein und sich über ihre Liebe freuen konnten. Sie wollten nichts Spießiges oder Formelles. Und entspannter ging es nicht mehr.

Als Smoke und Molly vor Bart standen, begann er die zweite Zeremonie des Tages. Gramps freute sich wahnsinnig für seine Freunde. Auch wenn er es kaum erwarten konnte, nach Jamaika zu kommen und sich mit eigenen Augen davon zu überzeugen, dass Cassidy und ihr Sohn gesund und munter waren, gönnte er seinen Freunden diesen besonderen Moment.

Bart sprach noch einmal von Liebe und Glück, von Seelenverwandtschaft, und dann schworen sich Molly und Smoke, einander durch dick und dünn, Krankheit und Gesundheit zu lieben. Als Bart sie zu Mann und Frau erklärte und Smoke aufforderte, sie zu küssen, ging er auf die Knie und drückte ihr einen sanften Kuss auf den Bauch, anstatt Molly in den Arm zu nehmen und zu küssen.

Jeder wusste, dass sie bereits seit ein paar Monaten schwanger war und was Molly und Smoke durchgemacht hatten, um an diesen Punkt zu gelangen. Im ganzen Raum blieb kein Auge trocken. Dann stand Smoke auf und küsste Molly so leidenschaftlich, dass es sogar Gramps ein bisschen peinlich war.

Nachdem die rechtlichen Papiere unterschrieben waren und Bart sie weggepackt hatte, um sie am nächsten Tag bei Gericht einzureichen, ging die Party erst richtig los. Alle Mitarbeiter von *Silverstone Towing* und ihre Familien waren eingeladen worden. Ebenso wie Tiana, Maria, Susan und andere Nachbarn aus den Southpoint Apartments, in denen Skylar gewohnt hatte, bevor sie zu Bull gezogen war. Auch Lehrer aus Skylars Schule und andere Leute, die Gramps nicht kannte, waren da.

Es war eine ausgelassene Stimmung, aber Gramps war nicht überrascht, dass Bull und Smoke ihre Frauen nach Hause brachten, bevor die Party zu Ende war. Sie wollten am nächsten Tag nach Jamaika abreisen, und beide wollten eine unvergessliche Hochzeitsnacht verbringen, bevor sie wieder ins Geschäft zurückkehren mussten.

Gramps bedauerte, dass sie ihre Frauen so früh verlassen mussten, aber Cassidys letzter Brief ging ihm nicht aus dem Kopf. Sie hatte das FBI – dem sie die Briefe geschickt hatte – angefleht, ihr zu helfen. Sie war offensichtlich verzweifelt, und Gramps wollte nicht daran denken, was sie in diesem Zustand möglicherweise tun würde.

»Geht es dir gut?«, fragte Eagle und lehnte eine Hüfte an die Wand neben ihm.

»Ja«, versicherte Gramps ihm.

»Bist du sicher?«

Gramps sah seinen Freund an. »Ich bin sicher. Jeder hat das gebraucht. Nach allem, was mit Sky und dann mit Taylor und Molly passiert ist, tut es gut, alle so unbeschwert und glücklich zu sehen.«

»Stimmt. Alle außer dir.«

»Ich freue mich für sie«, versicherte Gramps ihm.

»Das weiß ich, aber du kannst nicht aufhören, an Cassidy zu denken.«

Gramps antwortete nicht, denn es gab eigentlich nichts zu sagen. Er dachte an Cassidy.

»Sie ist diejenige, die dir durch die Lappen gegangen ist, nicht wahr?«, fragte Eagle.

Gramps seufzte. »Sie kann nicht diejenige sein, die mir durch die Lappen gegangen ist, wenn sie von Anfang an nicht zu mir gehört hat.«

»Es tut weh, etwas zu bedauern«, erklärte Eagle. »Ich bereue es jeden Tag, dass ich die verdammte Panoramastraße nach Bloomington genommen habe. Aber … die Dinge entwickeln sich so, wie sie sich entwickeln sollen.«

Gramps wusste, was sein Freund sagen wollte. Der Serienmörder, der es auf Taylor abgesehen hatte, hatte Eagle zu einem Unfall auf der Panoramastraße gezwungen, bevor er sie durch den Wald verfolgt hatte. Eagle hatte sie gefunden und den Mann getötet, damit er weder Taylor noch sonst jemandem etwas antun konnte. Aber Gramps war sich nicht sicher, ob seine Situation mit Cassidy ein Happy End haben würde. Sie kannten sich noch nicht einmal richtig. Nicht als Erwachsene.

»Du musst mir etwas versprechen«, bat Gramps Eagle.

»Alles, was du willst.«

»Versprich mir, dass du keine Dummheiten machst, wenn es hart auf hart kommt. Ich werde mit Michael Coke und seinen Kumpanen fertig, hole Cassidy und ihren Sohn und verschwinde von dort. Aber wenn irgendetwas schiefgeht … muss ich wissen, dass du, Smoke und Bull in Sicherheit seid und dass ihr nach Hause zu euren Frauen zurückkehrt.«

»Wenn du von uns verlangst, dass wir dich einfach zum Sterben zurücklassen, bist du verrückt«, erwiderte Eagle und seine Stimme wurde leiser. »Wir sind ein Team, und daran wird sich nie etwas ändern.«

»Du hast ein Kind, Mann«, gab Gramps zu bedenken. »Willst du, dass Kevin ohne einen Vater aufwächst? Das will ich ganz sicher nicht. Und Taylor braucht dich. Ihr seid perfekt füreinander.«

»Ich werde niemals einen meiner besten Freunde opfern«, knurrte Eagle. »Wir haben darüber gesprochen, als wir beschlossen haben, dass du undercover gehen sollst. Nur weil du an der Front bist, heißt das nicht, dass du entbehrlich bist.«

Gramps seufzte und schaute auf die Kacheln unter seinen Füßen hinunter.

»Was ist los? Rede mit mir!«, befahl Eagle.

»Ich habe einfach ein schlechtes Gefühl bei der Sache. Ich kann nicht genau sagen warum. Unser Plan ist gut. Ich werde versuchen, einen Deal auszuhandeln, damit die Lieferungen direkt an meine ›Organisation‹ in Dallas gehen. Wir wissen bereits, dass Coke verzweifelt versucht, in den USA mitzumischen. Er hat sich praktisch überschlagen, um dem Treffen zuzustimmen. Aber auch wenn ihr euch als meine Mitarbeiter ausgebt, wird er nicht wollen, dass ihr auf seinem Anwesen herumtrampelt, also werde ich wohl allein reingehen müssen. Und es gibt so viele verdammte unbekannte Faktoren. Mehr als sonst, und das macht mich sehr nervös.«

Eagle legte seine Hand auf Gramps' Schulter und Gramps schaute in die Augen einer der drei Männer, denen er sein Leben anvertraute. »Du hast es erfasst. Glaubst du, Smoke, Bull und ich hätten zugestimmt, dich allein gehen zu lassen, wenn wir nicht überzeugt wären, dass du es schaffst? Du kennst Cassidy. Ihr habt eine Verbindung, das hast du selbst gesagt. Sie ist klug. Schlau genug, um einen Weg zu finden, Briefe an das FBI zu schmuggeln, direkt vor der Nase eines Drogenbosses. Sie wird deine Tarnung nicht auffliegen lassen, das weiß ich.«

»Sie hat ein Kind«, gab Gramps zu bedenken.

»Das hat sie«, stimmte Eagle zu. »Und?«

Gramps wusste nicht, worauf er hinauswollte. Nein, das war eine Lüge. Er wusste es, er war nur nicht bereit, es laut zuzugeben.

Er hatte große Angst um Cassidys Sohn.

In der Vergangenheit war es immer sein eigenes Leben, das auf dem Spiel gestanden hatte. Er war noch nie persönlich mit jemandem in einen Einsatz verwickelt gewesen. Aber er kannte Cassidy und wusste, wie sehr sie ihr Kind liebte, und er konnte nicht anders, als darüber nachzudenken, was bei dieser Mission alles schiefgehen könnte. Er wollte auf keinen Fall etwas tun, bei dem Mario, ihr Junge, verletzt oder getötet werden konnte.

»Wenn du es dir anders überlegt hast ...«

»Das habe ich nicht«, entgegnete Gramps. »Es ist nur ... bei früheren Missionen waren wir nur zu viert. Jetzt sind es so viel mehr als das. Da sind Skylar, Taylor und Kevin und Molly und ihr ungeborenes Kind. Und alle hier bei *Silverstone Towing*. Und jetzt Cassidy und Mario. Es steht jetzt so viel mehr auf dem Spiel.«

»Stimmt. Und wenn du denkst, dass du der Einzige bist, der so fühlt, liegst du falsch«, erwiderte Eagle leise. »Wenn unser Einsatz in Jamaika vorbei ist, müssen wir uns zusammensetzen und alles neu überdenken.«

»Meinst du, Willis hat nichts dagegen, wenn wir das Ganze ... neu einschätzen?«, fragte Gramps.

»Es ist mir verdammt egal, was die Regierung denkt. Diese Typen sind nicht diejenigen, die ihren Hintern aufs Spiel setzen. Sie gehen jeden Abend nach Hause zu ihren Familien und reisen nicht heimlich in fremde Länder, um dem Bösen ins Auge zu sehen.«

Das stimmte allerdings auch wieder.

»*Silverstone Towing* verdient genügend Geld, damit wir davon leben können«, bemerkte Eagle. »Wir können andere Wege finden, um die Welt sicher zu machen, wenn wir wollen. Wir werden das nicht ewig weitermachen können.«

Gramps sah seinen Freund an. Sie waren zusammen durch die Hölle gegangen, und Eagle war mehr wie ein Bruder als ein Freund. »Ich will nur nicht, dass du etwas tust, das dich umbringt. Oder Smoke. Oder Bull. Ich kann keiner eurer Frauen gegenübertreten und ihnen sagen, dass du nicht zurückkommst. Wenn das wirklich unsere letzte Mission ist, wäre das der ultimative Tiefschlag.«

»Wir werden alle zurückkommen«, schwor Eagle. »Es ist mir verdammt egal, dass wir verheiratet sind und du nicht. Das macht unser Leben nicht wichtiger als deins, Gramps.«

Gramps stimmte dem nicht zu, aber er widersprach auch nicht. »Ich bitte euch nur darum, nichts Verrücktes zu tun.«

»Das werden wir nicht«, erwiderte Eagle nach einem Moment.

»Was werdet ihr nicht?«, fragte Taylor, die sich an ihren Mann herangeschlichen hatte. Sie hatte ihren Sohn auf dem Arm und das breite Lächeln, das sie ihrem Mann zuwarf, machte Gramps noch entschlossener, alles in seiner Macht

Stehende zu tun, um dafür zu sorgen, dass Eagle zu ihr zurückkehrte.

»Wir werden nicht allzu lange weg sein«, erklärte Eagle, ohne mit der Wimper zu zucken. »Wie geht's Kev?«

»Gut«, entgegnete Taylor. »Ich hatte Angst, dass die ganze Aufregung zu viel für ihn wäre, aber er hat das meiste verschlafen.«

»Das heißt, er wird die ganze Nacht wach sein«, erklärte Eagle und verzog das Gesicht.

Taylor lachte. »Er wird immer besser darin, nachts durchzuschlafen«, protestierte sie. »Und er weiß, dass er seinen Daddy um den kleinen Finger gewickelt hat. Ich schwöre, wenn er aufwacht, dann nicht, weil er Hunger hat, sondern weil er sich vergewissern will, dass du noch da bist.«

Gramps war genauso erleichtert gewesen wie seine Freunde, als sich herausgestellt hatte, dass ihr Sohn die Prosopagnosie seiner Mutter nicht geerbt hatte. Er erkannte die Gesichter seiner Mutter und seines Vaters deutlich.

Eagle schaute auf die Uhr und fragte dann seine Frau: »Bist du bereit zu gehen?«

»Nur wenn du es bist«, entgegnete sie.

Daraufhin wandte Eagle sich an Gramps. »Wir schaffen das«, sagte er, nickte ihm zu und ging, den Arm um Taylors Schultern gelegt, zur Tür.

Gramps blieb noch eine Weile auf der Party, denn er wollte nicht nach Hause in sein kleines leeres Haus gehen und über den bevorstehenden Einsatz nachgrübeln. Aber schließlich gingen die Familien nach Hause und Gramps hatte keine andere Wahl, als das Gleiche zu tun. Er wusste, dass er etwas Schlaf brauchte, denn er ahnte, dass er sich in Jamaika niemals würde entspannen können. Er würde ständig auf den Beinen sein müssen, und zwar jede Minute eines jeden Tages.

Nachdem er sich von seinen Angestellten verabschiedet hatte, machte er sich auf den Heimweg. Gramps wohnte in einem älteren Viertel nicht weit von *Silverstone Towing* entfernt. Er hatte die meisten seiner Nachbarn schon kennengelernt. Es waren fleißige Leute, einige mit Kindern, andere ältere Paare, deren Kinder schon lange weggezogen waren. Es war auch eine ethnisch sehr bunte Gegend, was Gramps liebte. In El Paso war seine hispanische Herkunft nichts Ungewöhnliches, aber hier oben in Indiana hatte er definitiv einiges an Diskriminierung erlebt. Mehr als einmal war ihm gesagt worden, er solle »dorthin zurückgehen, wo er herkommt«, und er wusste, dass damit nicht Texas gemeint war.

Seine Mutter war Vollblutmexikanerin und sein Vater war weiß. Sie hatten sich kennengelernt, als er in Fort Bliss in El Paso stationiert gewesen war. Er hatte sie so sehr geliebt, dass er aus dem Militär austrat und für immer nach Texas zog. Gramps vermutete, dass sie einmal glücklich gewesen waren, aber jetzt stritten sie sich meistens und vermieden es, Zeit miteinander zu verbringen. Das war der Hauptgrund, warum Gramps schon lange nicht mehr in El Paso zu Besuch gewesen war. Nachdem seine beiden Großeltern gestorben waren, schien es keinen Grund mehr dafür zu geben.

Natürlich fragte er sich jetzt, ob sich die Dinge zwischen ihm und Cassidy vielleicht geändert hätten, wenn er sie öfter besucht hätte. Vielleicht hätte sie diesen Mistkerl nicht geheiratet. Vielleicht wäre sie nicht nach Jamaika gezogen. Und vielleicht wäre sie nicht in der Situation, in der sie sich jetzt befand.

Aber er konnte die Vergangenheit nicht ändern. Er konnte nur nach vorn blicken. Und morgen würde er nach Jamaika fliegen. Er wusste nicht, was ihn erwartete, er wusste nicht, ob Cassidy ihn erkennen würde. Ob sie etwas tun oder sagen würde, das seine Tarnung auffliegen ließe. Aber egal, was passierte, er würde alles tun, um sie und ihren Sohn sicher nach Hause zu bringen.

KAPITEL ZWEI

Cassidy saß in einem Stuhl am Fenster und starrte hinaus in die jamaikanische Nacht. Es gab nicht viel zu sehen, denn ihr Zimmer lag im hinteren Teil des riesigen Anwesens und bot einen Blick auf nichts als Hütten, so weit das Auge reichte. Im Moment konnte sie Dutzende von kleinen Feuern erkennen, die die Leute in ihren Gärten angezündet hatten. Einige dienten wahrscheinlich zum Kochen von Mahlzeiten, andere waren Lichtquellen. Sie wusste nicht, was die Einheimischen abends taten ... aber sie wusste, dass es da draußen auf den Straßen sicherer für sie und Mario wäre als in diesem opulenten Haus.

Als sie in Jamaika angekommen war, war alles aufregend und neu gewesen. Ihr war ein Job als Erzieherin und Kindermädchen angeboten worden und sie hatte sich gefreut, dass sie so schnell etwas gefunden hatte. Aber in den Wochen und Monaten nach ihrer Einstellung hatte sie gemerkt, dass die Dinge nicht so rosig waren, wie sie zunächst schienen.

Zuerst hatte sie bemerkt, dass ihre und Marios Pässe weg waren. Sie waren nicht mehr in der Schublade, in die sie sie gesteckt hatte. Als sie zu ihrem Chef, Michael Coke, ging, um ihm ihre Besorgnis darüber mitzuteilen, dass die Haushälterinnen sie möglicherweise gestohlen haben könnten, sagte er ihr, dass er sie zur sicheren Aufbewahrung weggelegt habe. Sie war zwar überrascht, wollte aber so früh in ihrem Arbeitsverhältnis noch keinen Aufstand machen. Sie hatte es einfach auf sich beruhen lassen. Das bereute sie jetzt.

Dann war ihr gesagt worden, dass sie das Gelände des Herrenhauses nicht ohne Begleitung verlassen dürfe.

Kurz darauf war ihr mitgeteilt worden, dass sie ihren Sohn nicht mitnehmen dürfe, wenn sie das Gelände verließ – natürlich nur zu ihrer Sicherheit.

Nach und nach wurde Cassidy klar, dass sie in dem großen Haus praktisch eine Gefangene war.

Sie war so naiv gewesen, als sie in dem kleinen Land eingetroffen war. Sie wollte nichts weiter, als für eine Weile aus El Paso herauszukommen. Jeder in der Gegend kannte sie und ihren Ex-Mann, und überall, wo sie hinkam, sagten ihr die Leute, dass sie eine Närrin gewesen sei, sich von ihm scheiden zu lassen. Dass er das Beste war, was jemandem wie ihr passieren konnte ... einem Kind, dessen Eltern aus Mexiko in die Staaten eingewandert waren.

Was dumm war. Ihre Eltern waren großartig. Sie hatten sich den Hintern abgerackert, und Cassidy war stolz auf ihre Herkunft. Sie hätte einen netten, bescheidenen Handwerker heiraten sollen, anstatt sich von Alfred und dem vielen Geld, mit dem er um sich warf, um sie zu beeindrucken, blenden zu lassen.

Ihr war schon oft gesagt worden, dass sie hübsch sei. Sie war ziemlich groß, und obwohl sie nicht superschlank war, hatte sie auch kein Übergewicht. Ihrer Meinung nach war ihr bestes Merkmal ihr Haar. Es war lang und gewellt und sie mochte die satte dunkelbraune Farbe.

Trotzdem hielt sie sich nicht für hübsch genug für den Mann, nach dem sie sich wirklich sehnte.

Also hatte sie sich damit abgefunden. Sie hatte sich mit der Heirat mit einem Mann abgefunden, von dem sie überzeugt war, dass sie ihn liebte, aber im Nachhinein hatte sie sich durch ihn noch schlechter gefühlt. Sie hatte Alfred geheiratet, weil ihre Freundinnen und Freunde sie davon überzeugt hatten, dass er ein toller Fang war und dass sie keinen Besseren finden konnte. Sie waren sich sicher, dass er für sie sorgen und ihr Leben einfach sein würde.

Was sie bekam, war Erniedrigung. Und emotionaler Missbrauch. Es verging kein Tag, an dem Alfred ihr nicht sagte, wie glücklich sie sich schätzen konnte, mit ihm zusammen zu sein. An dem er sie nicht angeschrien hatte, dass sie eine schreckliche Mutter sei.

Aber das war es nicht, was sie aus der Fassung gebracht hatte. Sie war es gewohnt, dass die Leute aufgrund der Herkunft ihrer Eltern auf sie herabblickten. Der Tropfen, der das Fass zum Überlaufen brachte, war, als Alfred sich gegen Mario gestellt hatte. Als er ihrem Vierjährigen gesagt hatte, dass das Spielen mit Puppen etwas für Weicheier sei. Dass es für Alfred peinlich war, dass er nicht Flag Football spielen wollte, und dass Mario seinen Mann stehen musste.

Cassidy bedauerte nicht, dass sie sich von dem kleinkarierten Idioten hatte scheiden lassen, sie bedauerte nur, dass sie sich überhaupt dazu herabgelassen hatte, ihn zu heiraten, und dass sie so lange damit gewartet hatte, ihn abzuservieren. Sie nahm wieder ihren Mädchennamen an, weil sie Alfreds Nachnamen Pepper nicht länger tragen wollte als nötig.

Und als sie danach nicht einmal mehr in den Supermarkt gehen konnte, ohne dass ihr jemand sagte, dass es ein Fehler war, Alfred zu verlassen, hatte Cassidy genug. Da half es auch nicht, dass ihre Eltern über ihre Entscheidung, ihn zu verlassen, enttäuscht zu sein schienen. Sie liebten sie, wollten das Beste für sie, aber die Tatsache, dass sie nicht verstehen konnten, wie er sie Tag für Tag fertigmachte, tat weh. Sehr sogar.

Sie hatte sich von ihren Eltern verabschiedet und war nach Jamaika geflogen, in der Hoffnung, ihr Lehrerinnendiplom an einem neuen Ort einsetzen zu können, an dem sie sowohl »sich selbst finden« als auch eine Atmosphäre schaffen konnte, in der ihr Sohn nicht ständig beschimpft werden würde.

Sie brauchte etwas Luft zum Atmen. Also war Cassidy in das tropische Paradies gereist, um sich neu zu orientieren, bevor sie sich entschied, wo sie sich mit Mario wirklich niederlassen wollte.

Als ihr der Job als Kindermädchen und Hauslehrerin angeboten wurde, war sie sofort Feuer und Flamme gewesen. Naiv hatte sie eine ihrer Freiheiten nach der anderen aufgegeben. Und jetzt, fünf Jahre später, waren sie und Mario immer noch dort. Sie waren genauso gefangen wie damals in El Paso, als sie in Alfreds Haus gelebt hatten. Nur dass die Lage jetzt noch viel schlimmer war.

Michael Coke war ein Drogendealer. Er war der höchste Mann in der Hierarchie. Er hatte Dutzende von Leuten, die bereit waren, alles zu tun, was er befahl. Und die Zahl seiner Leibwächter war unglaublich. Michael war selten allein.

Aber es gab einen guten Grund für all die Sicherheit. Die Menschen liebten oder hassten den Mann. Sie liebten ihn, weil er ein gut zahlender Arbeitgeber war. Und in einem Land wie Jamaika, in dem die Arbeitslosenquote bei zehn Prozent lag und Armut ein großes Problem war, bedeutete es alles, Arbeit zu haben.

Doch hinter seinem wohlwollenden Äußeren verbarg sich ein skrupelloser Mann, dem nichts wichtiger war als Geld. Bei all seinen Handlungen ging es ihm darum, mehr Geld zu verdienen. Ja, er bezahlte gut, aber er verlangte von seinen Angestellten unerschütterliche Loyalität, und wenn jemand auch nur ein bisschen aus der Reihe tanzte, ließ Michael ihn töten. Oder er bedrohte die Familie der betreffenden Person. Und das Geld, das er so großzügig an die Menschen in seiner Gemeinde verteilte, war an Bedingungen geknüpft. Er erwartete von allen, dass sie bei den illegalen Dingen, die in ihren Vierteln vor sich gingen, wegschauten.

So wurde Michael von einigen wie ein König behandelt und von anderen wie der schlimmste Schurke der Welt. Alle, die in der

Villa lebten, unterstützten ihren Chef ... das mussten sie auch. Wenn sie es nicht taten, verschwanden sie einfach spurlos.

Cassidy ignorierte die meisten anderen Angestellten und wurde auch von ihnen ignoriert. Sie war allein für den Umgang mit den Kindern verantwortlich, und das war ihr auch recht. Im Moment gab es fünf Kinder im Alter von sieben bis vierzehn Jahren, auf die sie aufpasste. Der Vierzehnjährige war immer seltener da, und Cassidy wusste, dass er in Michaels Drogenorganisation integriert wurde. Das deprimierte und ängstigte sie zu Tode, aber es gab nichts, was sie dagegen tun konnte.

Der Leiter des Sicherheitsdienstes, Lloyd Robinson, war einer der Mitarbeiter, denen Cassidy am meisten aus dem Weg ging. Er machte ihr Angst. Sie mochte es nicht, wie er sie ansah, als sei er kurz davor, sie in einen Raum zu drängen und sich zu nehmen, was er so offensichtlich wollte. Er behauptete, dass er selbst Beziehungen hatte. Mehr als einmal machte Michael ihr klar, dass sie und ihr Sohn ihm *gehörten* und sie niemals aus Jamaika herauskommen würde. Selbst wenn sie es irgendwie schaffen sollte, mit Mario aus dem Haus zu fliehen, würden sie das Land nicht verlassen können, weil ihr Name auf einer Flugverbotsliste stünde.

Er hatte damit geprahlt, dass er derjenige war, der ihr vor all den Jahren den Pass abgenommen hatte. Lloyd hatte ihr Zimmer durchsucht, während sie im Unterricht war, und ihre und Marios Pässe gefunden und mitgenommen.

Sie durfte weder ein Telefon noch einen Computer benutzen. Sie musste Lloyds Telefon benutzen, um zu Hause anzurufen, und er stand bei jedem Anruf neben ihr und passte auf, dass sie ihren Eltern nichts erzählte, was sie nicht erzählen sollte. Sie musste ihre Mutter und ihren Vater anlügen und ihnen sagen, wie glücklich sie waren und wie toll Jamaika war. Das machte sie ganz krank, und sie rief immer seltener zu Hause an, weil sie ihre Eltern nicht noch mehr anlügen wollte, als sie es ohnehin schon tat.

Das Leben in Michaels Haushalt war immer belastender geworden. Nicht nur Lloyd machte Cassidy Angst, auch Michael selbst verlangte immer öfter ihre Anwesenheit. Er verlangte, dass sie mit ihm und seinen Gästen zu Abend aß, was sie in der Vergangenheit nicht hatte durchmachen müssen. Manchmal musste sie sich aufstylen und schminken und die Rolle einer hohlköpfigen Barbie-Puppe spielen, die so tat, als würde sie sich amüsieren. Ein anderes Mal war es legerer, aber immer wurde Michael angelächelt und gelobt, als wolle er den Gästen beweisen, was für ein toller Chef er ist, weil er seinen Angestellten das Privileg gewährte, mit ihm zu essen.

Cassidy tat das, ohne zu protestieren. Sie tat es, um sich und ihren Sohn zu schützen und um noch einen Tag Zeit zu haben, um sich etwas einfallen zu lassen, wie sie sie aus dem Schlamassel befreien könnte, in den sie sie gebracht hatte.

Es schien, als bestünde ihr ganzes Leben aus einer schlechten Entscheidung nach der anderen. Wenn sie es jemals von hier wegschaffen würde, wollte sie an einen Ort ziehen, an dem niemand etwas über sie oder ihre dummen Fehler wusste, und neu anfangen.

Da sie sich sicher war, dass sie niemals von Michaels oder Lloyds wachsamem Auge wegkommen würde, hatte Cassidy sich an das FBI gewandt. Sie kannte natürlich niemanden, der dort arbeitete, aber sie dachte sich, dass es sie interessieren könnte, was sie über Michael und seine Drogengeschäfte wusste. Also schrieb sie einen Brief. Dann noch einen. Und noch einen.

Sie erzählte ihnen alles, was sie wusste. Sie gab ihnen Namen. Daten. Beweise für Michaels Drogenhandel. Aber als die Monate vergingen, ohne dass es ein Anzeichen für Hilfe gab, und nichts Ungewöhnliches in Michaels Unternehmen geschah, begann Cassidy zu verzweifeln. All die Risiken, die sie auf sich genommen hatte, um die Briefe hinauszuschmuggeln und zu verschicken, ohne dass Lloyd oder einer ihrer Babysitter es bemerkte, hatten nicht dazu geführt, dass ihr jemand zu Hilfe gekommen war.

Sie war deprimiert. Cassidy musste ihren Sohn aus Michaels Obhut befreien. Sich selbst befreien.

Sie hatte einen letzten Brief geschrieben. Sie hatte jeden angefleht, ihr zu helfen. Aber das war schon über einen Monat her. Niemand war gekommen. Weil sie ein Niemand war. Eine Mexiko-Amerikanerin, die in Jamaika lebte, war selber schuld, und jetzt hatte sie nur die Wahl, ihre Umstände zu akzeptieren ... oder unterzugehen.

Mario machte ein Geräusch in seinem Bett und Cassidy drehte sich zu ihm um. Er wälzte den Kopf hin und her, als hätte er einen Albtraum. Er hatte sie inzwischen häufiger, was die Schuldgefühle und die Last, die auf ihren Schultern lag, noch vergrößerte.

Sie ging hinüber und legte sich neben ihren Sohn. Sie zog ihn in ihre Arme und war dankbar, dass er sich sofort beruhigte.

»Ist ja gut, Mario. Mommy ist ja da.«

Er wachte auf und sah zu ihr auf. In seinen Augen stand so viel Schmerz, dass Cassidy am liebsten geweint hätte. »Mir gefällt es hier nicht«, flüsterte er.

Cassidy vermutete schon lange, dass ihr Zimmer verwanzt war. Lloyd hatte ziemlich viele Bemerkungen über Dinge gemacht, die sie zu ihrem Sohn gesagt hatte, sodass ihr klar war, dass sie keine Privatsphäre hatte. Sie hatte Mario beigebracht, dass er, wenn er ihr etwas Persönliches sagen wollte, es tun musste, wenn sie draußen auf dem Gelände der Villa spielten, oder er musste flüstern. Außerdem ließ sie Musik aus dem uralten Radio auf dem Tisch neben ihrem Bett laufen. Es lief rund um die Uhr, ohne Unterlass. Die jamaikanische Musik, die sie einst geliebt hatte, bereitete ihr jetzt Albträume, aber sie traute sich nicht, sie abzustellen.

Sie legte ihre Lippen an sein Ohr und flüsterte zurück: »Ich weiß, Schatz. Mir gefällt es hier auch nicht. Ich werde uns hier rausbringen.«

»Aber wie?«, fragte er mit einer Logik, die weit tiefgründiger war, als seine elf Jahre vermuten ließen. »Lloyd will uns nicht zusammen in die Stadt lassen. Und wenn ich jetzt Pakete ausliefere, sagen sie, dass sie dir wehtun werden, wenn ich erwischt werde.«

Cassidys Magen krampfte sich zusammen. Lloyd und andere

in der Organisation hatten Mario langsam beigebracht, wie man Drogen für den Export durch die Stadt schleust, aber sie hatte keine Ahnung, wie sie das verhindern konnte. Doch als sie hörte, dass sie sie benutzten, um ihm zu drohen, verstärkte das ihre Entschlossenheit.

»Du tust weiterhin alles, was sie dir sagen«, erklärte sie ihm.

»Aber das ist falsch«, jammerte er.

»Ich weiß. Aber du tust es nicht freiwillig«, entgegnete sie und versuchte, ihn zu beruhigen. »Hör mir zu, Mario. Hörst du mir zu?«

»Ja, Mommy.«

»Ich weiß nicht, wie wir hier rauskommen sollen, aber wir werden es schaffen. Wir müssen jederzeit bereit sein, einfach zu verschwinden. Wir dürfen nichts mitnehmen. Bist du bereit, das zu tun?«

Er nickte. »Solange ich dich habe, brauche ich nichts anderes.«

Cassidys Augen füllten sich mit Tränen. Mario war das Beste, was ihr je passiert war.

Sie wusste, dass er anders war als andere Jungen. Anstatt sich zu prügeln und zu ringen, als er jünger war, saß er lieber neben ihr und las. Er war von allen Arten des Tanzens fasziniert. Hip-Hop, Ballett, Jazz, Stepptanz, Gesellschaftstanz ... egal was es war, wenn jemand tanzte, war Marios Aufmerksamkeit geweckt. Die anderen Kinder, die in der Villa ein und aus gingen, machten sich über ihn lustig, aber Cassidy tat, was sie konnte, um seine Interessen zu fördern. Oft tanzten sie abends allein in ihrem Zimmer. Sie war keine sehr gute Tänzerin, aber sie bemühte sich, ihm alles beizubringen, was sie konnte.

»Ich liebe dich, Mario«, erklärte sie leise.

»Ich liebe dich auch, Mommy.«

»Schlaf wieder ein. Ich passe auf dich auf.«

Er nickte, und obwohl es eine Weile dauerte, spürte Cassidy schließlich seine gleichmäßigen Atemzüge an ihrem Arm.

Sie hatte es satt zu warten. Sie hatte dem FBI Zeit gegeben, ihr zu helfen, aber es sah so aus, als sei sie auf sich allein gestellt ... so wie sie es immer gewesen war. Cassidy hatte keine Ahnung, wie sie aus Michaels Villa oder aus den Klauen seiner Leute entkommen sollte, aber sie musste es tun. Ihr Leben und das ihres Sohnes hingen davon ab.

Drei Nächte später wusste Cassidy immer noch nicht, wie sie entkommen konnte. Sie war ständig nervös und ängstlich und fürchtete, Lloyd oder einer der anderen im Haus könnte etwas in ihrem Gesicht lesen und wissen, dass sie eine Flucht plante. Sie bemühte sich, den Kontakt zu allen anderen zu vermeiden, außer zu den Kindern in ihrer Obhut und zu den Angestellten, denen sie nicht aus dem Weg gehen konnte.

Lloyd war an diesem Morgen in die Schule gekommen, um Mario abzuholen, und ihr Sohn war immer noch nicht von seinem Auftrag zurückgekehrt, was Cassidy sehr beunruhigte. Als es an ihrer Zimmertür klopfte, preschte sie förmlich los, um sie zu öffnen.

»Cassidy«, sagte Lloyd und starrte auf sie herab.

Er hatte ihr schon immer eine Heidenangst eingejagt. Selbst als sie nicht gewusst hatte, worauf sie sich vor all den Jahren eingelassen hatte. Es war die Art, wie er sie ansah.

Im Moment glänzte seine dunkle Haut vor Schweiß, als sei er gerade mit dem Training fertig geworden. Sie wusste, dass er viel Zeit im Fitnessstudio auf der unteren Ebene des Hauses verbrachte. Er war stolz auf sein Aussehen. Darauf, muskulös und stärker als andere zu sein. Er war nicht sonderlich groß, vielleicht nur ein paar Zentimeter größer als sie selbst mit ihren Einsfünfundsiebzig. Aber die Leere in seinen braunen Augen ließ sie erschaudern. Andere Frauen hätten seinen Blick vielleicht als gefühlvoll oder tiefgründig empfunden, aber wann immer Cassidy ihn ansah, sah sie nur das Verlangen, Schmerz zuzufügen.

»Komm mit mir«, befahl Lloyd.

Es war keine Frage, und Cassidy wusste, dass sie keine andere

Wahl hatte, als seinem Befehl zu folgen. »Geht es um Mario? Geht es ihm gut?«

Lloyd runzelte die Stirn. »Natürlich geht es ihm gut. Warum auch nicht?«

»Ich habe ihn schon eine Weile nicht mehr gesehen. Ist er von seinem Auftrag zurück?«

»Du verhätschelst den Jungen zu sehr«, bemerkte Lloyd, ohne auf ihre Frage zu antworten.

Cassidy wollte drängen, wollte fragen, wo Mario war und was er den ganzen Tag gemacht hatte, aber sie wusste, dass Lloyd ihr nicht antworten würde. Das tat er nie. Er mochte es, sie aus dem Gleichgewicht zu bringen, wenn es um ihren Sohn ging. Es gefiel ihm, ihn als Druckmittel zu benutzen. Lloyd und alle anderen wussten, dass Mario ihre einzige Schwäche war, und das nutzten sie aus, so gut sie konnten.

Lloyd packte sie am Oberarm und führte sie aus ihrem Zimmer und den Flur entlang. Cassidy zuckte zusammen. Jeder, der im Haus für die Sicherheit zuständig war, bedrängte die anderen Angestellten. Ihre Arme zu packen, wie Lloyd es jetzt tat, war ihr Markenzeichen.

Früher hatte sie das nicht so sehr gestört, aber in letzter Zeit schien es Lloyd und seinen Kumpanen Spaß zu machen, sie ein bisschen zu fest zu packen. Sie wussten, dass sie ihr mit ihrem Griff blaue Flecke zufügten. Sich zu beschweren brachte nichts; sie grinsten nur und hielten sie noch fester.

»Du isst heute mit Michael zu Abend«, erklärte Lloyd, ohne ihr eine Wahl zu lassen. »Von dir wird erwartet, dass du dich von deiner besten Seite zeigst, denn wir haben einen sehr wichtigen Gast. Ich würde dir raten, nichts zu tun oder zu sagen, was Michael oder sein Geschäft in Verlegenheit bringen könnte, verstanden?«

Cassidy nickte. Sie hatte das schon oft genug mitgemacht. Wenn Michael jemanden beeindrucken wollte, führte er seinen Gästen einige seiner weiblichen Angestellten vor. Sie wusste nicht, ob er damit andeuten wollte, dass sie sein Harem waren oder nicht; sie traute sich nicht zu fragen. Sie hielt den Kopf unten und aß, was ihr vorgesetzt wurde, ob sie es mochte oder nicht.

Den gesalzenen Kabeljau, der ihr einmal serviert worden war, hatte sie höflich abgelehnt und schnell gelernt, dass es streng verboten war, *irgendetwas* abzulehnen, was Michael anbot. Danach wurde ihr einen Monat lang jeden Tag nur noch gesalzener Kabeljau serviert. Sie hatte die Wahl gehabt, ihn entweder zu essen oder zu verhungern. Sie hatte ihre Lektion gut gelernt.

»Halt den Mund, es sei denn, dir wird eine direkte Frage gestellt. Du bist nichts weiter als eine Dekoration. Hast du das verstanden?«

»Ja«, erklärte sie und hasste Lloyd abgrundtief. Michael Coke war viel schlimmer als sein Sicherheitchef, aber wenigstens musste sie sich nicht so oft mit ihm herumschlagen.

Lloyd blieb vor dem großen Esszimmer stehen und ließ seine Hand sinken. Cassidy widerstand dem Drang, nach oben zu greifen und ihren Arm zu reiben, wo er sie festgehalten hatte.

»Michael ist mit mir einer Meinung, dass dein Sohn zu alt wird, um jede Nacht bei seiner Mommy zu schlafen. Aber wenn du dich beim Abendessen benimmst, schlage ich vor, dass er noch eine Weile bei dir bleiben kann.«

Cassidy erstarrte. Wollten sie sie von Mario trennen? Nein, das würde sie nicht zulassen.

Doch anstatt zu protestieren, nickte sie einfach. Alles andere hätte dazu geführt, dass Lloyd ihr Mario sofort wegnehmen würde, aus reiner Boshaftigkeit und um zu beweisen, dass er es konnte.

Sie schaute ihn nicht an, denn sie wusste, dass er den Hass in ihren Augen sehen würde, als er die Tür zum Esszimmer aufstieß.

Cassidy ging hinein, hielt den Blick auf den Boden gerichtet und nutzte ihr peripheres Sehvermögen, um zu einem der Stühle zu gelangen.

»Du bist spät dran«, bemerkte Michael in verärgertem Ton.

Cassidy wollte erwidern, dass sie gar nicht gewusst hatte, dass sie mit ihm essen sollte, sondern einfach direkt ins Esszimmer geführt worden war, aber sie wusste es besser. »Es tut mir leid, dass ich dich habe warten lassen«, entgegnete sie höflich.

»Cooyah, wenn ich mit dir rede«, bellte Michael.

Cassidy hob den Kopf. *Cooyah* bedeutete, dass man aufpassen sollte, aber manchmal wollte der Gangsterboss, dass die Leute ihn ansahen, und manchmal tadelte er sie, wenn sie seinen Blicken begegneten. Er war nie konsequent, was bedeutete, dass sie nicht wusste, was sie tun sollte, wenn sie in seiner Nähe war.

Es waren noch andere Leute im Raum, die alle darauf warteten, einen Platz zu bekommen, aber sie wagte es nicht, den Blick von Michael abzuwenden. Er hatte eine gefährliche Aura. Cassidy hatte sie gespürt, als sie ihn kennengelernt hatte, aber sie hatte sich eingeredet, dass sie sich das nur einbildete. Nachdem sie nur kurze Zeit in dem Haus gelebt hatte, musste sie feststellen, wie recht sie gehabt hatte. Sie hatte gesehen, wie er einen seiner Angestellten getötet hatte, indem er ihm in den Kopf geschossen hatte, als er vermutete, dass der Mann ihn betrogen hatte.

Michael war der jüngste der Coke-Geschwister und der einzige Überlebende. Sein Vater war bei einem Verkehrsunfall ums Leben gekommen, und sein Bruder und seine Schwester waren beide ermordet worden. Cassidy vermutete, dass viele der Kinder, auf die sie aufgepasst und die sie unterrichtet hatte, Nachkommen der Coke-Familie waren, aber sie hatte nie direkt danach gefragt.

Heute Abend trug er eine schwarze Jeans und ein schwarzes Hemd. Seine Nasenflügel blähten sich, als er sie musterte, und Cassidy musste sich beherrschen, um nicht unter seinem Blick zusammenzuzucken. Er hatte eine Art an sich, bei der sie am liebsten unter den Tisch gekrochen wäre, um sich zu verstecken, aber stattdessen straffte sie ihre Schultern und schluckte kräftig.

»G, das ist Cassidy Hewitt, unser Kindermädchen und unsere Lehrerin. Ich dachte mir, dass du sie vielleicht magst, weil sie eine von euch ist. Sei höflich und begrüße meinen Gast, Cassidy.«

Als Cassidy sich umdrehte, sah sie, dass noch mehrere andere Frauen im Raum waren. Eine davon war eine Frau, die Michael gerade favorisierte. Er war zwar nicht mit ihr zusammen, aber er schien diese Frau mehr zu mögen als die anderen. Sie war Jamaikanerin und hatte die schönste braune Haut, die Cassidy je gesehen hatte. Aber die Frau war kalt und es war offensichtlich, dass sie nur mit Michael zusammen war, weil er ihr teure Kleidung, Schuhe und Schmuck schenkte. Ebenfalls anwesend waren eine weiße Frau, die Cassidy noch nie zuvor gesehen hatte, und zwei weitere schwarze Frauen. Lloyd hatte sich auf einen Stuhl in der Nähe gesetzt, und zwei weitere von Michaels vertrauten Angestellten waren ebenfalls anwesend.

Cassidy wandte sich dem Mann zu, der als G vorgestellt worden war. Er saß einige Stühle weiter unten als sie und auf der anderen Seite des Tisches – doch als sie seinen Blick traf, erstarrte sie.

Der Mann war groß. Sehr groß. Er schien alle anderen am Tisch zu überragen. Er hatte einen struppigen Bart mit silbernen Strähnen, und sein dunkles Haar war oben etwas zu lang und unordentlich. Er trug eine Jeans und ein Polohemd mit aufgestelltem Kragen. Sein Bizeps wölbte sich unter dem Stoff und durch die offenen Knöpfe an seinem Hals konnte sie ein paar Brusthaare erkennen. Seine Nase war leicht gekrümmt, als sei sie mehrmals gebrochen worden.

Aber das, was sie erstarren ließ, war die Tatsache, dass sie diesen Mann kannte.

Leonardo Zanardi. Leo.

Einst war sie schwer in ihn verknallt gewesen. Er war in der Oberstufe, als sie an die Highschool gekommen war, und sie hatte überall in ihre Hefte *Cassidy + Leo = LOVE* geschrieben.

Sie war sich nicht sicher, ob sie halluzinierte oder endgültig verrückt geworden war, denn Leo war auf keinen Fall in Jamaika und wurde als Ehrengast im Haus eines Drogenbarons empfangen.

»Kann sie sprechen?«, fragte der Mann, den Michael G genannt hatte, mit einer hochgezogenen Augenbraue.

Cassidy sah, wie Lloyd einen Schritt von seinem Platz am

Tisch zurücktrat, und wusste, dass sie es bereuen würde, wenn er sie in die Finger bekäme.

»Es tut mir leid, Sir. Ja, ich kann sprechen. Es ist sehr schön, Sie kennenzulernen.«

Cassidy hatte keine Ahnung, was vor sich ging, aber solange sie es nicht wusste, wollte sie nichts sagen, was sie – oder Leo – in Schwierigkeiten bringen könnte.

»Sie ist hübsch, yuh nuh tink?«, fragte Michael und benutzte dabei Patois, um zu fragen, ob sein Gast das nicht auch fand.

Mit der Zeit hatte Cassidy sich an Michaels kleine Angewohnheit gewöhnt. Er sprach Patois, die Kreolsprache Jamaikas, und in der nächsten Sekunde sprach er perfektes, grammatikalisch korrektes Englisch. Sie dachte sich, dass dies eine weitere Möglichkeit war, die Leute in seiner Nähe auf Trab zu halten.

»Ja, sehr hübsch. Freut mich, dich kennenzulernen«, erwiderte Leo mit einem leichten Nicken.

Schließlich zogen alle ihre Stühle hervor und setzten sich. Cassidys Herz schlug wie verrückt. Sie war sehr verwirrt über Leos Anwesenheit, aber sie behielt ihre Gedanken für sich. Er machte keine Anzeichen dafür, dass er sie erkannte, aber sie konnte sich des Eindrucks nicht erwehren, dass er genau wusste, wer sie war.

Während sie ihr Hühnchen mit *Callaloo* aß – ein grünes Blattgemüse, das dem Spinat ähnelt –, hörte Cassidy aufmerksam den Gesprächen um sie herum zu. Sie erfuhr, dass Leo – den Michael aus irgendeinem Grund immer noch G nannte – aus einem besonderen Grund dort war. Sie verhandelten über etwas, und Cassidy konnte nur vermuten, dass es mit Drogen zu tun hatte.

Dieser Gedanke beunruhigte sie zutiefst. Sie hatte gehofft, dass Leo einer der Guten war. Dass er vielleicht sogar da war, um sie zu retten. Aber je länger das Gespräch dauerte und je mehr sie merkte, wie eng er mit Michael und Lloyd befreundet war, desto deprimierter wurde Cassidy. Alles deutete darauf hin, dass Leo – der Mann, den sie praktisch ihr ganzes Leben lang gewollt hatte – stark in Drogengeschäfte verwickelt war.

Cassidy wollte nur noch in ihr Zimmer verschwinden, mit

Mario kuscheln und endlich schlafen. Wenn sie schlief, lastete wenigstens nicht das Gewicht all ihrer schrecklichen Entscheidungen auf ihr. Aber Michael hatte andere Pläne.

»Mach einen Spaziergang mit Cassidy«, sagte Michael zu Leo. »Lerne sie kennen.«

Leo lächelte träge und nickte. »Ich denke, das ist keine schlechte Idee, danke.«

»Aber bleibt auf dem Gelände. Um diese Zeit ist es da draußen gefährlich.«

»Verstanden.« Er schob seinen Stuhl zurück und kam mit einem Lächeln auf Cassidy zu. Ohne zu fragen, legte Leo eine Hand um ihren Arm und zog sie so mühelos auf die Beine, als sei sie ein Kind.

Cassidy machte sich normalerweise keine Gedanken über ihre Größe. Für eine Frau war sie ziemlich groß, aber in Leos Nähe hatte sie sich immer klein gefühlt. Er überragte sie um mindestens fünfzehn Zentimeter. Sie hatte ihn einmal gefragt, warum er nicht Basketball spielte, und er hatte nur geschnaubt und ihr gesagt, dass er kein Interesse an dem Sport habe.

Ihr fiel auf, dass er sie nicht gefragt hatte, ob sie mit ihm spazieren gehen *wollte*. Als Michael Coke die Erlaubnis gab, war es eine beschlossene Sache. Cassidy hasste die Situation, in der sie sich befand, umso mehr und machte sich immer noch Sorgen um Mario. Er hielt sie fest, indem er seinen Griff verstärkte. Sein Griff erinnerte sie an die Art und Weise, wie Lloyd und seine Handlanger aus dem Sicherheitsteam sie regelmäßig misshandelten.

Sie riss ihren Arm aus Leos Griff, sobald sie das Esszimmer hinter sich gelassen hatten. Es war eine Sache, eigensinnig zu sein, aber sie war nicht bereit, Marios Sicherheit mit einer solch unverhohlenen Respektlosigkeit vor Michael zu riskieren. Er könnte ihnen beiden das Leben zur Hölle machen. Na ja, mehr als er es ohnehin schon tat.

Die meisten Leute würden denken, dass sie es in der Villa gut hatte. Sie hatte zu essen und ein warmes Bett, und so ziemlich alle ihre Bedürfnisse wurden befriedigt. Aber der Schein trog. Wenn sie nicht tat, was Michael wollte – nämlich mit Leo spazieren zu gehen –, würde sie irgendwann den Preis dafür zahlen.

»Ganz ruhig, Cass«, sagte Leo in einem so leisen Ton, dass sie dachte, sie hätte sich die Worte eingebildet. »Bei mir bist du sicher.«

Cassidy konnte sich ein Schnauben nicht verkneifen. Bei ihm war sie nicht sicher. Sie war nirgendwo sicher. Sie konnte nicht gehen, wohin sie wollte und wann sie wollte. Sie hatte kein Geld, denn alles, was sie verdiente, ging für ihre »Kost und Logis« drauf. Im Grunde arbeitete sie umsonst und hatte kaum Hoffnung, ihrer derzeitigen Situation zu entkommen. Und was das Ganze noch schlimmer machte, war, dass sie sich das selbst angetan hatte.

Leo sagte nichts weiter, aber er berührte sie auch nicht mehr. Sie gingen Seite an Seite den Flur entlang zu einer Tür, die nach draußen führte, in die ummauerten Gärten des Herrenhauses. Er hielt ihr die Tür auf und gestikulierte nach links, als sie sie durchschritten hatten.

Cassidy war furchtbar verwirrt. Sie hatte keine Ahnung, was Leo Zanardi in Jamaika zu suchen hatte. Warum er mit Michael Coke, einem der skrupellosesten Drogenbarone des Landes, sprach. Von allen Menschen auf der ganzen Welt, die beim Abendessen ihres Arbeitgebers auftauchen könnten, hätte sie nie gedacht, dass ihr lebenslanger Schwarm dabei sein könnte.

Sie wollte ihn unbedingt fragen, ob er ihr und Mario helfen würde, das Land zu verlassen, aber Cassidy hatte keine Ahnung, ob sie ihm vertrauen konnte. Immerhin war er mit ihren Entführern befreundet.

»Darf ich deine Hand halten?«, fragte Leo mit der gleichen tiefen, brummigen Stimme, an die sie sich erinnerte. Als sie zögerte, fuhr er fort: »Ich bin sicher, dass es hier draußen Kameras gibt, und es wäre besser, wenn es so aussähe, als würden wir uns verstehen.«

Cassidy war sich über seine Beweggründe immer noch nicht im Klaren, nickte aber trotzdem. Er hatte recht, die Kameras waren überall. Einer von Lloyds Sicherheitsleuten würde sie sicher auch beobachten ... und es war klar, dass Michael von ihr erwartete, dass sie nett zu seinem Gast war.

»Danke, Cass«, erklärte Leo und legte seine Hand in ihre.

Es fühlte sich gut an. Viel zu gut. Und sicher. Cassidy wollte sich mit beiden Händen an ihn klammern und ihn anflehen, ihr zu helfen, aber sie presste die Lippen zusammen, weil sie das nicht riskieren wollte, bevor sie nicht wusste, was zum Teufel hier los war.

Sie gingen schweigend auf die Außenmauer des Grundstücks zu. Sie konnten nirgendwo auf dem Gelände hingehen, ohne in Sichtweite einer der Kameras zu sein, aber Cassidy war sich ziemlich sicher, dass sie so weit weg nicht belauscht werden würden. Sie war schon öfter mit Mario hierher gegangen, um mit ihm zu reden, ohne dass die Gefahr bestand, dass jemand zuhört.

Wusste Leo das irgendwie? Oder war es nur ein Zufall, dass er hier anhielt, fast genau an der Stelle, an der sie immer mit ihrem Sohn sprach? Hatte er diesen abgelegenen Ort gewählt, um sie zu überlisten?

Cassidy schämte sich für diesen Gedanken. Immerhin war es Leo. Aber sie hatte gelernt, dass die meisten Menschen Hintergedanken hatten. Sie konnte niemandem trauen.

»Ich bin wegen deiner Briefe hier«, erklärte Leo in einem Ton, der kaum mehr als ein Flüstern war.

Cassidy starrte erschrocken zu ihm auf. Sie machte einen Schritt auf ihn zu, aber er drückte ihre Hand.

»Ganz ruhig, Cass, sie beobachten uns.«

Blinzelnd atmete sie tief durch die Nase ein und versuchte, sich zu beruhigen. »Du bist also hier, um ... was zu tun?«, fragte sie nach einem Moment.

»Dich und deinen Sohn nach Hause zu bringen. Coke zu töten, wenn möglich. Um zu verhindern, dass noch jemand in deine Situation gerät.«

Cassidy hätte am liebsten geweint. Sie erinnerte sich daran, dass Leo schon immer unverblümt gewesen war. Er spielte keine Spielchen und sagte genau, was er dachte. »Wie?«, fragte sie.

Er schaute ein wenig verlegen drein. »Nun, dieser Teil ist etwas komplizierter«, gab er zu. »Wir haben ein paar Verbindungen zum FBI und die haben mir geholfen, meine Tarngeschichte auszuarbeiten. Ich bin hier als Dealer aus Dallas, der in den Vertriebskanal von Coke einsteigen will. Du wirst hören, wie ich eine Menge Mist erzähle, der einfach nicht wahr ist und der dich verärgern wird. Du musst dich einfach darauf einlassen. Kannst du mir genug vertrauen, um das zu tun?«

»Ich werde alles tun, was ich tun muss, um hier rauszukommen«, versicherte sie ihm.

Leo sah grimmig drein. »Ich hatte gehofft, dass Coke dich benutzen würde, um meine Gunst zu gewinnen, wenn ich ein bisschen Interesse an dir zeige, und es sieht so aus, als würde das funktionieren.« Dann rümpfte er die Nase. »So wie er uns beäugt hat, würde es mich nicht wundern, wenn er versucht, dich an mich zu verschachern.«

Cassidy atmete scharf ein. »Was?«

»Ich gehe davon aus, dass er das noch nicht versucht hat?«

»Nein!«, rief sie aus.

»Atme tief durch«, erwiderte Leo leichthin. Dann beugte er sich hinunter und tat so, als würde er ihr einen Kuss auf das Haar neben ihrem Ohr geben. Das kitzelte und Cassidy ertappte sich dabei, wie sie sich an ihn lehnen wollte. Sie wollte ihn anflehen, sie in diesem Moment mitzunehmen. Aber sie wusste nicht, wo Mario war, und sie würde niemals ohne ihn gehen. Sie blockierte ihre Knie und ließ ihre Hände auf seiner Taille ruhen, während er in ihrer Nähe blieb.

»Coke ist ein verdammter Mistkerl«, flüsterte Leo barsch. »Aber wir müssen das Spiel mitspielen, bis die Zeit reif ist. Also frage ich dich noch einmal. Kannst du mir vertrauen?«

Cassidy schloss die Augen und sprach aus ihrem Herzen. »Leo, ich vertraue dir, seit ich vierzehn bin und du dich bei dem Footballspiel für mich eingesetzt hast, als mich diese Oberstufenschüler in die Enge getrieben hatten. Ich habe solche Angst. Ich will nur noch nach Hause, aber ich weiß nicht, wie ich das schaffen soll. Lloyd hat unsere Pässe mitgenommen, als wir in die Villa eingezogen sind, und ich habe kein Geld.«

»Sieh mich an, Cass«, erklärte Leo.

Sie schaute in seine schönen braunen Augen. So nahe war sie Leo noch nie gewesen. Schon in der Highschool hatte sie davon geträumt, dass er sie in den Arm nimmt und ihr seine unsterbliche Liebe erklärt, aber das war natürlich nicht passiert. Erstaunlicherweise roch er wirklich gut. Sein Bart war struppig und aus der Nähe konnte sie noch mehr graue Strähnen sehen, als sie vorhin am Tisch bemerkt hatte. Aber das machte ihn nur noch attraktiver für sie. Er war kein Kind, das versuchte, ein Mann zu sein.

Er wirkte riesig und aufgrund seiner Zeit beim Militär vermutete sie, dass er sie und Mario aus ihrer misslichen Lage befreien könnte.

Sie war furchtbar vertrauensselig gegenüber einem Mann, mit dem sie seit Jahren nicht mehr gesprochen hatte, aber sie war bereit, ihm zu vertrauen, wenn es einen Funken Hoffnung auf einen Weg zur Flucht gab. Die Tatsache, dass sie Leo kannte, war das Beste daran.

»Ich weiß nicht, wie das ablaufen wird, aber ich bin zuversichtlich, dass meine Tarnung dicht ist. Coke wird nicht erfahren, dass ich nicht der bin, für den er mich hält ... nämlich ein Drogendealer. Mein Team ist hier, drei weitere Männer, die mir, dir und Mario Rückendeckung geben. Wir müssen es nur geschickt anstellen. Lass dir nicht anmerken, dass du mich von früher kennst. Tu nichts, was Coke oder die anderen im Haus misstrauisch machen könnte.« Er warf ihr einen schiefen Blick zu, als er fortfuhr: »Ich habe mit meinem legendären Latino-Sex-Appeal geprahlt in der Hoffnung, dass er uns zusammenbringen würde. Aber egal, was passiert, bei mir bist du sicher.«

»Was glaubst du, was passieren wird?«, fragte Cassidy, die jetzt nervös war.

»Ich will, dass ich eingeladen werde, im Haus zu wohnen«, gab Leo zu. »Und eine Möglichkeit, wie das passieren könnte, ist, dass ich in deinem Bett schlafe.«

Cassidy blieb der Mund offen stehen. »Aber Mario schläft in meinem Zimmer«, protestierte sie.

Leo runzelte die Stirn. »Mist. Okay, wir werden uns etwas einfallen lassen. Ich will auf keinen Fall, dass Coke euch beide trennt.«

Cassidy konnte nicht anders, als sich vor Erleichterung an den Mann zu schmiegen. Er zog sie in seine Umarmung und sie klammerte sich an ihn, als sei er das Einzige, was sie über Wasser hielt. »Du hast gesagt, du hast ein Team?«, fragte sie nach einem Moment leise.

»Ja. Bull, Eagle und Smoke. Du kannst ihnen genauso vertrauen, wie du mir vertraust. Coke hält sie für meine Handlanger und hat sich geweigert, sie ins Haus zu lassen, weil er sagt, dass er seine eigenen Wachen hat. Sie sind aber außerhalb der Mauern und warten und beobachten. Sie halten sich bedeckt, denn dies ist nicht gerade eine sichere Gegend. Wenn alles nach Plan läuft, sind wir schon bald wieder auf dem Weg nach Hause.«

»Zuhause«, hauchte Cassidy. »Ich weiß nicht einmal mehr, wo das ist.«

»El Paso?«, fragte Leo.

»Nein. Alfred ist dort. Mit all seinen Freunden. Ich kann nirgendwo hingehen, ohne dass mir jemand sagt, wie sehr ich es vermasselt habe, als ich mich von ihm habe scheiden lassen. Deshalb bin ich hierhergekommen. Um neu anzufangen. Und sieh dir an, was daraus geworden ist.«

»Hast du mit deinen Eltern darüber gesprochen, was hier los ist?«, fragte Leo.

»Das kann ich nicht. Ich darf sie nur ab und zu anrufen, und Lloyd ist jedes Mal dabei und hört zu. Sie glauben, dass ich mich hier unten amüsiere, aber ich glaube, meine Mutter ist enttäuscht, dass Mario und ich sie schon lange nicht mehr besucht haben. Ich habe alles vermasselt, Leo.«

»Wir werden dich zurück in die Staaten bringen, Cass. Ich werde alles in meiner Macht Stehende tun, um dafür zu sorgen.«

Cassidy sah auf, wich aber nicht von ihm zurück. »Versprich

mir, dass du Mario hier rausholst, falls es schiefgeht. Ich kann mit allem umgehen, solange ich weiß, dass mein Sohn in Sicherheit ist.«

»Wir werden euch *beide* hier rausholen«, erklärte Leo.

Und als Cassidy ihm in die Augen blickte und die Aufrichtigkeit und Zuversicht darin sah, glaubte sie ihm.

»Sieht aus, als würdet ihr euch gut verstehen«, bemerkte eine Stimme hinter ihr.

Cassidy erstarrte und wäre am liebsten vor Leo zurückgewichen, aber er ließ sie nicht los.

»Das tun wir, und es wäre schön, wenn du uns etwas Privatsphäre gönnen würdest, damit wir uns weiter kennenlernen können«, erklärte Leo in einem viel raueren Ton, als sie ihn je zuvor von ihm gehört hatte. Zugegeben, Cassidy hatte nicht gerade sonderlich viel Zeit mit dem Mann verbracht, an dem sie gerade hing, aber trotzdem.

Lloyd trat näher und zuckte mit den Schultern. »Michael sagt, du bist schon lange genug hier draußen, G.«

»Es fing gerade an, gut zu werden«, beschwerte sich Leo.

»Dann lass dich von mir nicht aufhalten«, erwiderte Lloyd, während er eine Hüfte gegen einen Baum in der Nähe lehnte und die Arme vor der Brust verschränkte.

Cassidy versteifte sich. Ein Teil von ihr hatte nicht geglaubt, dass Michael sie tatsächlich einem Mann überlassen würde, um ein Geschäft zu begünstigen, aber jetzt deutete alles darauf hin, dass das wirklich der Fall war.

Leo legte seine Finger unter ihr Kinn und hob ihr Gesicht zu seinem. Er sagte nichts, während er langsam den Kopf senkte.

Cassidy leckte sich nervös über die Lippen, wich aber nicht zurück. Wenn Leo von ihr verlangte, dass sie so tat, als gefielen ihr seine Annäherungsversuche – und wenn es das war, was sie tun musste, um aus diesem goldenen Käfig zu entkommen –, dann würde sie es tun.

Wem wollte sie denn etwas vormachen? Fast ihr ganzes Leben lang hatte sie davon geträumt, Leonardo Zanardi zu küssen. Er war schon immer der Eine für sie gewesen. Ihr großer Schwarm. Der Typ, der ihr entwischt war. Der eine Mann, von dem sie wirklich dachte, dass er zu ihr passen würde.

Seine Lippen streiften ein-, zweimal über ihre. Er war sanft und entspannt zu ihr. Es war ... schön. Nicht weltbewegend, aber trotzdem schön.

Dann bewegte er sich, griff mit einer Hand in ihr Haar und schlang die andere um ihren Rücken. Er zog an ihren Haaren und sie keuchte überrascht auf. Er tat ihr nicht weh, aber er war viel energischer, als sie erwartet hatte.

Seine Lippen trafen wieder auf ihre, aber dieses Mal ging er nicht langsam vor. Seine Zunge drang in ihren Mund ein und er nahm sich, was er wollte.

Cassidys Brustwarzen verhärteten sich und eine Gänsehaut breitete sich auf ihren Armen aus. Auch wenn es wahrscheinlich so aussah, als würde Leo sie überwältigen, ging er doch behutsam mit ihr um. Nichts an seinem Kuss war beängstigend oder verletzend. Sein Griff um ihr Haar war fest, aber nicht schmerzhaft. Sie mochte es, dass er die Kontrolle übernommen hatte und dass sie nichts weiter tun musste, als zuzusehen, wie er sich nahm, was er wollte ... und Lloyd dabei eine gute Show ablieferte.

Als er schließlich seine Lippen von ihren löste, starrte Cassidy ihn an und wusste, dass ihre Verwirrung und ihr Verlangen in ihrem Gesichtsausdruck leicht zu erkennen waren.

»Das nenne ich einen Kuss. Wenn ich geahnt hätte, dass die mexikanische Schlampe nicht frigide ist, hätte ich sie mir vielleicht schon früher vorgenommen.«

Als sei ein Schalter umgelegt worden, bewegte Leo sich plötzlich. Er schob Cassidy hinter sich und stürmte auf Lloyd zu. Er packte ihn am Hemd und schleuderte ihn gegen den Baum, an dem er wenige Augenblicke zuvor noch so faul gelehnt hatte.

»Fass sie nicht an, Amigo. Solange ich hier bin, gehört sie mir. Hast du verstanden?«

»Ja, ja, ich hab's verstanden«, sagte Lloyd. »Solange du hier bist, kannst du sie benutzen.«

Mehr sagte er nicht, aber Cassidy war ja nicht dumm. Sie konnte hören, was er nicht gesagt hatte. Dass Lloyd sich nehmen würde, was er wollte, sobald Leo seinen Deal gemacht hatte und verschwunden war.

Leo sagte nichts weiter, sondern ging zurück zu Cassidy und legte seinen Arm um ihre Schultern, um sie an seine Seite zu ziehen. Er ging an Lloyd vorbei, ohne ihn eines Blickes zu würdigen, als würde der andere Mann keine Rolle spielen. Aber jeder Muskel in seinem Körper war angespannt, und Cassidy wusste nicht, was sie tun oder sagen sollte, um die Situation zu verbessern.

Als sie sich der Tür zum Haus näherten, sagte Lloyd: »Michael würde heute Abend gern noch etwas reden.«

»Ich bin müde«, sagte Leo knapp. »Er wird bis morgen warten müssen.«

»Er will *jetzt* reden«, entgegnete Lloyd.

Leo drehte sich um. »Und ich sagte, ich bin müde«, wiederholte er. »Ich respektiere deinen Chef und würde mich sehr freuen, wenn es zwischen uns klappen würde. Aber nachdem mein schöner Abend unterbrochen wurde, muss ich leider passen. Wenn das die Art ist, wie er seine potenziellen Geschäftspartner behandelt – ihnen einen Vorgeschmack aufs Paradies zu geben und ihn ihnen dann wieder wegzunehmen –, dann überdenke ich diese Reise vielleicht noch einmal.«

Cassidy versuchte krampfhaft, nicht zu erstarren. Sie wusste, dass Leo eine Rolle spielte, aber sie wollte nicht, dass er etwas tat, was Michael verärgern könnte. Dann würde er riskieren, nicht wieder eingeladen zu werden.

Aber sie hätte sich keine Sorgen machen müssen. Leo wusste offensichtlich, wie man Lloyd anpacken musste.

»Ich entschuldige mich für die Unterbrechung vorhin. Ich war nur um dein Wohl besorgt«, murmelte Lloyd.

Leo schnaubte. »Als könnte dieses kleine Fohlen mir etwas antun. Das klingt nicht so, als hättest du viel Respekt vor mir.«

»Frauen können tödlich sein«, bemerkte Lloyd verächtlich. »Die unschuldig aussehenden können die gefährlichsten sein.«

Leo lachte. Es war ein leises, gemeines Geräusch, das Cassidy die Nackenhaare zu Berge stehen ließ. »Man muss nur wissen, wie man sie zähmt«, erwiderte er. »Stimmt's, Süße?«

Bevor Cassidy antworten konnte, hatte er ihren Kopf zu sich herangezogen und küsste sie erneut, ohne ein Wort zu sagen. Sie wusste, dass das alles zu seiner Rolle gehörte, aber sie hasste es, dass Lloyd etwas so Intimes beobachtete. Es war albern, es war nur ein Kuss – und er war unecht –, aber er bedeutete ihr etwas. Hoffnung.

Als wüsste Leo, dass sie sich unwohl fühlte, beendete er den Kuss abrupt und schaute dann wieder zu Lloyd. »Bitte danke Michael, dass er mich dem Kindermädchen vorgestellt hat. Ich habe meine Heimat vermisst, und sie ist genau das, was ich brauche, um ein paar gute Erinnerungen zu wecken. Ich wäre dir dankbar, wenn du mir einen Moment Zeit geben würdest.«

Die beiden Männer starrten sich einen angespannten Moment lang an. Keiner der beiden gab nach und für eine Sekunde dachte Cassidy, Lloyd würde zusammenbrechen und sein wahres Gesicht zeigen, aber schließlich nickte er und sagte: »Ich warte drinnen auf euch beide.«

Er betrat das Haus, ließ aber die Tür offen. Was Ungestörtheit betraf, war das eine Farce, aber Cassidy wollte sich nicht beschweren.

Leo drehte der Tür und der darüber angebrachten Kamera den Rücken zu und beugte sich zu ihr. Seine Lippen berührten ihr Ohr, als er sagte: »Das hast du gut gemacht, Cass. Ich bin stolz auf dich. Es tut mir leid, dass ich so grob war. Ich komme wieder. Halte durch.« Er küsste sie erneut, ein weiteres Mal berührten seine Lippen die ihren, aber dieses Mal fühlte es sich nach viel mehr an. Es fühlte sich wie ein Versprechen an.

Dann ließ er sie los, drehte ihr den Rücken zu und schritt ins Haus.

Cassidy fühlte sich kalt ohne die Wärme seiner Arme um sie,

aber sie folgte ihm brav. Leo drehte sich nicht um, als Martin, einer von Lloyds Sicherheitsleuten, ihn von ihr weg begleitete.

»Es sieht so aus, als sei dein Sohn endlich zurückgekehrt. Du solltest ihm wirklich sagen, dass er vorsichtiger sein soll, Cassidy. Er könnte sich in Schwierigkeiten bringen, wenn er allein in der Stadt herumläuft. Du willst doch nicht, dass ihm etwas zustößt, oder?«, erklärte Lloyd hämisch.

Die Bedrohlichkeit im Ton des Mannes ließ sie erschaudern. Anstatt ihm zu sagen, wie sehr sie ihn hasste, schüttelte sie nur den Kopf. Es wäre nicht gut, Lloyd zu verärgern, wenn sie kurz davor war zu entkommen.

»Wenn ich gewusst hätte, was du für ein heißes Gerät bist, hätte ich Michael vielleicht schon früher darum gebeten, eine Runde mit dir drehen zu dürfen«, erklärte Lloyd grinsend und wiederholte damit in etwa die Worte, die er vorhin gesagt hatte.

Cassidy hatte das Gefühl, als würde ihr Kopf explodieren, und wandte sich von ihm ab, um in ihr Zimmer zu gehen. Sie fürchtete sich zu Tode vor Lloyd, aber sie wollte ihm nicht die Genugtuung geben zu sehen, wie sehr sie zitterte.

»Wenn G weg ist, gehörst du mir«, sagte Lloyd leise, als sie wegging.

Als sie um die Ecke bog, fing Cassidy an, zügig zu joggen, um so viel Abstand wie möglich zwischen sich und den Chef des Sicherheitsdienstes zu bringen. Sie hatte sich noch nie so unsicher gefühlt wie in diesem Moment, und das wollte viel heißen, denn sie lebte in einem Pulverfass aus Gefahr und Gewalt.

Sie stürmte in das Zimmer, in dem sie mit Mario wohnte, und nur mit Mühe gelang es ihr, nicht sofort in Tränen auszubrechen, als sie ihren Sohn auf dem Bett sitzen sah. Sie ging sofort zu ihm und umarmte ihn fest.

»Ist alles in Ordnung bei dir?«

»Ja«, entgegnete Mario leise. »Mom?«

»Ja, Baby?«

»Ich hasse es hier!« Dann brach er in Tränen aus.

Cassidy konnte ihren kleinen Jungen nur noch in den Arm

nehmen und hin und her wiegen. Sie wollte ihm von Leo erzählen. Dass er sie wohlbehalten hier herausbringen würde. Dass ihr Leiden bald ein Ende haben würde ... aber sie schwieg. Sie vertraute Mario, aber er war noch ein kleiner Junge. Sie konnte nicht riskieren, dass er dem falschen Menschen etwas sagte, was ihre Flucht noch schwieriger machen würde.

Im Laufe der nächsten Stunde erfuhr sie nach und nach, wie Marios Tag verlaufen war. Wie er gezwungen worden war, einen Drogenvorrat zur Verteilung abzuliefern. Wie er kilometerweit weggefahren und ihm gesagt wurde, er solle aus dem Wagen aussteigen und selbst den Weg zurück zur Villa finden.

Das war kein Leben für ein Kind. Schon gar nicht für *ihr* Kind.

Sie konnte nur die Augen schließen und beten, dass ihr alter Highschool-Freund sie irgendwie befreien konnte, bevor sich die Schlinge um ihre beiden Hälse noch enger zog.

KAPITEL DREI

»Es ist schlimm«, erklärte Gramps später am Abend seinen Teamkameraden.

Er und die anderen saßen in einer großen Suite in einem Fünf-Sterne-Hotel im Zentrum von Kingston. Wenn sie Coke davon überzeugen wollten, dass sie eine große Nummer auf dem texanischen Drogenmarkt waren, mussten sie so tun, als hätten sie eine Menge Geld.

»Aber es geht ihr gut?«, fragte Bull.

Gramps nickte. »Vorläufig schon. Sie ist verängstigt, aber so tapfer, wie ich sie in Erinnerung habe. Coke hat mir freie Hand gegeben, mit ihr zu machen, was ich will.«

»Hat er das gesagt?«, fragte Smoke.

»Natürlich nicht. Aber er hat es angedeutet. Er hatte mehrere andere Frauen zum Abendessen eingeladen, die ich mir aussuchen konnte. Ich bin mir sicher, dass er Cassidy nur eingeladen hatte, weil sie Lateinamerikanerin ist, so wie ich. Ich konnte förmlich die Freude in seinen Augen sehen, als ich mein Interesse an ihr bekundete. Er schob uns regelrecht zur Tür hinaus, damit wir uns ›kennenlernen‹ konnten, während wir über das Anwesen spazierten.«

Als Gramps Cassidy in Cokes Esszimmer gesehen hatte, musste er sich körperlich zurückhalten, um nicht auf sie zuzugehen. Mit fünfzehn war sie schon hübsch gewesen, aber die neueren Fotos, die er gesehen hatte, wurden ihr nicht gerecht.

Cassidy Hewitt war wunderschön. Sie trug ihr langes braunes Haar aus dem Gesicht, sodass es ihr über den Rücken fiel. Ihre haselnussbraunen Augen waren voller Sorge und Angst, was er hasste. Sie war dünner, als er es für richtig gehalten hätte, aber er wusste, dass das wahrscheinlich an ihrer Situation lag. Er stellte sich vor, dass sie noch unwiderstehlicher sein würde, wenn sie zugenommen hatte. Sie war größer als die Frauen seiner Freunde ... und er konnte sich des Eindrucks nicht erwehren, dass sie die perfekte Größe hatte, wenn er sie in seinen Armen hielt.

Seine Gedanken wurden in die Gegenwart zurückgerissen, als Bull fragte: »Konntest du mit ihr darüber reden, was los ist?«

»Ein bisschen.«

»Und Mario? Hast du ihn gesehen?«, fragte Eagle.

»Nein. Und das ist ein weiterer Grund, warum wir die Sache beschleunigen müssen. Irgendetwas ist mit ihrem Sohn los. Bevor Cassidy eintraf, erwähnte Coke den Jungen kurz, und als ich ihn fragte, ob er uns begleiten würde, sagte er, er sei nicht zu Hause. Cassidy war darüber sehr verärgert«, erklärte Gramps.

»Wie lautet also der Plan?«

»Coke ist ein Dreckskerl, aber er ist nicht dumm«, gab Gramps zu bedenken. »Ich meine, das wussten wir schon, nachdem wir alle Informationen durchgegangen waren, aber er ist ein bisschen zu eifrig, diesen Deal zu machen. Ich bin mir nicht sicher, ob das bedeutet, dass andere Distributionskanäle eingestellt worden sind und er verzweifelt versucht, etwas Neues zu etablieren, oder was. Aber ich denke, das wird sich zu unseren Gunsten auswirken. Der Sicherheitschef ist ein Mistkerl. Er hat uns während unseres Spaziergangs ausspioniert, obwohl er zu weit weg war, um zu hören, worüber wir gesprochen haben. Er wird zu einem Problem werden.«

»Ich dachte, du würdest heute länger bleiben«, bemerkte Bull.

»Das hatte ich auch vor«, erklärte Gramps, »aber Coke wollte unbedingt reden. Ich denke, es ist das Beste, wenn ich das Geschäft in die Länge ziehe, sodass er es kaum erwarten kann, den Deal zu machen. Ich kann die Tatsache, dass er mir gesagt hat, ich solle mich mit Cassidy amüsieren, eine Weile gegen ihn verwenden, und wenn er dann etwas verzweifelter ist, genug, um allem zuzustimmen, werde ich zuschlagen. Aber bis dahin müssen wir Mario aus der Sache raushalten. Wir wollen auf keinen Fall, dass Lloyd oder irgendjemand anderes in diesem verdammten Haus ihn als Pfand benutzt.«

»Einverstanden. Was glaubst du, wo er heute war?«, fragte Smoke.

»Ich weiß es nicht. Aber ich schätze, ich kann mehr Details von Coke erfahren, wenn wir mehr Zeit zusammen verbringen. Ich bin sicher, er wird wissen wollen, wie es zwischen Cassidy und mir läuft. Dann werde ich ihren Sohn ansprechen.«

»Willst du immer noch versuchen, eine Einladung ins Haus zu bekommen?«, fragte Bull.

»Ja. Ich denke, er wird die Gelegenheit nutzen, um mich weiter von euch zu distanzieren. Cassidy hat mir allerdings erzählt, dass sie und Mario sich ein Zimmer teilen, also wird das schwierig werden. Ich möchte auf keinen Fall, dass jemand die beiden meinetwegen trennt.«

»Da Coke Mario und Cassidy sowieso gern trennt, müssen wir uns einen Plan einfallen lassen, wie wir sie irgendwie gleichzeitig herausholen können«, bemerkte Eagle.

»Darüber denke ich noch nach, aber ich habe eine Idee. Es wird nicht einfach sein und ist verdammt riskant. Es besteht die Möglichkeit, dass es Cassidy verärgert ... aber wenn es sie und ihren Sohn hier rausbringt, werde ich tun, was ich tun muss.«

Bull, Smoke und Eagle lehnten sich gespannt nach vorn.

»Schieß los«, sagte Smoke.

Es dauerte weitere anderthalb Stunden, bis das *Silverstone-Team* den Plan und mögliche Ausweichszenarien besprochen hatte. Das Risiko, dass etwas schiefging, war höher als sonst, aber alle waren sich einig, dass es die beste Möglichkeit war, Cassidy und ihren Sohn aus den Fängen der Organisation zu befreien und gleichzeitig Coke auszuschalten, wenn man die Häufigkeit in Betracht zog, mit der sie getrennt waren.

»Ich werde mit unserem Kontakt hier in Kingston sprechen und besorgen, was ihr braucht«, sagte Eagle zu Gramps.

»Und ich werde den Jungen im Auge behalten«, bot Smoke an. »Wenn er einen Fuß vor das Haus setzt, bin ich an ihm dran.«

»Aber du greifst nicht ein, bis ich es sage«, warnte Gramps.

»Natürlich nicht. Aber ich werde nicht tatenlos zusehen, wie er verletzt wird, kurz bevor wir ihn retten«, entgegnete Smoke ein wenig verärgert.

Gramps nickte seinem Freund dankbar zu.

»Und ich halte dir den Rücken frei«, erklärte Bull. »Ich kann dir nicht ins Haus folgen, aber ich werde zuhören. Wenn irgendetwas schiefgeht, gib mir ein Signal und ich werde einen Weg finden, dich rauszuholen. Wenn es sein muss, setze ich das Haus auch in Brand.«

Gramps nickte erneut. Sie alle trugen spezielle Uhren mit Funksendern. Bull konnte alles mithören, was gesagt wurde, und mit einem Knopfdruck ein Gespräch aufzeichnen.

Er war mit diesen Männern auf unzähligen Missionen gewesen. Er hatte sich auf sie verlassen, genauso wie sie sich auf ihn verließen. Er wusste ohne Zweifel, dass sie alles tun würden, um ihn herauszuholen, wenn es hart auf hart kam. Wäre er allein hier, würde er das Leben von Cassidy und ihrem Sohn nicht so aufs Spiel setzen. Aber da sein Team ihm den Rücken freihielt, war er zuversichtlich, dass er es schaffen würde, sie aus dem Land zu bringen – soweit das in der jetzigen Situation möglich war.

Doch etwas fehlte. Er hatte nicht den gleichen ... Enthusiasmus für die Mission, den er für andere empfunden hatte. Dieses berauschende Gefühl, dass er etwas bewirken würde. Coke war ein Dreckskerl, daran gab es keinen Zweifel, und er musste aufgehalten werden. Aber sie alle wussten, dass, sobald er ausgeschaltet war, jemand anderes seinen Platz einnehmen würde. So funktionierten die Dinge nun mal.

Es war ätzend und Gramps war es leid. Er wusste, dass seine Freunde das auch waren.

Als sie mit dem *Silverstone-Team* angefangen hatten, hatten sie sich darauf geeinigt, so lange weiterzumachen, bis sie alle das Gefühl hatten, fertig zu sein. Dieser Zeitpunkt war nun gekommen. Bull wollte unbedingt zu Skylar zurückkehren. Auch Eagle vermisste seine Frau, und wenn sie nicht gerade über das Geschäftliche sprachen, konnte er über nichts anderes reden als darüber, wie toll sein Sohn war. Gramps hatte mitbekommen, wie Smoke sich mit Eagle über das Vatersein unterhielt und ihn fragte, was er von Molly erwarten sollte, da sie nun schwanger war.

Und die Küsse, die er mit Cassidy geteilt hatte, gingen Gramps nicht aus dem Kopf ...

Geteilt war wahrscheinlich nicht das beste Wort; ihr *gestohlen* war wohl eher angebracht. Aber sie war nicht zurückgeschreckt. Sie hatte keine Anstalten gemacht, sich von ihm zu entfernen. Das lag vielleicht auch daran, dass dieser Mistkerl Lloyd zusah und sie ihre Rolle spielte, aber das glaubte er nicht.

Ihm war die Gänsehaut auf ihren Armen nach dem Kuss nicht entgangen. Er hatte versucht, sich zu beherrschen, aber in dem Moment, in dem er spürte, wie sie sich an ihn schmiegte, als er ihr Haar mit der Faust berührte, hatte er die Beherrschung verloren. Er hatte sie so geküsst, wie er es in all den Jahren stets gewollt hatte.

Sie waren beide in ihren Vierzigern. Er hatte die Liebe so gut wie aufgegeben. Aber als er Cassidy im Arm hielt, kamen all die Gefühle, die er über die Jahre verdrängt hatte, wieder zum Vorschein. Er wollte das, was seine Freunde hatten. Jemanden, zu dem er am Ende eines langen Tages nach Hause gehen konnte. Jemanden, mit dem er lachen konnte. Jemanden, mit dem er einfach zusammenleben konnte.

Gramps wusste nicht, was für ein Vater er sein würde, wahrscheinlich ein mieser, aber für Cassidy – und für Mario, ein Kind, das er noch nicht einmal kannte – wollte er es versuchen.

Wenn sie wieder zu Hause waren, würden Gramps und seine Freunde ein langes Gespräch über die Zukunft des *Silverstone-Teams* führen. Keiner wollte der Erste sein, der sagt, dass er aussteigen will, aber es war an der Zeit.

Jetzt, da er sich mit der Tatsache abgefunden hatte, dass die Dinge nicht mehr so waren wie noch vor eineinhalb Jahren, fühlte Gramps sich leichter. Freier. Sie waren noch nicht außer Gefahr, sie mussten diese Mission zu Ende bringen, aber wenn sie nach Indianapolis zurückkehrten, würde sich einiges ändern müssen.

»Worüber denkst du so angestrengt nach?«, fragte Bull.

Gramps zuckte mit den Schultern. »Alles Mögliche.«

»Wir werden das Kind schon schaukeln«, erklärte Smoke zuversichtlich.

»Allerdings«, stimmte Gramps zu.

Als die Nacht voranschritt und das Team sich schlafen legte, konnte Gramps nicht aufhören, darüber nachzudenken, was die nächsten Tage bringen würden. Diese Mission war sehr persönlich für ihn – und er wollte es auf keinen Fall vermasseln.

Am nächsten Morgen wartete Gramps bis zehn Uhr, um zu Cokes Haus zu fahren. Er wollte nicht zu übereifrig wirken, aber er wollte auch sichergehen, dass Coke wusste, dass er es ernst meinte und ihn nicht im Stich lassen würde. Natürlich wollte er auch Cassidy sehen und sich davon überzeugen, dass es ihr gut ging.

Ehe er sichs versah, saß er mit Coke in einem sehr opulenten Arbeitszimmer.

»Ich nehme an, du hattest gestern einen schönen Abend?«, fragte Coke.

Gramps ließ sich in den äußerst bequemen Sessel fallen und zuckte mit den Schultern. »Der Abend fing gut an, aber er wurde unterbrochen. Dann im Hotel ... die verdammten Touristen hier sind laut und unerträglich.«

Coke nutzte die Gelegenheit, die Gramps ihm geboten hatte.

»Du kannst gern hierbleiben«, bot er lässig an.

»Ich werde darüber nachdenken«, erwiderte Gramps, um nicht zu eifrig zu wirken.

»Ich bin sicher, dass ich dir viele Möglichkeiten bieten kann, um es dir angenehmer zu machen«, versicherte Coke ihm. »Vielleicht möchtest du das Produkt probieren, das du hoffentlich kaufen wirst? Oder vielleicht lässt sich die Gesellschaft einer bestimmten Dame arrangieren.«

Gramps tat so, als dachte er über sein Angebot nach. Er hasste es, wie leicht es Coke zu fallen schien, Cassidy zu verhökern. Entweder hatte der Mann das Gleiche mit anderen Frauen gemacht oder er war verzweifelt auf Gramps' Auftrag aus. Er vermutete, dass es wahrscheinlich eine Mischung aus beidem war.

»Ich kann nicht leugnen, dass Cassidy mich fasziniert«, entgegnete er mit einem verschmitzten Lächeln. »Es ist schon eine Weile her, dass ich mit einer Frau meiner eigenen Hautfarbe zusammen war, wenn du verstehst, was ich meine. Aber ich habe kein Interesse daran, einer von vielen zu sein ...« Gramps ließ seine Stimme verebben.

»Da brauchst du dir keine Sorgen zu machen. Cassidy war während der letzten fünf Jahre das Kindermädchen und die Lehrerin. Sie bleibt für sich und ist für den Geschmack meiner Kunden etwas zu ... eigensinnig.« Coke beugte sich vor, als würde er Gramps etwas im Vertrauen erzählen. »Und ich weiß aus zuverlässiger Quelle, dass sie noch nie gevögelt wurde, seit sie hier ist.«

»Woher willst du das wissen?« Gramps legte einen Hauch von Skepsis in seinen Ton.

»Ich kümmere mich sehr gut um meine Angestellten«, prahlte Coke. »Ich behalte sie im Auge ... zu ihrem eigenen Schutz, weißt du. Kingston ist eine gefährliche Stadt, und ich möchte nicht, dass denen, die unter meinem Dach leben, etwas passiert.«

Gramps gelang es, seinen verächtlichen Gesichtsausdruck zu

verbergen. Gerade so. Der Mistkerl hatte wahrscheinlich Kameras in Cassidys Zimmer versteckt, damit er sie jederzeit ausspionieren konnte, Tag und Nacht. »Ich verstehe. Und ich weiß die Information zu schätzen. Ich bin wählerisch, wenn es um meine Frauen geht.«

»Das ist gut. Gut«, erwiderte Coke. »Es gibt allerdings eine Kleinigkeit, die du über sie wissen solltest.«

»Und die wäre?«, fragte Gramps.

»Ihr Sohn. Ich habe ihn gestern Abend erwähnt. Er ist kein kleines Kind mehr – ich meine, er ist elf oder zwölf, oder so ungefähr. Aber sie hat ihn so sehr verhätschelt, dass er erbärmlich ist.«

»Ich pfeife auf Kinder«, log Gramps. »Schließlich will ich es ihr besorgen, nicht ihrem Balg.«

»Natürlich«, erwiderte Coke. Er stand auf und ging hinüber zu einem sehr umfangreichen Spirituosenschrank an einer der Wände. »Willst du das Produkt testen?«, fragte er, während er eine kleine Tür öffnete und ein Tütchen mit weißem Pulver herausholte.

»Ich weiß das zu schätzen, aber ich rühre das Zeug nicht an. Ich habe meine Lektion mit einem meiner Männer gelernt. Er war schwer süchtig und eine Zeit lang war alles in Ordnung. Bis ich ihn beim Stehlen der Ware erwischte. Ich musste ihn loswerden.«

Coke zog eine Augenbraue hoch.

Gramps wusste, was er wissen wollte. »Ich habe ihm die Kehle von Ohr zu Ohr aufgeschlitzt«, erklärte er sachlich. »Seine Ohren und seinen Ringfinger habe ich seiner Frau übergeben. Sie hat den Wink verstanden. Sie hielt den Mund und zog aus Dallas weg. Ich habe Stammkunden, die mehr als bereit sind, meinen Vorrat auf Qualität zu testen. Sie bekommen das Zeug umsonst, und im Gegenzug kann ich sicher sein, dass ich nicht über den Tisch gezogen werde.« Als er den letzten Teil sagte, blickte er Coke an.

»Hey, ich ziehe meine Kunden nicht über den Tisch«, protestierte Coke. Er legte das Kokain zurück in den Schrank und holte ein Glas heraus. Er hielt es hoch. »Wie wäre es mit einem jamaikanischen Rum?«

»Das hört sich gut an«, entgegnete Gramps mit einem Nicken. Er wollte nicht mit diesem Mistkerl trinken, aber da es sein Plan war, sich mit ihm anzufreunden, lächelte er, als Coke ihm das Glas reichte. Er nahm einen Schluck und musste zugeben, dass Coke nicht unrecht hatte, es war guter Rum ... auch wenn es noch nicht mal Mittag war.

»Also ... wollen wir übers Geschäft reden?«, fragte Coke, als er sich wieder hinter seinen Schreibtisch setzte.

Es war offensichtlich, dass der Mann ungeduldig war, aber Gramps wollte ihn noch ein wenig vertrösten ... und er wollte Cassidy wiedersehen. Er nahm noch einen Schluck Rum und zuckte dann mit den Schultern. »Wozu die Eile? Wenn ich es nicht besser wüsste, würde ich denken, du willst unbedingt einen Deal machen.«

»Nein, nein, nein«, entgegnete Coke. »Ich bin davon ausgegangen, dass du die Sache gern hinter dich bringen würdest.«

Gramps zuckte wieder mit den Schultern. »Es gibt etwas, das ich tatsächlich will, nämlich die kleine Süße wiederzusehen, die du mir gestern vorgestellt hast.«

»Ah, ich verstehe«, entgegnete Coke und lächelte anzüglich.

Gramps hätte ihm am liebsten eine runtergehauen, aber da er derjenige war, der Cassidy erwähnt hatte, zwang er sich, sitzen zu bleiben.

»Ich glaube, sie ist heute Morgen im Schulzimmer«, informierte Coke ihn.

»Habt ihr viele Kinder hier?«

»Einige. Ich erlaube sie nicht mehr, aber vor ein paar Jahren war ich noch nicht so streng.«

»Warum behältst du sie bei dir?«, fragte Gramps mit echtem Interesse.

»Soll ich ehrlich sein?«, entgegnete Coke.

»Das fände ich schön«, sagte Gramps zu ihm.

»Weil die Schlampen, ihre Mütter, zu viel wissen. Und indem ich ihnen erlaube, mit ihren Bälgern hier bei mir zu leben, mache ich sie von mir abhängig. Hier hinter den Mauern meines Hauses haben sie ein gutes Leben, viel besser als draußen.« Coke deutete mit dem Kopf zum Fenster, bevor er fortfuhr: »Ich dachte, dass es auch für das Personal gut wäre, Frauen um sich zu haben, aber stattdessen ist es einfach nur nervtötend. Die Frauen, die meine Männer sich teilen, sind gehässig und eifersüchtig aufeinander und bereiten mir Kopfschmerzen. Ich bestehe jetzt darauf, dass jede, die schwanger wird, sofort abtreibt, also kannst du es ihr auch gern ohne Kondom besorgen. Wenn sie schwanger wird, wird das keine Konsequenzen für dich haben.«

Gramps hätte den selbstgefälligen Mann vor sich am liebsten verprügelt, aber er zwang sich zu einem Nicken, als sei er erleichtert, das zu hören.

Coke fuhr fort: »Wenn die Bälger älter werden, werden sie in meine Organisation aufgenommen. Wenn alle Kinder alt genug sind, werden sie vor die Wahl gestellt: Entweder du bleibst bei mir und bekommst einen neuen Job oder du wirst eliminiert.«

Gramps zwang sich, nicht zusammenzuzucken. »Klingt nach einer klugen Geschäftsentscheidung.«

»Es hat sich bewährt«, erwiderte Coke mit einem Achselzucken. »Die Schlampe wird entweder ihren Lebensunterhalt verdienen, indem sie es mit jedem treibt, der sie will oder dem ich sie gebe, oder sie muss sterben. Sie ist schon zu lange hier und weiß zu viel. Ich kann sie nicht einfach gehen lassen, sie würde mir sofort die Bullen auf den Hals hetzen.«

»Und ihr Sohn?«

»Er ist ein merkwürdiger Kerl, aber er wird so oder so für mich arbeiten.«

»Ein merkwürdiger Kerl?«, hakte Gramps nach.

»Ein Homosexueller«, entgegnete Coke mit einem Blick voller Abscheu.

»Woher willst du das wissen? Er ist doch noch jung, oder?«

»Das ist doch offensichtlich«, bemerkte Coke spöttisch. »Und außerdem spielt es keine Rolle. Er kann entweder als Drogenbote arbeiten oder nach Herzenslust Schwänze lutschen. Aber er bleibt. Cassidy hat den Fehler gemacht, ihn mitzunehmen, als sie den Job angenommen hat, also kann ich jetzt mit ihm machen, was ich will. Ich könnte ihn umbringen, aber er nützt mir insofern, als dass ich sie mit ihm unter Druck setzen kann.«

Gramps hatte für diesen Morgen genug gehört. Coke war ein herzloser Mistkerl und er konnte es kaum erwarten, ihn auszuschalten. »Ich nehme an, sie weiß nichts von deinen Plänen«, bemerkte er trocken.

Coke lachte. »Nein. Aber das wird sie noch früh genug. Du solltest dankbar sein, dass du sie bekommst, bevor ich sie meinen Männern überlasse. Ich habe gesehen, wie Lloyd sie ansieht. Er hasst sie, aber das wird ihn nicht davon abhalten, sich zu nehmen, was er will.«

»Wo wir gerade dabei sind ... Ich würde es begrüßen, wenn du ihn während meiner Anwesenheit von ihr zurückhältst«, bemerkte Gramps.

»Er passt nur auf, dass sie keinen Blödsinn macht.«

»Glaubst du, ich komme nicht mit ihr klar?«, fragte Gramps, wobei er seinen Ton ein bisschen gereizt klingen ließ.

»Das habe ich nicht behauptet«, antwortete Coke.

»Ich will nicht, dass er mir nachspioniert«, erklärte Gramps dem anderen Mann. »Jetzt, da ich weiß, wie es um sie steht, kann ich sie auch ohne die Hilfe von Lloyd oder dem Rest deines Sicherheitsteams unter meiner Fuchtel halten.«

»Ich bin sicher, dass du das kannst, und ich vertraue dir«, erwiderte Coke beschwichtigend. »Ich habe mich über dich informiert, sonst hätte ich dich nicht in mein Haus gelassen. Du hast den Ruf, den ich respektiere, G. Aber du verstehst, dass ich nicht riskieren kann, dass sie dich mit einer rührseligen Geschichte beeinflusst. Ich werde Lloyd sagen, dass er dich in Ruhe lassen soll, wenn du auf dem Gelände bist, aber du darfst mein Grundstück auf keinen Fall mit ihr und dem Bengel verlassen.«

Gramps trank den Rest des Rums und stellte das Glas auf einem Tisch neben seinem Stuhl ab. »Das hört sich für mich gut an. Ich habe keine Verwendung für das Kind. Und es ist ja nicht so, dass ich die Schlampe zu meiner Freundin machen werde. Ich mag es aber, meine Frauen zu umwerben, damit sie meinen Schwanz begehren, bevor ich ihn ihnen gebe.«

»Du magst es nicht, wenn sie sich wehren?«, fragte Coke.

»Eigentlich nicht. Mir ist es lieber, wenn sie gefügig sind und nehmen, was ich ihnen gebe, als dass ich mich ihnen aufdränge.«

»Schade. Du weißt nicht, was du verpasst«, entgegnete Coke grinsend. »Aber ich werde mit Lloyd reden. Das Angebot hierzubleiben steht noch.«

»Hast du ein Zimmer in der Nähe von Cassidy?«, fragte Gramps und versuchte, die Tatsache zu ignorieren, dass Coke gerade zugegeben hatte, dass er sich gern Frauen mit Gewalt nahm. Verdammter Dreckskerl.

»Du bekommst ein Zimmer auf der gegenüberliegenden Seite«, versicherte Coke ihm.

»Das wird reichen. Vielen Dank für die Gastfreundschaft. Wenn du mich entschuldigst, ich muss eine Frau zähmen«, erklärte Gramps ihm.

Coke trank den letzten Rest seines Drinks und stand zusammen mit Gramps auf. »Wie ich schon sagte, sie ist im Schulzimmer. Du kannst sie ruhig unterbrechen. Die Bälger, die bei ihr sind, müssen sich sowieso nichts merken, was sie ihnen beibringt. Sie werden alles, was sie wissen müssen, von meinen Männern lernen, sobald sie ganz für mich arbeiten.«

»Alles klar. Und du hast gesagt, ich kann sie mit nach Kingston nehmen, richtig?«, fragte Gramps.

»Ja. Aber der Junge bleibt hier.«

»Kein Problem. Er ist mir verdammt egal«, wiederholte Gramps, was natürlich eine Lüge war. »Ich weiß nicht, was ich heute vorhabe, aber ich bin sicher, dass ich mich morgen früh fantastisch fühlen werde«, bemerkte er mit einem Augenzwinkern.

Cokes Augen leuchteten. »Meinst du?«

»Ja. Ich werde dafür sorgen, dass die Schlampe heute Abend mit dem größten Vergnügen auf meinem Schwanz reitet. Es ist schon lange her, dass ich eine so gute Latina-Muschi hatte.

Morgen können wir die Bedingungen für eine hoffentlich lange und erfolgreiche Partnerschaft zwischen uns besprechen.«

»Klingt gut. Falls du Interesse hast, um acht Uhr gibt es Abendessen.«

»Ich bin sicher, dass ich beschäftigt sein werde, aber danke«, entgegnete Gramps höflich, denn er wollte Cassidy nicht noch mehr von diesem Mistkerl zumuten, als sie ohnehin schon erlitten hatte. Er hatte keine Ahnung, ob sie wusste, was Coke mit ihr vorhatte, aber sie machte sich zu Recht Sorgen. Er hasste es, dass sie sich und Mario in Gefahr gebracht hatte, indem sie die Briefe an das FBI geschickt hatte, aber ihr Instinkt war goldrichtig gewesen. Wären er und das *Silverstone-Team* nicht rechtzeitig gekommen, hätten sie und Mario schon bald eine entsetzliche Qual durchleben müssen. Je schneller er den Plan des *Silverstone-Teams* in die Tat umsetzen konnte, desto besser.

Er hoffte, dass Eagle in der Lage war, das zu bekommen, was sie brauchten, um die Sache ein für alle Mal zu beenden. Wenn nicht, würde Gramps Coke auf einen anderen Tag vertrösten müssen ... wobei er sich alles andere als sicher war, ob ihm das auch gelingen würde.

Coke ging zur Tür des Arbeitszimmers und öffnete sie. Lloyd, der allgegenwärtige Wachhund, nahm sofort Haltung an.

»Lloyd, ich muss mit dir reden«, sagte Coke zu ihm. Dann nickte er Gramps zu. »Den Flur entlang, dann rechts und dann die erste links. Der Schulraum ist am Ende des Flurs. Du kannst ihn nicht verfehlen.«

»Danke«, entgegnete Gramps und wandte sich zum Gehen.

»Sir, lassen Sie mich Martin anrufen ...«, begann Lloyd.

»Nicht nötig. Das ist ein Teil dessen, worüber wir reden müssen«, unterbrach Coke ihn.

Gramps konnte hören, wie Lloyd protestierte, als die Tür zum Arbeitszimmer sich hinter ihm und Coke schloss. Er gab sich keinen Illusionen hin, dass er seine Privatsphäre haben würde. Jeder Zentimeter des Anwesens wurde von Sicherheitskameras überwacht, und wahrscheinlich wurde er beobachtet, als er den Flur entlangging, wo er hoffte, Cassidy zu finden. Aber ohne Lloyd auf den Fersen zu haben hätte er mehr Möglichkeiten, mit ihr unter vier Augen zu sprechen.

Die Villa war makellos und hatte ganz offensichtlich Millionen gekostet. Verglichen mit der Armut vieler Menschen, die in Kingston lebten, war es fast schon obszön. Aber es war nicht schwer, die Loyalität der Männer und Frauen zu verstehen, die für Coke arbeiteten. Wenn sie wollten, dass der Geldsegen weiter anhielt, mussten sie ihren König glücklich machen und dafür sorgen, dass er in Sicherheit war. Jeder, der gegen die Regeln verstieß, war eine Bedrohung für ihre Existenz.

Je mehr Zeit Gramps in dieser Villa verbrachte, desto mehr wollte er sie verlassen. Jamaika war ein wunderschönes Land, aber wie fast jeder Ort auf der Welt beherbergte es auch das Böse. Die meisten Einheimischen waren großzügig, fleißig und wirklich gut, aber leider brauchte es nur ein paar schlechte Leute, um das gesamte Umfeld anzustecken. Vielleicht wäre Lloyd ein guter Mann gewesen, wenn er nicht in den Sog von Coke geraten wäre. Aber alles »Vielleicht« auf der Welt würde daran nichts mehr ändern. Gramps konnte nur eins tun: Cassidy und Mario von diesem Ort wegbringen, Coke ausschalten und beten, dass das Licht die Dunkelheit in diesem Haus besiegte. Er bezweifelte, dass es so einfach werden würde, aber wenn er erst einmal draußen war, lag es an denen, die noch übrig waren, das Richtige zu tun.

Gramps hörte Cassidy, bevor er sie sah. Die Türen im Flur waren alle geschlossen, aber er konnte sie sprechen hören, als er sich dem Raum näherte, den er für den Schulraum hielt. Da er wusste, dass Coke und die anderen ihn beobachteten, griff er nach dem Türknauf und tat, was von ihm erwartet wurde: Er betrat den Raum, als sei es ihm egal, dass Cassidy gerade mitten im Unterricht war.

Sechs Köpfe drehten sich zu ihm um und starrten ihn an, als er eintrat. Fünf Jungen saßen an den Tischen, und Cassidy stand an der Tafel.

»Der Unterricht ist für heute beendet«, verkündete er.

Die Jungen johlten vor Freude und sprangen sofort von ihren Tischen auf. Ohne einen zweiten Blick auf ihre Lehrerin zu werfen, stürmten sie an Gramps vorbei auf den Flur hinaus.

»Nein, wartet!«, rief Cassidy ihnen hinterher, aber die Jungen ignorierten sie.

Sie seufzte und sah Gramps stirnrunzelnd an. »Ich war noch nicht fertig mit dem heutigen Unterricht«, schimpfte sie.

Er ging auf sie zu, ohne die Kameras aus den Augen zu lassen, legte seine Hand in ihren Nacken und zog sie an sich, bis sie von den Hüften bis zur Brust aneinandergepresst waren. Er senkte die Stimme und sagte: »Es tut mir leid, aber es geht alles so schnell, und ich habe Coke gesagt, dass ich den Tag mit dir verbringen möchte. Er hatte kein Problem damit.«

Cassidy öffnete den Mund, um etwas zu erwidern, aber bevor sie das tun konnte, stürmte der vierte Junge auf die beiden zu. Er trat Gramps mit voller Wucht gegen das Bein. »Lass sie los!«, knurrte er.

Gramps sah auf den Jungen hinunter und konnte sich ein Grinsen nicht verkneifen. Er hätte gewusst, dass es Cassidys Sohn war, auch wenn er nicht der einzige hispanische Junge in der Klasse gewesen wäre. Er hatte die schönen haselnussbraunen Augen und Gesichtszüge von Cassidy. Seine olivfarbene Haut strahlte eine Gesundheit aus, wie sie nur ein Kind haben konnte. Er war dünn, wahrscheinlich zu dünn für ein Kind in seinem Alter. Er blickte finster zu Gramps hoch, aber die Angst in seinem Gesicht war nicht zu übersehen. Er war mutig und setzte sich für seine Mutter ein, auch wenn er Angst vor den Konsequenzen hatte.

Eigentlich sollte er so tun, als würde er sich einen Dreck um Kinder scheren, aber Gramps konnte Mario nicht in dem Glauben lassen, dass er seiner Mutter etwas antun würde. Er ließ Cassidy los und ging in die Hocke, damit er Mario in die Augen sehen konnte. Außerdem sprach er leise, um nicht von den Kameras gehört zu werden. »Ich würde deiner Mutter niemals wehtun, genauso wenig, wie ich mir selbst eine geladene Waffe an den Kopf halten und abdrücken würde.«

Das war ein bisschen hart, aber er musste zu dem Jungen durchdringen, und er dachte sich, dass er das schneller erreichen würde, wenn er zu unverblümt wäre, als wenn er zu behutsam wäre.

»Du hast sie angefasst«, warf Mario ihm vor.

»Das habe ich, aber ich habe ihr nicht wehgetan«, erklärte Gramps ihm.

Cassidy kniete sich neben ihn, legte ihren Arm um ihren Sohn und flüsterte: »Er ist mein Freund, Mario. Ich vertraue ihm.«

Marios Augen traten bei ihren Worten fast aus seinem Kopf. »Wirklich?«

Cassidy nickte. »Ja. Und du kannst ihm auch vertrauen. Ich schwöre es.«

Gramps wusste nicht genau, was zwischen Mutter und Sohn vor sich ging, aber es war offensichtlich, dass Cassidys Aussage, sie vertraue ihm, viel mehr bedeutete, als die einfachen Worte vermuten ließen.

»Okay«, erklärte Mario nach einer langen Pause zögernd.

Gramps war klar, dass er sich vor dem jungen Mann beweisen musste, und er hatte kein Problem damit. Was er gesehen und gehört hatte, ließ ihn erneut schwören, alles zu tun, um ihn und seine Mutter in Sicherheit zu bringen.

»Was tust du hier?«, fragte Cassidy.

Sie hockten immer noch auf dem Boden, aber Gramps stand nicht auf. Er wollte, dass Mario das Gespräch mitbekam.

»Ich habe grünes Licht bekommen, den Tag mit dir zu verbringen, ohne dass Lloyd uns auf Schritt und Tritt verfolgt«, erklärte Gramps.

Es war fast schon komisch, wie Marios und Cassidys Augen sich auf die gleiche Weise weiteten.

»Wirklich?«, fragte sie.

»Ja. Ich dachte, du könntest mir das Haus zeigen ... eine sehr gründliche Führung, wenn du verstehst, was ich meine. Danach können wir dann nach Gespür vorgehen.« Gramps wollte Cassidy vom Gelände des Anwesens wegbringen, was bedeutete, dass er Mario zurücklassen musste. Das gefiel ihm nicht, aber es war wichtig, dass sie den Rest des *Silverstone-Teams* kennenlernte und verstand, dass sie wirklich hier waren, um zu helfen.

»Oh ja ... klingt gut«, erwiderte Cassidy unsicher. Sie stand auf, aber bevor Gramps es ihr gleichtat, wandte er sich an Mario.

»Ich werde deine Mutter heute ganz oft anfassen. Vielleicht halte ich ihre Hand oder lege meinen Arm um ihre Schultern. Es ist gut möglich, dass ich sie auch küssen werde. Aber ich werde sie zu keinem Zeitpunkt zu etwas zwingen, was sie nicht will. Ich werde dich bitten, mir zu vertrauen, auch wenn ich noch nicht bewiesen habe, dass du es kannst ... noch nicht. Es geschehen Dinge, die du nicht verstehen wirst, und deine Mutter wird dir alles erklären, wenn es sicher ist. Wirst du mir das Wohl deiner Mutter anvertrauen?«

Gramps wusste, dass er zu viel Druck machte, aber er hatte keine andere Wahl. Er konnte nicht den ganzen Tag damit verbringen, gegen Mario zu kämpfen und gleichzeitig so zu tun, als würde er seine Beziehung zu seiner Mutter vorantreiben. Coke und alle anderen mussten glauben, dass Cassidy seinem Zauber erlegen war und heute Abend in seinem Bett schlafen würde.

Er konnte Mario an den Augen ablesen, wie intelligent er war. Er vertraute ihm nicht, aber er vertraute seiner Mutter. Er schaute von Gramps zu Cassidy und dann wieder zu ihm. »Ich weiß, dass ich nur ein Kind bin, aber wenn du ihr etwas antust, wirst du es bereuen.«

Es war ein Bluff, denn es war unmöglich, dass der Junge ihn wirklich verletzen konnte, aber Gramps nickte trotzdem feierlich. »Ich verstehe. Und, Mario?«

»Ja?«

»Du bist ein guter Mann, weil du dich um deine Mutter kümmerst.« Gramps versuchte nicht nur, ihm Honig ums Maul zu schmieren. Er merkte, dass der Junge alles tat, was er konnte, um seiner Mutter zu helfen, und das in einer Situation, die sich seiner Kontrolle entzog.

»Es ist nicht genug«, flüsterte Mario. Für einen Moment dachte Gramps, er würde weinen, aber Mario blinzelte seine Tränen zurück und richtete sich auf. »Du sollst nur wissen, dass ich euch im Auge behalte, und wenn ich glaube, dass du ihr etwas antust, werde ich etwas sagen.«

»Abgemacht«, erklärte Gramps und stand auf. Er griff nach Cassidys Hand. »Bereit?«

Sie hatte die Lippen fest aufeinandergepresst, als würde sie versuchen, eine intensive Emotion zu unterdrücken. Aber sie nickte und ergriff seine Hand. Mario ergriff ihre andere Hand, und die drei verließen gemeinsam den Schulraum.

KAPITEL VIER

»Dieses Tor ist also immer verschlossen?«, fragte Leo, während er lässig an der Außenmauer lehnte, die das hintere Grundstück von Michael Cokes Villa umgab.

»Ja, das sind sie alle«, antwortete Cassidy ihm.

Dann überraschte er sie, indem er nach ihrer Hand griff und sie zu sich zog. Sie verlor das Gleichgewicht und fiel gegen seine Brust, wo sie mit einem leisen »Oooh« aufprallte.

»Ganz ruhig«, erklärte Leo und drückte ihre Hüften gegen seine eigenen. Für jeden, der zusah, sah seine Bewegung wahrscheinlich etwas aggressiv aus. Obwohl er sie festhielt, tat er ihr nicht weh.

Das hatte er während der letzten zwei Stunden schon öfter gemacht. Er drängte sie in seinen Raum, als hätte er das Recht dazu. Cassidy beschwerte sich nicht. Sie wusste, was er tat, nämlich jedem, der zusah, klarzumachen, dass er die Kontrolle hatte. Und sie achtete darauf, dass sie in keiner Weise protestierte. Wenn Michael wollte, dass sie seinen Gast glücklich machte, würde sie das tun.

Obwohl sie zugeben musste, dass das keine große Qual war. Sie mochte Leos Hände auf sich. Sie fühlte sich bei ihm sicher und beschützt, und das gefiel ihr. So hatte sie sich schon sehr, sehr lange nicht mehr gefühlt.

Mario war nicht glücklich darüber, dass Leo sie so oft berührte, aber er war auch klug genug, seine Beschwerden für sich zu behalten. Als sie Mario gesagt hatte, dass sie Gramps vertraute ... war ihm sofort klar gewesen, dass das eine große Sache war. Vor etwa anderthalb Jahren hatten sie ein langes Gespräch geführt, bei dem sie sich darauf geeinigt hatten, dass sie in diesem Haus *niemandem* vertrauen konnten. Niemandem.

Aber wenn sie jemals jemanden finden würden, dem sie vertrauen *könnten*, würde Cassidy ihn oder sie bitten, ihnen bei der Flucht zu helfen.

Sie wusste nicht genau, ob Mario sich an dieses Gespräch erinnert hatte, als sie ihm gesagt hatte, dass sie Leo vertraute. Sie hätte sich am liebsten hingesetzt und ihrem Sohn alles erzählt, was Leo ihr erzählt hatte, dass er undercover arbeitete, aber sie wollte auch nichts tun, was Leo in Gefahr bringen könnte. Wenn jemand vermutete, dass nicht alles so war, wie es schien, könnte er Mario verhören. Wenn der Junge nichts wusste, konnte er auch keine Geheimnisse ausplaudern.

Sobald sie aber in Sicherheit waren, würde sie ihm alles erzählen. Mario hatte das verdient. Er lebte in der gleichen Hölle wie sie. Er litt genauso wie sie. Wahrscheinlich sogar noch mehr.

»Mario, ich möchte, dass du da rübergehst, den Stock nimmst und damit spielst«, sagte Leo in einem sanften, aber bestimmten Ton.

»Wie damit spielen?«, fragte Mario.

Cassidy zuckte zusammen. Sie fand es schlimm, dass ihr Kind nicht einmal wusste, wie man wie andere Kinder in seinem Alter spielt.

»Schlag ihn gegen Sachen. Schau, ob du den Stock kaputt machen kannst, indem du ihn gegen einen Baum schlägst. Zeichne Kreise in den Dreck. Schau mal, ob du damit den höchsten Punkt der Mauer berühren kannst, wenn du springst«, schlug Leo vor.

»Ihr wollt, dass ich für Ablenkung sorge, während ihr euch unterhaltet, stimmt's?«, fragte Mario.

»Ich wusste, dass du schlau bist. Ja, genau das will ich«, entgegnete Leo.

Mario und Leo starrten sich einen Moment lang an, bevor ihr Sohn schließlich nickte und den großen Stock aufhob.

Leo drehte sie so, dass sie Mario immer noch sehen konnte, aber er schob sie dabei nicht von ihm weg. Sie waren immer noch aneinandergekuschelt, und Cassidy konnte sich nicht erinnern, wann ihr etwas besser gefallen hatte. »Erzähl mir von den Sicherheitsvorkehrungen hier draußen«, bat Leo sie leise.

Seine Worte machten ihr klar, dass dies keine Verabredung war. Sie genossen nicht den Tag, während sie ihrem Sohn beim Spielen zusahen. Leo war undercover im Haus eines Drogendealers, und eine falsche Bewegung konnte sie alle umbringen.

»Soweit ich weiß patrouillieren Lloyds Leute vierundzwanzig Stunden am Tag das Gelände. Einmal kam ich gegen drei Uhr morgens hierher, weil ich sehen wollte, ob ich mich vielleicht hinausschleichen kann, und wurde von einem der Wächter aufgehalten. Er wollte wissen, was ich da mache. Ich behauptete, dass ich einfach nicht schlafen konnte und etwas frische Luft brauchte. Ich weiß nicht, ob er mir das abgenommen hat oder nicht, aber ich habe erfahren, dass ich mich nicht mitten in der Nacht rausschleichen kann.«

»Was für Waffen tragen sie denn?«

»Ich weiß nicht, was für Waffen es sind, aber jeder hat ein Gewehr. Und sie haben Messer an ihre Beine geschnallt. Ich habe sogar einmal eine Pistole in einem Holster an Martins Hüfte gesehen.«

»Nehmen die Angestellten in dem Haus Drogen?«, fragte Leo.

»Ich bin mir nicht sicher. Ich habe noch niemanden gesehen, der sich einen Schuss gesetzt oder Kokain geschnupft hat, aber das heißt nicht, dass sie es nicht tun. Ich tue mein Bestes, um mich von allen so weit wie möglich fernzuhalten. Ab und zu führt Michael mich vor den Gästen vor, so wie gestern Abend mit dir, aber sonst durfte ich immer in mein Zimmer gehen. Ich werde verfolgt, als sei ich ein Dieb, und wenn ich auch nur ein bisschen aus der Reihe tanze, werde ich gemaßregelt und sie drohen mir, mir Mario wegzunehmen. Ich ... all das habe ich dem FBI in den Briefen mitgeteilt, die ich geschrieben habe. Hast du sie nicht gelesen?«

»Doch, das habe ich«, erklärte Leo, »aber ich wusste nicht, ob sich etwas geändert hat, seit du die Briefe geschrieben hast. Und ich muss sagen ... ich bin ziemlich sauer auf dich wegen der Briefe.«

»Weswegen bist du sauer auf mich? Wegen der Briefe?«, fragte Cassidy.

»Ja. Es war verdammt gefährlich, all diese Dinge aufzuschreiben. Was, wenn jemand einen gefunden hätte? Dich abgefangen hätte, als du ihn abschicken wolltest? Das sind keine Männer, mit denen man sich anlegen sollte, Cass. Glaub mir, wenn ich sage, dass sie kein Problem damit haben, dich oder Mario zu töten. Sie werden nicht zögern. Solange du ihnen nützlich bist, werden sie dich in ihrer Nähe behalten, aber sobald sie herausfinden, dass du sie verraten hast, bist du so gut wie tot.«

Cassidy versteifte sich in seinem Griff. »Was hätte ich denn tun sollen? Ich weiß besser als du, wozu jeder hier fähig ist.«

»Nein, das weißt du nicht«, entgegnete er in einem harten und messerscharfen Ton.

»Doch, das tue ich«, beharrte sie. »Ich bin diejenige, die es lebt. Ich bin diejenige, die sieht, was Coke *wirklich* ist. Er hat *meinen* Pass gestohlen. Er hält *mich* als Geisel fest. Er hat einen der Wachmänner direkt vor meinen Augen erschossen! Was weißt *du* schon von dieser Art des Bösen?«

Leo hob eine Hand und griff nach ihrem Kinn, um es anzuheben, sodass sie keine andere Wahl hatte, als ihm in die Augen zu sehen. Sein Griff war fest, aber nicht schmerzhaft. »Ich weiß zu viel über das Böse, Cass ... aber du hast recht. Du weißt viel mehr über dieses spezielle Böse als ich, weil du seit Jahren damit lebst.

Ich hasse das Risiko, das du eingegangen bist, auch wenn ich weiß, dass es mich zu dir geführt hat.«

Cassidy erschauderte angesichts der Hilflosigkeit und Wut, die sie in Leos Augen sah. Da wurde ihr klar, dass sie keine Ahnung hatte, womit er sein Geld verdiente. Sie wusste, dass er aus dem Militär entlassen worden war – das war eines der letzten Dinge, die ihre Eltern gehört und an sie weitergegeben hatten. Sie hatte nicht einmal hinterfragt, was er in Jamaika machte und wie er sie retten wollte. Sie war zu erleichtert, ihn zu sehen und zu wissen, dass ihre Briefe an das FBI jemanden erreicht hatten, der bereit war zu helfen.

»Mir tut es auch leid«, flüsterte sie. »Ich wollte nicht zickig sein.«

»Verdammt«, hauchte Leo und machte die Augen zu. Er nahm seine Hand nicht von ihrem Kinn, und Cassidy wartete darauf, dass er sie noch einmal ansah. Er öffnete die Augen und sagte: »Du warst nicht zickig. Ich habe mich danebenbenommen.«

»Ich war verzweifelt«, erklärte Cassidy leise. »Ich wusste, dass es gefährlich ist, alles aufzuschreiben, aber ich bin keine Närrin. Ich weiß, dass meine Zeit als Lehrerin bald zu Ende ist. Das ist offensichtlich, denn Michael hat keine weiteren Kinder ins Haus geholt. Ich darf sie nur vormittags unterrichten, dann kommt einer der Sicherheitsleute und nimmt sie mit. Ich weiß, dass sie darauf trainiert werden, für Michaels Organisation zu arbeiten. Das war einer der Hauptgründe, warum ich mich gemeldet habe. Um zu versuchen, Mario zu retten.«

»Diese Briefe zu verschicken war verdammt mutig, trotz des Risikos. Ich weiß, dass du getan hast, was du tun musstest.«

»Passt mal auf!«, rief Mario aus der Nähe.

Cassidy drehte den Kopf, nachdem Leo sie losgelassen hatte, und sah zu, wie ihr Sohn so hoch sprang, wie er konnte, und seinen Stock gegen einen Ast hoch über seinem Kopf schlug. »Gut gemacht, Mario!«, lobte er ihn.

»Sieh mich an, Cassidy«, befahl Leo.

Wie von einem Magneten angezogen, drehte Cassidy sich um, um Leos Blick zu begegnen.

»Wir haben viel zu besprechen, aber jetzt ist nicht der richtige Zeitpunkt dafür. Du kannst mir vertrauen, so wie du es Mario gesagt hast. Mein Team und ich werden euch beide hier rausholen, egal wie viele Wachen da sind und wie viele Waffen sie haben.«

»Wie?«, flüsterte sie.

Statt zu antworten, schob Leo eine Hand unter ihr Hemd, sodass seine warme Handfläche auf der nackten Haut ihres Rückens ruhte. Er ließ den Kopf sinken und küsste sie gleichzeitig, was Cassidy ein tiefes Stöhnen entlockte.

Leo Zanardi war ihre Schwäche, und es war, als wüsste er das und nutzte die gute Chemie zwischen ihnen, um nicht auf ihre Fragen zu antworten.

»Wie ich sehe, kommt ihr immer noch gut miteinander aus«, sagte Lloyd.

Cassidy zuckte zusammen, aber Leo ließ sie nicht los. Er hob nur den Kopf und starrte den Mann an, der es gewagt hatte, sie zu unterbrechen ... schon wieder.

Als wüsste er, wie wütend Leo war, hob Lloyd abwehrend die Hände. »Ich wurde vom Chef geschickt. Er will, dass Mario hier etwas erledigt.«

Cassidy öffnete den Mund, um zu protestieren, aber Leo sprach über sie hinweg. »Klingt gut. Ich wollte Cassidy sowieso zu einem romantischen Abendessen in Kingston ausführen.«

Sie schaute überrascht zu Leo und dann zu ihrem Sohn. Mario hatte die Schultern hochgezogen, als könnte ihn das vor dem Job schützen, auf den er geschickt werden würde. Er schaute sie verzweifelt an. Er wusste, dass sie ihm nicht helfen konnte, dass er alles tun musste, was von ihm verlangt wurde.

Cassidy hätte gern nach ihm gegriffen und ihn in den Arm genommen und Lloyd gesagt, dass er keine Hand an ihren Sohn legen würde, aber sie wussten beide, dass sie genauso hilflos war wie Mario.

»Sag Coke, dass ich Mario später am Abend erwarte, wenn wir zurückkommen«, sagte Leo zu Lloyd und blickte ihn an. »Der Weg zum Herzen einer Frau führt über ihre Kinder, verstehst du?«

Cassidy hielt den Atem an. Leo hörte sich so anders an, wenn er mit Lloyd zu tun hatte. Härter. Unnachgiebig. Beängstigend.

»Natürlich. Wenn das Balg dich nicht mag, wird die Mutter es auch nicht tun. Du magst G, nicht wahr, Mario?«, fragte Lloyd den Jungen, streckte die Hand aus und schlug ihm mit der Faust auf die Schulter.

Mario stolperte zur Seite und senkte den Blick. »Ja, wie auch immer.«

Cassidy wollte noch etwas zu ihm sagen, bevor er ging, aber Lloyd stellte sich hinter Mario und legte ihm die Hand auf die Schulter. »Viel Spaß, während du unsere schöne Stadt genießt. Aber sei vorsichtig, es ist gefährlich da draußen«, sagte er in einem Ton, der eher wie eine Drohung als eine freundliche Warnung klang. Dann schob er Mario in Richtung Haus, ohne sich nach Cassidy und Leo umzusehen.

Cassidy wimmerte und merkte gar nicht, dass sie einen Laut von sich gegeben hatte, bis Leo hinter sie trat, sein Kinn auf ihre Schulter legte und einen Arm um sie schlang und ihren Rücken an seine Brust drückte. »Sie werden ihm nicht wehtun«, beruhigte Leo sie. »Ich habe mich klar und deutlich ausgedrückt. Sie werden ihn heute Abend zu dir bringen, und sei es nur, um mich bei Laune zu halten. Sie können es sich nicht leisten, mich zu verärgern«, versicherte er ihr.

»Warum? Was wollen sie von dir?«, fragte Cassidy und wandte den Blick nicht von der Stelle ab, an der sie ihren Sohn zuletzt gesehen hatte.

»Nicht hier«, erklärte Leo. »Ich habe die Erlaubnis bekommen, dich für den Rest des Tages vom Gelände zu holen, und das werde ich auch tun.«

»Ich habe keinen Hunger«, erklärte sie ihm, denn sie wusste, dass sie sich wahrscheinlich übergeben würde, wenn sie etwas essen würde, weil ihr schon ganz schlecht vor Sorge um Mario war.

»Wir werden nicht essen gehen«, sagte Leo zu ihr. »Komm schon.« Er legte ihr eine Hand in den Nacken und drängte sie, vor ihm herzugehen, so wie Lloyd es mit Mario gemacht hatte.

Cassidy wurde klar, dass sie Leo eigentlich nicht kannte. Sie kannte *diesen* Leo nicht, der aufgetaucht war, um eine Art Deal mit Michael Coke, dem berüchtigten Drogendealer, zu machen. Er behauptete zwar, er habe ein Team, aber sie hatte noch niemanden gesehen. Vielleicht war er genauso schlimm wie Michael, und wenn sie mit ihm ging, würde sie in eine noch schlimmere Lage kommen als jetzt.

Gerade als sie beschloss, sich aus seinem Griff zu befreien, beugte er sich zu ihr hinunter und sein warmer Atem umspielte ihr Ohr, als er sagte: »Das ist nur Show, Cass. Jeder erwartet, dass ich dich wie den letzten Dreck behandle, aber ich werde dir nicht wehtun, auf keinen Fall.« Mit dem Daumen streichelte er die Seite ihres Nackens, die unter den widerspenstigen braunen Haaren versteckt war, die ihr über die Schultern fielen.

Sie presste die Lippen aufeinander und nickte ihm kurz zu. Sie ließ sich von ihm durch das Haus treiben. Sie kamen an mehreren Mitgliedern des Sicherheitspersonals vorbei, die nur grinsten. Keiner versuchte, sie aufzuhalten. Niemand sprach Drohungen gegen sie oder Mario aus, wenn sie nicht zurückkäme. In der Vergangenheit war ihr erlaubt worden, das Haus allein zu verlassen – so hatte sie die Briefe, die sie an das FBI geschrieben hatte, verschicken können –, aber ihr war auch klargemacht worden, dass Mario den Preis dafür zahlen würde, wenn sie nicht zurückkehrte. Sie hatten ihren wunden Punkt gefunden und nutzten ihn bei jeder Gelegenheit gegen sie aus.

Es war verwirrend, dass alle sich Leo unterordneten, aber sie vermutete, dass sie ihn für einen Drogenboss hielten, mit dem ihr Boss einen Deal machen wollte.

Sobald sie vor die Tore des Anwesens traten, schien es, als sei die Luft irgendwie sauberer. Cassidy hatte das Gefühl, dass sie leichter atmen konnte. Leo hielt seine Hand in ihrem Nacken, als sie die Straße von ihrem Gefängnis weggingen.

»Sieh dich nicht um«, sagte Leo, als könnte er ihre Gedanken lesen.

Sie wollte es aber. Sie wollte sehen, ob ihnen jemand folgte. Sie wollte sehen, ob sie noch einmal einen Blick auf Mario erhaschen konnte. Aber sie wusste, dass sie das nicht konnte. Lloyd hatte zwar gesagt, dass er für eine Besorgung gebraucht wurde, aber solange sie vor den Toren war, war er drinnen. So war es nun mal. Das war ihre schreckliche Realität.

Sie gingen zu einer unauffälligen schwarzen Limousine. Er hielt ihr die Tür auf und ging, nachdem sie sich hingesetzt hatte, nach vorn, um auf den Fahrersitz zu steigen. Er fuhr vom Bordstein weg, als hätte er keinerlei Sorgen.

»Verfolgen sie uns?«, flüsterte sie. Es war verrückt, immer noch so leise zu reden, aber sie hatte sich daran gewöhnt, weil sie wusste, dass in Michaels Haus überall Kameras waren.

»Natürlich«, erklärte Leo unbekümmert.

»Oh ... du *willst* also, dass sie uns folgen?«, fragte sie.

»Nein. Aber ich werde sie abhängen. Hab Geduld.«

Bei seinen Worten rümpfte sie die Nase. »Geduld? Leo, ich habe während der letzten vier Jahre auf den richtigen Zeitpunkt gewartet. Ich habe versucht, die beste Zeit und den besten Ort für meine Flucht zu finden. Ich bin mit meiner Geduld am Ende.«

Zu ihrer Überraschung wandte Leo sich ihr zu und lächelte. Das veränderte seinen ganzen Gesichtsausdruck. Plötzlich war er nicht mehr der unheimliche G, der gekommen war, um sich mit Michael zu treffen – er war der Junge, an den sie sich aus der Highschool erinnerte. Der Typ, der es liebte, den Leuten Streiche zu spielen. Er hatte Falten neben den Augen, die er früher nicht gehabt hatte, und beim Anblick seines dunklen Bartes fragte sie sich, wie er sich wohl auf ihrer Haut anfühlen würde.

Leo war extrem gut gealtert ... und das war ihr unangenehm. Sie war noch nie eine Frau gewesen, die sich übermäßig um ihr Aussehen oder ihr Gewicht Gedanken gemacht hatte, aber als sie sah, wie Leo seine Deckung ein wenig sinken ließ, wurde ihr klar, dass die Frauen sich dort, wo auch immer er lebte, wahrscheinlich schamlos an ihn heranmachten. Er war muskulös und sah gut aus, und wer konnte schon seinem Augenzwinkern widerstehen, wenn er schelmisch war?

»Woran denkst du?«, fragte er.

»Bist du verheiratet? Hast du eine Freundin?«, platzte es aus ihr heraus.

Leo runzelte die Stirn. »Warum?«

»Weiß sie, was du tust? Dass du mich küsst und so tust, als würdest du auf mich stehen? Das ist nicht richtig, Leo. Ich meine, ich bin dir sehr dankbar, dass du mir geholfen hast, und ich stehe für immer in deiner Schuld, aber ich mag den Gedanken nicht, dass du jemanden betrügst.«

»Dann denk nicht darüber nach«, erwiderte Leo leichthin.

Gerade als sie den Verstand zu verlieren drohte, griff Leo nach ihr und legte seine Hand auf ihren Oberschenkel. »Bevor dein lateinamerikanisches Temperament ausbricht – ich weiß, dass du es hast –, es gibt niemanden in meinem Leben«, erklärte er. »Ich bin Single. Das bin ich schon seit Jahren. Ich habe noch nie jemanden gefunden, der es auf Dauer mit mir aushalten kann.«

Cassidy konnte nicht anders, als ihn anzustarren. »Ernsthaft?«

»Ja. Ich bin launisch. Mürrisch. Ich kann mir nie Geburtstage oder Jahrestage merken ... die wichtigen Daten, von denen Frauen denken, dass ich sie wissen sollte. Mehr als einmal wurde ich als egozentrisch und selbstsüchtig bezeichnet, und sie haben nicht unrecht. Ich mag, was ich mag, und lasse mich nicht so leicht für dumm verkaufen. Aber ich sage dir eins, Cass: Ich habe noch *nie* – und das meine ich ernst – eine Frau betrogen, mit der ich zusammen bin. Wenn ich mit jemandem zusammen bin, stehe ich hundertprozentig hinter ihr. Ich würde dich nicht so anfassen oder küssen, wenn ich nicht Single wäre.«

Erleichtert nickte Cassidy. »Ich habe dich nicht als egoistisch in Erinnerung«, bemerkte sie. »Ich erinnere mich, dass du bei deiner Abschlussfeier Blumen sowohl für die Abschiedsrednerin als auch den Abschiedsredner gekauft hast.«

Er zuckte mit den Schultern. »Ich war stolz auf sie. Sie haben hart gearbeitet, viel härter als ich, und sie haben es verdient, mich bei der Ehrung auszustechen.«

Cassidy erinnerte sich daran, dass er in seiner Highschool-Klasse der Dritte gewesen war. Sie fügte der Liste der Dinge, die sie an ihm beeindruckt hatten, die Eigenschaft *klug* hinzu.

»Ich erinnere mich, dass *du* ein höllisches Temperament hattest. Du hast nie gezögert, dich gegen Rüpel zu wehren. Weißt du noch, wie du dem Quarterback eine Abreibung verpasst hast, weil er einen Witz über eines der Mädchen in der Band gemacht hatte?«

»Ja, er war ein Mistkerl«, sagte Cassidy. »Sich über ihr Übergewicht lustig zu machen war eine blöde Idee, und ich wollte nicht, dass er damit durchkommt.«

»Also ...«, begann Leo, als sie nicht weitersprach. »Dein Ex? Was ist da passiert?«

Cassidy seufzte. Leo fuhr souverän durch den Verkehr in Kingston, als würde er immer auf der linken Straßenseite fahren. Er schlängelte sich mit nur wenigen Zentimetern Abstand zwischen den Fahrzeugen durch die Straßen. Sie beschloss, dass es für ihre Nerven besser war, wenn sie nicht darauf achtete, wohin er fuhr. Sie richtete die Aufmerksamkeit auf Leo. »Alfred war älter als ich und er liebte es, mich wegen meines Temperaments zu schikanieren. Er sagte, es stünde mir nicht. Er sagte, es sei ihm peinlich. Und dafür wollte ich nicht verantwortlich sein. Also habe ich mein Temperament unterdrückt. Wenn ich etwas sah, das mich beunruhigte, tat ich mein Bestes, um es zu ignorieren.

Ich schäme mich dafür, denn es gab viele Male, bei denen ich hätte eingreifen sollen, wenn ich sah, wie jemand öffentlich gedemütigt wurde. Die Leute machten Kommentare über übergewichtige Menschen, die den elektrischen Einkaufswagen im Laden benutzten, und lachten, wenn jemand, der klein war, etwas in einem Regal nicht erreichen konnte. Abfällige Bemerkungen über schwule und lesbische Paare, die Händchen hielten. Solche Dinge. Ich schätze, ich habe es einfach verdrängt. Und als ich merkte, dass die Unterdrückung dieser Gefühle mich zu einem Menschen gemacht hatte, den ich nicht wirklich mochte, war es zu spät. Alfred hatte mich unter seiner Fuchtel. Dann bekam ich Mario und ich konzentrierte mich darauf, die beste Mutter zu sein, die ich sein konnte, und blendete alles und jeden anderen aus.

Er erzählte jedem, der ihm zuhören wollte, dass er kein Rassist sei. Dass er mehrere Männer ohne Papiere beschäftigte. Er prahlte damit, dass sie doppelt so hart arbeiteten wie seine anderen Angestellten. Er benutzte *mich* sogar als Beispiel dafür, wie *farbenblind* er war. Schließlich hatte er eine hispanische Frau geheiratet, also musste er doch ein Ausbund an Tugend sein, oder?« Cassidy verdrehte die Augen. »Die Wahrheit ist, dass er meine Herkunft gehasst hat. Er wollte nichts mit den Traditionen meiner Familie zu tun haben und weigerte sich, Mario an irgendetwas Ethnischem teilhaben zu lassen, das meine Familie mit ihm machen wollte. Und er behandelte die Mitarbeiter ohne Papiere wie Dreck. Er drohte ihnen, sie den Behörden zu übergeben, wenn sie nicht härter, schneller oder länger arbeiten würden als alle anderen. Und er bezahlte sie auch viel schlechter. Ich schäme mich, dass ich so lange bei ihm geblieben bin.«

Cassidys Augen füllten sich mit Tränen, als sie an ihr früheres Leben in El Paso zurückdachte. »Ich habe das meiste vor meinen Eltern verheimlicht. Ich habe seinen ganzen Blödsinn hingenommen, weil das von mir erwartet wurde. Aber als er sich gegen Mario wandte, war es aus mit mir.«

»Was hat er getan?«, fragte Leo.

Cassidy tröstete sich mit der Wut, die sie in seiner Stimme hörte. Es war offensichtlich, dass sie nicht auf sie gerichtet war. »Alfred hatte Mario in einer Flag-Football-Liga für kleine Kinder angemeldet. Er war erst vier und hat es gehasst. Ich versprach, ihm eine Puppe zu kaufen, wenn er es wenigstens versuchen würde. Ich habe Alfred nichts davon erzählt, aber er sah Mario eines

Nachmittags, als er früher von der Arbeit nach Hause kam, mit der Barbie spielen und sagte seinem Sohn, dass er sich schäme. Dass das Spielen mit Puppen etwas für Mädchen sei. Er schrie Mario zwanzig Minuten lang an und sagte ihm, er solle seinen Mann stehen und aufhören, so ein Weichei zu sein. Das war's für mich. Ich konnte es ertragen, dass er mich emotional missbrauchte, aber nicht Mario.

Am nächsten Tag reichte ich die Scheidung ein. Ich lebte noch eine Weile bei meinen Eltern, aber ich merkte, dass sie enttäuscht waren, dass meine Ehe am Ende war. Ich hasste es auch, Bekannten in der Stadt zu begegnen, die mich mit solcher Verachtung ansahen. Meine sogenannten Freunde waren auf Alfreds Seite. Also verließ ich El Paso. Ich wollte neu anfangen. Aber ich bin offensichtlich eine Närrin, denn sieh mich jetzt an.«

»Du bist keine Närrin«, erklärte Leo. »Ich bin stolz auf dich.«

Cassidy spottete. »*Stolz* auf mich? Leo, ich bin bei einem Mann geblieben, der mich missbraucht hat – und meinen Sohn gleich mit. Das macht mich nicht nur zu einer Närrin, sondern auch zu einer furchtbaren Mutter.«

»Falsch. Du hast in einer miesen Situation dein Bestes gegeben. Es ist kein Verbrechen, alles zu tun, was du kannst, damit deine Ehe funktioniert. Alfred war in dieser Situation der Idiot. Erstens, weil er engstirnig und bigott war, und zweitens, weil er nicht sah, was für eine tolle Frau er an seiner Seite hatte. Wenn du meine Frau wärst, würde ich alles dafür tun, dass du nicht nur glücklich bist, sondern dass es dir gut geht. Ich würde dein kulturelles Erbe ehren, *unser* kulturelles Erbe, und alles tun, was nötig ist, damit Mario sich sicher fühlt, so zu sein, wie er ist.«

Cassidy biss sich auf die Lippe, dann platzte sie heraus: »Ich glaube, er ist schwul.«

»Mario?«

Sie nickte.

»Und?«, fragte Leo. »Schämst du dich dafür?«

»Nein!«, erklärte Cassidy nachdrücklich. »Aber ich wollte das auch nicht für ihn.«

»Das musst du mir genauer erklären«, entgegnete Leo nach einem langen Schweigen.

Cassidy konnte nicht leugnen, dass es eigentlich eine Erleichterung war zu hören, wie gereizt Leo klang. Er war in *Marios* Namen beleidigt. In diesem Moment verliebte sie sich ein bisschen in ihn. Es war schon lange her, dass sich jemand für ihren Sohn eingesetzt hatte, und das fühlte sich wirklich gut an.

»Ich *weiß* nicht, ob er schwul ist«, erklärte sie. »Er ist erst elf. Er hat noch kein Interesse an Mädchen *oder* Jungen gezeigt, aber es ist nicht schwer zu erraten. Als wir in Texas lebten, hat er gern mit meinem Make-up gespielt. Er steht auf glitzernde und auffällige Dinge. Er interessiert sich nicht im Geringsten für Sport, Lastwagen oder andere Dinge, die kleinen Jungs Spaß machen sollten. Er hasst es, schmutzig zu sein, und Schaumbäder sind eine seiner Lieblingsbeschäftigungen. Als letztes Mal die Olympischen Sommerspiele liefen, konnte ich ihn nur mit Mühe von den Turnwettbewerben fernhalten. Er liebt das Tanzen mehr als alles andere auf der Welt. Ich wünschte, ich könnte ihn an einem Programm teilhaben lassen – da wäre er in seinem Element.«

»Und das willst du nicht für ihn?«, fragte Leo.

»Nicht aus den Gründen, die du vielleicht denkst«, gab Cassidy zu. »Es ist mir egal, wen er liebt. Es ist mir egal, ob er schwul, bisexuell, in einer polyamoren Beziehung ist, ob er asexuell ist oder ob er in einer Kommune in einer Nudistenkolonie leben will. Ich finde es nur schade, dass sein Leben aufgrund seiner sexuellen Orientierung schwieriger wird.«

Der strenge Blick auf Leos Gesicht lockerte sich ein wenig.

Cassidy fuhr fort: »Ich liebe Mario. Er ist buchstäblich das Beste, was ich je zustande gebracht habe. Aber nach einem so schwierigen Start in sein Leben will ich nur das Beste für ihn. Und schwul zu sein ist schwer. Nicht so schwer wie früher, aber ein Zuckerschlecken ist es auch nicht. Aber ich liebe ihn trotzdem und will, dass er glücklich ist.«

»Ich glaube, mit einer Mutter wie dir an seiner Seite, die ihn unterstützt, wird er aufblühen, egal mit wem er zusammen sein will.«

Cassidy schluckte schwer. »Du verurteilst ihn deswegen nicht?«

»Weil er schwul sein könnte? Auf keinen Fall«, versicherte Leo ihr. »Ich gebe zu, dass ich vor zwanzig Jahren nicht so aufgeschlossen war wie heute. Aber ich habe in meinem Leben schon viel Schlimmes gesehen. Und dass jemand einen Menschen des gleichen Geschlechts liebt, darüber denke ich gar nicht mehr nach. Was kümmert es mich? Es betrifft mich nicht, und was mich betrifft, ist mehr Liebe in dieser Welt bestimmt keine schlechte Sache. *Was* mich stört, sind Menschen, die ihren Partner oder ihre Partnerin verprügeln, egal welches Geschlecht sie haben. Jemand, der andere einsperrt, nur weil er es kann. Leute, Frauen und Kinder für Sex verkaufen. Menschen aus Spaß an der Freude umbringen. Es gibt in der heutigen Gesellschaft so viel mehr, worüber man sich Sorgen machen muss, als darüber, was andere in ihrem Schlafzimmer tun. Wenn Mario tanzen oder sich in einer Turnhalle austoben will, ist das sein gutes Recht.«

Cassidy schloss die Augen, aber die Tränen strömten ihr trotzdem über die Wangen. Sie hatte ein ähnliches Gespräch mit Alfred geführt, kurz bevor sie ihn verlassen hatte, und ihr Ex war entsetzt gewesen und hatte darauf bestanden, dass kein Kind von ihm jemals homosexuell sein würde. Leo hatte Mario schon nach einem Tag so akzeptiert, wie er war, und er *kannte* ihn noch nicht einmal richtig.

Sie spürte seine Finger an ihrer Wange, als er ihr sanft die Tränen wegwischte. Sie öffnete die Augen und sah, dass er die Stirn runzelte und einen so besorgten Gesichtsausdruck hatte, dass sie fast lächeln musste. Fast.

»Ich danke dir. Ich musste das alles hören.«

»Gut. Bist du bereit, mein Team kennenzulernen?«

Cassidy schaute überrascht vor sich hin. Sie wusste nicht, wo sie waren, aber das war nicht weiter verwunderlich, denn sie kannte Kingston nicht besonders gut, da sie nicht viel unterwegs sein durfte. Sie drehte sich um, um hinter sich zu schauen, sah aber nur andere Fahrzeuge auf der Straße. Sie wusste nicht, ob in einem von ihnen Mitglieder von Michaels Sicherheitskräften saßen. »Ist es sicher?«

»Ja. Ich habe schon vor einer Weile unsere Verfolger abgehängt.«

»Ernsthaft? Ich dachte, Männer sind nicht gut im Multitasking«, bemerkte sie.

Leo grinste. »Ich sage ja nicht, dass ich gleichzeitig ein Buch lesen und fernsehen kann, aber die bösen Jungs abhängen und dabei mit meiner Freundin plaudern? Ein Kinderspiel.«

Er lenkte den Wagen in eine Gasse hinter einem heruntergekommenen und, ehrlich gesagt, ziemlich gruselig aussehenden Motel. Er zog den Schlüssel aus dem Zündschloss und drehte sich zu ihr um. »Mein Team wohnt nicht hier, aber es ist ein guter Treffpunkt. Coke würde niemals erwarten, dass wir uns an einem Ort wie diesem aufhalten, und er ist weit genug von seinem Gebiet entfernt, dass er es nicht mitbekommen sollte. Du wirst auf dieser Seite aussteigen müssen.«

Cassidy schaute nach rechts und schnaubte. Leo hatte am Rande der Gasse an einer Betonmauer geparkt. *Direkt* an der Mauer. Selbst wenn sie es gewollt hätte, hätte sie die Wagentür nicht öffnen können. Aber alle anderen Fahrzeuge in der Gasse waren auf die gleiche Weise geparkt. Sie fügten sich perfekt in ihre Umgebung ein. Nachdem Leo aus dem Wagen ausgestiegen war, kletterte Cassidy unbeholfen über die Mittelkonsole. Innerhalb von Sekunden stand sie neben Leo, der ihre Hand in der seinen hielt, und sie gingen auf eine Tür zu.

Als sie sich näherten, öffnete sich die Tür und Cassidy schaute überrascht auf.

Ein Mann mit dunkelblondem Haar und unglaublich blauen Augen stand vor ihnen und hielt die Tür auf.

»Danke, Eagle«, sagte Leo.

»Keine Ursache«, entgegnete Eagle.

Dann drehte Leo sich um und sagte: »Danke für die Hilfe.«

Erschrocken drehte Cassidy sich um und sah, dass ein anderer Mann hinter ihnen aufgetaucht war. Er war nur ein paar Zentimeter größer als sie und hatte kurze schwarze Haare.

»Gern geschehen, Gramps. Obwohl du nicht viel Hilfe von mir gebraucht hast. Es hat irgendwie Spaß gemacht, sich zwischen dich und deinen Verfolger zu drängen und wirklich langsam zu fahren. Der Mistkerl schien von meiner touristischen Fahrweise ziemlich frustriert gewesen zu sein.«

Alle drei Männer lachten, während Leo Cassidy in das Gebäude führte. Sie gingen einen Flur entlang und betraten einen Raum zu ihrer Rechten. Sie rümpfte die Nase, als sie eintraten. Es lag ein Geruch in der Luft, den Cassidy nicht zuordnen konnte.

»Cassidy, ich möchte dir zwei meiner drei Teamkameraden vorstellen. Das ist Bull, so genannt, weil er immer sein Ziel trifft. Und das ist Eagle.«

»Freut mich, euch kennenzulernen«, erwiderte Cassidy höflich. Sie wusste nicht, was sie von den anderen Männern halten sollte. Sie waren beide groß und muskulös und sahen aus, als kämen sie mit so ziemlich jeder Situation klar. Aber es war nicht so, dass sie es mit Michaels gesamten Sicherheitskräften aufnehmen konnten. Drei gegen die Dutzende von Leuten, die in der Villa arbeiteten, war nicht gerade ein ausgeglichenes Verhältnis.

»Sie ist skeptisch«, erklärte Bull mit einem Grinsen.

»Sehr witzig«, stimmte Eagle zu. Sogar Leo schien sich über sie zu amüsieren.

Cassidy versteifte sich. Sie mochte es nicht, die Zielscheibe des Spotts zu sein, vor allem wenn sie keine Ahnung hatte, was so lustig war.

»Wir lachen nicht über dich«, erklärte Leo ihr und zog sie zu einem Tisch hinüber. Er hatte ein Handtuch über einen der Stühle drapiert und bedeutete ihr, sich zu setzen. »Ich werde dir alles erklären und du wirst verstehen, wie wir vier dich hier rausholen können und werden.«

Cassidy setzte sich zögernd auf die Stuhlkante. Sie hatte sich an Leo gewöhnt, aber sie kannte ihn ja auch. Nun, sie kannte den Mann, der er einmal gewesen war. Bull und Eagle kannte sie nicht. »Warte, du sagtest vier, aber ihr seid nur zu dritt hier.«

»Smoke beobachtet Cokes Anwesen«, erklärte Eagle. »Er wird uns alles berichten, was wir wissen müssen. Wir sind in Sicherheit.«

Und plötzlich fühlte Cassidy, wie sie sich etwas entspannte. Leos Freunde hatten seltsame Namen, aber es war offensichtlich, dass sie alle da waren, um ihr zu helfen, und ihr wurde klar, wie viel sie ihnen schuldete.

Bull und Eagle lehnten an den Wänden in der Nähe, und Leo zog sich einen Stuhl neben sie. In den nächsten dreißig Minuten erklärte er ihr, was er in den fünf Jahren seit seiner Entlassung aus dem Militär gemacht hatte. Er erzählte ihr vom *Silverstone-Team* und seinen Freunden und was sie taten, und er sprach über *Silverstone Towing* in Indianapolis.

Als er aufhörte zu erzählen, drehte sich ihr der Kopf. Es war schon schockierend genug zu erfahren, dass Leo bei der Spezialeinheit gewesen war, ganz zu schweigen davon, was er seitdem gemacht hatte. Aber sie musste zugeben, dass sie auch sehr erleichtert war. »Ich weiß, du hast gesagt, du hättest die Briefe gelesen, die ich an das FBI geschickt habe, aber aus irgendeinem Grund ... dachte ich immer noch, du seist mir zufällig über den Weg gelaufen«, gab sie verlegen zu.

Leo lächelte und schüttelte den Kopf. »Nein. Wir recherchieren schon seit einiger Zeit über Michael Coke und seine Organisation. Wir wissen, wozu er fähig ist. Wir arbeiten mit dem FBI und dem Ministerium für Innere Sicherheit zusammen und sogar mit der Drogenvollzugsbehörde.«

»Ihr wollt Michael also wirklich umbringen?«, fragte Cassidy.

»Wenn möglich, ja.«

»Wie?«

»Darüber solltest du dir keine Gedanken machen«, erklärte Bull, stieß sich von der Wand ab und hockte sich neben ihren Stuhl.

Cassidy schätzte es, dass er sich auf ihre Höhe begab, da sie saß. Sie hatte gelernt, es zu hassen, wenn alle von oben herab mit ihr sprachen, im wörtlichen und im übertragenen Sinne. Sich vor ihr aufbauten und ihr sagten, wie die Dinge zu laufen hatten.

»Ich will helfen«, protestierte sie. »Als ich den Job bekam, dachte ich, Michael sei wirklich nett. Aber ich habe schnell gemerkt, dass er seine böse Seite sehr gut verbirgt. Er war derjenige, der Lloyd befohlen hat, unsere Pässe an sich zu nehmen, und derjenige, der entschieden hat, dass Mario und ich nicht gleichzeitig das Grundstück verlassen dürfen.«

Bull nickte. »Ich bin mir sicher, dass er hinter allem steckt, was du und Mario durchmachen musstet, aber wir werden dem ein Ende setzen. Und zwar bald.«

»Stört dich das?«, fragte Eagle.

Cassidy drehte den Kopf und sah den anderen Mann an. »Was stört mich?«

»Die Tatsache, dass Gramps Coke töten wird?«

Cassidy drehte sich wieder zu Leo um. »Ich kann nicht glauben, dass *Gramps* dein Spitzname ist.«

Leo grinste.

»Das ist einfach falsch. Im Ernst«, beschwerte sie sich.

»Er ist der Älteste«, erklärte Bull von seinem Platz neben ihr.

»Und? Sieh ihn dir an. Sieht er für dich wie ein Großvater aus?«

Keiner antwortete auf ihre Frage und alle drei hatten ein dummes Grinsen im Gesicht. Cassidy verdrehte die Augen. »Ihr werdet diesen Namen nie aus meinem Mund zu hören bekommen, wenn ich über oder mit euch spreche. Nie im Leben.«

»Skylar, Taylor und Molly nennen ihn so. Stört dich das etwa?«, fragte Eagle.

»Wer sind sie?«

»Ihre Ehefrauen«, antwortete Leo.

Cassidy machte große Augen. »Ihr seid alle verheiratet?«

»Ja. Eagle hat einen kleinen Jungen und Smokes Frau ist schwanger«, informierte Leo sie.

»Wow. Ich meine, das ist toll. Ich habe nur nicht damit gerechnet, das ist alles. Ihr seid alle so ...« Ihre Stimme wurde leiser. Sie wusste nicht, wie sie die knallharten Männer beschreiben sollte, die um sie herumstanden. Zumindest nicht so, dass sie sie nicht beleidigen würde.

Aber Bull grinste nur. »Glaub mir, wir waren alle genauso überrascht wie du, als wir merkten, dass wir diese Frauen mehr lieben als das Leben selbst.«

Eagle nickte von seinem Platz an der Wand aus. Sie war seltsam erfreut zu erfahren, dass diese Fremden so verliebt in ihre Frauen zu sein schienen. Alfred hatte noch nie etwas Nettes über sie gesagt, zumindest nicht, dass sie wusste. Dann erinnerte sie sich an das, worüber sie gerade sprachen. Sie schaute Leo an. »Ich werde dich *nicht* Gramps nennen. Du wirst immer Leo für mich sein. Es ist mir egal, wie andere Leute dich nennen. Denn glaub mir, auch wenn du dir einen grauen Bart wachsen lässt, denke ich ganz bestimmt nicht an einen *Großvater*, wenn ich dich ansehe.«

Es schien, als wollte Leo etwas sagen, aber Eagle ergriff das Wort, bevor er es konnte. »Gut, also ... wir geben dir Rückendeckung und Gramps. Er hat einen Peilsender in seiner Uhr. Wir wissen jederzeit, wo er ist, und können jedes Wort hören, das er sagt. Er hat auch seine Gespräche mit Coke aufgezeichnet. Wir haben einen Plan, aber die Ausführung hängt von Coke selbst ab. Gramps wird so schnell wie möglich zuschlagen, aber wir brauchen dich, um bereit und wachsam zu sein. Kannst du das?«

»Ja«, versicherte Cassidy, ohne zu zögern.

»Du wirst wahrscheinlich nichts mitnehmen können, wenn du gehst«, warnte Bull.

Cassidy zuckte mit den Schultern. »Ich will nichts. Und genau das haben Mario und ich auch schon besprochen. Ich wusste, wenn wir mitten in der Nacht abhauen müssten, könnten wir nichts mitnehmen. Werdet ihr unsere Pässe finden können?«

Als Antwort stand Leo auf und ging zu einer Tasche, die in der Nähe auf dem Boden lag. Er kramte eine Weile darin herum und kam dann zurück. Er legte zwei Gegenstände vor ihr auf den

Tisch. »Die Pässe, die Coke konfisziert hat, brauchen wir nicht zu suchen. Sie wären sowieso abgelaufen.«

Cassidy konnte nur auf die beiden dunkelblauen US-Pässe auf dem Tisch starren. Es überraschte sie, wie emotional sie wurde, als sie sie sah. Sie waren ihre Fahrkarte aus Jamaika. Ohne sie fühlte sie sich hilflos, denn sie wusste, dass es fast unmöglich sein würde, das Land zu verlassen. Sie streckte die Hand aus, öffnete den Pass und sah Marios Gesicht, das sie anschaute. Irgendwie hatten sie ein Foto von ihrem Sohn bekommen – und zwar ein relativ aktuelles. »Wie habt ihr das gemacht?«, fragte sie und sah zu Leo auf.

»Wir haben dir erzählt, dass wir mit dem FBI zusammenarbeiten. Einer ihrer Kontakte hier hat ihn mit einem Zoomobjektiv fotografiert, als er für Coke einen Botengang erledigt hat.«

»Lloyd hat gesagt, dass Mario und ich auf einer Flugverbotsliste stehen.«

Eagle schnaubte. »Er ist ein verdammter Lügner.«

Cassidy wurde von Erleichterung fast überwältigt. So lange hatte sie das Gefühl gehabt, dass sie nie von der Insel herunterkommen würde, aber jetzt keimte ein Funke Hoffnung in ihr auf. Sie schluckte, weil sie plötzlich einen riesigen Kloß in ihrem Hals hatte. »Dies passiert wirklich«, stellte sie fest.

»Ja«, versicherte Leo ihr.

Alles ging extrem schnell, aber für sie konnte es gar nicht schnell genug gehen. »Danke«, sagte sie zu Leo. Dann schaute sie zu Eagle und Bull. »Ich danke euch. So sehr.«

»Danke uns erst, wenn wir in dem Flugzeug sitzen, das uns hier wegbringt«, erwiderte Bull trocken. Er stand auf und nickte ihr dabei zu.

»Wir haben etwas Zeit totzuschlagen«, bemerkte Leo und lenkte ihre Aufmerksamkeit wieder auf sich. »Wir müssen lange genug weg sein, damit Coke denkt, dass wir es miteinander treiben.«

Cassidy wurde rot, nickte aber. Sie war keine Närrin. So wie Leo sie angefasst und dafür gesorgt hatte, dass Lloyd und alle anderen es sahen, war sie nicht überrascht, dass alle das annahmen.

»Spielst du Gin Rommé?«, fragte Bull.

»Es ist schon eine Weile her, aber ja«, sagte Cassidy zu ihm.

»Gut. Vielleicht kann ich endlich jemanden schlagen«, scherzte Bull. »Meine Frau ist eine Gin-Rommé-Meisterin und sie lässt mich nie gewinnen.«

Alle lachten, und Cassidy lehnte sich in ihrem Stuhl zurück. Sie beobachtete, wie die drei Männer sich um den Tisch setzten. Sie scherzten miteinander, und sie konnte sehen, wie nahe sie sich standen. Sie hätte fast vergessen können, wo sie war, und auch die Situation, in die sie sich und ihren Sohn gebracht hatte. Fast.

KAPITEL FÜNF

Gramps brachte Cassidy zurück zum riesigen Herrenhaus. Er hasste es, das tun zu müssen. Am liebsten hätte er sie im Flugzeug versteckt und sich hineingeschlichen, um Mario zu schnappen, aber er wusste, dass das reiner Selbstmord wäre. Cassidy war seine Eintrittskarte in die Villa und sie würde niemals zustimmen, sich zu verstecken, solange ihr Sohn noch in Gefahr war.

Je länger er in ihrer Nähe war, desto mehr respektierte und bewunderte Gramps Cassidy. Ja, sie hatte in ihrem Leben einige schlechte Entscheidungen getroffen, wie jeder andere auch. Aber sie tat alles, was in ihrer Macht stand, um diese Fehler wiedergutzumachen und dafür zu sorgen, dass ihr Sohn nicht länger für diese Fehler bezahlen musste.

Er hatte ein schlechtes Gewissen, weil er sie vorhin wegen der Briefe an das FBI kritisiert hatte. Es war ein großes Risiko gewesen, aber wie sie gesagt hatte, war sie verzweifelt gewesen, und letztendlich hatten diese Briefe ihn zu ihr geführt.

Smoke hatte berichtet, dass Mario das Anwesen den ganzen Nachmittag über nicht verlassen hatte, was eine Erleichterung war. Gramps war sich bewusst, dass das nicht bedeutete, dass der

Junge nicht gequält worden war, aber zumindest lief er nicht in Kingston herum.

Als sie sich der Eingangstür des Hauses näherten, wurde sie geöffnet. Lloyd und Martin standen da und grinsten.

»Hattest du einen schönen Nachmittag?«, fragte Lloyd grinsend.

Gramps hätte ihn am liebsten verprügelt, aber er hatte eine Rolle zu spielen. Er legte seinen Arm um Cassidys Schultern und zog sie an sich. Eine ihrer Hände legte sie auf seinen Bauch, während sie mit der anderen sein Hemd am Rücken packte. »Oh ja. Stimmt's, Süße?«

»Äh ... ja«, antwortete Cassidy ein wenig unsicher.

Er hasste es, dass er sie in Verlegenheit bringen musste, aber er wusste, dass es Lloyd aus der Fassung bringen würde. »Tut mir leid, dass wir etwas später kommen, als ich erwartet habe«, erklärte Gramps. »Ihr wisst ja, wie das ist ... wir haben das Zeitgefühl verloren.«

»Interessant«, entgegnete Martin, dem man die Lust in den Augen ansehen konnte.

Gramps ignorierte ihn und gab sein Bestes, so zu tun, als sei es ihm egal, was Martin dachte. »Wenn es dir nichts ausmacht, sollten wir nach oben gehen«, erwiderte Gramps.

»Michael würde dich gern sehen«, informierte Lloyd ihn.

Drinnen lächelte Gramps. Er wettete, dass der Drogenboss es kaum erwarten konnte, über das Geschäft zu reden. Er hob seine Hand und entschuldigte sich im Geiste bei Cassidy, als er eine ihrer Brüste umfasste. »Ich denke, er wird verstehen, warum ich unser Gespräch auf morgen verschieben muss. Wahrscheinlich nach dem Mittagessen«, erklärte er.

Cassidy hatte sich nicht von ihm losgerissen, aber sie erstarrte. Ohne um Erlaubnis zu fragen, schritt er ins Haus und ging die Treppe zu Cassidys Zimmer hinauf. Er drehte sich nicht um, aber er war darauf gefasst, dass einer der Männer etwas sagen oder tun würde, um ihn aufzuhalten.

Das taten sie aber nicht.

Gramps begleitete Cassidy die Treppe hinauf und ein paar Flure entlang zu ihrem Zimmer. Als sie dort ankamen, drückte er sie an den Schultern. »Tut mir leid«, flüsterte er so leise, dass er nicht wusste, ob sie ihn hören konnte.

Aber als sie ihren Arm um seine Taille schlang, wusste er, dass sie es gehört hatte.

Er hielt ihr die Tür auf und schloss sie, sobald sie in ihr Zimmer getreten waren. Das Radio war eingeschaltet und es lief Musik.

»Mommy!«, rief Mario und lief auf sie zu.

Cassidy öffnete ihre Arme und umarmte ihren Sohn. Es war, als seien sie nicht nur Stunden, sondern Tage voneinander getrennt gewesen. Aber Gramps hatte das Gefühl, dass jedes Wiedersehen emotional war, weil sie ständig in Ungewissheit lebten.

»Geht es dir gut?«, fragte Cassidy.

»Ja.«

»Was hast du heute gemacht?«, fragte sie.

Mario zuckte mit den Schultern, weigerte sich aber, den Blick seiner Mutter zu erwidern. »Nicht viel.«

Cassidy würde ihm das nicht durchgehen lassen. »Raus mit der Sprache, mein Sohn.«

Mario seufzte. »Martin hat uns heute beigebracht, wie man kämpft.«

Cassidy atmete scharf ein. »Wie man kämpft?« Sie legte ihren Finger unter sein Kinn und hob seinen Kopf an, sodass er keine andere Wahl hatte, als sie anzuschauen. »Oh, Schatz«, sagte sie traurig.

Gramps versteifte sich. Er hatte sich nicht von seinem Platz an der Tür wegbewegt, aber er konnte deutlich sehen, dass der Junge ein blaues Auge und mehrere blaue Flecke im Gesicht hatte.

»Es tut mir so leid«, erklärte Cassidy.

Mario zuckte mit den Schultern. »Ich bin schlecht darin.«

»Gut«, erwiderte Cassidy aufgebracht.

»Es ist *nicht* gut, Mom«, widersprach Mario ihr.

Gramps konnte nicht länger schweigen. Er ging hinüber zu Cassidy und Mario und kniete sich vor dem Jungen hin. »Als ich in der Mittelstufe war, wurde ich fast jeden Tag verprügelt«, erklärte er.

Mario machte große Augen, und Gramps bemerkte, wie er auf die Muskeln unter seinem T-Shirt starrte. »Tatsächlich?«

»Ja. Ich bin erst in der Highschool richtig gewachsen. Jedenfalls gab es einen älteren Jungen, der in meinem Viertel wohnte und mit mir im Bus fuhr. Er beschimpfte mich ständig und sagte mir, ich solle dahin zurückgehen, wo ich herkomme. Ihm gefiel nicht, dass ich Latino war, und weil er größer war als ich, beschloss er, dass ich ein ideales Ziel war, um auf mir herumzuhacken.«

»Und was hast du gemacht?«, wollte Mario wissen.

»Ich habe mich jeden Tag verprügeln lassen, das habe ich gemacht«, erklärte Gramps ihm. »Ich wollte nicht kämpfen. Ich habe nicht verstanden, warum der Junge mich nicht mochte. Er kannte mich doch gar nicht. Und ich verstand nicht, warum er meine mexikanische Herkunft nicht mochte. Einer seiner besten Freunde war Mexikaner. Das ergab für mich keinen Sinn. Es hat eine Weile gedauert, bis ich verstanden habe, dass Menschen manchmal einfach nur Ärsche sind.«

»Nicht fluchen«, schimpfte Cassidy.

Gramps schaute zu ihr hinüber und nickte. Er war sich sicher, dass Mario schon Schlimmeres gehört hatte, aber er würde Cassidys Wünsche respektieren, wenn es darum ging, in Gegenwart ihres Sohnes auf Schimpfworte zu verzichten.

»Hast du ihn verprügelt, als du größer warst?«, fragte Mario.

Gramps schüttelte den Kopf. »Nein.«

»Warum nicht?«

»Weil er meine Zeit und Mühe nicht wert war«, erwiderte Gramps. »Es wird immer Menschen auf dieser Welt geben, die auf dich herabsehen, weil du ein bestimmtes Aussehen hast, weil du gemischter Abstammung bist, weil du einen bestimmten Geschmack für Kleidung hast, weil du eine bestimmte Größe hast und eine Million andere Gründe. Aber du musst eins wissen«, Gramps klopfte Mario sanft auf die Brust, »dass sie diejenigen sind, die das Problem haben. Nicht du. Sich auf ihr Niveau herabzulassen und sie zu verprügeln, nur weil du es kannst, ist keine Lösung. Nun ... ich sage nicht, dass du dich nicht wehren sollst. Denn das kannst und solltest du auf jeden Fall. Wenn du willst, zeige ich dir ein paar Methoden, mit denen du dich schützen kannst, auch wenn du kleiner bist als jemand anderes.«

Marios Augen wurden wieder groß. »Das würdest du tun?«

»Auf jeden Fall.«

»Super.« Dann schaute er zu seiner Mutter auf. »Wie war *dein* Tag?«

»Er war okay. Aber ich habe dich vermisst«, bemerkte Cassidy.

Mutter und Sohn umarmten sich noch einmal, bevor Cassidy zurücktrat. »G wird heute den Abend mit uns verbringen – ich hoffe, das ist okay.«

Gramps hatte sie bereits daran erinnert, dass sie ihn immer G nennen sollte, wenn sie in der Villa waren. Ihr ganzes Leben könnte davon abhängen.

Mario nickte, aber Gramps merkte, dass er nicht gerade begeistert war, seine Mutter teilen zu müssen.

»Deine Mutter hat mir erzählt, dass du wunderbar tanzen kannst«, bemerkte Gramps. »Vielleicht kannst du es mir zeigen?«

Erst als Cassidy ihm aufmunternd zunickte, nickte Mario.

Stunden später, nachdem Mario gezeigt hatte, was er konnte, und nachdem sie sich einen Film im Fernsehen angesehen hatten und Mario schließlich in seinem kleinen Bett in der Ecke des Zimmers eingeschlafen war, zog Gramps Cassidy in seine Arme, als sie auf ihrer Matratze lagen.

Die Musik lief immer noch aus dem Radio und verbarg ihre Worte vor allen, die zuhören oder zusehen könnten. Cassidys Kopf lag auf seiner Schulter, und er hatte seinen Arm um sie gelegt und drückte sie fest an sich.

»Er ist ein guter Junge«, erklärte Gramps schließlich.

Er spürte, wie Cassidy seufzte. »Das ist er wirklich. Ich weiß, dass er noch nicht das schwierige Teenageralter erreicht hat, aber er ist sehr darauf bedacht, allen zu gefallen, dass ich davon überzeugt bin, dass er kein schwieriges Kind sein wird, wenn er älter wird.«

»Er kann wirklich fantastisch tanzen«, bemerkte Gramps und erinnerte sich daran, wie Mario vorhin richtig losgelegt hatte.

»Ich weiß. Ich möchte, dass er einen Kurs besucht, dass ihm jemand mehr beibringt, aber hier ist das unmöglich.«

»Ich wette, in Indianapolis gibt es ein paar gute Schulen«, platzte Gramps heraus.

Er hatte schon den ganzen Tag darüber nachgedacht und konnte nicht mehr schweigen. Und das nicht nur, weil er hoffte, dass der Plan des *Silverstone-Teams* morgen in die Tat umgesetzt werden konnte, was bedeutete, dass sie eine Entscheidung treffen musste, wie es weitergehen sollte, sobald sie wieder in den Staaten angekommen waren.

»Was?«, fragte sie, legte den Kopf zurück und starrte zu ihm auf.

»Komm nach Indianapolis«, sagte Gramps und klärte damit, wie er zu diesem Thema stand. »Du hast selbst gesagt, dass du El Paso wegen dieses Idioten von einem Ex verlassen hast. Glaubst du, die Dinge werden anders, wenn du dorthin zurückkehrst? Das werden sie wahrscheinlich nicht. Du kannst nach Indianapolis kommen und neu anfangen. Ich kann dir helfen, einen Job zu finden ... ich bin sicher, dass wir etwas für dich bei *Silverstone Towing* finden können, wenn du willst. Ich möchte dir Skylar, Taylor und Molly vorstellen. Ich weiß, du wirst sie mögen. Und wir können für Mario eine tolle Tanzschule finden. Vielleicht auch einen Gymnastikverein, wenn er noch Interesse hat.« Gramps wusste, dass er plapperte, und presste die Lippen zusammen, um sich zum Schweigen zu bringen.

»Ich ... ich weiß nicht, was ich sagen soll«, bemerkte Cassidy.

»Sag Ja«, drängte er. »Niemand sagt, dass du für immer dort bleiben musst, aber wäre es nicht schön, in einer Stadt neu anzufangen, in der du jemanden kennst?«

»Ich will das nicht ausnutzen«, erklärte sie ihm.

Gramps rollte sich, bis sie unter ihm lag. Er vergrub eine Hand in ihrem Haar und hielt sie fest. »Nutze mich aus«, forderte er sie auf. »Ich will es. Ich möchte dich besser kennenlernen, Cass. Ich will sehen, wie du aufblühst, ohne dir Sorgen um Coke oder Lloyd oder irgendjemand anderen machen zu müssen. Ich will, dass du frei bist und tun kannst, was du willst und wann du willst. Ich will sehen, wie Mario aus seinem Schneckenhaus herauskommt. Ich möchte, dass ihr beide in Sicherheit seid, und dabei kann ich euch helfen. Sag Ja, Cass. Zumindest erst mal.«

»Ich habe kein Geld. Wir haben keinerlei Besitz. Wir haben nichts, Leo.«

»Ich weiß, dass die anderen Frauen dir helfen werden, Kleidung und andere Dinge zu finden. Gott weiß, dass sie gern einkaufen, besonders wenn es für jemand anderen ist. Ich habe schon gesagt, dass ich dir helfen werde, einen Job zu finden. Und du kannst bei mir wohnen, bis du wieder auf eigenen Beinen stehen kannst.« Gramps hatte das Angebot ausgesprochen, bevor er überhaupt darüber nachgedacht hatte. Er hatte noch nie mit einer Frau zusammengelebt, aber er vermutete, dass das Zusammenleben mit Cassidy und Mario kein Problem sein würde.

Aber sie schüttelte den Kopf. »Nein. Ich brauche meine eigene Wohnung.«

Er runzelte die Stirn.

»Es ist nicht so, dass ich es nicht zu schätzen weiß. Und ich weiß, es ist verrückt, aber nachdem ich hier gefangen gehalten wurde, brauche ich ... ich muss unabhängig sein.«

Gramps konnte das verstehen. Er mochte es nicht besonders, aber er konnte es verstehen. »Okay.«

»Okay?«, fragte sie und legte den Kopf schief. »Einfach so, okay?«

»Ja, Cass. Du bist eine erwachsene Frau. Ich kann dich nicht zwingen, etwas zu tun. Aber ich bin bereit, alles in meiner Macht Stehende zu tun, damit du wieder auf die Beine kommst.«

»Ich werde mir nichts Schickes leisten können«, warnte sie.

»Und so sehr ich es auch hasse, ich werde mir etwas Geld leihen müssen, nur am Anfang.«

»Ich weiß, und das ist auch in Ordnung. Skylar hat eine Freundin, Tiana, die früher mal ihre Nachbarin war. Ich wette, sie kann dir helfen, eine Wohnung bei ihr im Gebäude zu finden.«

Gramps konnte nicht glauben, dass er Cassidy und Mario empfahl, in den Southpoint Apartments zu wohnen, aber er wusste ohne Zweifel, dass Tiana und Maria, Skylars alte Nachbarinnen, Cassidy unter ihre Fittiche nehmen würden. Tiana hatte ein paar dubiose Verbindungen zu einer Bande, aber das *Silverstone-Team* würde für immer in ihrer Schuld stehen nach dem, was sie für Skylar und Bull getan hatte ... nämlich diese Verbindungen zu nutzen, um Skylars Entführer für sein Verbrechen mit seinem Leben bezahlen zu lassen.

»Bist du sicher, dass ich dir morgen nicht irgendwie helfen kann?«, fragte Cassidy und holte Gramps aus seinen Gedanken.

»Nein. Nein, aber am besten bist du auf alles vorbereitet. Du sollst wissen, dass ich dir nie etwas antun würde, egal was ich sage oder tue.«

»Du machst mich nervös«, gab sie zu.

Cassidy sollte nervös sein. Gramps wusste nicht, wie die Dinge mit Coke laufen würden. Er und das *Silverstone-Team* hatten zusammen mit dem FBI verschiedene Szenarien ausgearbeitet, wie die Sache mit Coke ablaufen könnte. Gramps warf einen Blick auf die Jacke, die er vorhin über einen Stuhl gelegt hatte. In seiner Tasche befand sich ein Flachmann ... der das enthielt, von dem sie alle hofften, dass Gramps es in einem idealen Szenario benutzen würde.

Coke war ein Mann, der die Kontrolle liebte. Er wollte um jeden Preis gewinnen. Nachdem er also morgen einen Deal ausgehandelt hatte, der nie zustande kommen würde, konnte Gramps den Mann hoffentlich dazu bringen, etwas zu tun, was er normalerweise nicht tun würde ... nur um anzugeben.

Aber Coke könnte sich weigern mitzumachen, und wenn das der Fall war, würde Gramps improvisieren müssen. Wenn es etwas gab, in dem Gramps und das *Silverstone-Team* gut waren, dann war das das Ausweichen auf Plan B, C und D, falls nötig. Sobald der Deal mit Coke zustande gekommen war, würde Gramps das Haus verlassen – und er hatte vor, dies mit Cassidy und Mario gemeinsam zu tun.

Gramps reagierte nicht auf Cassidys Aussage – er rollte sich einfach zurück und zog sie mit sich. Sie landete auf der Seite neben ihm und legte den Kopf auf seine Schulter. Er wusste, dass er wahrscheinlich aufstehen und Cassidy durch den Flur in das Zimmer bringen sollte, das Coke ihm zur Verfügung gestellt hatte. Er sollte so tun, als würden sie die ganze Nacht miteinander schlafen, aber er konnte sich nicht dazu durchringen, sich zu bewegen. Er wollte nicht, dass Mario aufwachte und sich fragte, wo seine Mutter geblieben war. Und er hasste es, Cassidy vor allen zu demütigen, die ihn beobachteten.

Nachdem er gesehen hatte, wie Lloyd und Martin sie ansahen und sich fast schon vor Erwartung die Lippen leckten, musste Gramps sich beherrschen, sie nicht auf der Stelle zu verprügeln. Er hasste es, dass die Männer in diesem Haus wegen ihm und der Rolle, die er spielte, das Gefühl hatten, dass die Jagdsaison auf Cassidy eröffnet war. Er war das Einzige, was zwischen ihr und den sexhungrigen Schakalen stand. Und wenn sie nur die geringste Chance bekämen, würden sie sich nehmen, was sie wollten, ohne Rücksicht auf ihr Wohlergehen. Das würde nicht passieren. Nicht unter seiner Aufsicht.

Er hatte nur eine Chance, den Einsatz zum Erfolg zu führen.

»Leo?«, fragte Cassidy.

»Ja?«

»Egal was morgen passiert, schaff Mario hier raus. Auch wenn das bedeutet, dass du mich zurücklassen musst.«

Die Wahrscheinlichkeit, dass das passieren würde, war gleich null, aber Gramps nickte trotzdem. »Okay«, erklärte er, was natürlich eine Lüge war, um Cassidy das zu geben, was sie hören wollte.

Innerhalb weniger Augenblicke war sie an ihn geschmiegt fest eingeschlafen und ihre tiefen, gleichmäßigen Atemzüge streiften die Haut an seinem Hals. Gramps schloss die Augen nicht. Er schlief nicht. Er blieb wach und ging alle möglichen Szenarien durch, wie es morgen laufen könnte. Er wachte über die Frau, die ihm nie aus dem Kopf gegangen war. Von der er nie gedacht hatte, dass er eine zweite Chance bekommen würde.

Er bedauerte vieles. Das meiste davon hatte mit Cassidy zu tun. Er wollte es nicht vermasseln. Auf keinen Fall.

KAPITEL SECHS

Cassidy wurde durch ein lautes Klopfen an der Tür ruckartig aus dem Schlaf gerissen. Sie merkte sofort, dass sie nicht allein in ihrem Bett war. Als sie auf die Uhr schaute, stellte sie schockiert fest, dass es neun Uhr morgens war. Seit Jahren hatte sie nicht mehr so lange geschlafen.

Das Klopfen an der Tür ertönte erneut und sie sah zu Mario hinüber. Er saß aufrecht in seinem Bett, die Augen weit aufgerissen, und starrte erst auf sie und Leo im Bett, dann auf die Tür.

»Moment«, bellte Leo. Dann drehte er sich zu ihr um und fragte leise: »Alles in Ordnung?«

War alles in Ordnung? Sie hatte gerade so fest geschlafen wie schon lange nicht mehr und sie hatte das Gefühl, das lag daran, dass Leo sie die ganze Nacht in seinen Armen gehalten hatte. Cassidy schaffte es, leicht zu nicken.

Dann tat er etwas, das ihr Herz zum Schmelzen brachte. Er stieg aus dem Bett und ging hinüber zu Marios Bett. Er kniete sich neben ihn und fragte: »Hast du gut geschlafen?«

Mario nickte.

»Gut.«

Aber der Junge entspannte sich nicht. »Du hast bei meiner Mutter geschlafen«, beschuldigte er ihn.

Leo nickte nur. »Das habe ich.«

Mario runzelte die Stirn und sah Cassidy an. »Er hat dir nicht wehgetan?«

Cassidy schüttelte sofort den Kopf. »Nein, Schatz. Ganz und gar nicht.«

»Warum habt ihr eure Sachen an?«, fragte Mario Leo.

»Ich glaube, wir sind mit ihnen eingeschlafen«, antwortete er.

Mario nickte, als sei das völlig logisch.

»Ihr habt zehn Sekunden Zeit, dann komme ich rein!«, rief Lloyd aus dem Flur.

Leo stand auf und schlenderte zur Tür, als sei es ihm völlig egal. Cassidy hasste es, wenn Lloyd oder Martin sie aufweckten. Normalerweise war das viel früher der Fall, um sie über irgendeine unangenehme Aufgabe zu informieren, die sie oder Mario an diesem Tag zu erledigen hatten.

Leo riss die Tür auf und ließ Lloyd nicht ins Zimmer sehen. »Was willst du?«, fragte er in einem aggressiven Ton, bei dem sich Cassidy die Haare auf ihren Armen aufrichteten. Sie hatte sich an den sanften und entspannten Leo gewöhnt, nicht an diesen Mann, in den er sich verwandelte, wenn er mit Michael oder seinen Sicherheitskräften zu tun hatte.

»Ich brauche Mario«, erklärte Lloyd.

»Moment«, entgegnete Leo und machte ihm die Tür vor der Nase zu.

Cassidy war aufgestanden und aus dem Bett gesprungen, bevor er sich umgedreht hatte. »Nein!«, rief sie.

Aber Leo beachtete sie nicht. Stattdessen ging er zu Mario hinüber, der neben seinem Bett stand. Er legte dem Jungen die Hand auf die Schulter. »Weißt du, was sie von dir wollen?«, fragte er.

Mario zuckte mit den Schultern, aber sein Gesicht war blass geworden. »Ich habe seit vorgestern keine Lieferung mehr gemacht – das ist es wahrscheinlich.«

Leo nickte.

Cassidy ging zu den beiden hinüber und hätte ihren Sohn am liebsten in den Arm genommen, um ihn vor Lloyd zu schützen. Vor diesem Haus. Vor dem Leben, in das sie ihn gezwungen hatte.

»Gut. Hör mir zu. Hörst du mir zu?«, fragte Leo, als er sich wieder auf die Knie begab, um mit Mario auf Augenhöhe zu sein.

Der Junge nickte.

»Es tut mir leid, dass du dazu gezwungen wirst. Du solltest in einem Klassenzimmer sitzen und lernen oder tanzen oder irgendetwas anderes machen. Sei da draußen schlau. Tu, was dir gesagt wird, und verhalte dich unauffällig. Schaffst du das?«

Mario schaute Leo an und dann seine Mutter. Er begegnete Leos Blick noch einmal. »Du bist lieb zu meiner Mutter? Du wirst sie nicht schlagen oder ihr wehtun, während ich weg bin?«

»Du hast mein Wort«, versicherte Leo ihrem Sohn.

Cassidy schmerzte das Herz. Mario sollte sich um so etwas keine Sorgen machen müssen. Er sollte lachen und frech zu ihr sein. Sich die Seele aus dem Leib tanzen und Spaß haben. Er war zu jung, um das Gewicht der Welt auf seinen Schultern zu tragen, aber ihretwegen musste er das.

Leo war wohl zufrieden mit Marios Nicken als Antwort auf sein Versprechen, denn er stand auf und schob ihn leicht in Richtung Badezimmer. »Geh und mach dich fertig. Ich werde Lloyd sagen, dass du bald da bist.«

»Er wartet nicht gern«, entgegnete Mario zögernd.

»Ich werde mit ihm reden. Das ist schon in Ordnung. Geh schon«, versicherte Leo ihm.

Mario ging schnell in das angrenzende Badezimmer und machte die Tür hinter sich zu. Cassidy wandte sich sofort an Leo. »Vielleicht kannst du Lloyd davon überzeugen, dass er heute bei mir bleiben darf.«

Leo presste die Lippen aufeinander und schüttelte den Kopf. »Er wird nicht auf mich hören, Cass. Mario wird schon klarkommen. Er ist ein kluger Junge.«

Cassidys Schultern sackten in sich zusammen. »Ich hasse das«, flüsterte sie. »Ich habe ihm das angetan.«

»Nein, das hast du nicht«, erklärte Leo und zog sie an sich.

Cassidy gewöhnte sich daran, dass er sie an seinen Körper zog, und sie musste zugeben, dass es ihr gefiel. Sie fühlte sich sicherer, wenn sie in seiner Nähe war.

»Du bist hierhergekommen, weil du einen Neuanfang wolltest. In gutem Glauben hast du einen Job angenommen, von dem du dachtest, er sei sicher für euch beide«, sagte er zu ihr.

»Ja, aber ich hätte wissen müssen, dass es zu schön ist, um wahr zu sein.«

»Vielleicht, vielleicht auch nicht, aber du hast bestimmt nicht darum gebeten, gefangen gehalten zu werden.«

Nein, das hatte sie wirklich nicht.

Lloyd hämmerte wieder an die Tür und Leo seufzte.

»Showtime«, flüsterte er, beugte sich hinunter und drückte seine Lippen auf ihre. »Ich habe gestern Abend sehr genossen. Es war die beste Verabredung, die ich seit Langem hatte. Sei stark, Cass. Nur noch ein kleines bisschen länger.«

Ihre Lippen kribbelten bei seiner Berührung, aber sie fröstelte, als er die Arme sinken ließ und zur Tür ging. Ein wenig unsicher stand sie in der Mitte des Raumes. Doch bevor Leo die Tür öffnete, deutete er mit einer Kopfbewegung in Richtung Badezimmer.

Mit einem Nicken ging Cassidy schnell zum Bad und flüchtete sich hinein. Es war feige, Leo die Sache mit Lloyd zu überlassen, aber es gefiel ihr nicht, wie der Mann sie ansah. Es machte ihr eine Gänsehaut.

»Mom?«, fragte Mario, als sie das Zimmer betrat, und Cassidy legte ihren Arm um ihn und drückte ihn kurz fest. »Los, geh duschen, Mario. Aber mach schnell.«

Er schmollte ein wenig, tat aber, wie ihm geheißen, und zog sich auf dem Weg zur Dusche aus. Sie lauschte schamlos durch die halb geöffnete Tür, nachdem sie gehört hatte, wie die Dusche eingeschaltet wurde.

»Es ihr zu besorgen, während ihr Sohn im Zimmer ist, ist schon krass, G. Das gefällt mir«, bemerkte Lloyd.

Cassidy zuckte zusammen und war froh, dass sie Mario zum Duschen geschickt hatte, damit er dieses Gespräch nicht mitbekam.

»Natürlich habe ich das nicht«, erklärte Leo angewidert. »Außerdem waren wir beide zu müde, um mehr zu tun, als ins Bett zu fallen und zu schlafen.«

»Ach ja?«, fragte Lloyd. »Wo bist du mit ihr hingegangen?«

»Ich glaube nicht, dass dich das etwas angeht«, erklärte Leo.

»Alles, was in diesem Haus passiert, geht mich etwas an«, entgegnete Lloyd. »Ich habe ein Auge auf jeden. Keiner macht einen Schritt, von dem ich nichts weiß.«

»Ich mag kein Publikum, wenn ich mit einer Dame zusammen bin«, erklärte Leo ihm. »Ich fand Spanner noch nie gut.«

»Also, wo bist du hingegangen?«, fragte Lloyd erneut.

Es gab eine kurze Pause und Cassidy konnte sich vorstellen, wie Leo Lloyd anschaute, als er sprach. »Du solltest nur wissen – und das ist auch das Einzige, was dich interessiert –, dass ich es ihr auf zehn verschiedene Arten besorgt habe, bis ihr Hören und Sehen verging. Es gibt nichts Besseres als eine Latina-Muschi. Für mich ist das schon eine Weile her. Und ich wollte nicht, dass du oder deine Lakaien mir folgt, weil ihr die Angewohnheit habt, uns zu unterbrechen. Finde dich damit ab, dass ich den Vollidioten abhängen konnte, den du geschickt hast, um mich zu beschatten.«

»Michael wird darüber alles andere als glücklich sein«, knurrte Lloyd.

»Blödsinn. Er hat mir Cassidy gegeben, weil er mit mir ins Geschäft kommen will, und es wird ihm egal sein, dass ich den Nachmittag mit ihr verbracht habe. Ich wette sogar, er wird sich freuen. Er wird sich allerdings nicht darüber freuen, dass du mir deswegen Stress machst. Ich habe sie zwar wund zwischen den Beinen, aber in einem Stück zurückgebracht. Was ist dein eigentliches Problem? Bist du sauer, weil du nicht zugucken konntest?

Dass du uns nicht ausspionieren konntest, um dir einen runterzuholen?«

»Du kannst mich mal«, entgegnete Lloyd.

Cassidy errötete bei Leos unverblümten Worten ... auch wenn ein kleiner Teil von ihr bei dem Gedanken erregt war, dass er sie so nehmen würde, wie er es behauptet hatte. Sie war schon immer in Leo verknallt gewesen. Als sie ihn über ihr angebliches sexuelles Stelldichein sprechen hörte, durchlief sie ein Schauer.

»Nein, *du* kannst *mich* mal«, erwiderte Leo. »Heute Morgen wollte ich es mit ihr treiben, und jetzt macht sie sich Sorgen um ihren Rotzbengel. Was hast du heute für Pläne mit ihm? Und nein, es ist mir verdammt egal, aber ich frage, damit ich sie beruhigen kann, bevor ich sie wieder nehme.«

»Du hast Michael vielleicht um den kleinen Finger gewickelt, aber ich lasse mich nicht so leicht von der Möglichkeit einer lukrativen Partnerschaft beeinflussen«, erklärte Lloyd. »Ich erzähle dir gar nichts. Du musst die Schlampe auf andere Weise davon überzeugen, deinen Schwanz zu lutschen. Was ich mit dem Jungen mache, geht niemanden außer mich etwas an. Und jetzt schaff ihn hier raus, oder ich sorge dafür, dass Michael weiß, dass du ... nicht kooperationsbereit bist ...«

Cassidy krampfte sich der Magen zusammen. Sie hätte sich am liebsten Mario geschnappt und sich versteckt, aber sie konnte nirgendwo hin.

Leo lachte einfach über Lloyd. »Nicht kooperationsbereit? Verdammt, Mann, egal. Coke wird es nicht mögen, wenn du wie ein Baby petzt. Aber wenn du willst, kannst du das gern tun.«

Cassidy hatte genug gehört. Sie wollte Mario nicht mit Lloyd gehen lassen, aber sie hatten keine andere Wahl. Zum Glück war Mario mit seiner Dusche fertig und bereits dabei, sich anzuziehen. »Beeil dich, mein Sohn«, sagte Cassidy leise.

»Ich bin fast fertig, Mommy«, sagte ihr lieber Junge. In vielerlei Hinsicht war er mutiger als sie. Sie wusste, dass er nur tat, was von ihm verlangt wurde, um sie zu beschützen. Es brach ihr das Herz und sie schwor sich, dass sie, wenn sie aus dieser Situation herauskämen, den Rest ihres Lebens damit verbringen würde, ihm ein so sorgloses Leben zu ermöglichen, wie sie es ihm geben konnte.

Als er mit dem Anziehen fertig war, umarmte Cassidy ihn fest, beugte sich dann vor und sagte: »Sei heute vorsichtig. Ich hasse es, dass du tun musst, was du tust, aber wir wissen beide, dass du keine andere Wahl hast. Komm sicher zu mir zurück, okay?«

»Das werde ich, Mommy. Und sei du auch vorsichtig.«

Ihr brach fast wieder das Herz. Mario machte sich Sorgen um sie, obwohl er eigentlich an sich selbst denken sollte. Sie umarmte ihn noch einmal ganz fest und öffnete dann die Badezimmertür.

Leo und Lloyd standen sich mitten im Schlafzimmer gegenüber. Leo hatte die Arme verschränkt und Lloyd sah einfach nur wütend aus.

»Das wird aber auch Zeit«, fuhr Lloyd sie an, als er sie sah. »Komm her, Junge – es wird Zeit, dass du dir deinen Lebensunterhalt verdienst. Und da du heute Morgen beschlossen hast, faul zu sein und deinen Hintern nicht rechtzeitig zum Frühstück hochzukriegen, wirst du nichts zu essen bekommen, bis deine Arbeit erledigt ist.«

»Ja, Sir«, entgegnete Mario mit gedämpfter Stimme.

Kaum war er in der Nähe von Lloyd, packte der Mann ihn am Arm und riss ihn nach oben. Mario wimmerte, protestierte aber sonst nicht. Sie verließen den Raum ohne ein weiteres Wort, und Cassidy hätte am liebsten geweint.

»Er wird schon wieder«, flüsterte Leo, während er seinen Arm um ihre Schultern legte. Cassidy drehte sich zu ihm um und versuchte, sich zu beherrschen.

Leo streckte die Hand aus und schlug die Tür zu. Dann ging er mit ihr zurück zum Badezimmer und schlug auch dort die Tür zu.

Cassidy versteifte sich an ihm.

»Ganz ruhig, Cass. Hier bist du sicher. Ich habe keinen Zweifel daran, dass dieser lüsterne Dreckskerl die Kameras überprüfen wird, um zu sehen, was wir tun, jetzt, da Mario weg ist. Das ist alles nur Augenwischerei.«

Sie nickte.

»Es ist Mist, dass sie dein Zimmer verwanzt haben, aber das ist ein Kampf, den ich im Moment nicht führen kann. Im Badezimmer gibt es keine Kameras – ich habe es vorhin überprüft –, also haben wir hier mehr Privatsphäre als irgendwo sonst. Dreh dich um und sieh zur Tür.«

Ohne ein Wort zu sagen, tat sie, was er verlangte. Sie war entsetzt gewesen, als sie die Kameras in ihrem Zimmer entdeckt hatte, aber als sie sich beschwerte, hatte Lloyd gelacht und ihr gesagt, dass sie froh sein könne, ein Dach über dem Kopf und etwas zu essen zu haben. Das sei der Preis, den sie dafür zahlen müsse, dass sie in einem solchen Luxus lebe.

Sie hätte gern erwidert, dass sie das alles aufgeben würde, wenn sie nur ihre und Marios Pässe zurückbekäme, aber Lloyd hatte sich zu ihr gelehnt und gezischt: »Du gehörst uns, Schlampe. Gewöhn dich dran.«

Und sie nahm an, dass er recht hatte. Wenn es stimmte, was Leo gesagt hatte, und sie hatte keinen Grund, daran zu zweifeln, dann hatte Michael sie wirklich Leo überlassen, damit er mit ihr machen konnte, was er wollte. Es war ein Wunder, dass er das nicht schon früher getan hatte. Vielleicht brauchten sie wirklich jemanden, der sich um die Kinder kümmerte, aber jetzt, da sie älter wurden, würde sie ihren Unterhalt auf andere Weise verdienen müssen.

Lieber würde sie sterben, als eine Sexsklavin für Michael und seine Kumpane zu werden.

Die Dusche ging plötzlich wieder an und Cassidy zuckte zusammen.

»Mach dir keine Sorgen«, beschwichtigte Leo sie und sie spürte seinen harten Körper – seinen vollständig bekleideten Körper – an ihrem Rücken. Er hatte die Dusche aufgedreht, um den Eindruck zu erwecken, dass sie dort drinnen Sex hatten. Er legte einen Arm diagonal um ihre Brust und stützte sein Kinn auf ihre Schulter, so wie er es am Tag zuvor getan hatte. Er sagte nichts, sondern hielt sie einfach nur fest, während sich der Raum mit dem Dampf aus der Dusche füllte. Schließlich lehnte sie sich an ihn, bis er sie praktisch aufrecht hielt.

»Ich will nach Hause«, flüsterte sie.

»Und ich werde dich dorthin bringen«, versicherte er ihr. »Du musst mir nur vertrauen.«

»Das tue ich.«

Leo war der erste Hoffnungsschimmer, den sie seit Jahren hatte, aber sie hatte auf die harte Tour gelernt, dass der einzige Mensch, auf den sie sich wirklich verlassen konnte, sie selbst war. Sie schloss die Augen und betete, dass Leo sie nicht im Stich lassen würde. Sie wollte ihr Leben zurück, und vor allem wollte sie, dass Mario frei war. Frei, ein elfjähriger Junge zu sein, dessen größte Sorgen darin bestand, die angesagtesten Schuhe zu bekommen und was es zum Abendessen gab.

Gramps hatte sein Treffen mit Coke um weitere vier Stunden verschoben. Er hatte sich mit Cassidy in ihrem Zimmer verkrochen und versucht, sie abzulenken. Mit dem Rücken zu den Kameras und lauter Musik, um nicht belauscht zu werden, unterhielten sie sich über gemeinsame Bekannte in El Paso, und sie erzählte ihm lustige Geschichten über Mario.

Mehr als einmal nahm er sie mit ins Badezimmer, um die Zuschauer glauben zu lassen, er würde es ihr hinter der geschlossenen Tür besorgen. Gramps hasste dies jedoch, weil es für Cassidy erniedrigend war. Sie nahm es gelassen hin und sagte ihm, dass sie alles tun würde, um ihm bei seinem Einsatz zu helfen.

Am liebsten wäre er den ganzen Tag bei ihr im Zimmer geblieben, um sie zu beschützen, aber er musste sich mit Coke treffen. Die Sache vorantreiben. Dass Mario aus dem Haus gebracht worden war, war der erste Schritt. Er hatte gehofft, dass das passieren würde. Gramps hatte keinen Zweifel daran, dass Smoke den Jungen im Auge behalten und tun würde, was getan werden musste.

Der Ball war in Bewegung, und Gramps musste ihn aufgreifen und die Sache zu Ende bringen.

Er ließ Cassidy in ihrem Zimmer zurück. Sie wollte mit ihm kommen, aber Gramps wusste, dass es sicherer war, wenn sie zu Hause blieb. Er wollte nicht, dass Lloyds Männer zu dem Schluss kamen, dass sie jetzt, da sie bei ihm war, Freiwild für jeden anderen war, der es versuchen wollte.

Martin war scheinbar aus dem Nichts aufgetaucht, nur wenige Sekunden nachdem Gramps aus Cassidys Zimmer getreten war. Er hatte offensichtlich auf ihn gewartet und ihn beobachtet.

»Du musst ziemlichen Hunger haben«, sagte er zu Gramps. »Ich habe den Auftrag, dich zum Arbeitszimmer des Chefs zu begleiten und zu fragen, was du gern essen möchtest. Ich kann es dir bringen.«

»Ich lasse mich gern überraschen«, entgegnete Gramps. »Etwas Jamaikanisches. Eure einheimischen Gerichte sind köstlich.«

Martin nickte und bedeutete Gramps, den Flur entlangzugehen.

Obwohl es ihm nicht gefiel, den Mann im Nacken zu haben, schritt er voran, als hätte er es nicht eilig. Sie kamen an Cokes Tür an, und Martin klopfte einmal. Ohne auf eine Antwort zu warten, öffnete er sie und Gramps trat ein.

Coke saß hinter seinem Schreibtisch, die Hände unter dem Kinn verschränkt, als sei er in Gedanken versunken. Er machte sich nicht die Mühe aufzustehen, als Gramps eintrat.

Die Tür schloss sich hinter ihm, und anstatt sich auf den Stuhl direkt vor dem Schreibtisch zu setzen, schlenderte Gramps durch den Raum, als handelte es sich um einen gesellschaftlichen Besuch. Er untersuchte die Bücher in den Regalen und öffnete den Schnapsschrank. Er war nicht überrascht, dass dieser mit jamaikanischem Rum und sonst nicht viel gefüllt war. Er strich mit dem Finger über den Globus in der Ecke und ließ ihn herumwirbeln.

»Du bist ein eingebildeter Mistkerl«, bemerkte Coke.

Gramps zuckte nur mit den Schultern. »Ich bin gut drauf«, sagte er nach einem Moment. »Das verdanke ich dir, da du mir so großzügig dieses Mädchen überlassen hast, mit dem ich mich amüsieren durfte.«

»Du hast es also geschafft, dass sie dich will, was?«, fragte Coke.

Gramps nickte selbstgefällig. »Ich habe vielleicht ein bisschen Hilfe gebraucht, aber ja.« Er sah den neugierigen Blick in den Augen des anderen Mannes, bevor er wieder so tat, als sei er gelangweilt.

»Ein bisschen Hilfe?«, musste Coke einfach fragen.

»Ja. Ich habe dir schon gesagt, dass ich nicht viel für Frauen übrighabe, die sich sträuben, und ich habe nicht gelogen. Aber ihnen ein bisschen dabei zu helfen, sich zu beruhigen? Um ihre Libido in Schwung zu bringen? Damit sie die ganze Nacht durchhalten? Ja, *dagegen* habe ich nichts einzuwenden.«

»Molly?«, fragte Coke.

Er meinte damit MDMA oder Ecstasy. Gramps nickte. »Das Serotonin überschwemmt sie mit Hormonen und sorgt dafür, dass die Mädels um einen Schwanz betteln. So vertrauen sie einem auch leichter. Sie sind Wachs in meinen Händen«, erklärte Gramps grinsend.

»Kommst du deshalb erst jetzt aus ihrem Zimmer?«, fragte Coke.

Gramps wusste, dass der Mann ihn im Auge behalten hatte. Wenn er es nicht schon vorher gewusst hätte, wäre seine Vermutung gerade bestätigt worden. »Ich wäre gern länger geblieben. Ich weiß es zu schätzen, dass du den Bengel weggeschafft hast, aber ich wollte dir Respekt erweisen und deine Zeit nicht unnötig verschwenden«, erwiderte Gramps lächelnd.

»Ich will mich nicht zwischen einen Mann und seine Muschi stellen«, bemerkte Coke.

»Das Geschäft ist wichtiger«, erwiderte Gramps und schlüpfte wieder in seine Rolle.

Coke nickte ihm respektvoll zu. Seine Körpersprache verriet, dass er die Steifheit und das Misstrauen verloren hatte, die er empfunden hatte, als Gramps den Raum betreten hatte. Er stand hinter dem Schreibtisch auf und ging auf den Schnapsschrank zu. »Drink?«

»Natürlich«, entgegnete Gramps. Er musste die Sache clever angehen. Er wollte sich auf keinen Fall vor den Verhandlungen betrinken, aber angesichts seiner Pläne für später ... spielte Coke ihm direkt in die Hände.

Der Drogenboss schenkte zwei Gläser Rum ein und ließ sich auf dem Ledersofa nieder. Gramps setzte sich an das andere Ende.

In den nächsten zwei Stunden verhandelten sie hin und her und tauschten kleine Details über ihre Organisationen aus. Gramps verlangte mehr Ware für weniger Geld, aber am Ende war Coke mehr als zufrieden. Er glaubte, dass er soeben mehrere Millionen Dollar dafür bekommen hatte, indem er garantierte, dass Gramps der einzige Händler in der Gegend von Dallas war. Das war alles Blödsinn, aber Coke würde es hoffentlich nie herausfinden ... denn dann wäre er bereits tot.

Diese Art von Mission war für das *Silverstone-Team* ungewohnt. Ihre übliche Vorgehensweise war es, sich heimlich in das Land zu begeben, ihrer Zielperson eine Falle zu stellen und dann zu verschwinden. Sich hinzusetzen, einen Scheindeal auszuhandeln und dem Feind von Angesicht zu Angesicht gegenüberzutreten war sicherlich ungewöhnlich. Aber es funktionierte ... bis jetzt.

Gramps musste noch dafür sorgen, dass Cassidy und Mario freigelassen wurden. Coke würde ihn nicht einfach mit ihnen gehen lassen, nicht ohne weitere Verhandlungen. Aber Gramps war zuversichtlich, dass er sie kaufen konnte. Der Mann war besessen von Geld, und wenn er noch ein paar Millionen für zwei Leute bekam, die ihm egal waren, würde er nur schwer widerstehen können. Zumindest hoffte Gramps das. Falls nötig, war

Bull bereit, für Ablenkung zu sorgen, damit Gramps mit Cassidy und Mario einfach aus der Villa verschwinden konnte.

Er wollte gerade auf das Thema Geld zu sprechen kommen, als es vor der Tür einen Tumult gab. Als er Cassidys Stimme erkannte, stand Gramps auf.

Die Tür flog auf und Cassidy stand da, Lloyd auf den Fersen. Er packte ihre Arme und hielt sie so fest, dass sie sich nicht aus seinem Griff befreien konnte.

»Wo ist er?«, schrie sie.

Coke zog nur eine Augenbraue hoch.

»Mario! Wo ist er? Lloyd hat mir gesagt, dass er verschwunden ist! Du hast ihn zu einem Job geschickt und er ist verschwunden. Ich will meinen Sohn!«

Es kostete Gramps seine ganze Willenskraft, den Mund zu halten und Cassidy nicht zu beruhigen. Er zwang sich, sich wieder auf das Ledersofa zu setzen, und folgte damit Cokes Beispiel. Der andere Mann hatte bei der Unterbrechung nicht einmal gezuckt. Er hatte sich nicht von seinem Platz auf dem Sofa bewegt.

»Woher soll ich das wissen?«, fragte Coke. »Ich bin schon den ganzen Tag hier.«

»Aber du hast ihn losgeschickt, um als Drogenkurier zu arbeiten! Ich weiß, dass du das getan hast!«, kreischte Cassidy.

Coke seufzte. »Frauen machen immer so ein Drama«, sagte er zu Gramps.

Gramps zwang sich zu einem lässigen Nicken. Cassidy hatte völlig den Kopf verloren. Einen Moment lang fragte er sich, warum sie etwas tun würde, das ihre Rettung gefährden könnte – dann fiel es ihm ein.

Er hatte ihr nicht gesagt, dass Smoke ihren Sohn beschattete. Dass er nicht zulassen würde, dass ihm etwas zustößt. Sie wusste, dass sie einen Plan hatten, aber er hatte ihr nichts von den Einzelheiten erzählt. Aus Verzweiflung und Liebe zu ihrem Sohn riskierte sie alles.

Diese Szene war definitiv ein Störfaktor in ihren Plänen, aber Gramps ließ sich nichts von seinen Gedanken anmerken. Die anderen hörten ihm zu; sie würden mitmachen und den Plan notfalls ändern.

»Lass mich los! Ich muss ihn suchen!«, schrie Cassidy Lloyd an, während sie sich vergeblich in seinem Griff wand.

»Sie scheint ein bisschen nervös zu sein, oder?«, bemerkte Coke.

»Das liegt daran, dass sie Latina ist«, erwiderte Gramps grinsend. »Im Bett ist sie herrlich. Wenn sie auf meinem Schwanz reitet, ist das etwas Wunderschönes. Jetzt ... nicht so sehr.«

»Ist schon okay. Ich habe etwas, um sie zu beruhigen«, entgegnete Coke, während Cassidy die beiden ignorierte und sich weiter gegen Lloyd wehrte. Coke stellte sein Glas auf einen Tisch neben sich und stand auf.

Gramps tat es ihm gleich. Er öffnete den Mund, um zu protestieren, aber Coke bewegte sich bereits auf Cassidy zu. Er machte einen Umweg zum Schnapsschrank und zog eine Spritze aus einer Schublade. Es widerte Gramps an, dass er so etwas griffbereit hatte, um sofort loslegen zu können.

Coke schlenderte auf Cassidy zu, nahm ihren Kiefer in die Hand und drückte fest zu.

Cassidy wimmerte vor Schmerz, hörte aber auf, sich gegen Lloyd zu wehren.

»Sie enttäuschen mich, Miss Hewitt. Ich hatte so große Hoffnungen in Sie gesetzt. Sie waren all die Jahre eine so gute Mitarbeiterin.« Er machte ein leises Geräusch, bevor er fortfuhr: »Aber Ausbrüche werden nicht geduldet. Mario gehört jetzt zu *mir*. Was mit ihm passiert, geht dich nichts mehr an. Er wird tun, was ich sage und wann ich es sage. Mommy kann ihn nicht mehr beschützen. Hast du das verstanden?«

»Nein! Wir sind keine Sklaven. Wir gehören dir nicht!«, rief Cassidy, und die Verzweiflung war in ihrem Tonfall deutlich zu hören.

»Falsch. Ich besitze euch. Und wenn ich du wäre, würde ich etwas netter zu mir und meinen Mitarbeitern sein.« Coke wandte sich an Gramps. »G, willst du uns die Ehre erweisen?«

»Was ist das?«, fragte Gramps. Seine Gedanken liefen auf Hochtouren und er versuchte, einen Ausweg aus dieser verdammten Situation zu finden. Er bedauerte, dass er Cassidy diesen Teil des Plans nicht erzählt hatte. Er hatte sie zu ihrem eigenen Schutz so gut wie möglich im Dunkeln lassen wollen. Aber er hatte es vermasselt. Er hätte ihr wenigstens sagen sollen, dass Mario jederzeit in Sicherheit war. Hätte er das getan, wäre sie nicht in dieser Situation. Sie hätte nicht ihr Leben riskiert, um Coke zu konfrontieren.

»Flunitrazepam«, sagte Coke zu ihm.

Gramps nickte. Er wollte Cassidy nicht unter Drogen setzen und würde alles Notwendige tun, um Coke davon abzuhalten, ihr Meth oder Kokain zu spritzen, aber ihr einen Roofie zu geben würde ihr auf lange Sicht nicht schaden. Zumindest hoffte er das. »Ich bin einverstanden«, sagte er zu Coke. »Ich habe schon ein paar Mädchen mit einem Roofie betäubt. Ich bevorzuge es, wenn sie bei Bewusstsein sind und aktiv mitmachen, wenn ich es ihnen besorge, aber in meiner Jugend habe ich mit der Vergewaltigungsdroge experimentiert. Sie ist sehr effektiv.«

Coke nickte. »Das ist meine Vorliebe. Ich mag es nicht, wenn sie sich wehren – das ist zu viel Arbeit. Ich bevorzuge ein nettes, bewusstloses Mädchen, das ich nehmen kann, wie ich will.«

Gramps fühlte sich schlecht, als er auf Coke und die immer noch kämpfende Cassidy zuging. Er nahm dem anderen Mann die Spritze ab und machte den Fehler, Cassidy in die Augen zu schauen.

Bedauern schwamm in ihren Augen. Sie wusste, dass sie es vermasselt hatte.

»Es tut mir leid«, murmelte sie leise.

Gramps wusste, dass er das erledigen musste, bevor sie etwas sagte, das sie beide umbringen würde. Coke und Lloyd würden nicht zögern, sie beide zu töten, wenn sie auch nur einen Moment lang den Verdacht hätten, dass er nicht der war, der er vorgab zu sein. Gramps hatte vorhin die Pistole in Cokes Jacke gesehen, und auch Lloyd hatte eine Waffe deutlich sichtbar an seiner Hüfte.

Er hob die Spritze an und stach ihr die Nadel so sanft wie möglich in den Oberarm – was schwierig war, weil sie in Lloyds Griff immer noch zuckte.

»Nein!«, wimmerte Cassidy. Ihre Pupillen hatten sich geweitet und sie brach in Panik aus.

Gramps antwortete nicht, sondern betete nur, dass die Droge schnell wirkte und diese Qual für sie beide beendete.

»Bitte tu Mario nicht weh – er ist unschuldig!«, flehte sie Coke an. »Er ist doch nur ein Kind!«

»Und er gehört *mir*«, sagte Coke ohne jegliches Mitgefühl. »Bringt sie weg.«

»Kann ich sie meinen Männern geben?«, fragte Lloyd.

Coke winkte ihn ab. »Es ist mir egal.«

»Warte«, bat Gramps.

Cassidy erschlaffte in Lloyds Griff, ihre Augen waren glasig und es war offensichtlich, dass sie nicht mehr wirklich bei Bewusstsein war.

»Ich wollte mit dir über sie reden«, sagte Gramps zu Coke. »Dir ein Geschäft vorschlagen.«

»Was für ein Geschäft?«, fragte Coke in dem Moment, in dem Lloyd zu protestieren begann.

Coke hielt seinem Sicherheitschef die Handfläche hin und brachte ihn damit zum Schweigen.

»Es geht um Geld«, sagte Gramps. »Es ist schon lange her, dass ich eine Frau gefunden habe, die es mir so gut besorgt hat. Nenn es von mir aus Nostalgie für mein Heimatland, aber ich wäre bereit, sie dir abzukaufen.«

»Lass sie hier«, befahl Coke Lloyd.

»Aber Sir ...«, begann Lloyd.

Coke zog nur eine Augenbraue hoch und Lloyd nickte. »Gut.« Er ließ Cassidy nicht sehr sanft auf den Boden direkt vor der Tür fallen, warf Gramps einen finsteren Blick zu, drehte sich um und ging.

Gramps wollte sofort zu Cassidy gehen, ihr ein Kissen unter

den Kopf legen und ihr sagen, dass es ihm leidtut und sie wieder gesund wird, aber er zwang sich, zum Sofa zurückzugehen.

Es dauerte eine weitere Stunde, aber am Ende dieser sechzig Minuten hatte Gramps sich eine Frau gekauft. Er hatte vor, auch ein Angebot für Mario zu machen, aber das war vom Tisch, da Coke annahm, dass er verschwunden war. Also verhandelte er für Cassidy und tat sein Bestes, um sich keine Sorgen um ihren Sohn zu machen.

Er nahm an – und betete dafür –, dass sein Verschwinden auf Smokes Eingreifen zurückzuführen war, aber das konnte er im Moment nicht überprüfen.

Das Gefeilsche um Cassidys Kaufpreis weckte in ihm den dringenden Wunsch, sich zu duschen, um das Gefühl des Verrats loszuwerden, aber es war vorbei. Sie blieb, wo Lloyd sie zurückgelassen hatte, zusammengesunken neben der Tür liegen, als sei sie nichts weiter als ein Stück Vieh. Und das war sie für den Mann vor ihm auch. Er hatte es geschafft, Coke auf eine halbe Million Dollar herunterzuhandeln, was ihm obszön viel Geld erschien. Aber selbst zehn Dollar wären zu viel gewesen, denn alles an dieser Sache war so falsch. Ein menschliches Wesen zu kaufen verursachte Gramps Übelkeit.

Er ließ sich nicht anmerken, was er fühlte.

Es war an der Zeit, die Sache zu beenden. Und Coke ein für alle Mal zu erledigen.

Das *Silverstone-Team* kümmerte sich normalerweise nicht um Drogendealer. Es gab so viele und die Nachfrage nach Drogen war so groß, dass, sobald ein Dealer erledigt war, zwei neue auftauchten, um seinen Platz einzunehmen. Gramps hatte keinen Zweifel daran, dass jemand Cokes Imperium übernehmen würde, wahrscheinlich einer seiner vielen Stellvertreter, aber das FBI hatte nachgegeben und dieser Mission wegen Cassidy und ihrem Sohn zugestimmt.

Nach Cokes Tod würde es in seiner Organisation chaotisch zugehen, und vielleicht konnte die jamaikanische Polizei in der Zwischenzeit in ihrer Stadt aufräumen. Aber die Drogensüchtigen brauchten ihren Stoff, und so würden die Drogen weiterhin in die USA strömen, aus Ländern wie Jamaika, China, Kolumbien, Mexiko und der ganzen Welt.

Doch Gramps wollte nicht zulassen, dass die Hölle, die Cassidy und ihr Sohn durchgemacht hatten, umsonst gewesen war. Er wollte Coke zur Strecke bringen, und das mit großem Vergnügen.

»Ich glaube, wir sollten auf unsere neue Partnerschaft trinken … und auf viel tollen Sex in meiner Zukunft«, erklärte Gramps und grinste. Er zog einen Flachmann aus der Tasche seines Jacketts. Eagle – und eine FBI-Verbindung – hatten sich als sehr nützlich erwiesen. Auf dem Weg aus dem Hotel am Abend zuvor hatte Eagle ihm den Flachmann gegeben und erklärt, wie er funktionierte.

»Ich stimme zu. Was hast du da?«

»Tequila, was sonst?«, fragte Gramps.

Coke lachte. »Ihr Mexikaner und euer Tequila.«

»Ihr Jamaikaner und euer Rum«, erwiderte Gramps.

Coke nickte. »Stimmt auch wieder.«

»Außerdem könnte ich einen halben Liter eures Rums trinken und würde immer noch nicht unter dem Tisch liegen. Das kann ich von dir und meinem Tequila nicht behaupten.«

»Meinst du?«, fragte Coke.

»Ich weiß es«, entgegnete Gramps voller Zuversicht.

»Würdest du darauf wetten?«

Gramps hob gedanklich in Siegerpose eine Faust in die Luft. Er hatte den Köder geschluckt. Er hatte diesen Mistkerl am Haken. »Verdammt ja«, entgegnete er. »Wie viel?«

»Zweihunderttausend«, erwiderte Coke.

Gramps tat so, als würde er darüber nachdenken, bevor er nickte. »Klingt vernünftig. Aber bevor wir beide uns so sehr betrinken, dass wir nicht mehr klar denken können, musst du deinem Personal sagen, dass sie mir gehört.« Gramps zeigte mit einem Kopfnicken zu der ohnmächtigen Cassidy auf dem Boden.

»Ich will auf keinen Fall, dass Lloyd Ärger macht oder einer deiner anderen Männer sich an ihr vergreift.«

»Na gut«, erwiderte Coke. Er holte ein Handy heraus und tippte etwas ein. In weniger als einer Minute öffnete Lloyd die Tür zum Arbeitszimmer.

»Sir?«

»Cassidy gehört jetzt G. Wenn er später geht, nimmt er sie mit.«

Gramps konnte die Enttäuschung und Wut in den Augen des anderen Mannes sehen.

»Niemand legt sich mit ihm an. Er nimmt sie uns ab. Sie ist nicht mehr unser Problem. Verstehst du?«, fragte Coke.

»Ja, Sir«, stieß Lloyd hervor.

»Gut. Das ist alles.«

Lloyd warf Gramps noch einen bösen Blick zu, dann verließ er den Raum und schloss die Tür hinter sich.

»Du weißt doch, dass ich dir vertraue«, erklärte Coke und Gramps hätte fast verächtlich geschnaubt. Der Mann vertraute ihm nicht im Geringsten, und das beruhte auf Gegenseitigkeit. »Aber ich muss darauf bestehen, dass du den ersten Schluck von deinem Tequila nimmst. Ich möchte nicht, dass du mich vergiftest oder so.«

Gramps tat so, als sei er beleidigt. »Wenn ich dich töten würde, bekäme ich meine Drogen nicht«, protestierte er.

»Trotzdem«, entgegnete Coke fest.

Gramps seufzte genervt und holte zwei frische Schnapsgläser aus dem Schnapsschrank. Er sorgte dafür, dass Coke freie Sicht hatte und füllte beide Gläser mit Tequila aus seinem Flachmann. Er trug sie zum Sofa und reichte Coke eines davon. »Auf neue Partnerschaften«, sagte er und hob sein Glas zu einem Toast.

Coke sah ihn einen Moment lang an und nickte dann.

Gramps schluckte den Tequila und spürte kaum das Brennen, als er seine Kehle hinunterglitt. Als er fertig war, zuckte Coke nicht mit der Wimper und schüttete seinen Schnaps ebenfalls hinunter.

»Das ist gutes Zeug«, erwiderte Coke.

»Lasst die Spiele beginnen«, sagte Gramps zu ihm.

Die nächste Stunde verbrachten sie damit, zu scherzen und zu trinken. Gramps schenkte Coke ein, und der Drogenboss bereitete Gramps seinen Schnaps zu. Der Raum drehte sich leicht, aber Gramps zwang sich, geduldig zu sein. Das war es. Der Höhepunkt der monatelangen Recherche seines Teams – und der jahrelangen Gefangenschaft von Cassidy.

Wenn er an Cassidy dachte, erinnerte er sich an die Verzweiflung in ihrem Gesicht, als er die Nadel in ihre Haut gestochen hatte. Er wollte zu ihr hinüberschauen, aber er hielt den Blick fest auf Coke gerichtet.

Sie lagen beide auf dem Sofa ausgestreckt. Der Flachmann, den Gramps mitgebracht hatte, war leer. Es war nur eine Frage der Zeit.

»Du hast gewonnen, G«, erklärte Coke zähneknirschend, während er versuchte, zu Atem zu kommen. »Dein Tequila hat mich ... fertiggemacht.«

Gramps zuckte mit den Schultern. »Mir geht es auch nicht so gut. Wie wär's, wenn wir es unentschieden nennen?«

»Das ist sehr fair ... von dir«, keuchte Coke.

Es war das Letzte, was der Mann jemals sagen würde. Sein Körper begann zu krampfen, als das Zyankali im Tequila seine Wirkung tat.

Der Flachmann, den Eagle ihm gegeben hatte, hatte zwei Fächer. Das eine enthielt reinen Tequila, das andere mehr als genug von dem tödlichen Stoff, um ihn umzubringen. Gramps hatte Coke eine Zeit lang puren Tequila gegeben, um ihn aufzulockern und genügend Zeit verstreichen zu lassen, damit es so aussah, als würden er und Coke sich blendend verstehen.

Die letzten paar Schnäpse, die er für Coke eingegossen hatte, waren mit Gift versetzt. Der andere Mann war fast sofort dem Gift erlegen.

Gramps stand auf und eilte zu Cassidy hinüber. Sie hatte sich nicht mehr bewegt, seit sie auf den Boden gefallen war, und er betete, dass sie wirklich nur betäubt worden war und dass er ihr nicht noch etwas anderes gegeben hatte. Er drückte seine Finger an ihren Hals und seufzte erleichtert auf, als er einen Puls spürte.

Er nahm sich eine Minute Zeit, um leise und heimlich in der Nähe des kleinen Mikrofons in seiner Uhr zu sprechen, denn er wusste, dass sein Team ihn hören würde. »Coke ist tot. Geht über zu Plan D. Ich werde mit Cassidy durch die Vordertür gehen. Haltet euch bereit.« Sie hatten bestimmt gehört, wie sie ausgeflippt war und was danach passiert war.

In Gedanken entschuldigte er sich bei Cassidy und zerrte sie langsam zu einem Stuhl in der Nähe. Er hievte sie darauf, beugte sich dann vor, legte seine Schulter auf ihren Bauch und hob sie vorsichtig hoch.

Er schwankte leicht auf seinen Füßen. Nachdem er so viel Rum getrunken hatte, war er definitiv nicht in der Verfassung, sich oder Cassidy zu verteidigen. Er betete, dass Lloyd Cokes Anweisung befolgen würde. Denn es war an der Zeit, hier ein für alle Mal zu verschwinden.

Ohne einen Blick auf den Mann zu werfen, der Cassidy so viel Schmerz zugefügt hatte, ging Gramps zur Tür. Er öffnete sie und wie erwartet tauchte Lloyd aus dem Nichts auf. Der Mann behielt seinen Chef genau im Auge, was bewundernswert gewesen wäre, wenn er nicht so ein Dreckskerl gewesen wäre.

»Sieht so aus, als wären wir für heute fertig«, lallte Gramps absichtlich.

Lloyd grinste ihn angewidert an und spähte dann hinter Gramps in das Arbeitszimmer.

Gramps verkrampfte sich und bereitete sich darauf vor, den anderen Mann bis aufs Blut zu bekämpfen, wobei ihn ein Adrenalinstoß etwas ernüchterte. Aber Lloyd schloss einfach die Tür zum Arbeitszimmer und überließ seinen vermeintlich ohnmächtigen Chef seinem Vollrausch.

Gramps nickte dem Mann zu und machte sich auf den Weg zur Tür.

Er sollte nicht fahren, aber das war im Moment nicht anders

möglich. Sein Ziel war es, Cassidy aus dem Haus zu bringen. Lloyd folgte ihm, und als Gramps mit der Haustür kämpfte, seufzte er und beugte sich an ihm vorbei, um sie zu öffnen.

»Danke«, erwiderte Gramps.

»Sie muss wirklich verdammt gut im Bett sein«, murmelte Lloyd.

Gramps hatte wirklich das Bedürfnis, ihn zu verprügeln. Aber um seine Rolle zu spielen, lächelte er nur. »Der beste Sex, den ich je hatte«, erklärte er laut und verließ das Haus. Er hielt den Atem an, als er übertrieben über den Fußweg stolperte. Er kam an ein paar Männern des Sicherheitspersonals vorbei, aber niemand versuchte, ihn aufzuhalten. Keiner machte eine Bewegung, um ihn daran zu hindern, Cassidy mitzunehmen.

Dankbar dafür, dass er in weiser Voraussicht Coke gebeten hatte, Lloyd mitzuteilen, dass Cassidy ihm gehörte, ging Gramps unbehelligt zu dem schwarzen Wagen, mit dem er am Abend zuvor angekommen war.

Er öffnete den Kofferraum, entschuldigte sich im Geiste noch einmal bei Cassidy und versprach, es wiedergutzumachen, dann rollte er sie hinein. Sein einziger Trost war, dass sie sich nicht daran erinnern würde, in den Kofferraum geworfen worden zu sein, als sei sie nichts weiter als ein Sack Kartoffeln.

Er nickte Lloyd und den anderen zuschauenden Männern zu, dann setzte er sich hinter das Steuer und fuhr aus den Toren, die für ihn geöffnet worden waren.

Diesmal folgte ihm niemand. Jetzt, da er seine Geschäfte mit Coke abgeschlossen hatte, konnte er gehen, wohin er wollte, und tun, was er wollte. Er ging sie nichts mehr an.

Er fuhr so vorsichtig wie möglich und betete, dass er nicht von der Polizei angehalten wurde – es wäre nicht gut, betrunken mit einer unter Drogen stehenden Frau im Kofferraum angehalten zu werden –, und machte sich auf den Weg zu dem Treffpunkt, den er und das *Silverstone-Team* im Voraus vereinbart hatten.

Als er in die Gasse einbog, stellte Gramps den Motor ab und wartete. Keiner fuhr vorbei. Keiner kam hinter ihm her. Es schien, als hätte er es geschafft. Er hatte Coke direkt vor den Augen seiner Sicherheitsleute vergiftet und Cassidy entführt.

Ein Klopfen an der Tür ließ Gramps so sehr aufschrecken, dass er mit einem Ruck zur Seite fuhr. »Verdammt«, murmelte er, als er die Tür öffnete.

»Wirst du langsam alt, Gramps?«, fragte Eagle.

»Du kannst mich mal!«

Eagle machte große Augen. »Verdammt. Du musstest viel mehr trinken, als wir geplant hatten, nicht wahr?«

Gramps nickte. »Ich musste alles entspannt und normal erscheinen lassen. Ich wusste, dass Lloyd in der Nähe lauerte, und wenn ich zehn Minuten nach unserer Abmachung gegangen wäre, hätte er Verdacht geschöpft. Sag mir, dass ihr den Jungen habt«, forderte er, als er zum Kofferraum ging.

»Smoke hat ihn«, bestätigte Eagle.

Gramps schloss für einen Moment die Augen. »Gott sei Dank«, hauchte er. »Wenn er tatsächlich noch in dem Haus wäre, wäre das nicht gut gewesen.«

»Ich nehme an, unser Plan hat funktioniert?«, fragte Eagle, als er nach Cassidy griff.

Gramps schob ihn zur Seite und hob die mutigste Frau, die er je gekannt hatte, vorsichtig aus dem Kofferraum. Er legte ihr vorsichtig einen Arm unter die Knie und den anderen um ihren Rücken. Es war wahrscheinlich das letzte Mal, dass sie ihn in ihre Nähe ließ, und er wollte es auskosten.

»Es hat geklappt«, sagte Gramps zu seinem Freund, als sie zu einer zweiten schwarzen Limousine gingen, die in der Nähe des Eingangs zur Gasse geparkt war. Eagle hielt die Hintertür auf und Gramps stieg schnell ein, Cassidy immer noch in seinen Armen.

In weniger als einer Minute waren sie unterwegs.

»Bull ist hinter uns und hält Ausschau nach möglichen Verfolgern, und Smoke ist mit Mario auf dem Flughafen. Was glaubst du, wie lange wir haben, bis sie Coke finden?«, fragte Eagle.

Gramps konnte den Blick nicht von Cassidys Gesicht abwenden. Sie sah ruhig und entspannt aus, aber sobald sie sich daran erinnerte, dass er derjenige war, der sie unter Drogen gesetzt hatte – oder es ihr jemand sagte –, würde sie wahrscheinlich nichts mehr mit ihm zu tun haben wollen. Er war angewidert von sich selbst. Er hatte keine Wahl gehabt, aber das änderte nichts daran, was er getan hatte.

»Ich bin mir nicht sicher. Ich weiß nicht, ob sie es riskieren werden, ihn zu wecken, um ihn in sein Bett zu bringen, oder ob sie ihn einfach bis zum Morgen dort liegen lassen«, erwiderte Gramps.

»Hoffen wir, dass sie warten. Wir brauchen niemanden, der versucht, unseren Flug zu verhindern«, murmelte Eagle.

Gramps nickte. Eagle erzählte ihm nichts, was er nicht schon wusste.

Der Plan war, dass Smoke sich Mario schnappt und ihn in Sicherheit bringt. Dann würde Gramps das Gift in Cokes Getränk schütten und Cassidy aus dem Haus bringen, während Bull hinten einen Sprengsatz zündete, um die Aufmerksamkeit aller abzulenken. Aber da das Team gut zugehört hatte, konnten sie sich darauf einstellen und die Situation im Griff behalten, als sie sich verändert hatte. Alles hatte sich fast perfekt eingespielt, auch wenn es nicht genau so gelaufen war, wie sie es geplant hatten.

Das Privatflugzeug, das Willis, ihr FBI-Kontakt, für sie organisiert hatte, stand am Flughafen bereit und sie verließen das Land so schnell wie möglich. Sobald Lloyd und die Sicherheitskräfte Coke tot auf seinem Sofa gefunden hatten, würde die Kacke am Dampfen sein, und das *Silverstone-Team* wollte so weit wie möglich weg sein, wenn das passierte.

Selbst wenn Lloyd nicht alle Hände voll damit zu tun hätte, die Organisation am Laufen zu halten, würde er »G« nicht in Dallas finden, auch wenn er nach ihm suchen würde. Seine Tarnung war vom FBI und der Drogenvollzugsbehörde ausgeheckt worden. Sobald die Räder des Flugzeugs den Boden verließen, waren sie alle in Sicherheit.

Gramps schloss die Augen und wünschte sich, dass die Welt aufhörte, sich zu drehen. Er musste einen klaren Kopf behalten, damit Mario nicht durchdrehte, wenn er seine bewusstlose Mutter sah. Er musste nüchtern sein, um Cassidy zu erklären, was er getan hatte. Aber er wusste nicht, wie er das anstellen sollte. Sie unter Drogen zu setzen war die einzige Möglichkeit gewesen ... und es war in ihrem und Marios bestem Interesse gewesen ... aber er wusste nicht genau, ob sie das auch so sehen würde.

Und selbst wenn, würde es Gramps schwerfallen, sich das zu verzeihen.

Seufzend drückte Gramps seine Stirn an ihre Schläfe und atmete erleichtert aus, dass es fast vorbei war. Das *Silverstone-Team* hatte einen weiteren bösen Mann ausgeschaltet und dabei zwei Unschuldige gerettet. Das musste reichen, egal was passierte, wenn Cassidy aufwachte.

KAPITEL SIEBEN

Cassidy hatte Kopfschmerzen. Sie öffnete die Augen und zuckte angesichts des grellen Lichts zusammen.

»Mommy?«

Marios besorgte Stimme holte sie schneller aus ihrer geistigen Umnachtung heraus, als alles andere es hätte tun können. Sie öffnete die Augen und sah, wie Mario sich über sie beugte.

»Geht es dir gut?«

»Ich ... ja.« Cassidy sah sich um und bemerkte, dass sie definitiv nicht in ihrem Zimmer war. »Wo sind wir?«

»Wir sind in einem Flugzeug!«, sagte Mario aufgeregt. »Wir fliegen nach Amerika. Wir sind frei, Mommy!«

Als Cassidy das hörte, zwang sie sich, sich aufzusetzen. Sie lag quer über eine Sitzreihe, die sich, wie sie bestätigte, tatsächlich in einem Flugzeug befand. Es war nicht riesig, aber auch nicht winzig. Es gab mehrere Reihen mit Ledersitzen, und Mario kniete neben ihr auf dem Boden. Als sie sich aufrichtete, stand er auf und setzte sich neben sie. Er griff nach ihrer Hand und drückte sie fest.

»In einem Flugzeug?«, murmelte Cassidy und war sehr verwirrt. Sie konnte sich nicht daran erinnern, in ein Flugzeug gestiegen zu sein ... oder an irgendetwas anderes. Das Letzte, woran sie sich erinnerte, war ...

Mario!

»Du bist hier!«, keuchte sie und drehte sich zu ihrem Sohn um. »Geht es dir gut, mein Baby? Was ist passiert? Wo warst du?«

»Lloyd hat mir ein paar Sachen zum Abliefern gegeben und ich wollte es nicht tun, aber ich hatte keine Wahl. Martin setzte mich in einem unheimlichen Teil von Kingston ab und sagte mir, ich hätte zehn Minuten Zeit und wenn ich nicht rechtzeitig zurück wäre, würde ich meinen Heimweg allein antreten müssen. Ich hatte wirklich Angst, aber ich wusste, dass ich es tun musste. Also verließ ich den Wagen und ging die Gasse entlang, und als ich um eine Ecke bog, wurde ich gepackt!«

Cassidy keuchte wieder, aber Mario fuhr fort, bevor sie etwas sagen konnte.

»Smoke hat mich gepackt und mir gesagt, dass er ein guter Kerl ist, und hat mir ein Bild von ihm und Gramps gezeigt, um zu beweisen, dass er ihn kennt. Er sagte, dass Gramps dich aus Michaels Haus holen und sich bald mit uns treffen würde. Er sagte mir, er und seine Freunde würden uns beide aus Jamaika herausbringen! Er brachte mich in sein Hotel und gab mir etwas zu essen. Eagle kaufte mir sogar ein neues T-Shirt und eine Mütze! Wir verbrachten noch eine Weile zusammen und Smoke brachte mir bei, wie man Gin Rommé spielt, und dann war es Zeit zu gehen. Sie sagten, wir müssten warten, bis es dunkel ist, damit uns niemand abfliegen sieht, und wir kamen zu diesem Flugzeug, an dem überhaupt kein Licht war! Aber ich durfte meinen Pass ganz allein tragen, weil Eagle sagte, ich sei verantwortungsbewusst genug.

Dann kamen Bull und Gramps mit dir. Aber du warst ohnmächtig und Gramps war sehr besorgt. Er ist auch betrunken, aber ich habe nichts gesagt, weil er irgendwie sauer aussah. Dann sagte die Pilotin, wir sollten uns festhalten, denn sie würde »heftig und schnell« starten, und wir sausten die Landebahn entlang und flogen fast senkrecht nach oben! Es war fantastisch!«

Mario hatte so schnell gesprochen und so viel auf einmal gesagt, dass Cassidy der Kopf schwirrte, als er geendet hatte, und ihr Mund so trocken wie Baumwolle war. Als sie sich umschaute, sah sie, dass Leos Freunde tatsächlich mit ihnen im Flugzeug saßen. Jeder von ihnen nickte ihr zu, als ihr Blick den ihren traf. Sie hielt nach Leo Ausschau und entdeckte ihn in der ersten Sitzreihe, aber er hatte sich nicht umgedreht.

Sie schaute Bull an. »Sind wir wirklich in Sicherheit?«

»Ja«, bestätigte Bull. »Es dauert noch ein bisschen, bis wir in Miami landen, aber ihr seid in Sicherheit. Von dort aus nehmen wir einen weiteren Flug nach Indianapolis, um alle abzuschütteln, die das Flugzeug verfolgen könnten.«

Cassidys Augen füllten sich mit Tränen. Sie konnte kaum glauben, dass sie wirklich nicht mehr in Jamaika waren. »Und Michael?«

»Er ist tot«, erklärte Mario feierlich. »G ... ich meine, Gramps hat ihn umgebracht.«

Cassidy schaute noch einmal zu Leo. Er drehte sich immer noch nicht um, um zu sehen, wie sie mit dem Vorfall zurechtkam, und er bestätigte Marios Aussage nicht.

Eagle stand von seinem Platz auf und kam zu ihrer Reihe hinüber. Er setzte sich neben sie und sagte: »Mario, warum spielst du nicht mit Smoke Gin Rommé? Ich weiß, dass er unbedingt nach Hause zu seiner schwangeren Frau will und sich Sorgen um sie macht. Wenn du ihn ablenken könntest, wäre das toll.«

»Alles klar!«, erklärte Mario fröhlich, schob sich vor seine Mutter und Eagle und ging auf Smokes Platz zu.

»Was ist denn los?«, fragte Cassidy, als er außer Hörweite war.

»Es ist normal, dass du verwirrt bist«, versicherte Eagle ihr. »Was ist das Letzte, woran du dich erinnerst?«

Cassidy zermarterte sich das Hirn. »Ich war in meinem Zimmer. Ich habe mir Sorgen um Mario gemacht, weil so viel passiert war. Dann kam Martin herein und sagte mir, dass Mario verschwunden sei. Dass er nicht von seinem Job zurückgekommen war. Und ich ... nun, das war's. Alles andere weiß ich nicht mehr.

Was ist passiert? Wie hat Leo Michael umgebracht? Und wie hat er mich rausgeholt?«

Eagle schaute von ihr zu Leo und dann wieder zu ihr. »Und du fragst dich sicher, warum ich es dir erkläre und nicht Gramps.«

Cassidy zuckte mit den Schultern und nickte gleichzeitig.

»Richtig. Unser Plan sah im besten Fall vor, Mario von seinen Bewachern wegzuholen, wenn er sich außerhalb des Hauses aufhielt. Wir wussten, dass sie euch nie beide gleichzeitig vor die Tore lassen würden. Smoke hat ihn beschattet, was wir dir, wie wir *jetzt* wissen, hätten sagen sollen. Das tut mir leid. Wie auch immer, als Smoke die Chance hatte, ihn zu schnappen, hat er es getan. Es war eigentlich ganz einfach, denn wie Mario schon sagte, warf Martin ihn mit genügend Drogen, um ihn lebenslang ins Gefängnis zu bringen, aus dem Wagen und befahl ihm, sie abzuliefern. Smoke hat die Drogen weggeschmissen und ihn zu demselben Hotel gebracht, in dem du warst, und wir haben auf Gramps gewartet.«

»War es nicht riskant, Mario zu schnappen, als Leo noch in der Villa war?«, fragte Cassidy.

»Ja. Die Dinge liefen nicht ganz nach Plan. Bull war bereit, für Aufruhr zu sorgen und alle abzulenken, damit Gramps sich mit dir rausschleichen konnte ... aber das ist nicht passiert.«

»Was ist *dann* passiert? Und wieso kann ich mich an nichts erinnern?«

Eagle holte tief Luft. »Das ist der schwierige Teil. Du hast also herausgefunden, dass Mario verschwunden ist ... und du bist irgendwie ausgeflippt. Auch das ist unsere Schuld, denn wir haben dir nicht gesagt, dass Smoke die ganze Zeit deinen Sohn im Auge behält, und du bist in Cokes Arbeitszimmer gestürmt, wo er sich mit Gramps getroffen hat. Du warst hysterisch und Gramps hatte Angst, dass du etwas sagen würdest, was seine Tarnung auffliegen lassen würde. Coke zückte eine Spritze und wollte dir eine Injektion geben, um dich zum Schweigen zu bringen. Als Gramps erfuhr, dass es Rohypnol war ... hat *er* es dir gespritzt.«

Cassidy starrte Eagle mit großen Augen an. »*Was?* Ich wurde unter Drogen gesetzt?«

»Ja. Unter Rohypnol. Es ist allgemein als Vergewaltigungsdroge bekannt. Gramps hätte seine Deckung aufgegeben, wenn Coke vorgehabt hätte, dich mit etwas anderem zu betäuben. Aber in Anbetracht der prekären Situation und der Tatsache, dass er Mario bei uns in Sicherheit wähnte, hat er zugelassen, dass du die Spritze bekommst.«

Cassidy schaute noch einmal zu Leo auf, aber er hatte sich noch immer nicht umgedreht. Sie hätte gedacht, er würde schlafen, hätte sie nicht gesehen, wie er sich leicht bewegte.

»Nachdem du betäubt warst, hat Gramps seine Verhandlungen mit Coke fortgesetzt. Sie haben angefangen, zusammen zu trinken. Gramps hat jamaikanischen Rum getrunken, und Coke hat den besten mexikanischen Tequila getrunken – natürlich von uns geliefert. Lange Rede, kurzer Sinn: Coke ist an einer Zyankali-Vergiftung gestorben, Gramps hat dich aus dem Haus getragen ... und jetzt sind wir hier.«

Cassidy blinzelte, ihr schwirrte der Kopf. »Leo hat mich einfach aus dem Haus getragen? Und niemand hat ihn aufgehalten?«

Eagle räusperte sich und schaute auf seinen Schoß hinunter. Cassidy wappnete sich für das, was er ihr als Nächstes sagen würde.

»Er und Coke haben einen Deal gemacht und Gramps hat dafür gesorgt, dass alle im Haus davon wussten, damit er mit dir gehen konnte, nachdem er Coke vergiftet hatte. Er hat dich gekauft.«

Cassidy runzelte die Stirn. »Wie bitte?«

»Nun, das stimmt nicht ganz, denn es hat kein Geld den Besitzer gewechselt. Er sollte heute eine Überweisung veranlassen. Coke hatte wahrscheinlich vor, ihn in der Villa zu behalten, bis die Übergabe stattgefunden hat.«

»Michael hat mich *verkauft*?«, fragte Cassidy. »Wie ist das heutzutage überhaupt noch möglich?«

»Das ist viel einfacher und häufiger, als du denkst«, erklärte Eagle trocken. »Wenn Gramps nicht da gewesen wäre, um dich und Mario da rauszuholen, würdest du jetzt vielleicht ein ganz anderes Leben führen. Coke hatte dich quasi seiner Sicherheitstruppe übergeben.«

Cassidy konnte nicht glauben, was sie da hörte. Michael war tot? Leo hatte ihn vergiftet? Und er hatte sie unter Drogen gesetzt? Es ergab jetzt einen Sinn, warum sie sich an nichts mehr erinnern konnte ... aber es erklärte nicht, warum Leo sie nicht beachtete. Nach allem, was sie während der letzten zwei Tage durchgemacht hatten, hätte sie gedacht, dass er an ihrer Seite sein würde, wenn sie aufwachte. Sie hätte wissen müssen, dass er nur da gewesen war, um einen Job zu erledigen. Obwohl sie eine gemeinsame Vergangenheit hatten, bedeutete das, was sie miteinander geteilt hatten, eigentlich nichts. Er hatte eine Rolle gespielt, wie in einem Theaterstück. Aber das hier war keine Theateraufführung – es war ihr Leben.

»Wenn du mich fragst, geht es ihm nicht besonders gut«, bemerkte Eagle und senkte seine Stimme so, dass nur sie es hören konnte.

»Was? Wem?«

»Gramps. Ich würde sagen, der Alkohol ist auch nicht gerade hilfreich. Er war nicht glücklich darüber, dass er dich betäuben musste. Er hat dir nichts von Mario erzählt, weil er nicht wusste, ob es so passieren würde, wie wir es wollten, und weil er dir keine Hoffnungen machen wollte. Außerdem musste jede Reaktion auf sein Verschwinden authentisch sein. Es hätte zu viele Verdachtsmomente geweckt, wenn du dich nicht darüber aufgeregt hättest. Keiner von uns hätte gedacht, dass du in Cokes Arbeitszimmer stürmst und verlangst, dass er dich nach ihm suchen lässt. Das war mutig und sehr riskant für die Operation.

Wie auch immer ... er hat Angst, dass du ihm nicht verzeihst. Er hat gemurmelt, wie du ihn angeschaut hast, als er dir die Spritze an den Arm gehalten hat. Er hat Angst, dass du ihm nicht mehr auf dieselbe Weise vertrauen kannst.«

Cassidys Herz klopfte schnell. Sie erinnerte sich an nichts, was in Michaels Arbeitszimmer passiert war, aber es gefiel ihr nicht, dass Leo sich darüber Gedanken machte. Sie war nicht gerade glücklich darüber, dass sie unter Drogen gesetzt worden war, aber sie war auch keine Närrin. Wenn Leo sie unter Drogen gesetzt hatte, dann nur, weil er keine andere Wahl gehabt hatte.

Sie wusste nicht mehr, was sie getan hatte, aber wenn sie davon ausgegangen war, dass Mario in Schwierigkeiten steckte, war sie nicht überrascht, dass sie alles riskiert hatte, um Michael die Stirn zu bieten.

Sie fasste einen Entschluss, stand auf und kam dann schwankend auf die Füße.

»Ganz ruhig«, mahnte Eagle, der ebenfalls aufstand und sie stützte.

»Ich muss mit ihm reden«, entgegnete Cassidy.

»Vielleicht solltest du ihm mehr Zeit geben, nüchtern zu werden«, schlug Eagle vor.

»Vielleicht solltest du mir aus dem Weg gehen«, entgegnete Cassidy. Innerlich zitterte sie. Eagle war ein großer Mann – nicht so groß wie Leo, aber sie hatte keinen Zweifel daran, dass er sie leicht aufhalten konnte, wenn er nicht wollte, dass sie mit seinem Freund sprach. Aber er nickte nur und trat in den Gang.

Cassidy nutzte die Kopfstützen, um nach vorn zu gelangen, und blieb einen Moment stehen, um Mario und Smoke beim Kartenspielen zu beobachten. Ihr Sohn schien nicht im Geringsten traumatisiert zu sein. Er wirkte in der Nähe dieser knallharten Männer sogar entspannter, als sie ihn seit Langem gesehen hatte.

Erneut überkamen sie Schuldgefühle, aber sie schob sie beiseite. Sie hatte das getan, was sie für richtig hielt: Sie hatte Mario aus einer Situation mit seinem Vater herausgeholt, in der er missbraucht worden war. Sie hatte nicht beabsichtigt, ihn in eine weitere Hölle zu stürzen.

Mit hängenden Schultern ging sie zur ersten Reihe und bemerkte, dass Leos Freunde ihm viel Platz gelassen hatten. Da kein Flugbegleiter anwesend war, hatten sie genügend Privatsphäre, um die Situation zu besprechen.

Cassidy fragte nicht, ob sie sich neben ihn setzen durfte, sondern schob sich einfach an seinen Beinen vorbei und nahm den Platz zu seiner Linken ein. Leo sah furchtbar aus. Die Falten um seine Augen und seinen Mund waren noch stärker ausgeprägt, weil er die Stirn runzelte, und in dem kleinen Augenblick, in dem sein Blick den ihren traf, sah sie, dass seine Augen blutunterlaufen waren.

»Wie viel Rum hast du getrunken?«, fragte sie sanft.

»Zu viel«, entgegnete Leo leise.

Er sah sie immer noch nicht an.

»Ich weiß nicht mehr, was passiert ist«, erklärte Cassidy und kam gleich zur Sache, »aber Eagle hat es mir erzählt. Ich hasse dich nicht, Leo.«

Seine Schultern schienen noch mehr zu sinken. »Das solltest du aber.«

»Tue ich aber nicht«, wiederholte sie entschlossen. »Leo, mein Gott ... mein Sohn und ich sitzen in einem Flugzeug auf dem Weg in die Vereinigten Staaten. Weißt du, wie oft ich davon geträumt habe? Unzählige Male. Aber ich hätte nie gedacht, dass es wirklich passieren könnte. Ich habe die Briefe an das FBI als eine Art Hilferuf geschrieben. Ich hätte nie gedacht, dass die Regierung tatsächlich jemanden schicken würde, um uns zu retten. Und als du aufgetaucht bist, war ich schockiert und verängstigt ... und so dankbar.«

»Ich habe dich betäubt, Cassidy. Ich habe dir eine Nadel in die Haut gestochen und den Kolben gedrückt. Coke sagte, es sei Flunitrazepam, aber ehrlich gesagt hätte es alles sein können. Und obwohl es die ganze Zeit Teil des Plans war, habe ich dich ihm *abgekauft*.« Leo schüttelte angewidert den Kopf.

Cassidy hasste die Selbstverachtung, die sie in seiner Stimme hören konnte. Sie legte eine Hand auf seinen Arm. Er starrte ihre Finger an, als seien sie Messer, die sich in sein Fleisch bohren wollten. Sie drückte seinen Unterarm. »Wie viel?«

Er zögerte nicht. »Eine halbe Million.«

Cassidy blinzelte überrascht. »So viel?«

»Ich hätte alles gezahlt, was er verlangt hätte. Nicht dass jemals Geld den Besitzer gewechselt hätte«, murmelte er.

»Leo, sieh mich an«, bat Cassidy ihn.

Er weigerte sich.

Seufzend stand sie auf und beschloss, sich auf seinen Schoß zu setzen, damit er sie nicht ignorieren konnte, aber die plötzliche Bewegung ließ einen scharfen Schmerz durch ihren Kopf schießen und sie stöhnte auf.

»Was? Was ist denn los?« Leo schnappte nach Luft und sah sie alarmiert an.

Cassidy öffnete den Mund, um ihm zu sagen, dass es ihr gut ginge und sie sich nur zu schnell bewegt habe, aber im nächsten Moment hatte Leo die Armlehne zwischen ihnen hochgeklappt und sie auf seinen Schoß gezogen. Ihre Füße ruhten auf dem Polster, auf dem sie eben noch gesessen hatte, und Leo hielt ihren Kopf sanft zwischen seinen Händen.

»Sieh mich an, lass mich deine Pupillen überprüfen. Du solltest wahrscheinlich noch nicht einmal aufstehen und dich bewegen.«

»Es geht mir gut«, versicherte sie ihm und hielt sich an seinen Handgelenken fest, während er ihre Augen untersuchte.

Als der besorgte Blick nicht von seinem Gesicht wich, beugte sie sich vor und zwang ihn, seine Hände sinken zu lassen. Cassidy lehnte ihre Stirn an seine Schulter und schmiegte sich an ihn, weil sie so perfekt an ihn passte. Er legte seine Arme um sie und drückte sie fest an sich.

»Ich bin dir nicht böse«, wiederholte sie an die warme Haut seines Halses gepresst. »Du hast getan, was du tun musstest. Ich bin frei. Und was noch wichtiger ist: Mario ist frei. Du hast dein Leben riskiert, um mich da rauszuholen, und das kann ich nie wiedergutmachen.«

»Ich will deine Dankbarkeit nicht«, knurrte Leo.

Cassidy konnte den Alkohol in seinem Atem riechen, aber

überraschenderweise törnte sie das nicht ab. Er erinnerte sie nur daran, was dieser Mann alles getan hatte, um sie zu retten. »Was willst du?«, flüsterte sie.

»Ich will, dass du *glücklich* bist. Du und Mario. Ich will, dass ihr das Leben lebt, für das ihr immer bestimmt wart. Ein sicheres Leben. Ein Leben ohne Sorgen.«

»Es gibt kein Leben ohne Sorgen«, informierte Cassidy ihn.

Er schnaubte, und sie spürte, wie er tief in seiner Brust knurrte.

»Gut. Eines mit weniger Sorgen, als du sie bisher hattest.«

»Ich auch«, entgegnete Cassidy. Ein oder zwei Minuten vergingen, ohne dass einer von ihnen etwas sagte. Dann fragte sie: »Wie genau hast du mich da rausgeholt? Die Beschreibung von Eagle war nicht sehr detailliert.«

»Als Coke tot war, habe ich dich über meine Schulter gelegt und bin einfach rausgegangen«, erklärte Leo ihr.

»Und Lloyd oder Martin oder einer der anderen Jungs hat dich nicht aufgehalten?«

»Nein. Ich hatte dafür gesorgt, dass Coke sein Sicherheitspersonal darüber informiert, dass du jetzt mir gehörst und ich mit dir machen kann, was ich will. Sie sahen einfach zu, als ich ging.«

Cassidy lächelte darüber, aber dann verblasste ihr Lächeln. »Meinst du, sie wissen schon von Coke?«

»Wahrscheinlich.«

»Sie werden wütend sein.«

»Ja.«

»Sie werden dich umbringen wollen, Leo.«

»Das kann schon sein, aber dazu müssen sie mich erst einmal finden.«

Cassidy hob den Kopf und sah ihn besorgt an.

»Das wird nicht passieren, Cass. G existiert nicht. Die Tarnung des FBI ist hieb- und stichfest. Sie können mich nach Dallas verfolgen, aber ich bin offensichtlich nicht dort. Niemand weiß, wer ich bin, und es gibt keine Möglichkeit, mich nach Indianapolis zu verfolgen.«

»Was ist mit deinen Fingerabdrücken?«

»Sie können versuchen, mich mit ihnen zu finden, aber ich habe genügend Verbindungen, sodass sie damit auch nicht weit kommen.«

»Ich würde es nicht verkraften, wenn sie dich nach Jahren aufspüren und du oder einer deiner Freunde meinetwegen verletzt wird«, gab sie zu.

»Ich kann nicht mit hundertprozentiger Sicherheit sagen, dass das nicht passieren wird, aber das FBI ist verdammt gut darin, seine Spuren zu verwischen. Und ganz ehrlich, das Machtvakuum, das durch Cokes Tod entsteht, wird lange brauchen, um sich aufzulösen. Lloyd und seine Kumpel haben vielleicht nicht mal mehr einen Job, wenn der Staub sich gelegt hat, und es wird Geld kosten, mich zu suchen, ganz zu schweigen von der Reise in die Staaten. Du und Mario seid in Sicherheit. Ich werde alles tun, was nötig ist, um das zu gewährleisten. Bull hat vorhin Skylar angerufen. Sie wird sich mit ihrer Freundin in ihrem alten Wohnhaus in Verbindung setzen, um dir und Mario eine Wohnung zu besorgen. Und wundere dich nicht, wenn die Wohnung mit Lebensmitteln und dem Nötigsten für dich und deinen Sohn ausgestattet ist, wenn wir dort eintreffen.«

Cassidy runzelte die Stirn. »Ernsthaft?«

»Ja. Aber das Angebot, bei mir zu bleiben, gilt immer noch.«

So gut diese Idee sich auch anhörte, Cassidy wollte nicht als Almosenempfängerin dastehen. Sie hatte in ihrem Leben schon einige dumme Entscheidungen getroffen und hatte nun das Bedürfnis, einmal auf eigenen Beinen zu stehen. Sie wollte sich selbst beweisen, dass sie keine komplette Närrin war und dass sie es durchaus schaffen konnte, Mario eine gute Mutter zu sein.

Du kannst das machen und trotzdem mit Leo zusammenleben, argumentierte ihre innere Stimme, aber Cassidy ignorierte sie.

»Danke, aber ich glaube, ich muss jetzt erst einmal allein sein.«

Leo nickte.

»Danke für das, was du getan hast, um uns rauszuholen«, erklärte sie ihm ernst. »Du warst wahrscheinlich viel sanfter mit der Nadel, als Coke es gewesen wäre. Und dafür, dass du mich von ihm gekauft hast. Und einfach ... für alles.«

»Ich hoffe, du wirst dich nie daran erinnern, was passiert ist«, sagte Leo zu ihr.

Cassidy zuckte mit den Schultern. »Wenn ich es tue, werde ich meine Meinung nicht ändern und dir auch weiterhin dankbar sein.«

Sie starrten sich einen Moment lang an, bevor Cassidy den Kopf wieder auf seine Schulter legte. »Wie lange dauert der Flug noch?«

»Keine Ahnung.«

»Du musst doch müde sein«, bemerkte sie.

»Bin ich auch. Und ich bin verdammt betrunken, was ich hasse«, grummelte er.

Cassidy lächelte. Sie konnte es nicht verhindern. Er klang ähnlich wie Mario, wenn er über etwas jammerte. »Vielleicht können wir beide ein Nickerchen machen, bevor wir landen«, schlug sie vor.

»Ja, vielleicht.«

Cassidy wollte von seinem Schoß aufstehen, aber Leo legte seine Arme um sie. »Bleib«, befahl er leise. »Wenn ich daran denke, dass ich kurz davor war, dich zu verlieren, werde ich verrückt. Ein falsches Wort, eine falsche Bewegung, und wir säßen jetzt vielleicht nicht hier.«

»Aber wir sitzen jetzt tatsächlich im Flugzeug. Du hast es geschafft, Leo. Du hast sie alle überlistet. Ich wusste schon immer, dass du der Abschiedsredner deiner Klasse hättest sein sollen.«

Er lachte und lehnte sich gegen die Kopfstütze hinter sich. Cassidy nahm das zum Anlass, selbst die Augen zu schließen. Sie fühlte sich nicht besonders gut, war immer noch ein bisschen benebelt von der Droge in ihrem Körper. Sie drehte sich zu Leo und entspannte sich. Zum ersten Mal seit Jahren war sie wirklich entspannt. Sie und Mario waren endlich in Sicherheit.

Gramps drückte die Frau in seinen Armen fester an sich und seufzte tief. Er hatte gehört, wie sie aufgewacht war und mit Mario gesprochen hatte. Er hatte gehört, wie sie mit Eagle geredet hatte, war aber zu feige gewesen, zu ihr zu gehen, um sich selbst davon zu überzeugen, dass es ihr gut ging. Es tat ihm nicht leid, dass er sie Coke abgekauft und mit dem Mann Trinkspiele gespielt hatte, aber er konnte die Angst in ihren Augen nicht vergessen, als er ihr das Flunitrazepam injiziert hatte.

Er war dankbar, dass sie sich nicht daran erinnern konnte, was passiert war, aber er wusste, dass er es nie vergessen würde. Er würde es sich immer wieder vor Augen führen. Cassidy hatte mehr Mist durchgemacht, als je ein Mensch erleiden sollte, und er fand es schlimm zu wissen, dass er, wenn auch nur für kurze Zeit, zu all der Last, die sich auf ihren Schultern auftürmte, beigetragen hatte.

Er war nicht überrascht, dass sie im Flugzeug zu ihm gekommen war. Dass sie ihm für etwas verziehen hatte, an das sie sich nicht einmal erinnern konnte. Aber er würde trotzdem alles tun, um es wiedergutzumachen.

Gramps hatte die Verliebtheit seiner Freunde in ihre Frauen nicht wirklich verstanden. Er war der Meinung, dass sie alle überstürzt gehandelt hatten, aber er hatte nichts gesagt, weil es ihre eigene Entscheidung gewesen war.

Aber jetzt, da er Cassidy im Arm hielt, während sie an ihn geschmiegt schlief, verstand er es endlich. Er hatte bereut, dass er sich in der Highschool von seinem Alter hatte abhalten lassen, sie um eine Verabredung zu bitten. Noch mehr bereute er es, dass er ihr Jahre später nicht gesagt hatte, dass er immer noch interessiert war. Dann hatte sie geheiratet und er bereute es, dass sie ihm durch die Lappen gegangen war. Sein Job und die Tatsache, dass sie immer noch in El Paso lebte, standen ihm im Weg. So viel Reue.

Aber es schien, als gäbe das Universum ihm eine zweite Chance. Es gab zu viele Fügungen, die dazu führten, dass sie sich wieder trafen, als dass es nur ein Zufall sein konnte. Er würde es auf sich zukommen lassen, ihr helfen, sich in einer Wohnung einzurichten, aber er würde dafür sorgen, dass sie wusste, dass er sie wollte. Dass er mit ihr zusammen sein wollte. Eine Beziehung wollte. Egal wie lange es dauern würde, sie davon zu überzeugen, dass er es ernst meinte, er würde warten. Sie war es wert.

Cassidy schmiegte sich an ihn, und Gramps hielt sie fest im Arm. Er schloss die Augen und sprach ein Gebet, in dem er Gott dafür dankte, dass er sie und Mario in Sicherheit gebracht hatte. Er war vielleicht etwas schwer von Begriff, aber er war kein Idiot. Cassidy und ihr Sohn gehörten jetzt *ihm*. Er musste sie beschützen. Er musste sich um sie kümmern. Und er musste sie lieben. Es konnte eine Weile dauern, bis sie ihm völlig vertrauten und ihn auch liebten, aber er würde ihnen die Zeit geben, die sie brauchten. Sie waren es wert.

Lloyd Robinson starrte ungläubig auf seinen Chef hinunter. Er brauchte seinen Puls nicht zu prüfen, um festzustellen, ob er noch lebte. Es war mehr als offensichtlich, dass Michael Coke tot war.

»Verdammter Mist«, fluchte er. Das war nicht gut. Das Leben, wie er es kannte, sollte sich ändern, und zwar nicht zum Besseren. Er hatte ein bequemes Leben als Leiter von Cokes Sicherheitsteam gehabt, aber die Schuld an seinem Tod würde direkt auf Lloyds Schultern fallen.

Er hatte versucht, seinem Chef zu sagen, dass er G nicht trauen sollte. Wenn etwas zu schön war, um wahr zu sein, war es das meistens auch.

Aber Coke war zu verzweifelt auf der Suche nach einem neuen lukrativen Vertriebsweg für seine Drogen gewesen. Mehr Einfluss in den Staaten. Jetzt würde alles den Bach runtergehen, weil es niemanden gab, der sofort seinen Platz einnehmen konnte. Oh, viele seiner Stellvertreter würden seinen Platz übernehmen *wollen*, aber der Machtkampf würde lang und blutig werden.

»Verdammt!« Lloyd fluchte erneut und machte sich auf den

Weg zu Cokes Schreibtisch. Er brauchte Geld – viel Geld –, bevor die anderen herausfanden, dass Coke tot war. Jeder würde sich das Geld schnappen wollen. Er hatte Glück, dass er Coke zuerst gefunden und so einen Vorsprung vor den anderen hatte, um an das Geld zu kommen.

Das war alles die Schuld dieser Schlampe. Es *musste* so sein. Es konnte kein Zufall sein, dass ihr Sohn zur gleichen Zeit verschwunden war, als Coke von G getötet wurde.

Er durchwühlte die Schubladen des Schreibtisches und nahm zwei Pistolen und einen Haufen Bargeld mit. Lloyd trat aus dem Arbeitszimmer und schnippte mit den Fingern, damit Martin ihm folgte. Von allen Mitarbeitern des Sicherheitsdienstes konnte er Martin vertrauen. Der Mann ging ihm zwar auf die Nerven, aber er war trotzdem zuverlässig. Er schloss die Tür zum Arbeitszimmer und hoffte, etwas Zeit zu haben, bevor die anderen ihren Chef tot auf seinem Sofa fanden.

Er ging die Treppe hinauf zu Cassidys Zimmer. Sie musste etwas zurückgelassen haben, das ihm helfen würde, sie aufzuspüren. Aber selbst wenn nicht – ihr Zimmer wurde ziemlich oft durchsucht –, würde Lloyd sie finden und sie dafür bezahlen lassen. Auf die eine oder andere Weise würde Cassidy Hewitt dafür büßen, was gestern Abend im Arbeitszimmer passiert war.

KAPITEL ACHT

Gramps beobachtete Cassidy genau, als sie ihre kürzlich übernommene Wohnung in der Southpoint Apartmentanlage betrat. Vor Schreck blieb ihr der Mund offen stehen. Der Raum war komplett möbliert. Und nicht nur das – auf dem Tresen standen mehrere Tüten mit Lebensmitteln, und er konnte mindestens zehn weitere Tüten auf dem Sofa im kleinen Wohnbereich sehen.

»Ich ... was ... diese Wohnung ist nicht leer«, sagte sie und sprach damit das Offensichtliche aus.

»Ist sie auch nicht. Das sind jetzt alles deine Sachen«, erklärte Tiana mit einem Lächeln. »Nachdem ich mit Skylar gesprochen und sie mir erzählt hatte, warum du so schnell eine Wohnung brauchst, habe ich mich mit Maria, Susan und einigen anderen hier zusammengesetzt und wir haben alle Sachen gespendet, die wir nicht brauchen. Das Sofa kam aus dem Wohltätigkeitsladen am Ende der Straße. Den Tisch und die Stühle hat jemand weggeworfen und einer meiner Freunde hat sie für dich mitgenommen. Skylar und ihre Freundinnen waren einkaufen und haben dir Lebensmittel und Kleidung besorgt. Wir haben keine Ahnung, ob alles passt, aber wenn nicht, mach dir nichts draus – Skylar nimmt dich später sicher mit in den Wohltätigkeitsladen und du kannst dir selbst etwas aussuchen.«

»Ich … ich weiß nicht, was ich sagen soll«, entgegnete Cassidy.

Gramps war bisher kein großer Fan von Tiana gewesen. Er wusste, dass sie früher mit den Vice Lords, einer der ältesten Straßenbanden der Stadt, zusammengearbeitet hatte, aber er musste zugeben, dass das, was sie und die anderen in dem Wohnhaus vollbracht hatten, verdammt beeindruckend war. Southpoint lag nicht in der besten Gegend der Stadt und er hasste es, dass er es nicht geschafft hatte, sie und Mario in einem der schöneren Gebäude unterzubringen, aber Bull hatte darauf bestanden, dass Tiana, Maria und Susan sich um Cassidy und Mario kümmern würden. Das musste er glauben. »Sag einfach Danke«, forderte er Cassidy auf.

»Danke!«, rief sie sofort aus. »Im Ernst, ich danke euch so sehr. Ich hatte keine Ahnung, was wir machen würden. Wahrscheinlich hätten wir eine Weile auf dem Boden schlafen müssen, stimmt's, Mario?«

Ihr Sohn nickte.

»Warum gehst du nicht rüber und schaust dir die Sachen in den Tüten an?«, schlug Gramps vor.

Marios Augen leuchteten auf und er eilte zum Sofa hinüber.

»Skylar entschuldigt sich, dass sie heute Morgen nicht hier sein kann. Sie wäre gern hier gewesen, aber sie musste unterrichten«, sagte Gramps zu Cassidy. »Und Taylor hat einen Abgabetermin für das Korrekturlesen eines Buches. Molly wollte auch kommen, aber ihr ist morgens übel. Ich würde euch heute Nachmittag gern zu *Silverstone Towing* bringen, dann könnt ihr sie alle kennenlernen.«

»Das würde ich wirklich gern tun. Du hast mir so viel über alle erzählt, dass ich das Gefühl habe, sie schon zu kennen. Und ich möchte ihnen für alles danken, was sie so kurzfristig für Mario und mich getan haben.«

Es gefiel Gramps, Cassidy so glücklich zu sehen. Es machte ihm klar, wie gestresst sie gewesen war. Es war nicht einfach gewesen, unter Cokes Dach zu leben – sie war ständig auf der Hut gewesen. Aber nicht einmal achtundvierzig Stunden, nachdem sie dort rausgekommen war, sah sie sichtlich viel entspannter aus.

Sie waren länger in Miami geblieben als geplant, aber nach den anstrengenden letzten Tagen hatten alle eine Pause gebraucht. Und Cassidy fühlte sich immer noch unausgeglichen durch die Drogen in ihrem Körper. Also hatte Smoke drei Hotelzimmer in der Nähe des Flughafens gemietet. Cassidy und Mario hatten darauf bestanden, dass Gramps bei ihnen im Zimmer blieb, und sie hatten acht Stunden am Stück geschlafen.

Nun ja ... Gramps hatte einen großen Teil dieser acht Stunden damit verbracht, Cass und ihrem Sohn beim Schlafen zuzusehen. Er war dankbarer, dass alles so gut gelaufen war, als er es in Worte fassen konnte.

Die anderen *Silverstone*-Männer hatten ein Nickerchen gemacht, ihre Frauen angerufen und alles in die Wege geleitet, damit Cassidy in ihre neue Wohnung einziehen konnte, kaum dass sie in Indianapolis gelandet waren. Bull, Eagle und Smoke waren aufgebrochen, um sich mit ihren Frauen zu treffen, und Gramps hatte kein Problem damit, Cass unter seine Fittiche zu nehmen. Nachdem er so viel Zeit mit ihr verbracht und einen Einblick in ihre innere Stärke bekommen hatte, konnte er sie jetzt nicht einfach absetzen und verschwinden.

»Ich bin sicher, du hast noch etwas zu erledigen«, bemerkte Cassidy.

Gramps konnte ihren Tonfall nicht deuten. Er wusste nicht, ob sie wirklich wollte, dass er ging, oder ob sie das sagte, weil sie ein schlechtes Gewissen hatte, weil sie zu viel von seiner Zeit beansprucht hatte. Er wollte sich ihr auf keinen Fall aufdrängen, wenn sie wirklich etwas Freiraum brauchte, aber er wollte auch noch nicht gehen.

Er wusste, dass er sich lächerlich machte, dass Cassidy und

Mario in der Wohnung sicher waren und Tiana da war, wenn sie etwas brauchten, und nickte widerwillig. Aber er hatte eigentlich nichts anderes zu tun. Er nahm an, dass er zurück in sein kleines Haus gehen würde, um auszupacken, Wäsche zu waschen und dann ...

Dann würde er einfach rumsitzen und sich fragen, was Cassidy und Mario taten. Ob sie sich schon gut eingelebt hatten.

»Ich komme gegen halb vier zurück, wenn das okay ist«, sagte er zu ihr.

Cassidy nickte. »Natürlich. Das gibt uns mehr als genügend Zeit, um alles auszupacken. Ich werde wohl die Busrouten herausfinden müssen, damit ich Lebensmittel und andere Dinge für uns selbst besorgen kann.«

Gramps wollte ihr sagen, dass er sie dorthin bringen würde, wo sie hinwollte, aber Tiana ergriff das Wort, bevor er es tun konnte.

»Ich kann es dir zeigen. Es gibt eine Haltestelle in der Nähe des Eingangs zum Wohnhaus. Es ist ganz einfach.«

»Danke«, erklärte Cassidy mit einem breiten Lächeln.

An die Erkenntnis, dass Cassidy ihn nicht wirklich brauchte, musste er sich erst einmal gewöhnen. Sie hatte es geschafft, Mario elf Jahre lang ohne ihn aufzuziehen. Sie hatte fünf Jahre lang in der Villa eines Drogendealers überlebt. Sie hatte es nicht nötig, dass er ihr auf Schritt und Tritt folgte.

Gramps atmete tief durch, nickte Tiana zu und ging dann zur Tür. Gerade als er sie öffnete, spürte er eine Hand auf seinem Rücken. Er drehte sich um und sah, dass Cassidy ihm gefolgt war.

»Leo?«

»Ja, Cass?«

»Ich ... danke. Für die Wohnung, dafür, dass du uns aus Jamaika rausgeholt hast, dafür, dass du so toll mit Mario umgegangen bist ... du sollst wissen ... ich weiß es zu schätzen.«

»Ich weiß, dass du das tust«, erklärte Gramps ihr. Und das tat er wirklich. Aber das Problem war, dass er nicht wirklich ihre Dankbarkeit wollte. Er wollte mehr. *Alles*, was sie zu geben hatte.

Aber er musste sie auf eigenen Beinen stehen lassen. Ihre eigenen Entscheidungen treffen lassen. Sie musste sich daran gewöhnen, wieder in Amerika zu sein, nicht mehr unter den wachsamen Augen von Coke und seinen Sicherheitskräften zu stehen. Und er wollte sie auf keinen Fall ersticken. Er wollte, dass sie sich entfaltet, und das konnte sie nur, wenn sie den Raum hatte, ihre Flügel auszubreiten.

»Es wird sich komisch anfühlen, wenn du nicht da bist«, erklärte sie zögerlich.

Gramps Herz schmolz dahin. »Ich werde da sein«, erklärte er unwirsch. »So viel, wie du mich lässt. Nur weil wir wieder in den Staaten sind, heißt das nicht, dass es zwischen uns aus ist. Ich mag dich, Cass. Ich hätte nicht vorgeschlagen, dass du nach Indianapolis kommst, wenn ich dich nicht noch besser kennenlernen wollte.«

Ihre Erleichterung war sofort spürbar und die Tatsache, dass er es ihr an den Augen ablesen konnte, war Balsam für seine Seele. Gramps nutzte die Gelegenheit, trat auf sie zu und legte seine Hand in ihren Nacken. Er zog sie an sich und drückte sie fest an seine Brust. Es gefiel ihm, wie sie sofort ihre Arme um ihn schlang und ihn an sich drückte. Sie fühlte sich gut an ihm an.

Da er wusste, dass sein Plan, ihr Freiraum zu geben, scheitern würde, wenn er noch länger bliebe, zog er sich zurück. Aber er konnte nicht widerstehen, sich zu ihr herunterzulehnen und sie auf die Stirn zu küssen. »Ich besorge dir und Mario Handys, wenn ich heute unterwegs bin.«

»Leo, nein, das ist zu viel.«

Gramps schüttelte nur den Kopf. »Ist es nicht. Ihr beide müsst in der Lage sein, jederzeit miteinander in Kontakt zu bleiben. Ich denke, es wird eine Weile dauern, bis ihr euch sicher fühlt, und es wird helfen, wenn ihr einfach eine Nachricht schreiben könnt. Ganz zu schweigen davon, dass ihr mich und den Rest der Jungs sowie Skylar, Taylor und Molly erreichen könnt. Und ich nehme an, du willst deine Eltern kontaktieren.«

»Warum bist du so verdammt liebenswert?«, versuchte Cassidy zu scherzen, auch wenn ihr die Tränen in die Augen schossen.

»Weil du es verdienst. Weil *Mario* es verdient. Weil du etwas an dir hast, das in mir die Sehnsucht nach dem weckt, was ich mit achtzehn nicht haben konnte, und ich bereue seit fast dreißig Jahren, dass ich nichts dagegen unternommen habe. Eine zweite Chance werde ich nicht versauen. Ich wünsche dir einen schönen Tag. Wenn du mich sprechen willst, Tiana hat meine Nummer. Zögere nicht, sie zu bitten, mich anzurufen, wenn du etwas brauchst. Bis später.«

Er achtete nicht darauf, wie ihre Augen sich weiteten, und zwang sich, sie loszulassen und die Wohnung zu verlassen.

Gramps ging auf seinen dunkelblauen Nissan Frontier zu. Die Jungs machten sich über ihn lustig, weil es weder ein Pritschenwagen noch ein Geländewagen war, sondern eine seltsame Mischung aus beidem, aber er liebte ihn. Er hatte Platz für Beifahrer und konnte in dem kleinen Ladebett auch mal was transportieren, wenn es nötig war. Bevor er den Parkplatz verließ, schaute Gramps in den Rückspiegel.

Die Wohnung von Cass und Mario lag im ersten Stock des Gebäudes, ganz am Ende der Wohnanlage. Tianas Wohnung lag direkt neben ihnen, dann kam Skylars alte Wohnung, in der jetzt eine alleinerziehende Mutter lebte, und dann Marias Wohnung. Sie waren in Sicherheit.

Gramps wusste nicht, warum er trotzdem ein flaues Gefühl in der Magengegend hatte, aber er konnte nicht länger bleiben, wenn Cass Freiraum brauchte. Er musste sie freigeben. Sie sollten endlich die sein, die sie sein wollten, ohne Angst, dass jemand sie zwingt, Drogen zu verkaufen – oder versucht, *sie* zu verkaufen. Das war ihr neues Leben, und er würde dafür sorgen, dass sie jede Sekunde davon genießen konnten.

Cassidy stand an der geschlossenen Tür, nachdem Leo gegangen war, und fühlte sich überwältigt. Sie hätte ihn am liebsten angebettelt zu bleiben, aber er hatte ein Leben, zu dem er zurückkehren musste. Sie musste stark sein, auch wenn es schwer war, wenn sie sich alles andere als stark fühlte.

»Er ist ein guter Mann«, sagte Tiana hinter ihr.

Cassidy versuchte, sich zusammenzureißen, bevor sie sich umdrehte. »Das ist er«, stimmte sie zu.

»Skylar hat mir erzählt, dass ihr euch schon lange kennt.«

»Ja. Er war schon in der Oberstufe, als ich gerade in die Highschool gekommen bin.«

»Lass mich raten, du warst damals in ihn verknallt«, bemerkte Tiana mit einem Grinsen.

»Ja, aber ich glaube, das waren alle.«

»Das geht mich zwar nichts an, aber du solltest wissen, dass ich die neugierige Nachbarin bin. Ich mische mich in *jedermanns* Angelegenheiten ein, also solltest du dich wohl daran gewöhnen. So wie ich das sehe, ist der Mann ernsthaft in dich verknallt.«

Cassidy wusste, dass sie rot wurde, aber sie zwang sich, nicht gleich im Eingangsbereich ihrer neuen Wohnung einen kleinen Freudentanz aufzuführen. Sie schüttelte den Kopf. »Das liegt nur daran, dass wir ein paar intensive Tage miteinander verbracht haben.«

Tiana schürzte die Lippen und schüttelte den Kopf. »Nein. Daran liegt es nicht. Ich habe gesehen, wie Skylars Beziehung zu Bull sich innerhalb kürzester Zeit von null auf Vollgas entwickelt hat. Ich habe gesehen, wie er Sky ansah, als könnte er es nicht ertragen, von ihr getrennt zu sein. Ich hatte das Gefühl, wenn er sie über seine Schulter hätte werfen und von hier wegtragen können, hätte er es getan. Ich sehe den gleichen Blick in Gramps' Augen.«

Cassidy leckte sich über die Lippen. »Bei uns ist das anders. Er hat ein schlechtes Gewissen wegen dem, was mit mir passiert ist. Wegen dem, was er tun musste.« Sie wusste nicht, warum sie so sehr protestierte. Wahrscheinlich weil sie, wenn sie ihrer neuen

Nachbarin und Freundin glaubte, noch mehr am Boden zerstört wäre, wenn sich herausstellte, dass Leo nichts weiter als der nette Mann war, als der er sich verhielt.

»Ich weiß nicht, was passiert ist, aber glaub mir, wenn ich sage, dass er dich nicht so ansieht, wie ein Mann, der nur befreundet sein will, eine Frau ansieht«, gab Tiana zu bedenken. Dann verschränkte sie ihren Arm mit dem von Cassidy und zog sie zurück in die Küche. »Aber genug davon. Wir haben eine Menge Arbeit vor uns, um die Wohnung so einzurichten, wie du sie haben willst, bevor er zurückkommt. Du kannst entscheiden, wie du deine Schränke gestalten willst, Mario kann all seine neuen Sachen auspacken und wir müssen uns besser kennenlernen. Du kommst aus El Paso? Das hat Skylar gesagt.«

Cassidy ließ sich in die Küche zurückführen und beschloss, dass es gut war, jemanden zum Plaudern zu haben. Sie hatte schon so lange niemandem mehr vertraut, dass es sich fast schon komisch anfühlte, darüber zu reden, wo sie aufgewachsen war, und über ihre Vergangenheit.

Zum ersten Mal seit Jahren freute sie sich auf die Zukunft. Sie musste sich um vieles kümmern – einen Job finden, eine Schule für Mario, eine Krankenversicherung, sich in der neuen Stadt zurechtfinden –, aber anstatt sich überfordert zu fühlen und Angst zu haben, war sie aufgeregt. Cassidy schien schon nach einem Tag in Indianapolis mehr Freunde zu haben als in El Paso, was verrückt war, da sie dort aufgewachsen war.

Aber Alfred hatte sie langsam von allen entfremdet, mit denen sie früher zusammen gewesen war. Sie hatte es nicht bemerkt, weil sie zu sehr damit beschäftigt war, eine gute Ehefrau zu sein und keinen Ärger zu machen. Als sie Mario bekommen hatte, waren die einzigen Menschen, mit denen sie regelmäßig gesprochen hatte, ihr Mann und ihre Eltern gewesen ... und selbst dann hatte sie nur einmal im Monat oder so mit ihren Eltern gesprochen.

Jetzt hatte sie Tiana und die anderen Frauen in der Wohnanlage. Skylar, Taylor und Molly hatten sich alle Mühe gegeben, sie in ihrem neuen Zuhause willkommen zu heißen und ihr das zu besorgen, was sie für einen Neuanfang brauchte. Und dann waren da natürlich noch Leo und seine Freunde.

Sie hatte keine Ahnung, was die Zukunft bringen würde, aber sie konnte sich des Eindrucks nicht erwehren, dass dies der Ort war, an dem sie sein sollte.

Lächelnd griff Cassidy nach einer Tüte und begann auszupacken.

KAPITEL NEUN

»Entspann dich«, sagte Leo, als sie bei *Silverstone Towing* ankamen und durch das Sicherheitstor fuhren.

Aber Cassidy konnte sich nicht entspannen. Die strengen Sicherheitsvorkehrungen erinnerten sie ein bisschen zu sehr an das Gefängnis, aus dem sie gerade entkommen war.

Leo fuhr seinen Wagen auf einen Parkplatz hinter dem beunruhigenden Gebäude und stellte den Motor ab. Er löste seinen Sicherheitsgurt und drehte sich so, dass er Mario auf dem Rücksitz und Cassidy gleichzeitig sehen konnte.

»Wir haben hier bei *Silverstone Towing* eine Menge Sicherheitsvorkehrungen, und zwar aufgrund des Stadtteils, in dem wir uns befinden. Die Kriminalität ist während der letzten sechs Jahre zurückgegangen, aber die Abschleppwagen sind sehr teuer. Und wir wollen, dass unsere Mitarbeiter sich absolut sicher fühlen, während sie hier sind. Das ist das Hauptgebäude – niemand kommt hier rein, ohne den Türcode zu kennen oder von jemandem eingelassen zu werden, der ihn kennt. *Silverstone Towing* ist vierundzwanzig Stunden am Tag geöffnet, und wir wollen nicht, dass jemand denkt, er könne um drei Uhr morgens einbrechen oder so.

Wir haben Kameras, um Außenstehende zu beobachten, nicht um zu überwachen, was die Leute drinnen machen. Es gibt sogar einen Raum im Keller, der abgeriegelt werden kann. Niemand kommt ohne Erlaubnis in diesen Raum. Ich gebe euch beiden den Code für den Zugang zum Gebäude, damit ihr kommen könnt, wann immer ihr wollt. Hier seid ihr sicher. Ihr seid keine Gefangenen. Das schwöre ich.«

Cassidy holte tief Luft und nickte. »Das Tor vor dem Haus hat mich ein bisschen zu sehr an Jamaika erinnert«, gab sie zu.

»Ich weiß, und es tut mir leid. Ich hätte dich warnen sollen.«

Sie schüttelte den Kopf. »Nein, das ist dein Unternehmen. Es ist klug, es zu schützen. Ich bin nur etwas nervös.«

»Leo?«, fragte Mario auf dem Rücksitz.

»Ja, mein Junge?«, sagte Leo und drehte sich um, um ihm seine volle Aufmerksamkeit zu widmen.

»Glaubst du *wirklich*, dass wir in Sicherheit sind? Dass Lloyd oder Martin uns nicht zurückholen werden?«

Cassidy schmerzte das Herz. Das hatte *sie* ihrem Sohn angetan. Wenn sie zurückgehen und eine andere Entscheidung treffen könnte, würde sie es tun. Aber da sie das nicht konnte, schwor sie sich, von diesem Moment an alles in ihrer Macht Stehende zu tun, um ihn zur obersten Priorität zu machen. Sie wollte ihm ein sicheres Umfeld bieten, in dem er zu einem Mann heranwachsen konnte.

Sie zuckte zusammen, als sie spürte, wie Leo ihre Hand in seine nahm, aber er sah sie nicht an. Er hatte den Blick auf ihren Sohn gerichtet. Niemand schenkte Mario seine ganze Aufmerksamkeit, wie Leo es tat.

»Ich wünschte, ich könnte dir versprechen, dass dir nie wieder etwas Schlimmes passieren wird«, erklärte Leo. »Aber das kann ich nicht. Es gibt überall auf der Welt böse Männer und Frauen, die Spaß daran haben, Macht über andere auszuüben. Ich schätze, wenn du dich in deiner Wohnung einschließt und nie wieder herauskommst, könntest du sicher sein, aber das wäre nicht gerade unterhaltsam, oder?«

Mario schüttelte den Kopf.

»Ich kann dir also nicht garantieren, dass du zu hundert Prozent in Sicherheit bist. Aber ich kann dir versprechen, dass deine Mutter und alle, die du heute kennenlernst, alles tun werden, um dich vor allen zu beschützen, die dir etwas antun wollen. Und ich meine wirklich *jeden*. Lloyd, Martin, gemeine Kinder, die du vielleicht in der Zukunft kennenlernst, und alle, die denken, dass sie dich schikanieren können, weil sie glauben, dass du anders bist als sie. *Silverstone Towing* ist ein sicherer Ort für dich und deine Mutter und für jeden, der durch die Tür kommt. Punkt.«

Mario nickte.

Cassidy wusste, dass er nicht ganz verstand, was Leo ihm zu sagen versuchte. Wenn sich herausstellte, dass er schwul war, würde das Leben für Mario nicht einfach werden, aber Leo legte den Grundstein für einen Ort, an dem er er selbst sein konnte, wer auch immer das sein mochte. Das bedeutete ihr mehr, als sie jemals in Worte fassen konnte.

Sie drückte Leos Finger und er erwiderte den Druck, ohne den Blick von Mario abzuwenden.

»Ich weiß, dass in kurzer Zeit viel passiert ist, aber ich verspreche dir, dass sich alles wieder beruhigen wird. Deine Mutter wird eine tolle Schule für dich finden, wo du dich mit anderen Jungen und Mädchen in deinem Alter anfreunden kannst. Ich habe sogar schon nach einer Tanzschule für dich Ausschau gehalten. Hättest du Spaß daran?«

»Das hast du getan?«, fragte Mario und machte große Augen. »Wirklich?«

»Wirklich.« Leo warf einen Blick auf Cassidy. »Natürlich nur mit der Erlaubnis deiner Mutter.«

»Oh, Mommy, darf ich? Ich würde es wirklich gern tun!«

Cassidy lachte. »Natürlich, Mario. Ich dachte, wir könnten dich auch zum Turnen anmelden, wenn du das ausprobieren willst.«

»Oh mein Gott! Dies ist der beste Tag *aller Zeiten!*«, rief Mario aus. Dann langte er nach dem Türgriff, sprang aus dem Wagen und führte auf dem Parkplatz von *Silverstone Towing* einen improvisierten Freudentanz auf.

»Ich glaube, er ist ein bisschen aufgeregt«, bemerkte Leo trocken und sah Cassidy mit glänzenden Augen an.

»Nur ein kleines bisschen«, erwiderte Cassidy und hielt Leos Hand fest, als er aus dem Wagen steigen wollte. »Leo?«

»Ja, Cass?«

»Es tut mir leid, dass ich wegen der Sicherheitsvorkehrungen ausgeflippt bin. Ich verstehe wirklich, warum du sie hast.«

»Es muss dir nie leidtun, wenn du dir Sorgen machst«, erklärte Leo und strich ihr eine Locke hinters Ohr. »Du darfst fühlen, was du fühlst. Und ich bin sicher, dass dies nicht das letzte Mal ist, dass dich etwas aus deiner Vergangenheit beschäftigt. Wenn du in Zukunft Bedenken hast, sag mir einfach Bescheid, okay?«

»Okay«, entgegnete sie und spürte, wie sie Schmetterlinge im Bauch hatte. Es war offensichtlich, dass Leo sie mochte, und sie mochte ihn auch, aber es fühlte sich trotzdem zu gut an, um wahr zu sein. War Leo bei allen, die er rettete, so oder war da etwas Besonderes zwischen ihnen? Die Verbindung, die sie zu ihm spürte, schien auf jeden Fall einzigartig zu sein, aber sie war die denkbar schlechteste Expertin, wenn es um solche Dinge ging. Die Zeit würde es zeigen.

Sie stieg aus dem Wagen und lachte Mario an, der sich immer noch sein kleines Herz aus dem Leib tanzte.

Leo pfiff und winkte Mario zu sich. »Komm schon, Fred Astaire. Ich muss dir zeigen, wie du den Code für den Zugang zum Gebäude eingeben kannst.«

Ihr Sohn lachte und flitzte an Leos Seite.

Begeistert davon, dass Mario so unbeschwert wirkte, folgte sie ihm an den Sicherheitskasten neben der Tür. Cassidy wusste, dass sie ein paar Versuche brauchen würde, um sich an den komplizierten Code zu erinnern, den Leo eingegeben hatte, aber sie nickte, als sei es keine große Sache. Er schmunzelte und ahnte wohl, dass sie sich den zehnstelligen Code, den er zweimal wiederholt hatte, nie merken würde.

Sie gingen durch die Tür und sie war überrascht, als Leo drei Namensschilder von einer großen Metalltafel nahm, die direkt an der Tür hing. Er hockte sich vor Mario und reichte ihm ein Schildchen mit seinem Namen in großen schwarzen Buchstaben.

»Weißt du noch, warum du das tragen musst, wenn du hier bist?«, fragte er.

Mario nickte. »Weil Taylor Progro, Promo… Pro-irgendwas hat, und sie kann sich keine Gesichter und Namen merken.«

»Prosopagnosie, und richtig. Das hier ist nicht nur ein sicherer Ort für dich, sondern für alle. Und wir wollen, dass Taylor sich keine Gedanken darüber macht, wer wer ist, wenn sie hier ist. Wir tragen alle Namensschilder, damit sie nicht fragen muss, wer wir sind.«

Mario nickte. »Das ist nett.«

»Das ist es«, stimmte Leo zu, als er aufstand. Er hielt Cassidy ein Namensschild hin. »Hier ist deins.«

»Nicht zu fassen, dass du schon Namensschilder für uns gemacht hast.«

»Skylar hat sie für euch gemacht. Sie ist total gut organisiert. Ich glaube, das liegt daran, dass sie Kindergärtnerin ist«, erklärte Leo mit einem Lächeln. Er befestigte sein Namensschild an seinem T-Shirt und deutete dann den Flur entlang. »Bereit?«

Cassidy war sich nicht sicher, ob sie das war, aber sie nickte trotzdem.

»Das wird schon«, sagte Leo, der ihr ihre Unsicherheit ansehen konnte.

Mario nahm ihre Hand, er schien genauso nervös zu sein wie sie, und die drei gingen den Flur entlang in Richtung des großen, offenen Raumes, den Cassidy vor sich sehen konnte. Es hörte sich an, als seien dort viele Leute, und als sie schließlich in den Raum traten, sah Cassidy, dass sie recht behalten sollte. Der Raum war voll.

Aber alle lächelten und lachten und hatten viel Spaß. Die Fröhlichkeit im Raum trug viel dazu bei, dass sie sich entspannte. Sie konnte sich nicht daran erinnern, jemals einen so vollen Raum in Michaels Villa betreten und sich dabei wohlgefühlt zu haben. Es hatte immer eine gewisse Spannung geherrscht, so als warteten alle nur darauf, dass etwas schiefging.

»Hey«, grüßte Leo und nickte allen Anwesenden zu.

Cassidy gefiel das. Das war so typisch für ein Alphamännchen, und jedes Mal, wenn er es tat, musste sie lächeln. Sie hatte sogar Mario dabei erwischt, wie er diese Bewegung ein- oder zweimal nachgemacht hatte. Es schien, als sei sie nicht die Einzige, die ihren Retter für ganz toll hielt.

Die Männer im Raum riefen alle Grüße, aber die drei Frauen, die auf sie zueilten, waren die Personen, auf die Cassidy sich konzentrierte. Sie wusste sofort, wer sie waren, auch ohne ihre Namensschilder lesen zu müssen.

Die hübsche Rothaarige musste Skylar sein. Sie hatte schon viel über die Kindergärtnerin gehört und konnte an ihrem strahlenden, einladenden Lächeln erkennen, dass sie wahrscheinlich genauso nett war, wie Leo gesagt hatte. Die Frau mit dem Baby auf dem Arm war Taylor, und die schwangere Frau war Molly.

Alle drei Frauen wirkten offen und freundlich, und es war leicht, die Neugierde in ihren Gesichtern zu erkennen.

»Hi!«, sagte Skylar, als sie sich näherte. »Ich bin Skylar. Und das sind Taylor und Molly. Schön, dich kennenzulernen. Habt ihr alles in eurer Wohnung gefunden? Tiana hat gesagt, dass du und Mario euch gut eingelebt habt, aber wenn wir etwas nicht mitgebracht haben, gehen wir gern mit euch einkaufen.«

Taylor lachte. »Ja, Skylar liebt es einzukaufen.«

Molly lächelte die beiden an, eine Hand auf ihrem Bauch, als könnte sie ihr ungeborenes Kind unmöglich loslassen.

Cassidy kam sich etwas unbeholfen vor, wie immer, wenn sie neue Leute kennenlernte, aber sie lächelte und sagte: »Hi. Vielen Dank für alles, was ihr für uns getan habt.«

»Du musst Mario sein«, erklärte Molly und lächelte Cassidys Sohn an.

Er nickte.

Sie beugte sich zu ihm, als wollte sie ihm ein Geheimnis verraten. »Ich habe gehört, du tanzt gern.«

Als er wieder nickte, stupste Cassidy ihn an. »Bitte antworte in Sätzen, Mario.«

»Ja, Ma'am«, antwortete er pflichtbewusst.

»Ich weiß aus zuverlässiger Quelle, dass Mark überlegt, ein *Dance Dance Revolution* Videospiel für den Keller zu besorgen. Würde dir das gefallen?«

Mario schaute zu Cassidy und dann wieder zu Molly. »Ich weiß zwar nicht, was das ist, aber wenn es ums Tanzen geht, würde es mir sicher gefallen.«

»Oh Mann, das wird ein Spaß«, erklärte Molly aufgeregt. »Du wirst es lieben!«

»Smoke kauft noch ein Spiel?«, fragte Leo stöhnend, aber Cassidy merkte, dass er nur Spaß machte. »Da unten stehen schon zwei Flipper und *Pac-Man*. Ich frage mich, ob wir noch etwas brauchen.«

»Falsch«, entgegnete Eagle, der hinter Taylor aufgetaucht war. Er zog sie an sich, und Cassidy bemerkte, wie Taylor sofort mit ihm zu verschmelzen schien. »Wir haben jetzt mehr Kinder als je zuvor hier, besonders nach der Schule. Wir wollen nicht, dass sie sich langweilen. Und ich habe kein Problem damit, wenn Smoke einen weiteren Automaten für mich kauft, an dem ich den Highscore knacke«, erklärte er grinsend. »Außerdem wird mein Kind mal der Flipper-Weltmeister, also muss ich dafür sorgen, dass er oder sie viele Geräte zum Üben hat.«

»Du willst den Highscore knacken?«, fragte Taylor und verdrehte dabei die Augen. »Das kannst du vergessen.«

Cassidy hörte Leo wieder stöhnen, dann beugte er sich hinunter und flüsterte ihr ins Ohr: »Lass dich niemals von den beiden zum Spielen überreden. Sie sind beide unglaublich gut im Flippern. Ich habe keine Ahnung, wie sie das machen.«

»Spielst du Flipper, Mario?«, fragte Taylor.

»Nein, Ma'am.«

»Du kannst mich Taylor nennen. Und das ist gut so. Dann muss ich dir keine schlechten Angewohnheiten abgewöhnen. Wenn deine Mutter einverstanden ist, gehen wir später runter und ich zeige dir alle Tipps und Tricks.«

»Hast du Hunger, Mario?«, fragte Bull, der sich zu ihnen gesellte. »Archer hat hausgemachte Käse-Makkaroni zubereitet. Glaub mir, das sind die käsigsten, leckersten und besten Käse-Makkaroni, die du je gegessen hast.«

Mario sah sie mit einem so sehnsüchtigen Blick an, dass Cassidy nur lachen konnte. »Geh schon, es ist in Ordnung.« Sie hatten vor nicht allzu langer Zeit zu Mittag gegessen, aber Mario war für sein Alter noch sehr klein und es würde ihm nicht schaden, noch ein bisschen zuzunehmen.

Das Baby in Taylors Armen begann zu zappeln und sie rümpfte die Nase. »Es riecht so, als müsste ich ihm die Windeln wechseln«, erklärte sie der Gruppe.

»Ich kümmere mich um ihn«, bot Eagle an und nahm seinen Sohn auf den Arm.

Cassidy gefiel der Ausdruck der Hingabe auf seinem Gesicht. Sie lernte eine ganz neue Seite von Leos Freunden kennen, und das gefiel ihr verdammt gut. Als sie in Michaels Villa lebte, hatte sie nicht viel Respekt gegenüber Frauen erlebt. Und keiner der Männer hätte sich dazu herabgelassen, eine Windel zu wechseln, auch wenn dort keine Babys lebten.

Eagle küsste erst Taylor und dann seinen Sohn, während er ihn durch den Flur trug.

»Wir sind sehr froh, dass du hier bist«, bemerkte Taylor leise. »Ich bin mir sicher, dass du mit all dem, was passiert ist, überfordert bist, aber sei versichert, dass wir für dich da sind, wenn du etwas brauchst.«

»Ich danke euch sehr«, entgegnete Cassidy. Sie mochte diese Frauen ... und ihre Ehemänner. Alle waren freundlich und zuvorkommend, und obwohl es überwältigend war, merkte sie, dass ihre Sorge um sie und Mario aufrichtig war.

»Komm, ich stelle euch den anderen vor«, sagte Leo. Seine Fingerspitzen ruhten auf ihrem Kreuz und ein Prickeln lief Cassidy den Rücken hinauf. Selbst das war anders, als sie es gewohnt war. Wenn Lloyd, Martin oder einer der anderen Männer in Michaels Haus wollte, dass sie irgendwohin ging, hatten sie sie einfach am Arm gepackt und herumgezerrt. Da hatte es keine Sanftheit gegeben. Nach so vielen Jahren hatte sie nicht mehr viel darüber nachgedacht, aber zu erleben, wie zuvorkommend und sanft Leo und seine Freunde waren, machte ihr klar, wie schlimm ihre Situation wirklich gewesen war.

Leo lenkte sie in die Küche. Ein Mann mit einem leichten Bauchansatz und einem breiten Lächeln begrüßte sie.

»Du bist Cassidy!«, rief er donnernd. Dann drehte er sich um und sah auf ihren Sohn hinunter. »Und du bist Mario! Freut mich, dich kennenzulernen!«

»Cassidy, das ist Shawn Archer. Er ist unser Koch. Wir haben ihn eingestellt, damit er uns hilft, das Haus sauber zu halten, den Garten zu pflegen und zu kochen, aber wir haben schnell gemerkt, wo sein wahres Talent liegt. Hier in der Küche«, erklärte Leo.

Shawn war ein bisschen größer als sie und hatte freundliche braune Augen. Seine Wangen waren von der Hitze des Ofens gerötet und er hatte ein wenig Mehl in seinem braunen Haar. Er sah aufrichtig glücklich aus, was dafür sorgte, dass Cassidy sich noch mehr entspannte. Die Köche in Michaels Haus hatten immer einen finsteren Gesichtsausdruck gehabt, und sie hatte schnell gelernt, dass sie nicht mochten, wenn jemand ihre Küche betrat. Sie waren auch sehr streng gewesen. Wenn Mario einen Snack wollte, hatte er Pech gehabt; sie hatten niemandem erlaubt, Lebensmittel zu stibitzen, um sich zwischen den Mahlzeiten zu stärken.

Shawn drehte sich zu Mario um und gab ihm ein Zeichen, näher zu kommen. Nachdem er einen Blick auf sie geworfen hatte, um sich zu vergewissern, dass es in Ordnung war, ging Mario langsam nach vorn. Shawn legte seinen Arm um Marios Schultern und führte ihn zu einer geschlossenen Tür. Er öffnete sie und erklärte: »Das ist die Speisekammer. Ich bewahre alle Snacks in den unteren Regalen auf. Wenn du hungrig bist, kann ich dir entweder etwas zu essen machen oder du kannst dir selbst etwas aussuchen.«

Marios Augen wurden groß, als er die Fülle an Lebensmitteln in den Regalen betrachtete. Kartoffelchips, Brezeln, Popcorn, Puddingbecher ... es war ein wahres Schlaraffenland für Kinder.

»Aber es ist natürlich nicht gut, nur Mist zu essen. Ich habe auch frisches Obst und Gemüse hier. Du solltest die Snacks auch mit ein paar gesunden Sachen ausgleichen, okay?«, bat Shawn ihn.

Mario nickte abwesend, immer noch fasziniert von der Menge an Lebensmitteln, die er vor sich sah.

Seine Reaktion zu sehen machte Cassidy unheimlich traurig. Er hatte keine Chance gehabt, ein Kind zu sein, und dafür trug sie auch die Schuld.

»Es ist okay«, sagte Leo neben ihr. »Du hast in einer verdammt üblen Situation dein Bestes gegeben.«

Cassidy schluckte schwer und nickte. Aber sie wusste, dass sie eine Menge wiedergutzumachen hatte. Sie wollte nicht, dass Mario zu einem verwöhnten Balg wurde, aber ihm etwas von dem zu geben, was er verpasst hatte, stand ganz oben auf ihrer Agenda.

»Daddy!«

Ein kleines Mädchen kam in die Küche gelaufen, und Shawn fing sie um die Taille auf, als sie direkt auf ihn zulief.

»Hey, Sandra. Ich möchte dir ein paar neue Freunde vorstellen«, erklärte Shawn, während er sie zu Cassidy und ihrem Sohn drehte. »Das sind Cassidy und Mario. Sie sind neu in der Gegend und Gramps' neue Freunde.«

»Hi!«, erwiderte Sandra strahlend. »Willst du mit mir spielen?«, fragte sie Mario.

Das kleine Mädchen war wunderschön. Wahrscheinlich sechs oder sieben Jahre alt, soweit Cassidy das beurteilen konnte. Ihr schwarzes Haar war zu zwei Zöpfen geflochten, an deren Enden rosa und weiße Perlen hingen. Sie schwangen um ihren Kopf, wenn sie sich bewegte, um alle im Raum zu betrachten, sodass es schien, als sei sie ständig in Bewegung. Sie trug eine Jeans mit Löchern in den Knien und ein T-Shirt von *Silverstone Towing*.

Mario schaute noch einmal zu seiner Mutter auf, um sie um Erlaubnis zu bitten. »Es ist in Ordnung«, versicherte Cassidy ihm.

»Nur für eine Weile«, sagte Shawn zu seiner Tochter. »Du hast versprochen, mir beim Abendessen zu helfen.«

Sandra sah Mario an und sagte: »Wir machen Hähnchenfrikadellen. Bei Daddy schmecken sie sooooo lecker. Ich nehme immer die Karotten heraus, aber das andere Gemüse, das er in die Soße tut, schmeckt man gar nicht.«

»Das habe ich noch nie gegessen«, sagte Mario zu dem kleinen Mädchen.

»Noch nie?« Sandras Augen wurden groß. »Das ist so unglaublich lecker! Besonders so, wie Daddy sie macht. Komm, ich habe meine Barbies und Matchbox-Autos in einem der Schlafräume aufgebaut. Ich baue eine Festung, in der sich alle Menschen vor dem Bigfoot verstecken, der die Stadt niedertrampeln will.«

Mario sah überwältigt aus, aber er ließ zu, dass seine neue Freundin ihn an der Hand nahm und in Richtung des Flures zog, in dem Eagle vor einer Weile verschwunden war.

»Es tut mir leid«, erklärte Shawn. »Sie ist ein bisschen herrisch, aber nicht auf eine gemeine Art. Wir arbeiten daran.«

»Ist schon in Ordnung«, erwiderte Cassidy. »Mario hat noch nicht viele kleine Mädchen kennengelernt und er hatte noch nicht viel Gelegenheit, einfach nur zu spielen. Das wird ihm guttun.«

Leo stellte sie dann den anderen Leuten im Raum vor, allesamt Mitarbeiter von *Silverstone Towing*. Er und seine Freunde hatten ihr während ihres Aufenthaltes in Miami alles über ihr Unternehmen erzählt. Sie war beeindruckt, dass sie es geschafft hatten, in so kurzer Zeit erfolgreich zu sein. Aber als sie die Einrichtung sah und wie glücklich alle Angestellten waren, konnte sie es verstehen.

Sie war sehr dankbar, dass alle Namensschilder trugen, denn sie hätte sich die Namen nie merken können. Jose, Robert, Christine, Leigh ... in ihrem Kopf drehte sich alles. Sie erklärten ihr, wie die Fahrer den ganzen Tag über aus der Zentrale kamen und gingen. Wenn wenig los war, sahen sie fern, hielten ein Nickerchen oder aßen eine der köstlichen Mahlzeiten, die Shawn für sie bereitstellte. Die Zentrale war vierundzwanzig Stunden am Tag besetzt, denn *Silverstone Towing* war immer auf Abruf.

Cassidy war von dem Keller begeistert. Mit den Flippern, dem Kickertisch, den bequemen Sofas und dem riesigen Fernseher war es ein Ort, an dem man sich treffen konnte, um Spaß zu haben oder einfach zu entspannen.

Die anderen Jungs waren mit ihren Frauen in verschiedenen Teilen des Gebäudes und bevor sie und Leo nach unten gegangen waren, hatten sie nach Mario gesehen, der fröhlich mit Sandra spielte. Im Moment waren nur Cassidy und Leo im Keller, und irgendwann hatte Leo ihre Hand ergriffen. Es war schon sehr lange her, dass sie mit jemand anderem als ihrem Sohn Händchen gehalten hatte, und Leos Hand fühlte sich ... beruhigend an.

Er führte sie zum Ende eines kurzen Flures und blieb vor einer Tür stehen, die offensichtlich anders war als die anderen. Sie konnte erkennen, dass sie verstärkt war, und aufgrund des kompliziert aussehenden Sicherheitselements daneben wusste sie, dass es sich nicht um einen gewöhnlichen Schlafraum oder eine Abstellkammer handelte.

»Das ist unser Schutzraum«, erklärte Leo ihr. »Ich habe dir schon im Wagen davon erzählt. Hier recherchiert und plant das *Silverstone-Team* alle seine Missionen. Hier befinden sich unsere streng geheimen Akten über mögliche Ziele. Der Raum selbst ist feuerfest, tornadosicher und niemand kann dort einbrechen.«

Cassidy schluckte. Sie war sich nicht im Klaren darüber, warum er ihr diesen Raum gezeigt hatte.

Wie immer war es so, als könnte Leo ihre Gedanken lesen. »Ich möchte, dass du und Mario euch hier sicher fühlt. Du warst zu lange unter der Kontrolle von Coke. Dein Leben war nicht dein eigenes. Das Leben hier in Indiana ist ein ganz neuer Anfang. Du kannst tun, was du tun willst, und sein, wer du sein willst. Ich sage nicht, dass du keine Enttäuschungen und Herausforderungen haben wirst, denn so ist das Leben, aber bei *Silverstone Towing* seid du und dein Sohn sicher. Hundertprozentig sicher und geschützt. Und wenn du dich irgendwann einmal nicht mehr sicher fühlst, kannst du dich in diesem Raum verkriechen. Es werden keine Fragen gestellt.«

Cassidys Augen füllten sich mit Tränen.

Er wischte sie sanft mit seinen Daumen von ihren Wangen, als sie überflossen. »Ich erwarte nicht, dass etwas passiert. Wie ich dir schon gesagt habe, hat das FBI unsere Spuren sehr gut verwischt. Aber nichts ist narrensicher. Coke ist tot, aber es gibt andere in seiner Organisation, die es nicht sind. *Silverstone Towing* ist dein Zufluchtsort. Punkt. Verstehst du?«

Cassidy nickte.

»Gut. Ich zeige dir, wie das Sicherheitspad funktioniert.«

Drinnen angekommen, erklärte Leo geduldig, dass das Schloss biometrisch funktionierte, und programmierte ihren Fingerabdruck in das System ein. »Du musst keine Knöpfe drücken, um reinzukommen – leg einfach deinen Finger auf den Scanner und die Tür öffnet sich sofort. In extremen Situationen kannst du die Tür von innen oder außen verriegeln, indem du die Sterntaste und dann neun, neun, neun drückst. Dadurch wird die extreme Verriegelung ausgelöst. Ohne den Überbrückungscode kann niemand rein oder raus.«

»Wer hat den?«, fragte Cassidy.

»Bull, Eagle, Smoke und ich. Das war's. Taylor, Skylar und Molly sind alle im System, dass sie den Raum betreten und verlassen können, aber die Angestellten sind es nicht. Es ist nicht so, dass wir nicht wollen, dass sie sicher sind, falls etwas passiert, aber sie wissen nichts von unseren Missionen, und das soll auch so bleiben.«

Cassidy biss sich auf die Lippe.

»Was? Woran denkst du?«

»Warum erzählst du *mir* das?«, fragte sie. »Ich meine, die anderen sind alle mit deinen Freunden verheiratet. Da ergibt das mehr Sinn.«

Sie konnte den Ausdruck auf Leos Gesicht nicht lesen, aber sie hörte die Aufrichtigkeit in seinem Tonfall, als er sagte: »Weil du dich sicherer fühlen musst als jeder andere Mensch, den ich je getroffen habe. Du bist immer wieder betrogen worden. Weil du aus erster Hand weißt, was das *Silverstone-Team* tut. Du hast es selbst erlebt. Und weil ich dir vertraue, Cass. Ich kenne dich seit über fünfundzwanzig Jahren. Zugegeben, wir wissen nicht alles übereinander, aber als du mir während meines Einsatzes geschrieben hast, habe ich für deine Briefe gelebt. Sie haben mich zum Lächeln gebracht, und wir haben uns einander geöffnet. Es war dumm von mir, dass ich nicht versucht habe, dich in meinem Leben zu halten, und ich habe das Gefühl, dass wir eine zweite Chance bekommen haben. Aber ich will dich auf keinen Fall unter Druck setzen. Du brauchst Zeit, um dein Leben zu leben. Um deine neue Normalität zu finden. Das braucht ihr beide, du und Mario. Und ... vielleicht bin ich ja verrückt und das, was ich fühle, ist nur einseitig.«

»Das ist es nicht«, flüsterte Cassidy und fühlte sich schüchtern und ermutigt zugleich. Sie hatte Leo geschrieben, als er im Einsatz war, weil sie ihn vermisst hatte. Weil sie stolz auf ihn gewesen war. Sie hatte keine Ahnung, dass ihre Briefe ihm so viel bedeutet hatten.

Das Bedauern überschwemmte sie. Ihr Leben hätte so anders verlaufen können, wenn sie nur den Mut gehabt hätte, das zu tun, was sie sich gewünscht hatte.

»Gut. Ich habe nicht vor, irgendetwas zu überstürzen. Du und Mario braucht Zeit, und die werde ich euch geben. Aber ich hoffe, du lässt mich dein Freund sein, während du dir über alles klar wirst.«

»Natürlich«, sagte Cassidy zu ihm.

»Gut. Also ... zurück zum Schutzraum. Wenn du irgendwann nervös bist oder dich unwohl fühlst, kommst du hierher. Es ist mir egal, ob es zwei Uhr nachts ist – beweg deinen Hintern hierher und schließ dich ein. Du kannst mich von hier aus anrufen und ich werde tun, was ich kann, um die Sachlage zu überprüfen. Aber ehrlich gesagt brauchst du nicht einmal einen Grund, um hierherzukommen. Bull und die anderen haben mir erzählt, dass ihre Frauen manchmal Panikattacken haben, weil sie so viel durchgemacht haben.«

Cassidy nickte. Sie war von den Männern auch über die komplizierten Hintergründe ihrer Frauen informiert worden. Wie Skylar von einem Pädophilen entführt worden war, der sich tatsächlich für die kleine Sandra interessiert hatte. Dass Taylor ins Visier eines Serienmörders geraten war, der sie monatelang gestalkt und gequält hatte. Und dass Mollys Ex sie gestalkt, auf sie geschossen und dann zum Sterben zurückgelassen hatte. Cassidy war eingeschüchtert gewesen, als sie sie kennengelernt hatte, aber sie fühlte sich auch mit den Frauen verbunden. Sie wussten, wie es ist, sich hilflos zu fühlen. Sie kannten das Gefühl, keine Kontrolle über ihr Leben zu haben.

»Ich danke dir«, sagte sie zu Leo, »aber diese Worte scheinen so unzureichend zu sein für das, was ich empfinde.«

»Es tut mir leid, dass ich dich nicht schneller gefunden habe«, entschuldigte Leo sich bei ihr.

Cassidy bewegte sich, ohne nachzudenken, legte ihre Arme um ihn und ihren Kopf auf seine Brust. Er umarmte sie ebenfalls und sie seufzte zufrieden. Während sie in der Mitte seines Schutzraumes stand, fühlte sie sich wie in einer Blase. Michael war tot. Lloyd konnte nicht an sie herankommen. Martin würde sich nicht mehr an ihrem Sohn vergreifen und ihn als Drogenkurier in die gefährlichen Gegenden von Kingston schicken. Sie konnten sich beide entspannen. Ihre Deckung sinken lassen.

Sie hatte immer noch eine Menge Mist zu verarbeiten, aber sie wusste, dass sie jetzt nicht hier wäre, wenn Leo und seine Freunde nicht gewesen wären.

Er hätte ihr den Zugang zum Schutzraum nicht verraten müssen, aber sie konnte nicht leugnen, dass sie sich besser fühlte, weil sie wusste, dass sie sich und Mario irgendwo einschließen konnte, nur für den Fall. Intellektuell wusste sie, dass sie Tausende von Kilometern von Jamaika entfernt war, aber im Laufe der letzten Tage hatte ihr Herz bei dem Gedanken an das, wovor sie geflohen war, oft vor Angst wie wild geklopft.

Einige Augenblicke später wich Leo zurück, und Cassidy ließ ihn los. »Komm schon. Lass uns nach Mario sehen. Sandra *kann* manchmal ganz schön herrisch sein – und du musst unbedingt Archers Käse-Makkaroni probieren.«

»Sind seine Hähnchenfrikadellen so lecker, wie Sandra behauptet?«, fragte sie.

»Besser«, entgegnete Leo mit einem Lächeln.

Die Tür zum Tresorraum schloss sich schwer hinter ihnen, als sie auf die Treppe zugingen. Cassidy musste wieder über die wahnsinnig vielen Spiele im Keller lächeln. Leo und seine Freunde hatten es übertrieben, aber es war offensichtlich, dass sie den größten Respekt vor ihren Angestellten hatten. *Silverstone Towing* war ein ungewöhnlicher Ort; sie mochte es, dass alle Mitarbeiter und ihre Familien eingeladen waren, hier Zeit zu verbringen, auch wenn sie nicht im Dienst waren. Sie hatten eine Gemeinschaft geschaffen, und es fiel ihr schwer zu glauben, dass auch sie und Mario dazugehören sollten.

Als sie Leo die Treppe hinauf folgte, konnte sie nicht umhin, den Blick über den Mann schweifen zu lassen und sich seinen Hintern anzusehen. Jetzt, da sie von Jamaika weg war, konnte sie an etwas anderes denken, als ihren Sohn zu beschützen. Leo war ein verdammt gut aussehender Mann. Er mochte fünfundvierzig sein, aber er konnte es mit vielen Mittzwanzigern aufnehmen.

Als ihre Libido wieder aufflackerte, musste Cassidy lächeln. Die Welt war wirklich ein seltsamer Ort. Sie war aus einer Situation gerettet worden, die sich die meisten nicht vorstellen konnten, nur um sich noch einmal genauso in Leo Zanardi zu verknallen, wie sie es in der Highschool getan hatte. Noch erstaunlicher war, dass er immer noch alles zu sein schien, was sie sich von einem Mann wünschte. Beschützer, Alphamann, jemand, der gut mit Kindern umgehen konnte und ein guter Freund war.

Sie hatte keine Ahnung, wohin diese neue Phase in ihrem Leben führen würde, aber sie konnte nur hoffen, dass Leo ein Teil davon sein würde. Wenn sie ihn schon nicht als Liebhaber haben konnte, dann doch lieber als Freund, denn sie konnte sich ihr Leben ohne ihn nicht mehr vorstellen.

KAPITEL ZEHN

Cassidy atmete tief durch. Eine Woche war vergangen, seit sie in die Staaten zurückgekehrt war, und es war höchste Zeit, ihre Eltern anzurufen. Sie wusste nicht, warum sie es immer wieder aufgeschoben hatte. Sie vermutete, es lag daran, dass sie keine Ahnung hatte, wie sie die letzten fünf Jahre erklären sollte. Sie schämte sich so sehr für das, was sie getan hatte, für die Situation, in die sie sich und Mario gebracht hatte. Und sie wusste, dass ihre Eltern, vor allem ihre Mutter, sich schrecklich fühlen würden, weil sie ihr nicht hatten helfen können.

Sie war gezwungen gewesen, sie immer wieder anzulügen. Wann immer Lloyd ihr erlaubt hatte, zu Hause anzurufen, hatte er aufmerksam mitgehört. Er hatte sich immer drohend vor ihr aufgebaut, um sie daran zu erinnern, dass sie ihnen nicht von ihrer wahren Situation erzählen konnte.

Mario war gerade in Tianas Wohnung. Sie hatte ihm angeboten, ihn für eine Weile mit rüber zu nehmen, damit Cassidy das Telefonat ungestört führen konnte. Sie wollte, dass Mario seine Großeltern kennenlernte, aber dieses erste Telefonat würde schwierig werden, und er musste nicht dabei sein. Er würde später noch Zeit haben, mit ihnen zu sprechen.

Cassidy holte tief Luft und wählte die Nummer ihrer Eltern.

Das Telefon klingelte einmal. Dann zweimal. Und gerade als sie dachte, sie würde eine Gnadenfrist bekommen, nahm ihre Mutter nach dem dritten Klingeln ab.

»Hallo?«

Cassidy hatte einen Kloß im Hals und bekam kein Wort heraus, als sie die Stimme ihrer Mutter hörte. Sie hatte aufgehört, ihre Eltern anzurufen, weil es einfach zu schmerzhaft gewesen war, und die Stimme ihrer Mutter nach so langer Zeit zu hören war furchtbar emotional.

»Hallo? Ist da jemand?«

Cassidy hörte ihren Vater im Hintergrund fragen: »Wer ist es, Alice?«

»Ich weiß es nicht. Es scheint niemand dran zu sein«, erwiderte ihre Mutter.

»Mom?«, flüsterte Cassidy und zwang sich zu sprechen.

»Cassidy?«, fragte ihre Mutter und der Schock war ihr deutlich anzumerken. »Bist du es?«

»Ja, ich bin es«, erklärte Cassidy.

»Oh, Julio, es ist Cassidy!«, rief ihre Mutter. »Oh mein Gott, es ist so schön, von dir zu hören. Es ist so lange her!«

»Ich weiß, es tut mir so leid.«

»Das muss es nicht. Ich bin nur froh, dass du anrufst. Wie geht es dir? Wie läuft's in Jamaika?«

Cassidy holte tief Luft und entgegnete: »Wir haben eine Menge zu besprechen.«

»Oh ... ich kenne diesen Ton«, bemerkte Alice. »Irgendetwas stimmt nicht.«

»Das war tatsächlich der Fall, aber jetzt ist alles in Ordnung«, versicherte Cassidy ihrer Mutter ehrlich.

»Okay, Schätzchen. Ich sitze hier und habe das Telefon auf Lautsprecher gestellt, damit dein Dad es auch hören kann. Erzähl es uns.«

Und das tat sie.

Cassidy erzählte ihren Eltern *alles*. Sie wussten bereits, dass sie

Texas verlassen hatte, um von ihrem Ex und der erdrückenden Atmosphäre in El Paso wegzukommen. Sie wussten auch, dass sie einen Job als Kindermädchen und Lehrerin bei einem reichen Jamaikaner angenommen hatte, aber das war auch schon alles, was sie erfahren hatten. Sie erzählte ihnen, dass Michael sich als Drogendealer entpuppt hatte und dass sie und Mario Gefangene in seiner Villa gewesen waren. Sie erzählte ihnen, dass jeder ihrer Anrufe überwacht worden war. Sie erzählte ihnen sogar, wie sie Briefe an das FBI geschickt hatte, um Hilfe zu bekommen.

»Nicht zu fassen«, flüsterte ihre Mutter nicht zum ersten Mal während Cassidys Erklärung. »Aber dir geht es jetzt gut? Wirklich gut?«

»Ja. Es tut mir so leid, dass ich euch nicht früher etwas sagen konnte.«

»Natürlich konntest du das nicht«, bemerkte ihr Vater, die Worte waren emotional.

»Oh, Schatz. Es tut mir so leid.«

»Ist schon gut«, erwiderte Cassidy. »Uns geht es gut.«

»Wann können wir dich sehen?«

Das war der schwierigste Teil bisher. Sie wollte *unbedingt* ihre Eltern sehen ... aber das hatte sie mit Leo besprochen. Wegen allem, was passiert war, und weil sie Lloyds Telefon benutzt hatte, um sie anzurufen, wusste er wahrscheinlich, wo sie wohnten.

Es war besser für die Sicherheit *aller*, wenn sie sich noch eine Weile geduldeten.

»Im Moment ist es noch nicht sicher«, erklärte sie.

»Aber du hast gesagt, dass es dir gut geht. Dass der Drogendealer tot ist«, begann ihr Vater.

»*Jetzt* geht es uns gut, aber für ihn arbeiteten viele schlimme Menschen, Dad. Sie haben Mario für den Drogenhandel ausgebildet. Sie haben mich an einen meiner Retter *verkauft*, als sei ich nichts weiter als ein Stück Fleisch. Das sind wirklich böse Männer, und ich würde euch nicht in ihrer Nähe haben wollen.

Die Männer, die mich gerettet haben, wollen, dass ihr eure Telefonnummer ändert; ihr könntet leicht gefunden werden, da ich euch von einem der Telefone meiner Entführer angerufen habe. Lasst die neue Nummer nicht im Telefonbuch eintragen. Außerdem wäre es am besten, wenn ihr für eine Weile aus der Stadt verschwindet. Vielleicht besucht ihr unsere Verwandten in Mexiko? Wenn das nicht geht, können meine Retter euch vielleicht einen Unterschlupf besorgen.«

Cassidy hörte, wie ihre Mutter aufstöhnte, und es tat ihr so wahnsinnig leid für sie. Sie fand es schrecklich, dass ihre Entscheidungen dazu geführt hatten, dass ihre Eltern möglicherweise in Gefahr waren. Sie wollte nicht glauben, dass Lloyd oder jemand aus Michaels Organisation ihnen etwas antun könnte, aber sie wollte das Risiko auch nicht eingehen. Sie würde es sich nie verzeihen, wenn ihnen ihretwegen etwas zustoßen würde.

Es herrschte ein langes Schweigen, bevor ihr Vater fragte: »Glaubst du wirklich, dass das notwendig ist?«

»Leider ja. Dad, ich habe jahrelang mit diesen Leuten zusammengelebt. Ich weiß, wozu sie fähig sind. Es ... sind keine guten Menschen.« Das war mit Sicherheit die Untertreibung des Jahrhunderts.

»Wir werden uns mit dem Gedanken beschäftigen«, erklärte ihr Vater schließlich.

Cassidy lockerte ein wenig die Schultern.

»Hast du Alfred angerufen und ihm gesagt, dass du wieder im Land bist?«, fragte ihre Mutter.

Cassidy rümpfte die Nase. »Ja. Rechtlich war ich dazu verpflichtet, aber ehrlich gesagt ist es ihm egal. Er hat weder Interesse an mir *noch* an seinem Sohn.«

»Vielleicht fühlt er sich jetzt, da Mario älter ist, wohler in seiner Nähe«, schlug ihre Mutter zaghaft vor.

Cassidy widerstand dem Drang zu seufzen und wusste, dass ihre Eltern immer eine Schwäche für ihren Ex haben würden, was Cassidy nie verstehen würde. Nur weil er Geld hatte, machte ihn das nicht zu einem guten Menschen. Aber ihre Eltern waren von der alten Schule. Es war ihnen wichtiger, dass ihre Tochter »versorgt« war, auch wenn es alles andere als eine gesunde Beziehung war.

Aber darauf wollte sie jetzt nicht eingehen. Sie hatte sich Mühe gegeben zu erklären, warum sie sich von Alfred geschieden hatte, bevor sie nach Jamaika gezogen war, aber es schien, als hofften sie immer noch, dass sie sich mit ihm versöhnen würde.

In der Hoffnung, das Thema wechseln zu können, fragte Cassidy: »Erinnerst du dich an Leo Zanardi?«, fragte sie.

»Ich spreche nicht mehr viel mit seinen Eltern, da wir uns im Laufe der Jahre auseinandergelebt haben, aber natürlich erinnere ich mich an ihn«, entgegnete ihre Mutter.

Cassidy wollte ihren Eltern nicht sagen, dass er derjenige war, der sie gerettet hatte, aber sie wollte sie wissen lassen, dass er wieder in ihrem Leben war. »Ich bin ihm zufällig über den Weg gelaufen und er hat mich eingeladen, nach Indianapolis zu kommen, wo er lebt. Er besitzt zusammen mit seinen Freunden ein Abschleppunternehmen namens *Silverstone Towing*, und zum ersten Mal seit Langem fühle ich mich sicher«, gab Cassidy zu.

»Das ist eine Erleichterung, mein Schatz«, antwortete ihre Mutter. »Und du bist sicher, dass es Mario gut geht?«

»Er ist unglaublich«, versicherte Cassidy ihr. »Er ist so klug und kreativ. Er will Tänzer werden, und ich könnte nicht stolzer auf ihn sein.«

»Wir vermissen euch«, erklärte ihr Vater.

»Ich vermisse euch auch. Und ich liebe euch so sehr und es tut mir leid.«

»Dir muss nichts leidtun«, entgegnete ihr Vater mit Nachdruck. »Du hast nichts falsch gemacht.«

»Du klingst wie Leo«, antwortete Cassidy, ohne nachzudenken.

»Ich habe ihn immer gemocht«, erwiderte Alice. »Er war respektvoll und schien sehr besonnen zu sein, besonders im Vergleich zu seiner Familie. Es ist eine Schande, dass sein Onkel im Gefängnis sitzt und so. Und jeder weiß, dass seine Eltern sich hassen, aber sie weigern sich, sich scheiden zu lassen.«

Cassidy fühlte sich unwohl, wenn sie hinter Leos Rücken über seine Familie sprach. Sie erinnerte sich vage daran, dass sein Onkel wegen häuslicher Gewalt im Gefängnis gesessen hatte, aber bis jetzt hatte sie gar nicht darüber nachgedacht. Und die Tatsache, dass er eine so unberechenbare Familie haben konnte, war ein wenig überraschend. Ihre Mutter hatte recht – Leo war besonnen. In Jamaika hatte es Zeiten gegeben, in denen er hätte ausrasten können, vor allem in Bezug auf Lloyd, aber er hatte sich unter Kontrolle gehabt. Sie nahm an, dass er sich teilweise absichtlich zurückgehalten hatte, um ihr und Mario keine Angst zu machen, aber im Allgemeinen hatte er seine Emotionen fest im Griff gehabt.

»Ich liebe euch«, sagte Cassidy zu ihren Eltern. »Es tut mir leid, dass ich eine solche Enttäuschung war, aber ich bin jetzt auf dem richtigen Weg. Es hat vielleicht zweiundvierzig Jahre gedauert, aber ich werde euch stolz machen.«

»Wir sind schon stolz auf dich«, entgegnete ihr Vater unwirsch.

»Danke, Dad«, erwiderte Cassidy mit brüchiger Stimme.

»Pass gut auf dich und unseren Enkel auf«, sagte ihre Mutter. »Ruf an, wenn du kannst – wir würden uns freuen, öfter von dir zu hören.«

»Das werde ich, Mom. Und ihr passt auf euch auf. Seid sehr vorsichtig. Das mit der neuen Telefonnummer und dem Verlassen der Stadt habe ich ernst gemeint. Es wird nicht für immer sein, nur für eine Weile.«

»Wir werden dir Bescheid sagen«, versicherte ihr Vater ihr.

Cassidy widerstand dem Drang, erneut zu seufzen. Sie hoffte wirklich, dass sie sich ihre Sorgen zu Herzen nehmen würden. Vielleicht hätte sie ihnen mehr darüber erzählen sollen, was sie durchgemacht hatte, aber sie wollte nur, dass sie vorsichtig waren, und sie nicht zu Tode erschrecken.

»Wir lieben dich«, sagte ihre Mutter leise und Cassidy merkte, dass sie sich bemühen musste, nicht zu weinen.

»Ich liebe euch auch. Ich rufe bald wieder an.«

»Tschüss.«

»Tschüss.«

Als Cassidy auflegte, war sie völlig erschöpft. Als sie auf die Uhr sah, stellte sie fest, dass bereits anderthalb Stunden vergangen waren. Sie hatte gar nicht bemerkt, dass sie so lange mit ihren Eltern gesprochen hatte, aber es war überfällig gewesen.

Ohne nachzudenken, nahm sie ihr Telefon wieder in die Hand und drückte auf Leos Namen.

»Alles in Ordnung, Cass?«, fragte er anstelle einer Begrüßung.

Cassidy lächelte. »Ja. Ich wollte dir nur Bescheid sagen, dass ich mit meinen Eltern gesprochen habe.«

»Und?«

»Es war ein gutes Gespräch.«

»Das freut mich«, bemerkte Leo. »Willst du mir davon erzählen?«

Cassidy erzählte von ihrem Gespräch und als sie fertig war, fühlte sie sich, als sei ihr ein Stein vom Herzen gefallen. »Sie haben es wirklich gut aufgenommen, dass ich sie so lange belogen habe. Ich glaube, mein Dad ist damit einverstanden, für eine Weile nach Mexiko zu gehen, aber ganz sicher bin ich mir nicht.«

»Gut«, entgegnete Leo. »Ruf sie in ein paar Tagen noch einmal an. Wenn sie nicht gehen wollen und ich einen Unterschlupf organisieren muss, werde ich das tun.«

Cassidy konnte nicht anders, als erleichtert die Augen zu schließen. Wieder einmal beschützte er jemanden, den sie liebte. Leo war so ein guter Mann. »Okay. Und übrigens ... sie erinnern sich an dich. Mom hat gesagt, dass sie dich immer gemocht hat.«

»Ich mochte deine Eltern auch immer. Ich habe sie nur ein paarmal getroffen, aber ich mochte, wie aufmerksam dein Vater mit deiner Mutter umgegangen ist. Er hat sich zwischen sie und die anderen gestellt, wenn er dachte, dass sie sie anrempeln könnten, er hat ihre Hand gehalten und solche Sachen.«

Cassidy hatte noch nie so über ihre Eltern nachgedacht, aber jetzt, da Leo es erwähnt hatte, wurde ihr klar, dass ihr Vater ihre Mutter immer beschützt hatte. Auch im Haus hielten sie immer Händchen, was sie als Teenager ziemlich angeekelt hatte.

»Deine Eltern waren nicht so, oder?«

Er lachte, aber es war kein amüsierter Laut. »Nein. Sie haben sich immer gestritten und sich gegenseitig angeschrien. Ich habe immer gebetet, dass sie sich scheiden lassen, aber das ist nie passiert. Ich habe es nicht bereut, von zu Hause wegzugehen, nachdem ich die Highschool abgeschlossen hatte.«

»Wie bist du so ... normal geworden?«, fragte Cassidy und bedauerte es sofort. »Tut mir leid, das war unhöflich. Du musst das nicht beantworten.«

»Nein, ist schon gut. Ich glaube, weil ich als Kind so schlechte Vorbilder hatte, habe ich mir geschworen, nie so zu werden wie sie. Ich hatte gute Noten, weil mein Onkel mir einmal gesagt hat, dass ich es nie zu etwas bringen würde. Ich habe mir Mühe gegeben, gut zu meinen Freundinnen zu sein, weil mein Vater so gemein zu meiner Mutter war. Ich weiß nicht wirklich, warum ich so bin, wie ich bin ... ich wusste nur, dass ich nicht so werden wollte wie *sie*.«

»Ich war schon immer in dich verknallt«, gab Cassidy zu. Das hätte sie ihm gegenüber nie zugegeben, wenn sie nicht am Telefon gewesen wäre. Es war einfacher, mutig zu sein, wenn sie ihn nicht ansehen musste.

»Tatsächlich?«, fragte er.

»Hm-hm. Ich wusste, dass du mich für zu jung hältst.«

»Aber du hast mir trotzdem gefallen«, erwiderte Leo.

»Habe ich das?«

»Ja. Es wäre dir gegenüber nicht fair gewesen, etwas anzufangen. Ich wollte El Paso verlassen, und du hattest noch drei Jahre Highschool vor dir. Außerdem hatte ich das Gefühl, dass es sehr schwer sein würde, dich zu verlassen, wenn wir ein Paar geworden wären.«

Cassidys Herz schlug so heftig, dass sie eine Hand auf ihre Brust legte, um sich zu beruhigen.

»Cass? Entschuldigung, mache ich dich nervös?«

»Nein!«, rief sie. »Nun, vielleicht ein bisschen. Du hast keine Ahnung, wie oft ich an dich gedacht habe«, erwiderte sie leise. »Du warst mein Traumtyp. Ich kritzelte unsere Namen überall in meine Hefte. Ich war vielleicht eine Streberin, aber ich glaube, tief drinnen wusste ich, dass du der Eine warst. Du warst nicht wie die anderen Jungs. Du warst intensiv, und manche meiner Freundinnen hatten Angst vor dir, aber ich habe dich mit anderen Mädchen beobachtet. Du hast nie geschrien, sie nie gedemütigt, und die meisten blieben nach dem Ende der Beziehung mit dir befreundet. Das hieß für mich schon eine Menge.«

Leo sagte dazu nichts; Cassidy hörte nur, wie er am anderen Ende der Leitung atmete. »Leo?«

»Ich bin noch dran«, entgegnete er sofort. »Ich hätte damals meinem Gefühl nachgeben sollen. Dann hättest du nicht diesen Idioten geheiratet und wärst nicht wie Dreck behandelt worden. Du wärst nicht nach Jamaika geflohen und du hättest nicht fünf Jahre deines Lebens in Angst verbracht. Mario wäre mein Sohn gewesen. Verdammt, ich bin ein Idiot.«

Bei seinen Worten bekam Cassidy eine Gänsehaut. Leo klang wirklich ... sauer. Sie war nicht verärgert, nicht verängstigt. Überraschenderweise war sie erregt. Es war so lange her, seit sie solche Begierde gespürt hatte, dass sie das Gefühl fast nicht erkannt hätte.

»Meine Mutter sagt immer, dass alles im Leben aus einem bestimmten Grund geschieht«, sagte sie zu Leo. »Wir waren beide jung. Wer weiß, was passiert wäre.«

»Ich wusste damals schon, dass du etwas Besonderes bist, aber ich war zu feige, etwas zu unternehmen. Jetzt bin ich das nicht mehr«, bemerkte Leo.

Cassidy biss sich auf die Lippe und wollte ihn fragen, was er damit meinte. War sie bereit für eine Beziehung? Sie war sich nicht sicher.

Als sie nichts sagte, meinte Leo: »Ich freue mich, dass es mit deinen Eltern gut gelaufen ist.«

»Ich mich auch.«

»Wollt ihr, du und Mario, heute Abend etwas essen gehen? Ich habe euch noch nicht zu *Rosie's Diner* mitgenommen. Archer ist ein fantastischer Koch, aber ich muss sagen, ich denke, Rosie übertrifft ihn.«

»Na klar. Mario würde sich freuen, dich zu sehen.« Und das würde er in der Tat. So ungewöhnlich wie das Paar schien, hatte Mario Leo sofort ins Herz geschlossen, als seien sie schon immer Freunde gewesen. Cassidy wusste, es lag daran, dass Leo ihrem Sohn zuhörte. *Wirklich* zuhörte. Er machte sich auch nicht über dessen Vorliebe für Barbies lustig ... oder seine neu entdeckte Faszination für Gymnastikvideos auf YouTube.

Mario würde vor dem Computer sitzen und den ganzen Tag lang alte Videos von Nadia Comăneci, Mary Lou Retton, Bart Conner und Paul Hamm ansehen, wenn sie es zuließe. Er schaute sich auch neuere Olympioniken an, darunter Simone Biles und Jake Dalton. Cassidy war sicher, dass Leo keine Ahnung hatte, wer sie waren, als Mario anfing, über sie zu schwärmen, aber beim nächsten Treffen war klar gewesen, dass er sich informiert hatte. Er wusste ihre Statistiken aus dem Effeff.

Die Tatsache, dass Leo die Interessen ihres Sohnes akzeptierte, obwohl sie nicht dem entsprachen, worüber die meisten kleinen Jungen sprechen wollten, machte ihn ihr gegenüber umso sympathischer. Der Weg zu ihrem Herzen führte definitiv über ihren Sohn, und Leo schien dorthin zu gelangen, ohne sich auch nur im Geringsten anstrengen zu müssen.

»Ich mache mich gleich auf den Weg zu einem Abschleppauftrag. Wie wäre es, wenn ich euch in etwa anderthalb Stunden abhole. Reicht euch die Zeit?«

»Das ist perfekt«, entgegnete Cassidy. Es würde ihr Zeit geben, zu duschen und etwas Nettes zum Anziehen zu finden. Sie war mit Skylar im Secondhandladen gewesen und hatte eine Menge hübscher Outfits gefunden. Sie hatte auch für Mario mehr Sachen gefunden. Sie musste sich Geld von Leo leihen, um die Einkäufe zu tätigen, aber sie hoffte, es ihm so bald wie möglich zurückzahlen zu können.

»Pass auf dich auf. Bis bald«, verabschiedete Leo sich.

»Du auch. Tschüss.«

Cassidy legte auf, setzte sich auf das Sofa und starrte für ein paar Minuten ins Leere. Ihr Leben war zweifellos schwer gewesen, aber sie weigerte sich, sich in all dem Negativen, was ihr widerfahren war, zu verlieren. Im Moment passierten verdammt viele gute Dinge in ihrem Leben, und sie wollte sich nicht auf das Schlechte konzentrieren.

Schließlich stand sie auf und ging zu ihrem Zimmer. Sie würde duschen, dann rübergehen und Mario die gute Nachricht über das Abendessen mit Leo mitteilen. Sie wusste, dass er sich darüber freuen würde, und er hätte sogar noch Zeit für eine Dusche. Das war noch etwas an ihrem Kind – er liebte es, sauber zu sein. Er würde zweimal am Tag duschen, wenn sie es zuließe. Und er brauchte sogar länger als sie, um sich fertig zu machen.

Mit einem Lächeln über die Eigenheiten ihres Kindes zog Cassidy sich aus und wartete darauf, dass das Wasser der Dusche warm wurde. In den vergangenen fünf Jahren hatte sie sich nie sicher gefühlt, wenn sie nackt war, nicht mal in ihrem eigenen Badezimmer. Sie war sich nicht sicher gewesen, ob nicht vielleicht doch jemand zusah oder zuhörte. Aber hier, allein in ihrer kleinen Wohnung und nachdem sie die Vergangenheit hinter sich gelassen hatte, konnte Cassidy sogar nackt in ihrer Dusche tanzen, und niemand würde es wissen oder sich dafür interessieren. Und das war ein fantastisches Gefühl, eines, das sie Leo und seinen Freunden verdankte.

Leo. Allein bei dem Gedanken an seinen Namen durchlief sie ein wohliger Schauer. Als sie in die Wanne stieg und sich zurücklehnte, um ihr Haar nass zu machen, dachte Cassidy darüber nach, was Leo gesagt hatte. Dass er es bereute, sie nicht gebeten zu haben, mit ihr auszugehen. Herrje, wenn Leo sie gefragt hätte, als sie gerade frisch an der Highschool angefangen hatte, wäre sie wahrscheinlich in Ohnmacht gefallen. Damals war sie mehr als unschuldig gewesen, trotz der Tatsache, dass sie ständig Herzen und *Cassidy Zanardi* in ihre Hefte kritzelte.

Sie war jetzt älter und klüger, so wie er auch. Und sie

schwärmte *immer noch* für ihn. Und wenn es stimmte, was er gesagt hatte, interessierte er sich auch für sie.

Cassidy ließ ihre Hand über ihren Körper gleiten und schloss die Augen. Sie stellte sich Leo in ihrem Kopf vor, wie er sich über sie beugte und seine Hände über ihren gesamten Körper wandern ließ. Wie er sie mit seinen intensiven braunen Augen ansah und ihren Blick festhielt, während er langsam in sie eindrang. Er würde ihr nicht wehtun, nichts tun, das sie unangenehm fände. Er würde sie anfangs langsam und liebevoll nehmen, was mit der Zeit in heißen, heftigen Sex übergehen würde. Sie würde sich an seinem strammen Hintern festhalten, während er es ihr besorgte. Er würde sie nie unbefriedigt lassen, sondern dafür sorgen, dass sie jedes Mal zum Orgasmus kam ... daran hatte sie nicht den geringsten Zweifel.

Ehe sie sichs versah, wurde Cassidy von einem der intensivsten Orgasmen geschüttelt, die sie seit Langem gehabt hatte. Ihre Finger waren nicht nur vom Wasser durchnässt und sie konnte sich in der Dusche kaum aufrecht halten.

Sie hatte es sich selbst besorgt, während sie an Leo gedacht hatte, und sich dabei einen Orgasmus verschafft. Sie konnte sich nicht einmal mehr daran erinnern, wann sie das das letzte Mal getan hatte.

Sie fühlte sich entspannt, auch wenn sie immer noch verdammt erregt war, und lehnte sich in das heiße Wasser, um ihre Dusche zu beenden. Sie hatte keine Ahnung, wie die Dinge zwischen ihr und Leo sich entwickeln würden. Sie war noch nicht bereit, sich auf eine Beziehung einzulassen, aber sie hatte nichts dagegen zu sehen, ob die Chemie zwischen ihnen weiter wuchs oder sich zu einer angenehmen Freundschaft entwickelte.

Lächelnd stieg Cassidy aus der Wanne und ging zu ihrem Kleiderschrank. Sie musste sich überlegen, was sie anziehen wollte, ihren Sohn abholen, sich beeilen, damit er fertig war, wenn Leo kam, und dann versuchen, sich zu entspannen, um das Abendessen zu genießen und sich nicht anmerken zu lassen, was sie unter der Dusche gemacht hatte.

Alles in allem sah alles gut aus. Cassidy freute sich zum ersten Mal seit Jahren wieder auf die Zukunft.

Lloyd Robinson war alles andere als glücklich. Die Kacke war tatsächlich am Dampfen und Michaels gesamte Organisation war im Chaos versunken, nachdem seine Leiche gefunden worden war. Anstatt zusammenzuarbeiten, lieferten sich alle seine Stellvertreter einen blutigen Kampf um die Kontrolle über die Villa und die Menschen, die dort lebten und arbeiteten.

Lloyd hatte es geschafft, Michaels Tresor auszuräumen, und er und Martin waren mit Drogengeld im Wert von mehreren Hunderttausend Dollar entkommen. Leider ahnten Michaels Leute, was sie getan hatten, und sie waren jetzt der Feind Nummer eins in Kingston.

Sie saßen in einem beschissenen Hotel in einem der schlimmsten Viertel der Stadt und hielten sich bedeckt, um so viel Geld wie möglich zu sparen, bevor sie in die Vereinigten Staaten aufbrachen.

»Wir müssen nach Ocho Rios«, erklärte Martin.

»Einverstanden«, entgegnete Lloyd. »Wir bleiben eine Weile dort, gerade lange genug, bis Gras über die Sache gewachsen ist. Dann nehmen wir ein Flugzeug nach Texas.«

Martin nickte. Am Anfang war er nicht ganz mit Lloyds Plan einverstanden gewesen, aber schließlich hatte er sich doch dazu überreden lassen. »Glaubst du, dass wir G finden können?«

»Der ist mir völlig egal«, erklärte Lloyd. »Ich vermute, dass nichts von dem, was wir über ihn erfahren haben, der Wahrheit entspricht. Ich bin mehr an Cassidy interessiert.«

»Warum?«

»Weil sie irgendwie hinter all dem steckt. Du weißt, wie verzweifelt sie war, von hier wegzukommen. Ich denke, sie muss jemanden in den Staaten kontaktiert haben und deshalb ist G gekommen, Michael ist jetzt tot und wir haben keinen Job mehr. Es ist *ihre* Schuld – und sie wird dafür bezahlen.«

»Wie?«

»Indem sie das verliert, was sie am meisten auf der Welt liebt«, bestätigte Lloyd mit einem bösen Lächeln.

»Ihren missratenen Sohn?«

»Genau den. Wir holen ihn zurück nach Jamaika und machen aus ihm den größten Drogendealer, den dieses Land je gesehen hat.«

Martin sah ihn verwirrt an. »Warum bringen wir ihn nicht einfach um?«

»Nein. Ich will den kleinen Mistkerl entführen. Und ich will, dass sie weiß, was unsere Pläne sind. Ich will, dass sie mit dem Wissen *stirbt*, dass alles, was mit ihm passiert, *ihre* Schuld ist«, entgegnete Lloyd, der bei dem Gedanken, Cassidy Hewitt in seiner Gewalt zu haben, einen Ständer bekam. »Sie wird doppelt leiden, weil sie weiß, dass ihr Kind wieder in den Drogenhandel hineingeraten ist. Dass er am Ende ein skrupelloser Killer sein wird. Nichts wird ihr mehr wehtun als das.«

Martin sah nicht überzeugt aus. »Weißt du, wo sie ist?«

Lloyd zügelte seine Verärgerung. Martin war nicht sehr klug, aber er war gehorsam. Er tat alles, was ihm gesagt wurde, und deswegen brauchte Lloyd ihn jetzt. »Noch nicht, aber das werde ich.«

»Wie?«

»Ich habe die Telefonnummer ihrer Eltern. Sie hat sie immer von meinem Telefon aus angerufen. Die Vorwahl ist El Paso. Wir werden dorthin fahren und sie suchen.«

Endlich leuchteten Martins Augen vor Eifer auf. Informationen zu beschaffen war sein Spezialgebiet. Lloyd würde ihn Cassidys Eltern foltern lassen, um Informationen über ihren Aufenthaltsort zu bekommen. Dann würde er seinen Spaß mit der Schlampe selbst haben.

»Zuerst müssen wir nach Ocho Rios kommen und uns neu formieren«, gab Lloyd zu bedenken. »Vielleicht rekrutieren wir ein paar andere, die uns helfen. Dann machen wir uns auf den Weg. Ich will, dass Cassidy sich entspannt. Sie soll sich in ihrem neuen Leben wohlfühlen. Sie soll unvorsichtig werden. Dann werden wir zuschlagen, wenn sie es am wenigsten erwartet. Es wird ein Kinderspiel werden.«

»Klingt amüsant«, sagte Martin. »Aber wir besorgen es ihr, bevor wir sie töten?«

Lloyd sah den anderen Mann an, als hätte er gerade etwas völlig Bescheuertes gesagt. »Natürlich. Wenn ich fertig mit ihr bin, bekommst du deine Chance. Und später alle anderen, die sich uns angeschlossen haben. Und erst *dann*, wenn sie von unseren Plänen für das Kind erfahren hat, werden wir sie töten.«

»Fantastischer Plan«, hauchte Martin.

Lloyd konnte sehen, wie sich der Schwanz des anderen Mannes unter seiner Hose abzeichnete. Sein eigener Schwanz zuckte erneut. Er hatte davon geträumt, Cassidy eine Lektion zu erteilen, aber nur auf Michaels Anweisung hin hatte er sich zurückgehalten. Aber Michael war tot und die Schlampe würde *ihm* gehören – ganz gleich, was geschah. Sie würde lernen, ihn zu respektieren, und wenn es das Letzte war, was sie tat.

Lloyd schloss die Tasche mit dem Geld, das er seinem toten Chef gestohlen hatte, stand auf und winkte zur Tür. »Komm schon, lass uns loslegen. Wir haben Pläne zu schmieden.«

KAPITEL ELF

Gramps betrachtete sein Handy und konnte nicht umhin zu lächeln.

Mario: Hier sitzt eine Spinne in der Badewanne. Kannst du rüberkommen?

Cassidys Sohn hatte sich angewöhnt, ihm fast jeden Abend eine Nachricht zu schreiben. Zuerst hatte ihn das beunruhigt und er hatte befürchtet, dass etwas nicht stimmte. Mario erzählte ihm, wenn er ein komisches Geräusch gehört hatte. Oder dass Cassidy weinte. Er eilte zu ihrer Wohnung und stellte fest, dass Cassidy nicht wusste, warum er dort war ... und Mario versuchte, nicht schuldbewusst auszusehen.

Aber er konnte dem Jungen nicht böse sein, denn er war genau da gelandet, wo er sein wollte. Er war mit der Frau und dem Jungen zusammen, die mit rasender Geschwindigkeit zu den wichtigsten Menschen in seinem Leben wurden.

Grinsend schickte Gramps Mario eine Nachricht zurück.

Gramps: Ich bin mir sicher, wenn du deine Mutter fragst, würde sie die Spinne für dich töten.

Mario: Sie hat mehr Angst vor ihnen als ich.

Gramps: Ich bin schon auf dem Weg.

Marios Antwort war nichts weiter als eine Aneinanderreihung von Emojis.

Gramps wusste, dass er Marios Verhalten im Keim ersticken sollte, aber ehrlich gesagt wollte er das nicht. Er *mochte* es, dass Mario ihn in seiner Nähe haben wollte. Er mochte es, Zeit mit ihm zu verbringen. Es war zwei Wochen her, dass sie aus Jamaika zurückgekehrt waren, und er war beeindruckt, wie schnell Cassidy sich in die Routine eingelebt hatte.

Sie behielt Mario zu Hause und beschloss, ihn vorerst zu Hause zu unterrichten. Keiner von beiden war bereit, ihn wieder ganztägig in die Schule zu schicken oder den ganzen Tag von ihm getrennt zu sein. Morgens und am frühen Nachmittag betreute sie ein paar Kinder, danach gingen sie zu *Silverstone Towing*, um mit Archer und Gramps Zeit zu verbringen, denn er konnte sich auf keinen Fall von ihr fernhalten, und gegen Abend kehrten sie dann in ihre Wohnung zurück.

Unweigerlich bekam Gramps gegen zwanzig Uhr eine Nachricht von Mario mit der Frage, ob er vorbeikommen würde.

Die anderen Jungs wussten nicht, wie viel Zeit er mit Cassidy und ihrem Sohn verbrachte, aber das war ihnen auch egal. Sie waren mit ihren Ehefrauen beschäftigt. Die vier unterhielten sich zwar immer noch jeden Tag und halfen bei *Silverstone Towing* aus, aber es war klar, dass die Prioritäten der anderen Männer woanders lagen. Gramps freute sich für sie. Er freute sich, sie so glücklich zu sehen. Er mochte Skylar, Taylor und Molly wirklich sehr und die drei Frauen waren Cassidy und Mario gegenüber sehr gastfreundlich gewesen. Aber da seine Freunde anderweitig beschäftigt waren, konnte Gramps so viel Zeit wie möglich mit Cassidy verbringen.

Es dauerte nicht sehr lange, bis er die Southpoint Apartments erreichte. Um diese Zeit war kaum Verkehr und sein kleines Haus war nicht allzu weit entfernt.

Er grinste, als er parkte und die Treppe hinaufging, wobei er immer zwei Stufen auf einmal nahm. Er lief den Gang entlang bis zu Cassidys Wohnung am Ende der Etage und klopfte an die Tür.

Er lächelte noch breiter, als er Cassidy fluchen hörte, als sie die Kette und den Riegel öffnete.

Sie warf ihm einen verlegenen Blick zu, als sie die Tür aufmachte. »Es tut mir so leid«, erklärte sie.

Gramps schüttelte den Kopf. »Das muss es nicht.«

»Was ist es denn *diesmal*?«, fragte Cassidy. »Ist das Wasser im Bad ausgelaufen? Eine Gestalt, die draußen herumschleicht?«

»Eine Spinne in der Badewanne«, erklärte Gramps ihr.

»Oh mein Gott. Das ist verrückt – ich werde mit ihm reden«, versprach sie ihm.

Gramps machte einen Schritt auf sie zu, woraufhin sie sofort einen Schritt zurückwich. »Es ist alles in Ordnung, Cass. Er wird sich schon einleben.«

»Er geht dir ständig auf die Nerven«, widersprach Cassidy. »Du hast ein eigenes Leben, du kannst nicht jeden Abend hierherkommen und auf uns aufpassen.«

»Das tue ich auch nicht«, erwiderte Gramps ernst.

»Was tust du *dann*?«, fragte sie.

Gramps nutzte die Gelegenheit, hob seine Hand und strich ihr das Haar aus dem Gesicht. Es war heute Abend etwas durcheinander und fiel ihr um die Schultern. »Ich verbringe Zeit mit einer alten Freundin und ihrem Sohn.«

Cassidy leckte sich über die Lippen und Gramps konnte nicht anders, als diese Bewegung zu beobachten, und wünschte sich, er wäre derjenige, der sie befeuchtet.

»Oh.«

Es war ein Geräusch der Enttäuschung, und das gefiel Gramps überhaupt nicht. Er zog Cassidy an sich. Sie ließ sich mit einem leisen »Oh« gegen ihn fallen und schaute dann schüchtern zu ihm auf.

»Glaub mir, wenn ich nicht hier sein wollte, wäre ich nicht hier«, versicherte er ihr. »Marios Nachrichten geben mir eine Ausrede, euch zu besuchen. Falls ich mich noch nicht klar ausgedrückt habe: Ich mag dich, Cass, und es wird schon bald der Zeitpunkt kommen, an dem ich mich nicht mehr zurückhalten kann.«

Sie atmete schnell und ihre Augen weiteten sich vor Überraschung. Aber er konnte auch das Verlangen in ihnen sehen. Er war nicht allein mit seinen Gefühlen.

»Ich gebe dir Zeit«, erklärte er. »Um dich an mich zu gewöhnen. An uns. An dein neues Leben. Aber täusche dich nicht. Ich würde nicht jeden Abend deinem Sohn den Gefallen tun und hier vorbeikommen, wenn ich nicht genau hier sein wollte. Mit euch zu lachen, Mario zuzusehen, wie er uns improvisierte Tanzvorführungen gibt, ihm *Harry Potter* vorzulesen und dann so zu tun, als würde ich mich für jede deiner Fernsehsendungen interessieren, obwohl ich viel mehr daran interessiert bin zu erfahren, wie du tickst ... wer du als Frau im Laufe der Jahre geworden bist ... und zu sehen, ob die Chemie, die ich spüre, wenn ich in deiner Nähe bin, ein Produkt meiner Einbildung oder echt ist.«

Er wusste, dass das ein sehr langer Satz war, aber er musste die Worte einfach rauslassen. Er merkte, wie Cassidy sich noch stärker an ihn lehnte und wie ihre Fingernägel sich in seine Brust gruben, als wollte sie selbst dafür sorgen, dass er nicht entkam.

»Oh«, machte sie wieder.

»Ja, oh«, stimmte Gramps zu.

»Leo!«, rief Mario und unterbrach damit den sexuell extrem aufgeladenen Moment.

Gramps hob den Blick und sah Cassidys Sohn in der Nähe des Eingangs zu dem kleinen Wohnbereich stehen. Er wirkte ein bisschen verlegen, aber er freute sich, ihn zu sehen.

»Hey, Champ. Gibt es hier eine Spinne?«, fragte er.

Mario nickte. »Da war eine. Aber sie ist wieder in den Abfluss gekrabbelt, nachdem ich dir die Nachricht geschickt hatte.«

Gramps räusperte sich.

»Du hast Leo eine Nachricht geschickt, weil du eine Spinne gesehen hast?« Cassidy hatte ihre Hände von seiner Brust fallen lassen und sich umgedreht, als Mario seinen Namen gerufen hatte, und Gramps wusste, dass er verloren war, als er feststellte, dass er das Gefühl ihrer Hände auf sich vermisste. Der Junge biss sich auf die Lippe und schaute zu Boden. »Es war eine wirklich große Spinne, und ich weiß, wie sehr du sie hasst. Erinnerst du dich an die Spinne, die wir eines Abends in Jamaika gesehen haben? Du sagtest, sie sei wütend und würde dich beobachten.«

Cassidy lachte. »Ja, ich erinnere mich. Und sie war wirklich wütend und hat mich beobachtet.« Sie drehte sich wieder um. »Wenn du schon mal da bist, willst du nicht eine Weile bleiben? Ich habe Brownies gebacken. Sie sind zwar nur aus einer Backmischung gemacht, aber sie schmecken lecker.«

»Ich würde gern bleiben«, erklärte Gramps ihr.

»Juhu!«, rief Mario aus. »Ich habe einen neuen YouTube-Kanal gefunden, und wartet nur, bis ihr den neuen Tanz seht, den ich heute gelernt habe!« Dann drehte er sich um und verschwand aus dem Blickfeld, wahrscheinlich um sein Handy zu holen, auf dem die Musik, zu der er tanzen wollte, schon gespeichert war.

»Ich hätte nie zulassen dürfen, dass du ihm das Handy kaufst«, sagte Cassidy kopfschüttelnd.

»Doch, das ist schon in Ordnung so. Es macht ihn unabhängig«, erklärte Gramps ihr. »Und du weißt genauso gut wie ich, dass es euch beiden guttut, wenn er dich erreichen kann, wenn du nicht in Sichtweite bist. Das brauchst du nach Jamaika.«

Sie seufzte. »Du hast recht, aber er macht mich mit dieser YouTube-Sache verrückt. Und er muss aufhören, dir jeden Abend eine Nachricht zu schicken, damit du vorbeikommst.«

»Darüber wollte ich eigentlich mit dir reden«, erklärte Gramps. Sie verzog das Gesicht und eilig erklärte er: »Ich dachte, ihr zwei könntet vielleicht manchmal zu mir nach Hause kommen. Es ist nicht so groß wie das Haus von Smoke, aber es ist gemütlich. Mein Wohnbereich ist größer als deiner, und Mario hätte mehr Platz, um seine Tanzschritte zu üben.«

Sie schenkte ihm ein schüchternes Lächeln. »Das würde uns gefallen, danke.«

Gramps griff nach ihr, weil er ihre Nähe wieder spüren wollte. Es war unglaublich, wie sehr ihre Berührung ihn zu beruhigen schien. Sie kam wie selbstverständlich zu ihm und legte ihren Kopf auf seine Brust. Er atmete tief ein und schloss die Augen. Er war noch nie ein Umarmer gewesen. Er hatte den Reiz nie wirklich verstanden. Wenn er in der Vergangenheit mit Frauen zusammen gewesen war, hatte er nie viel darüber nachgedacht, sie außerhalb des Schlafzimmers zu berühren. Er hatte nie Händchen gehalten, hatte sie nicht spontan in eine Umarmung gezogen. Aber er konnte seine Hände nicht von Cassidy lassen. Und zum Glück schien sie seine Berührungen genauso zu genießen wie er ihre.

»Hast du in letzter Zeit mit deinen Eltern gesprochen?«, fragte er leise.

Cassidy nickte ihm zu. »Ja, gerade eben. Ich glaube, Mario hat dir eine Nachricht geschrieben, während ich mit ihnen telefoniert habe.«

»Wie geht es ihnen?«

»Es geht ihnen gut. Sie haben ihre Telefonnummer geändert und wollen einen langen Urlaub in Mexiko machen. Darüber bin ich sehr erleichtert. Es war wirklich schön, mit ihnen offen und ehrlich über alles zu reden. Mom hat versprochen, Alfred nicht mehr zu erwähnen, jetzt, da sie endlich eingesehen hat, wie schrecklich unsere Ehe für mich war. Ich vermisse meine Eltern und habe ein schlechtes Gewissen, weil sie Mario unbedingt sehen und ihn besser kennenlernen wollen, aber ich bin definitiv nicht bereit, irgendwohin zu reisen.«

»Wenn du sie sehen willst, sag Bescheid und ich bringe dich hin und wieder zurück«, versprach Gramps ihr.

Cassidy schaute zu ihm auf. »Das weiß ich zu schätzen, aber ich habe das Gefühl, dass ich schon so viel Geld von dir genommen habe. Ich möchte sagen, dass ich es dir zurückzahlen werde, aber wir wissen beide, wie unwahrscheinlich das ist.«

»Hast du dir schon überlegt, was du machen willst?«, wollte Gramps wissen.

Cassidy zuckte mit den Schultern und legte ihre Wange wieder an seine Brust. »Mir gefällt es wirklich, auf Kinder aufzupassen. Ich habe in Michaels Haushalt in Jamaika als Kindermädchen und Erzieherin gearbeitet, und ich hätte nichts dagegen, so etwas auch hier zu machen, aber ich möchte nicht in einer Kindertagesstätte arbeiten. Und ich würde gern flexible Arbeitszeiten haben. Wenn Mario in die Schule kommt, möchte ich in seinem Klassenzimmer aushelfen und mit seiner Klasse auf Exkursionen gehen und so weiter. Und wenn ich einen Vollzeitjob habe, werde ich das nicht können. Ich weiß, dass ich sehr wählerisch bin, obwohl ich es mir nicht leisten kann, aber Mario wächst vor meinen Augen heran und ich habe Angst, dass er in Windeseile achtzehn ist und etwas Größeres und Besseres erleben wird, als bei seiner alten und klapprigen Mutter zu leben.«

Gramps kam eine Idee, aber er wollte nichts sagen, was ihre Hoffnungen wecken könnte. »Ich bin mir sicher, dass du etwas finden wirst, das perfekt zu dir passt«, erklärte er deswegen ein wenig lahm.

»Das hoffe ich auch. Jedenfalls geht es meinen Eltern gut. Es ist schön, mit ihnen reden zu können, wann immer ich will, und nicht mehr lügen zu müssen, was in meinem Leben vor sich geht. Und ich bin auf jeden Fall froh, dass sie aus der Stadt verschwinden werden.«

»Ich werde sehen, was ich über die Vorgänge in Jamaika und in Cokes Imperium herausfinden kann. Ein paar Jungs von der Drogenfahndung sollen die Fühler ausstrecken, um herauszufinden, ob du oder deine Eltern in Gefahr sein könnten. Ich denke immer noch, dass es gut für sie ist, eine Weile unterzutauchen, aber wir wissen alle, dass sie nicht ewig in Mexiko bleiben können, um Verwandte zu besuchen.«

»Danke«, erklärte Cassidy voller Inbrunst.

»Du kannst auf keinen Fall noch mehr Blödsinn in deinem Leben gebrauchen. Ich werde alles in meiner Macht Stehende tun, damit dein Leben von nun an reibungslos verläuft. Morgen ist Marios erste Tanzstunde, richtig?«, fragte Gramps.

»Ja. Er freut sich wahnsinnig darauf. Molly hat mir geholfen, die Tanzschule zu finden. Ich glaube, es ist eine Mehrzweckhalle. Es gibt dort Gymnastik-, Tanz- und sogar Cheerleading-Unterricht. Morgen liegt Marios Stunde zwischen Gymnastik und

Cheerleading.« Ihre Stimme wurde leiser. »Danke, dass du die ersten paar Stunden für ihn bezahlt hast. Sonst hätte ich mir das nie leisten können.«

»Gern geschehen. Mario hat es verdient und ich denke, es wird gut für ihn sein, mit anderen Kindern zusammen zu sein«, erklärte Gramps.

Cassidy seufzte. »Ich weiß, dass ich ihn loslassen muss, aber wir beide sind schon so lange allein gegen die Welt.«

»Du bist eine gute Mutter«, versicherte Gramps ihr, ohne zu zögern. »Er betet dich offensichtlich an. Es wird einige Zeit dauern, bis ihr beide euch in eure neue Normalität eingelebt habt.«

»Ich weiß. Es tut mir wirklich leid, dass er dir ständig Nachrichten mit irgendwelchen Vorwänden schickt, damit du vorbeikommst.«

»Ich wäre nicht hier, wenn ich es nicht wollte«, versicherte Gramps ihr erneut.

»Leo! Mommy! Kommt schon!«, rief Mario aus seinem Zimmer.

Cassidy lachte. »Ich schätze, wir kommen zu spät für die Aufführung heute Abend.«

»Scheint so«, stimmte Gramps ihr zu. Der Drang, sich zu ihr herunterzubeugen und sie zu küssen, war groß, aber er zwang sich, die Arme sinken zu lassen und ihr zu signalisieren, dass sie zuerst in den Flur gehen sollte. Sie lächelte ihn an, bevor sie in das Zimmer ihres Sohnes ging.

Seufzend fragte Gramps sich, wann er sein Händchen für diese Dinge verloren hatte. Er hatte noch nie ein Problem damit gehabt, einer Frau zu zeigen, dass er sie wollte. Aber bei Cassidy war das anders. Sie war etwas Besonderes. Er wollte es nicht versauen, also bewegte er sich im Schneckentempo. Er wusste aber, dass sie es wert war. Sowohl sie als auch Mario waren ihm alles wert.

»Leo ist da«, rief Mario glücklich, als sie am nächsten Morgen aus der Wohnung traten. Er stürmte den Gang entlang und die Treppe hinab, wobei er immer zwei Stufen auf einmal nahm. Er warf sich in Leos Arme und umarmte ihn fest. Leo stand vor seinem Nissan Frontier mit verschränkten Armen da, als hätte er schon eine Weile dort gewartet.

Cassidy ging mit mehr Zurückhaltung die Treppe hinunter als ihr Sohn. Sie lächelte, als sie näher kam. »Was machst du hier?«

»Du dachtest doch nicht, dass ich Marios erste Tanzstunde verpassen würde, oder?« Er streckte die Arme aus, und, ohne zu zögern, ging Cassidy auf ihn zu. Es fühlte sich natürlich an, ihn zu umarmen. Überhaupt nicht unangenehm.

»Ich wollte eigentlich ein Taxi bestellen«, sagte sie zu ihm.

»Und jetzt musst du das nicht mehr«, entgegnete er galant.

Mario zog schnell die Wagentür hinter sich zu, nachdem er sich auf den Rücksitz gesetzt hatte.

»Er ist ein wenig aufgeregt«, bemerkte Leo.

»Wirklich?«, entgegnete Cassidy ironisch. Dann runzelte sie die Stirn. »Ich hoffe nur, er fühlt sich nicht von allen eingeschüchtert. Er ist voller Begeisterung, aber ich weiß nicht so recht, wie er sein Talent beim Training umsetzen wird.«

»Er wird das schon schaffen«, versicherte Leo ihr und legte seine Hände auf ihre Hüften, während er seine Stirn gegen ihre lehnte. »Wir haben ihn die letzten zwei Wochen jeden Abend für uns tanzen sehen. Seine Begeisterung und Einstellung werden ihn viel weiter bringen als nur Talent allein.«

»Ich hoffe es.«

»Ich bin davon überzeugt. Jetzt komm schon, wenn wir nicht losfahren, bekommt dein Sohn noch einen Herzinfarkt.«

Cassidy lachte. »Es hat eine Ewigkeit gedauert, bis er sich entschieden hat, was er anziehen soll. Und er war mindestens eine Stunde im Badezimmer, um seine Haare perfekt zu frisieren.«

»Ich nehme an, du solltest dich wahrscheinlich daran gewöhnen«, bemerkte Leo, als er ihr die Tür öffnete.

Cassidy verdrehte die Augen und stieg in den Wagen.

Die Fahrt zur Turnhalle war erfüllt von Marios aufgeregtem Geplapper über die Tänze, die er lernen könnte, und seine Sorgen, ob er gut genug sein würde, da er zuvor keine richtigen Unterrichtsstunden gehabt hatte.

Leo fand einen Parkplatz auf dem überraschend vollen Parkplatz der Turnhalle und wandte sich an Mario. »Hör mir zu. Hörst du?«

Mario nickte.

»Es ist wahrscheinlich, dass du nicht der beste Tänzer sein wirst, aber nachdem wir dich die letzten paar Wochen jeden Abend für uns tanzen gesehen haben, weiß ich, dass du auch nicht der schlechteste sein wirst. Andere Kinder könnten sich über dich lustig machen, oder du könntest neidisch auf ihre Fähigkeiten sein. Aber das Wichtige ist, dass du nicht aufgibst und Spaß hast. Das Leben ist zu kurz, um sich in Negativität zu verstricken, Mario – ich denke, das weißt du besser als viele Kinder. Sei freundlich, sei positiv, ermutige die anderen Kinder und freue dich für sie, wenn sie etwas Gutes machen, verstanden?«

»Mache ich«, erwiderte Mario.

Cassidy drehte sich weg, damit ihr Sohn und Leo ihre Tränen nicht sehen konnten. Gott, dieser Mann war erstaunlich. Irgendwie schaffte er es, gleichzeitig streng und ermutigend zu sein. Das war es, was Mario brauchte. Was *sie* brauchte.

»Komm schon, sehen wir mal nach, was los ist«, sagte Leo zu Mario.

Ihr Sohn nickte und griff nach der Tür des Wagens.

»Alles in Ordnung?«, fragte Leo.

Cassidy atmete tief durch. »Ja, alles in Ordnung.«

»Gut. Komm schon, Mommy. Lass uns zusehen, wie dein kleiner Vogel seine Flügel ausbreitet.«

Cassidy mochte, wie Leo dominanter war als jeder Mann, den sie je kennengelernt hatte, und gleichzeitig so freundlich und süß war – und dass es ihm überhaupt nichts ausmachte, dass Mario mehr feminine als maskuline Eigenschaften zeigte. Es kümmerte ihn nicht, dass er alle seine letzten Abende damit verbracht hatte, ihren Sohn Hip-Hop zu Musik tanzen zu sehen, von der er wahrscheinlich noch nie gehört hatte. Er hatte nicht einmal mit der Wimper gezuckt, als sie erzählt hatte, dass Mario eine Stunde für seine Kleidung und Frisur gebraucht hatte. Es hätte sie überrascht, wenn Leo darüber mehr als anderthalb Minuten pro Tag nachgedacht hätte.

Mario stürmte praktisch über den Parkplatz zur Tür. Aber kurz bevor er hindurchging, schien er nervös zu werden. Plötzlich blieb er stehen, seine Schultern zuckten, und er interessierte sich sehr für etwas auf dem Boden.

Leo legte eine Hand auf seine Schulter und sagte: »Du schaffst das, Großer. Verglichen mit dem Herumlaufen als Drogenkurier in Kingston ist das hier ein Kinderspiel.«

Cassidy hätte Mario nie daran erinnert, was er in Jamaika hatte tun müssen, aber anscheinend war es genau das, was er hören musste. Er nickte und reckte das Kinn.

Leo hielt die Tür auf und sie betraten eine Welt voller Chaos. Musik spielte über die Lautsprecheranlage und überall waren kleine Mädchen. Die meisten hatten Bänder im Haar, und alle trugen Gymnastikanzüge oder Leggings, und viele waren barfuß. Alle lächelten. Es war eine überwältigend positive Atmosphäre – und Cassidy liebte es.

Offensichtlich tat Mario das auch. Er blieb an ihrer Seite, als sie ihn eincheckte. Sie waren etwas früh dran für die Tanzstunde und wurden zu einer Reihe von Tribünen an der Seite des großen offenen Raumes dirigiert.

Marios Augen waren groß, als er die verschiedenen Aktivitäten auf den Matten beobachtete. Auf der einen Seite übten Mädchen auf dem Balken und am Stufenbarren. Auf der linken Seite befand sich eine riesige Grube mit Schaumstoffblöcken, in die die Mädchen abwechselnd hineinsprangen und auf dem Rücken in der weichen Unterlage landeten.

Aber es war das Geschehen auf der Matte neben ihnen, das Mario am meisten in seinen Bann gezogen hatte. Mädchen im Alter von etwa fünf bis wahrscheinlich elf oder zwölf Jahren turnten. Sie vollführten Radschläge, Rückwärtssaltos, Handstandüberschläge und andere komplizierte Übungen.

Cassidy schaute von Mario auf die Matte und dann wieder zu ihrem Sohn. »Gefällt dir das?«

»Es ist unglaublich«, rief Mario aus. »Schaut euch das an! Schaut!«

Cassidy drehte den Kopf und sah ein Mädchen, das eine komplizierte Übung mit Salto und Radschlag von einem Ende der Matte zum anderen machte. Sie landete mit einem breiten Grinsen auf ihren Füßen, bevor sie von mindestens zehn anderen Mädchen umringt wurde, die ihr alle gratulierten.

»Sie ist fantastisch«, bemerkte Cassidy.

»Ja«, stimmte Mario ihr zu und es war klar, dass er von all den Turnübungen, die sich vor ihm abspielten, beeindruckt war.

Von irgendwoher ertönte ein Pfiff und die Mädchen in der Turnhalle bewegten sich fast geschlossen an die Seitenlinie.

»Sieht aus, als wärst du dran«, sagte Cassidy zu ihrem Sohn.

Er nickte, und sie sah ein Leuchten in seinen Augen, das sie seit vielen Jahren nicht mehr gesehen hatte. Es war fast unangenehm zu sehen, wie glücklich er jetzt war, besonders in Anbetracht der Tatsache, wie unglücklich er so lange gewesen war.

»Ganz ruhig, Cass«, erklärte Leo, als Mario die Tribüne hinunterging, um zu seinem Tanzunterricht zu gehen.

»Ich fühle mich, als hätte ich ihm das Leben verdorben«, flüsterte sie.

»Das hast du nicht«, erwiderte Leo nachdrücklich. Er rückte näher und legte seinen Arm um ihre Taille. Seine Hand fühlte sich groß an ihrer Hüfte an, und obwohl Cassidy sich durch seine Anwesenheit besser fühlte, konnte sie den Schmerz, den sie verspürte, nicht ganz auslöschen.

»Sieh ihn dir an«, flüsterte sie. »Sieh doch, wie glücklich er ist.«

Mario hatte sich an den Rand seiner Gruppe gestellt, aber sofort ging eine Gruppe von Mädchen auf ihn zu, und innerhalb einer Minute lächelte er und lachte mit ihnen.

»Ich hätte ihn nie aus dem Land bringen sollen. Ich dachte, es sei gut für ihn. Stattdessen habe ich ihn in noch größere Gefahr gebracht, nur weil ich fliehen wollte.«

Leo legte seine Finger an ihr Kinn und drehte sie so, dass sie ihn ansehen musste. »Wenn du Gedanken lesen könntest, wenn du in die Zukunft sehen könntest, würde ich dir zustimmen oder dir sagen, wie furchtbar deine Entscheidungen gewesen waren. Aber *niemand* kann in die Zukunft sehen, Cass. Du hast getan, was du für deine eigene geistige Gesundheit tun musstest. Du wurdest ohne eigenes Verschulden gezwungen, in einer gefährlichen Situation zu bleiben. Aber die Tatsache, dass Mario jetzt da draußen ist, lacht und sich prächtig amüsiert, zeigt mir, dass du ihn trotz allem, was du durchgemacht hast, unter den schlimmsten Umständen gut erzogen hast.«

»Ich schwöre, dass ich nie wieder etwas tun werde, was ihn in eine ähnliche Situation wie in Jamaika bringt. Von jetzt an kommt er an erster Stelle.«

Leo nickte. »Ich glaube dir. Deshalb bist du auch so eine gute Mutter. Aber ich hoffe, du denkst nicht daran, für den Rest deines Lebens Single zu sein. Du kannst deinen Sohn an die erste Stelle setzen und trotzdem in einer Beziehung sein.«

Cassidy war sich nicht sicher, ob sie für dieses Gespräch bereit war. Aber sie musste ehrlich sein. »Es ist so lange her, dass ich in einer Beziehung war – ich weiß nicht, ob ich überhaupt noch *weiß*, wie man eine gute Partnerin ist.«

»Doch, das weißt du sehr wohl«, betonte Leo. »Und jeder Mann, der mit dir zusammen sein will, muss verstehen, dass du und Mario eine Einheit seid. Dass er den einen nicht ohne den anderen haben kann. Er kann den einen nicht lieben, ohne den anderen zu lieben.«

Cassidys Mund wurde trocken. Sie nickte.

»Ich würde euch beide bei allem, was ihr tun wollt, unterstützen und euch gleichzeitig das Gefühl geben, dass ihr eure Flügel ausbreiten könnt.«

»Leo«, flüsterte sie.

»Lass mich dieser Mann sein«, erklärte er leise, ohne den Blick von ihren Augen abzuwenden. »Ich werde dich zu nichts drängen, aber du musst wissen, dass ich nicht so viel Zeit mit euch beiden verbringen würde, wenn ich nur eine alte Freundschaft wiederaufleben lassen wollte. Ich will dir zeigen, dass du Mario einen sicheren Ort geben kannst, an dem er aufwachsen kann, während du gleichzeitig auch dein Glück in die Hand nimmst.«

»Und du glaubst, dass du mich glücklich machen kannst?«, fragte sie ihn neckend.

»Verdammt ja, das kann ich«, erwiderte Leo. »Gib mir eine Chance, es dir zu beweisen.«

»Das hast du schon«, flüsterte sie.

Passierte das gerade wirklich? Genau hier? Genau jetzt?

Leo lehnte sich langsam zu ihr hin und gab ihr die Chance, sich zurückzuziehen. Aber Cassidy wollte sich nicht von ihm zurückziehen. Sie hatte Leo praktisch ihr ganzes Leben lang begehrt. Sie wusste nicht genau, ob sie die richtige Frau für ihn war, aber sie war nicht stark genug, ihn abzuweisen.

Seine Lippen berührten kurz ihre, und als er sich zurücklehnte, konnte Cassidy nicht anders, als ihm zu folgen. Sie wollte mehr. Sie *brauchte* mehr.

»Immer mit der Ruhe, Cass«, sagte er leise. »Ich will auch mehr, aber wir wollen Mario nicht in Verlegenheit bringen.«

Cassidy blinzelte und schluckte. Gott, sie hatte sich geschworen, ihren Sohn immer an erste Stelle zu setzen, und wollte nun mit Leo auf der Tribüne seiner Tanzschule rummachen. Sie wusste, dass sie rot wurde, als sie die Aufmerksamkeit wieder auf die Matten lenkte.

Leo lachte neben ihr. Er lehnte sich zu ihr und sie spürte, wie er seinen Griff um ihre Hüfte verstärkte. Seine Finger schienen durch ihre Jeans zu brennen. Er strich ihr das Haar vom Ohr weg und berührte dann mit seiner Nase die Haut an ihrem Hals. Cassidy zitterte, als sie spürte, wie gut sich das anfühlte, und grub ihre Fingernägel in seinen Oberschenkel, während er sie neckte.

»Du hast keine Ahnung, wie schwer es war, die Finger von dir zu lassen«, sagte Leo und sein heißer Atem kitzelte die empfindliche Haut an ihrem Hals. »Alles an dir macht mich an. Dein Temperament, dein Mut, die Art und Weise, wie du die Freundschaft von Skylar, Taylor und Molly angenommen hast ... all das. Die Tatsache, dass wir uns schon seit Jahrzehnten kennen und ein gemeinsames kulturelles Erbe haben, ist das Tüpfelchen auf dem i.«

Er hob den Kopf, und das Verlangen, das sie in seinen Augen sah, sorgte dafür, dass sie auf der harten Holzbank unter ihr herumrutschte.

»Sei gewarnt, Cass, wenn ich eine Entscheidung getroffen habe, verfolge ich mein Ziel mit hundertprozentiger Entschlossenheit.«

»Was du bis jetzt an den Tag gelegt hast, war also nicht hundert Prozent Entschlossenheit?«, fragte sie mit brüchiger Stimme.

Er lächelte. »Nein.«

»Gott steh mir bei«, murmelte sie.

Sein Lächeln wurde breiter. »Du musst dir keine Sorgen machen.«

»Versprochen?«, musste sie einfach nachfragen.

»Versprochen«, entgegnete er und es klang wie ein Schwur. »Jetzt sollten wir uns wenigstens einen Teil von Marios erster Stunde ansehen, sonst stehen wir ziemlich blöd da, wenn wir auf dem Heimweg nicht mit ihm darüber reden können.«

Nickend wandte Cassidy die Aufmerksamkeit wieder der Turnhalle zu. Mario stand in der Mitte der hinteren Reihe der Schüler. Er war der einzige Junge in der Gruppe, aber das schien ihn nicht zu stören. Er wippte mit den Hüften und folgte den Bewegungen seiner Lehrerin, als sei er im siebenten Himmel. Sie liebte es, ihn so glücklich und in seinem Element zu sehen.

Leos Hand blieb die ganze Zeit über an ihrer Hüfte liegen. Sein Daumen ruhte nun auf der nackten Haut über dem Bund ihrer Jeans. Ab und zu streichelte er sie ein wenig, was ihr einen Schauer über den Rücken jagte. Cassidy lehnte sich im Laufe der Stunde immer mehr an ihn.

Wenn jemand ihr vor einem Monat gesagt hätte, dass dies ihr Leben sein würde, hätte sie ihn beschuldigt, die Drogen zu nehmen, die ihr Geiselnehmer verkauft hatte. Aber jetzt, da sie hier war, war sie fest entschlossen, alles zu tun, um dieses Leben zu *behalten*.

In den nächsten fünfundvierzig Minuten gelang es ihr, ein ganz normales Gespräch mit Leo zu führen. Sie sprachen über Mario und darüber, wie gut es ihm ging. Sie sprachen über Kevin, das Baby von Eagle und Taylor, und darüber, dass er die Prosopagnosie seiner Mutter offenbar nicht geerbt hatte. Leo erzählte, wie erleichtert Taylor war, dass ihr Sohn mit einem kleinen Muttermal im Gesicht geboren worden war, denn so würde sie ihn immer erkennen. Sie sprachen über die Doppelhochzeit, die kurz vor ihrer Abreise nach Jamaika stattgefunden hatte, und sogar über Mollys seltsame Schwangerschaftsgelüste.

Das führte dazu, dass Cassidy Leo von ihrer eigenen Schwangerschaft erzählte ... und davon, dass Alfred nicht viel geholfen hatte.

Aber dieses Gespräch machte Leo so wütend, dass sie befürchtete, er würde gleich abhauen und Alfred zur Strecke bringen, also wechselte sie schnell das Thema und erzählte von den lustigen Dingen, die Mario als Kleinkind gemacht hatte.

Als die Tanzstunde zu Ende war, hatte sie mehr über Leos Teenagerzeit und seine Zeit beim Militär erfahren und eine erschütternde Geschichte darüber gehört, wie er und seine Kameraden sich gegenseitig das Leben gerettet hatten, als sie im Nahen Osten als Geiseln festgehalten worden waren, während sie noch im Dienst waren. Sie war dankbar, dass Leo seinen Freunden so nahestand, und hoffte, dass er das immer tun würde.

Mario kam mit einem breiten Grinsen auf der Tribüne auf sie zu. »Hast du mich gesehen, Mommy?«

»Natürlich habe ich das. Ich habe die ganze Zeit hier gesessen«, erklärte sie ihm lächelnd.

Sein Blick fiel auf Leos Hand an ihrer Hüfte, und falls möglich wurde sein Lächeln noch breiter. Aber er gab keinen Kommentar ab, sondern setzte sich einfach neben sie und legte seinen Kopf auf ihre Schulter. »Ich hatte so viel Spaß«, sagte er.

»Das freut mich.«

»Ich bin nicht der Beste, wie Leo gesagt hat, aber ich bin auch nicht der Schlechteste. Da das meine allererste Stunde war, glaube ich, dass die Videos, die ich mir angesehen habe, mir geholfen haben. Allison, das Mädchen, das neben mir stand, sagte, ich sei wirklich gut und ...« Seine Stimme verstummte, als die nächste Gruppe von Kindern mit ihrem Training auf den Matten begann.

Es waren offensichtlich Cheerleader, und wieder einmal konnte Mario die Augen nicht von dem Geschehen abwenden.

»Guck mal, Mom, da unten sind auch Jungs!«

»Das sehe ich«, entgegnete Cassidy.

Die jüngeren Mädchen übten Cheerleader-Figuren, aber die älteren Kinder, die Teenager, machten eine Mischung aus Gymnastik und Cheerleader-Training. Eine Gruppe von Jungen balancierte Mädchen auf ihren Schultern und warf sie dann in die Luft. Die Mädchen machten Saltos, bevor sie wieder in den Armen der Jungen landeten. Dabei lächelten alle und hatten sichtlich Spaß.

»Oh mein Gott, habt ihr das gesehen?«, fragte Mario.

Cassidy warf einen Blick auf ihren Sohn, der sie nicht beachtete, und schaute dann zu Leo hinüber. Er schaute so amüsiert von ihr zu Mario, dass sie nicht anders konnte, als zurückzulächeln.

»Sie tanzen und machen Gymnastik *und* Cheerleaderkram«, erklärte Mario bewundernd. »Das möchte ich auch machen.«

»Ich schätze, wir haben seine nächste Leidenschaft gefunden«, bemerkte Leo.

Cassidy wunderte sich, dass sie sich nicht noch besitzergreifender gegenüber ihrem Sohn fühlte. Wenn jemand anderes es gewagt hätte, so früh in der Beziehung das Pronomen »wir« zu verwenden, hätte sie die Augen verdreht und wäre wahrscheinlich ein wenig abweisend gewesen. Vor allem wenn man bedachte, was sie und Mario durchgemacht hatten. Aber da Leo buchstäblich dafür verantwortlich war, dass sie an diesem Punkt in ihrem

Leben angekommen waren, fand sie, dass er das Recht hatte, »wir« zu sagen.

»Sieht so aus«, entgegnete sie, bevor sie sich wieder Mario zuwandte. »Willst du das machen?«

Er nickte und schaute die Cheerleader weiter an.

»Mehr als tanzen? So ungern ich es auch sage, aber ich kann mir im Moment nur eine Art von Unterricht leisten.«

Dann sah Mario sie an. »Ich will Cheerleader werden. Da gibt es Tanzen *und* Akrobatik. Ich kann mir einen Job suchen und mit den Kosten helfen.«

Cassidy öffnete den Mund, um zu sagen, dass das nicht nötig sei und dass sie schon einen Weg finden würde, das Geld für den Unterricht aufzubringen, aber Leo kam ihr zuvor. Er lehnte sich um sie herum und legte eine Hand auf Marios Oberschenkel. »Du hast noch genügend Zeit, um dir einen Job zu suchen, wenn du älter bist. Deine Mutter und ich übernehmen das erstmal für dich.«

Mario verengte schelmisch die Augen zu Schlitzen und Cassidy versteifte sich.

»Bist du mit meiner Mom zusammen?«

»Ja«, entgegnete Leo sofort.

»Wirst du ihr wehtun? Denn wenn ja, dann kannst du jetzt gleich verschwinden. Wir brauchen dich nicht.«

Cassidy brach das Herz. Mario *liebte* Leo; sie wusste, dass er es tat. Sonst hätte er ihm nicht jeden Abend eine Nachricht geschickt. Aber er tat trotzdem, was er für nötig hielt, um sie zu beschützen.

»Ich werde deiner Mutter *nie* etwas tun. Oder dir«, versicherte Leo ihm mit Nachdruck. »Ich kannte deine Mutter schon, als wir noch auf der Highschool waren. Wusstest du das?«

Mario nickte. »Mom hat es mir erzählt.«

»Gut, dann weißt du ja, dass wir schon sehr lange befreundet sind. Ich hätte sie damals um eine Verabredung bitten sollen, aber ich habe es nicht getan. Wir haben beide mit unserem Leben weitergemacht und jetzt haben wir eine zweite Chance, um herauszufinden, ob unsere Gefühle füreinander Liebe sind oder etwas anderes. Aber du musst wissen, dass ich nicht fast dreißig Jahre gewartet habe, um sie wiederzufinden, nur um sie zu verletzen. Ich bin kein Idiot.«

»Okay.«

»Okay«, wiederholte Leo. »Und noch etwas. Ich werde mich nie zwischen dich und deine Mutter stellen. Sie liebt dich mehr, als sie jemals einen anderen Menschen lieben wird. Punkt.«

»Sogar mehr als einen Mann?«, fragte Mario und sah Cassidy an.

Sie nickte. »Ja.«

Mario seufzte, was sie für Erleichterung hielt, als sei das genau das, was er hören wollte. »Heißt das, dass du jeden Abend vorbeikommen wirst, ohne dass ich mir Vorwände ausdenken muss?«

Sowohl Cassidy als auch Leo lachten.

»Ja, das heißt es. Meinst du, du würdest gern ab und zu bei mir Zeit verbringen? Wir können dein Zimmer so einrichten, wie du es möchtest.«

»Kann ich es rosa streichen, mit leuchtend lila und gelben Kreisen, damit es wie eine Disco aussieht?«, fragte Mario.

Cassidy zuckte zusammen, aber Leo schien das nicht zu stören. »Alles, was du willst.«

»Fantastisch«, hauchte Mario. Dann beugte er sich vor und sagte: »Das war nur ein Scherz. Rosa reicht völlig aus.«

Sie lachten alle.

»Also gut, lasst uns Leos Haus noch nicht umgestalten«, bemerkte Cassidy. »Wir sind doch gerade erst zusammengekommen. Wir gehen die Dinge langsam an.«

Mario warf seiner Mutter einen skeptischen Blick zu, und sie konnte sich ein Lächeln nicht verkneifen.

Leo lachte über das Miteinander der beiden. »Komm, finden wir jemanden, der sich darum kümmern kann, dass du in das andere Team kommst. Ich weiß nicht, wo sie dich unterbringen wollen, aber wir werden schon eine Lösung finden.«

Er stand auf, nahm sofort Cassidys Hand und half ihr, die

Tribüne hinunterzugehen. Als sie unten angekommen waren, legte er seine Hand an ihren Rücken und hielt sie dicht bei sich, während sie zum Empfangsbüro gingen. Irgendwie war Leo für sie innerhalb einer Stunde von einem guten Freund zu ihrem Freund geworden, mit dem sie jeden Abend zusammen verbringen wollte. Es war kaum zu glauben, dass sie vor nicht allzu langer Zeit noch eine Gefangene gewesen war. Jetzt hatte sie eine eigene Wohnung und Freundinnen, ihr Sohn war glücklich und in Sicherheit ... und sie hatte offenbar einen Freund.

Aber Cassidy war mit all den Veränderungen in ihrem Leben mehr als einverstanden. Zum ersten Mal seit Langem war sie glücklich. Sie wurde nicht auf Schritt und Tritt von Kameras beobachtet und sie musste nicht jedes Mal in Panik geraten, wenn Mario außer Sichtweite war.

Als sie zu Leo aufblickte, errötete sie. Sie hatte das Gefühl, dass sie bald herausfinden würde, ob der Sex mit diesem Mann all ihre Träume und Fantasien, die sie seit Jahren von ihm hatte, erfüllen oder sogar übertreffen würde.

KAPITEL ZWÖLF

Eine Woche nachdem er Mario in seinem neuen Cheerleader-Kurs angemeldet hatte, stand Gramps im Flur im Keller von *Silverstone Towing* und beobachtete Cassidy einen Augenblick lang. Sie war damit beschäftigt, ein kleines Mädchen namens Betty zu unterhalten und auf Kevin, Taylors Sohn, aufzupassen.

Er hatte mit den Jungs gesprochen und sie waren mit seinem Plan einverstanden. Er hatte eigentlich vorgehabt, später mit ihr darüber zu reden, aber er konnte keinen Moment länger warten.

»Hey, Cass, kann ich kurz mit dir reden?«

Sie sah auf – und er bereute sofort, dass er nicht gewartet hatte. Sie sah beunruhigt aus, als sei das, worüber er mit ihr reden wollte, etwas Schlimmes.

Es gab Tage, an denen sie sich problemlos an ihr neues Leben gewöhnt zu haben schien, aber manchmal, wie jetzt, schien eine einfache Bemerkung sie wieder in die Situation zu versetzen, wie sie sich gefühlt hatte, als sie noch bei Michael Coke wohnte. Sie machte sich Sorgen, dass sie etwas Falsches gesagt oder getan haben könnte ... und dass sie und ihr Sohn dafür die Konsequenzen tragen mussten.

Er versuchte, es nicht persönlich zu nehmen. Es würde eine

Weile dauern, bis sie die automatische Reaktion auf jemanden, der sie überrumpelte, abschütteln konnte.

»Es ist alles in Ordnung«, versicherte er ihr schnell.

Er sah, wie ihre Schultern sich ein wenig entspannten, als sie nickte.

Molly kam die Treppe herunter und lächelte Cassidy an. »Hey, meine Süße.« Sie umarmte sie kurz. »Gramps hat mich gefragt, ob ich auf die beiden Engel aufpassen könnte, während ihr euch unterhaltet.«

Betty, eines der Kinder der Angestellten, das etwa drei oder vier Jahre alt war – Gramps konnte sich nicht genau erinnern –, sprang vom Boden auf, wo sie mit Cassidy gespielt hatte, und umarmte Molly. Kevin schlief auf einer Decke auf dem Boden und bekam von dem Treiben um ihn herum nichts mit.

»Ähm, okay, klar. Kein Problem«, entgegnete Cassidy.

Gramps gefiel es nicht, sie so verunsichert zu haben. Er zog sie an sich, fuhr ihr mit den Händen durchs Haar und hob ihren Kopf an, sodass sie keine andere Wahl hatte, als ihn anzuschauen. »Es ist alles in Ordnung«, wiederholte er.

»Okay.«

»Verdammt«, fluchte Gramps und wusste, dass es ihr erst besser gehen würde, wenn sie seinen Vorschlag gehört hatte. »Danke, dass du kurz auf die Kinder aufpasst«, bedankte er sich bei Molly und schleppte Cassidy zum Schutzraum.

Er öffnete mit seinem Fingerabdruck die Tür und zog Cass hinter sich in den Raum. Bull, Eagle und Smoke saßen immer noch an dem Tisch, an dem er sie vor einer Minute verlassen hatte, um Cassidy zu holen. Die drei Männer standen alle auf, als sie eintraten.

»Was ist los?«, fragte Bull.

»Geht es Kevin gut?«, wollte Eagle wissen.

»Molly geht es gut, ja?«, hakte Smoke nach.

Gramps konnte sich ein Lächeln nicht verkneifen. Seine Freunde hatten sich definitiv verändert. Früher hätten sie sich mehr Sorgen gemacht, wer ihre nächste Zielperson sein könnte und wohin ihre Mission sie führen würde. Jetzt konzentrierten sie sich fast ausschließlich auf ihre Frauen ... und genau so sollte es auch sein. Er fühlte sich jedenfalls genauso.

»Es ist alles in Ordnung«, beschwichtigte Gramps sie, während er Cassidy zu einem Stuhl führte.

»Aber warum sieht Cassidy so besorgt aus?«, fragte Eagle.

»Ich vermute, weil jedes Mal, wenn jemand in diesem verdammten Haus in Jamaika sagte, er müsse mit ihr reden, das nichts Gutes zu bedeuten hatte«, erklärte Gramps. »Sie muss sich einfach an den Gedanken gewöhnen, dass sie und ihr Sohn hier in Sicherheit sind und niemand sie zu etwas zwingen wird, was sie nicht wollen«, erklärte Gramps und hielt die Rückenlehne ihres Stuhls fest, als Cassidy sich setzte. Er zog einen weiteren Stuhl neben sie und hielt ihre Hand. Er wollte die Sache nicht in die Länge ziehen, schon gar nicht, wenn Cassidy so besorgt wirkte.

»Es tut mir leid, ich wollte mich nicht so ... verunsichern lassen«, entschuldigte sie sich.

»Niemand gibt dir die Schuld«, beruhigte Gramps sie. »Mit der Zeit wirst du schon merken, dass dir nichts Schlimmes passieren wird, wenn du bei uns bist. Ich will dir nur sagen, dass wir dich einstellen wollen«, sagte Gramps zu ihr. »Bei *Silverstone Towing*, meine ich. Viele unserer Mitarbeiter haben Kinder, und bezahlbare Kinderbetreuung ist schwer zu finden. Wir haben darüber nachgedacht, entweder dieses Gebäude zu erweitern oder ein kleineres Gebäude zwischen hier und der ersten Werkstatt zu errichten. Am Anfang wird es wahrscheinlich keine Vollzeitstelle sein, aber das ist unser langfristiges Ziel. Wir möchten, dass du die Leitung übernimmst. Am Anfang wärst du wahrscheinlich die einzige Mitarbeiterin, aber je nachdem, wie stark das Zentrum genutzt wird, würden wir bei Bedarf weitere Mitarbeiter einstellen.«

Cassidy starrte ihn überrascht an.

»Du würdest alle Sozialleistungen erhalten, genau wie alle anderen Mitarbeiter«, fügte Bull hinzu. »Krankenversicherung, Rentenbeiträge, das Übliche.«

»Sobald wir mehr Personal einstellen, können deine Arbeitszeiten flexibel gestaltet werden, sodass du weiterhin in Marios Schule aushelfen und für ihn da sein kannst, wenn er krank wird oder so«, fügte Eagle hinzu.

»Und nach der Schule kann er natürlich immer hierherkommen und Zeit hier verbringen«, bemerkte Smoke.

»Ich ... ich weiß nicht, was ich sagen soll«, stammelte Cassidy.

»Es ist offensichtlich, dass du Kinder liebst und wirklich gut mit ihnen umgehen kannst. Und dieses Angebot hat nichts mit uns beiden zu tun«, erklärte Gramps. »Ich meine, wenn es mit uns nicht klappt – was ich mir nicht vorstellen kann, aber ich kann ja nicht in die Zukunft sehen –, dann ist der Job immer noch deiner. Daran sind keine Bedingungen geknüpft.«

Cassidy schluckte schwer und Gramps sah, wie sich Tränen in ihren Augen bildeten.

»Verdammt«, murmelte er, als er nach ihr griff. Gramps zog sie auf seinen Schoß. »Rede mit mir«, befahl er. »Was ist los? Wenn du den Job nicht willst, ist das in Ordnung – wir finden etwas anderes für dich.«

»Ich soll den Job nicht wollen?«, fragte Cassidy durch ihre Tränen hindurch. »*Natürlich* will ich ihn. Ich kann nicht glauben, dass das passiert.«

»Du musst dich wahrscheinlich um Zertifikate und Lizenzen kümmern«, gab Eagle zu bedenken. »Wir wollen so korrekt wie möglich sein.«

Cassidy nickte. »Ja, natürlich. Ich habe meinen Abschluss online gemacht, als ich noch in El Paso lebte. Aber Indiana hat vielleicht andere Vorschriften als Texas, wenn es um Kinderbetreuung geht.«

»Wir sind noch nicht so weit, den Laden zu eröffnen«, entgegnete Gramps. »Wir müssen uns mit einem Architekten treffen, um herauszufinden, was seiner Meinung nach am besten für ein Kinderbetreuungs-Zentrum geeignet ist, daher haben wir genügend Zeit, alle rechtlichen Aspekte zu klären.«

Cassidy schaute sich am Tisch um, machte aber keine Anstalten, von Gramps' Schoß aufzustehen. »Vielen Dank.«

Alle nahmen ihren Dank gleichmütig entgegen.

»Nein, im Ernst«, drängte sie, »das ist alles so viel. Ich hätte das alles nicht erwartet.«

»Wir haben genauso viel davon, dass wir dich einstellen«, entgegnete Bull.

Cassidy schüttelte den Kopf. »Nein, das tut ihr nicht.«

»Doch«, beharrte er. »Archer ist ein hervorragender Koch und wurde in dem Restaurant, in dem er gearbeitet hat, nicht gemäß seiner Fähigkeiten eingesetzt. Dadurch, dass wir ihn eingestellt haben, sind alle unsere Mitarbeiter glücklich, und glückliche Mitarbeiter arbeiten härter, sind loyaler und haben nichts dagegen, Überstunden zu machen oder längere Schichten zu arbeiten, wenn wir sie brauchen. Wenn wir eine Kinderbetreuung einrichten, bedeutet das, dass wir unsere Arbeitszeiten umstellen und zusätzliche Kosten verursachen müssen. Aber wir wollen auf keinen Fall, dass unsere Mitarbeiter sich um ihre Kinder sorgen, während sie arbeiten. Das öffnet Tür und Tor für Unachtsamkeit und erhöht die Gefahr von Verletzungen.«

Cassidy lachte leise und wischte sich die Tränen aus dem Gesicht. »Ihr könnt versuchen, mir weiszumachen, dass ihr harte Kerle seid, die nur an das Ergebnis denken, aber ich kenne die Wahrheit.«

»Und die wäre?«, fragte Eagle.

»Dass ihr im Grunde genommen alle nur Weicheier seid.«

Alle lachten.

»Das ist aber so«, erklärte sie mit Nachdruck.

»Wenn du das sagst«, entgegnete Bull mit einem Grinsen.

»Jawohl, Weicheier«, stimmte Eagle zu, ohne eine Miene zu verziehen.

Gramps verdrehte die Augen, aber er wollte nicht darauf eingehen, wie wenig weicheimäßig sie alle waren. Sie musste nicht daran erinnert werden.

»Willkommen in der Familie, Cass«, erklärte Smoke mit einem Lächeln. Er stand auf und hielt ihr die Hand hin.

Cassidy stand auf – mit Gramps' Hilfe, da sie quasi auf seinem Schoß hing – und schüttelte Smoke die Hand. Bull und Eagle standen ebenfalls auf, und sie schüttelte auch ihnen die Hand.

Sie drehte sich zu Gramps und grinste ihn an, während sie ihm ihre Hand hinhielt.

Gramps ignorierte sie, schlang stattdessen seine Arme um ihre Taille und beugte sie nach hinten. Sie quietschte überrascht auf und griff nach seinem Bizeps. »Was ...«

Gramps gab ihr keine Chance, noch irgendetwas zu sagen. Er küsste sie auf die Lippen, so wie er es sich schon seit über einer Woche gewünscht hatte.

Seit ihrem kleinen Gespräch in der Turnhalle war es gut zwischen ihnen gelaufen. Aber seltsamerweise hatte er auch jetzt, nachdem sie zugestimmt hatte, dass sie offiziell zusammen waren, nicht das Bedürfnis, die Dinge zwischen ihnen zu beschleunigen. Sie kuschelten beim Fernsehen und hielten ständig Händchen. Zweimal hatten sie und Mario bei ihm übernachtet, aber in den anderen Nächten sorgte er dafür, dass sie sicher in ihrer Wohnung waren, bevor er allein den Heimweg antrat.

Er hatte keine Ahnung, was in ihn gefahren war – aber er wollte auf keinen Fall irgendeinen Deal mit einem Händedruck besiegeln. Es war die perfekte Gelegenheit, sie wieder zu küssen, und er wollte sich die Gelegenheit nicht entgehen lassen.

Sie war all das, was er sich je von einer Frau gewünscht hatte, ohne es zu wissen.

Gramps hörte vage, wie die anderen den Schutzraum verließen, aber er hörte nicht auf, Cassidy zu küssen. Nach einem Moment des überraschten Zögerns schlang sie ihre Arme um seinen Hals und erwiderte seinen Kuss, als könne sie nicht genug bekommen. Und das Gefühl beruhte definitiv auf Gegenseitigkeit.

Sein Schwanz war noch nie so steif geworden, nur weil er jemanden geküsst hatte, aber andererseits hatte er Cassidy auch noch nie so geküsst. Als brauchte er sie so sehr wie die Luft zum

Atmen. Als würde er sterben, wenn er ihr nicht noch ein bisschen näher kommen würde.

Er stellte sie gerade hin, aber er beendete ihren Kuss nicht. Gramps hob sie hoch und setzte sie auf den Tisch, woraufhin sie den Kopf zurückwarf und ihm alles von sich gab.

Cassidy schob ihre Hände unter sein T-Shirt und er erschauderte, als er ihre Hände auf seiner nackten Haut spürte. Er merkte, wie sie ihre Fingernägel leicht in seine Haut grub, und er dachte sofort daran, wie sie reagieren würde, wenn er zum ersten Mal in sie eindrang.

Gramps löste seinen Mund von ihrem und vergrub sein Gesicht in ihrem Nacken. Er musste die Kontrolle über sich selbst erlangen. Über die Situation. Er wollte nicht das erste Mal mit ihr auf dem Tisch in ihrem Schutzraum schlafen, aber er fühlte sich, als sei er zehn Sekunden davon entfernt, genau das zu tun. Er war vielleicht wochenlang geduldig gewesen, aber er wusste, dass er damit abgeschlossen hatte. Er brauchte Cassidy. Er musste ihr so nahe sein, wie ein Mann einer Frau nahe sein kann.

»Leo?«, fragte sie.

»Gib mir einen Moment«, stieß er hervor. Sein Schwanz fühlte sich an, als würde er aus seiner Jeans platzen. Er war so steif. So kurz davor zu explodieren, ohne dass sie ihn überhaupt berührt hatte.

Gramps leckte sich über die Lippen und konnte sie schmecken. Er wollte sie am ganzen Körper schmecken. Er wollte ihre süßen Säfte lecken und zusehen, wie sie kam, während ihre Sahne seine Kehle hinunterglitt. Er stöhnte auf.

Cassidy legte ihre Hände unter sein Hemd und streichelte sanft seinen Rücken. Sie streichelte ihn auf und ab, beruhigte ihn und tat alles, damit er sich besser fühlte, auch wenn sie keine Ahnung hatte, was er gerade dachte. Seine Cass war eine Fürsorgerin, und es war ihm ein Rätsel, wie sie es geschafft hatte ... so *unverdorben* zu bleiben.

Langsam hob er den Kopf, um ihrem Blick zu begegnen.

»Damit das klar ist: *So* schließt du ein Geschäft mit mir ab. Nicht indem du mir die Hand schüttelst.«

Sie grinste. »Zur Kenntnis genommen. Geht es dir gut?«

»Ja, Cass. Ich bin nur ... du überwältigst mich.«

Sie runzelte die Stirn.

»Das ist nicht schlimm«, versicherte er ihr schnell, um sie zu beruhigen. »Mir ist nur klar geworden, dass ich noch nie in meinem Leben so ... *viel* ... für jemanden empfunden habe. Ich glaube, ich wusste schon mit achtzehn Jahren, dass du das mit mir machen würdest, deshalb habe ich alles getan, um dir aus dem Weg zu gehen.«

Sie schluckte schwer, unterbrach ihn aber nicht.

»Ich wusste, wenn ich dich damals gehabt hätte, hätte ich dich nie gehen lassen. Du hattest Dinge zu tun und ich auch. Ich wollte raus aus El Paso und die Welt sehen. Ich wusste, dass keine andere Frau dir das Wasser würde reichen können, also hielt ich Abstand zu dir. Ich habe es die ganze Zeit über bereut, aber ich sah keine Möglichkeit, das zu ändern. Dann hast du geheiratet ... und das war's.«

»Leo«, entgegnete sie leise.

»Als ich herausfand, dass die Amerikanerin, die die Briefe an das FBI geschickt und um Hilfe gebeten hat, du warst, hätten mich keine zehn Pferde davon abhalten können, dich zu retten«, versicherte er ihr. »Und es stellte sich heraus, dass ich recht hatte.«

»Womit?«, fragte sie, als er nicht näher darauf einging.

»Du hast mich für alle anderen Frauen ruiniert. Kannst du das spüren?«, fragte er und wusste, dass er sich nicht klar ausdrückte, aber er konnte es auch nicht besser erklären.

Aber das brauchte er auch nicht. Nicht bei ihr. Cassidy nickte und leckte sich über die Lippen. »Ob ich spüre, wie die Erde sich bewegt? Ob ich fühle, wie unsere Seelen wie zwei Puzzleteile ineinandergreifen? Ja.«

»Gott sei Dank«, entgegnete Gramps und beugte sich wieder zu ihr hinunter.

Diesmal war ihr Kuss süßer, aber nicht weniger intensiv. Sie atmeten beide schwer, als er sich wieder zurückzog.

Sie grinste zu ihm hoch. »Es macht Spaß, in deinem geheimen Raum zu knutschen.«

Gramps grinste. »Ich muss sagen, so viel Spaß hatte ich hier noch nie.«

Sie holte tief Luft und sagte dann in einem leisen, ernsten Ton: »Ich will dich, Leo. Aber Mario kommt zuerst.«

Er nickte. »Das sollte er auch«, stimmte er zu.

»Es waren immer wir beide gegen den Rest der Welt«, fuhr sie fort. »Ich weiß nicht, wie oder wann wir es schaffen werden ...«

Gramps legte seinen Finger auf ihre Lippen, um ihre Worte zu stoppen. »Ich würde dich nie bitten, etwas zu tun, was Mario verwirren oder beunruhigen könnte. Zwischen uns ändert sich nichts. Ich bleibe in deiner Wohnung und fahre am Ende des Abends nach Hause. Ihr könnt zu mir nach Hause kommen und wir machen Abendessen, arbeiten weiter an der Dekoration von Marios Zimmer und ihr könnt bleiben, oder ich bringe euch nach Hause.

Das hier ist alles neu für mich, aber dies ist keine kurzfristige Affäre. Ich will dich, Cass. Ich will so sehr mit dir schlafen, dass mein Schwanz schon bei dem Gedanken daran tropft. Aber ich bin kein notgeiler Teenager mehr. Ich habe eine Hand; ich kann mich um mich selbst kümmern. Wenn wir uns zum ersten Mal lieben, dann nur, weil es die richtige Zeit und der richtige Ort ist. Wir müssen uns keine Sorgen um Mario machen oder etwas überstürzen. Das kann heute Abend sein oder in zwei Monaten, aber das ändert nichts daran, was ich für dich empfinde, okay?«

Sie nickte, und Gramps konnte die Erleichterung in ihren Augen sehen. »Ich will nicht, dass du mich für jemanden hältst, der dich nur heißmachen will.«

Gramps schnaubte. »Das ist ganz und gar nicht der Fall. Du bist eine erwachsene Frau mit einem Kind, auf das sie aufpassen muss. Ich respektiere dich zu sehr, als dass ich es dir in einem Wandschrank besorgen würde, wenn wir mal zehn Minuten Pause haben oder so. Ich sage nicht, dass die Zeit nicht kommen wird, wenn wir das tun wollen, aber nicht jetzt. Nicht, wenn wir gerade erst anfangen. Zehn Minuten werden nicht ausreichen, um all die Dinge zu tun, die ich mit dir machen will.«

»Auch nicht für all die Dinge, die ich mit dir machen will«, antwortete sie.

»Verdammt«, bemerkte Gramps. »Ich bin fünfundvierzig Jahre alt, und du bringst mich dazu, in meiner Hose zu kommen.«

Sie lachte, dann beugte sie sich vor und umarmte ihn. Fest. »Ich dachte nicht, dass ich jemals wieder glücklich sein würde«, flüsterte sie. »Und jetzt kann ich mir nicht mehr vorstellen, etwas anderes zu sein.«

Gramps schwor sich im Geiste, alles in seiner Macht Stehende zu tun, damit sie sich für den Rest ihres Lebens so fühlte wie jetzt. Sie war durch die Hölle gegangen, und jetzt war es an der Zeit, dass sie das Licht am Ende des Tunnels sah.

Da er wusste, dass sie ein wenig Abstand brauchten, bevor er sie *tatsächlich* auf der Stelle nahm, trat Gramps zurück und reichte ihr die Hand. Er half ihr vom Tisch herunter und sie gingen zur Tür.

»Danke für den Job, Leo. Im Ernst.«

Bevor er die Tür öffnete, blieb er stehen. »Nichts zu danken. Und du solltest wissen, dass wir das Angebot nicht nur gemacht haben, weil du meine Freundin bist. Wir haben es getan, weil wir wirklich glauben, dass du einen tollen Job machen wirst und gut zu *Silverstone Towing* und unseren Mitarbeitern passt.«

»Und deshalb nehme ich das Angebot umso lieber an«, versicherte sie ihm.

»Gut. Hast du Hunger? Ich glaube, Archer wollte Blumenkohlpizza zum Mittagessen machen. Ich hätte nicht gedacht, dass sie mir schmeckt, aber sie ist so wahnsinnig lecker. Man merkt nicht einmal, dass die Kruste nicht aus Teig besteht«, erklärte Gramps.

»Ich bin am Verhungern. Und wahrscheinlich muss ich Mario dazu zwingen, eine Pause vom Üben zu machen.«

»Du hast ihn doch für die Schule angemeldet, oder? Er fängt nächste Woche an?«

Cassidy nickte. »Ja.«

»Er wird sich schon zurechtfinden«, bemerkte Gramps.

»Ich weiß. Es ist die richtige Entscheidung, ihn in die fünfte Klasse zu schicken. Ich bin zuversichtlich, dass er intellektuell für die sechste Klasse bereit ist, denn ich habe hart daran gearbeitet, ihn auf dem richtigen Weg zu halten, während wir in Jamaika gelebt haben, aber sozial gesehen denke ich, dass er bei den jüngeren Kindern besser aufgehoben ist.«

»Und du machst dir Sorgen, dass er gemobbt wird«, vermutete Gramps.

Cassidy biss sich auf die Lippe. »Ich mag seinen Stil und dass er sich so ausdrückt, wie er sich jetzt fühlt, aber ich weiß auch, wie Kinder sind. Sie machen sich über ihn lustig, nennen ihn schwul, und ich will einfach nicht, dass er an sich selbst zweifelt. Ich liebe ihn so, wie er ist, und ich möchte, dass er das auch tut.«

»Er kommt schon klar. Weißt du, woher ich das weiß?«

»Woher?«

»Weil er dich hat. Viele Kinder haben keine Eltern, die ihre Kinder so unterstützen wie du ihn. Und er hat uns. Das *Silverstone-Team*. Wir werden jedes Mobbing im Keim ersticken.«

Cassidy zog die Nase kraus, als sie zu ihm aufsah. »Du wirst doch nicht jeden umbringen, der auf ihm herumhackt, oder?«

Einen Augenblick lang war Gramps fassungslos. Glaubte sie wirklich, dass er und seine Freunde zu so etwas fähig wären?

Dann grinste sie. »War nur ein Scherz.«

»Verdammt, Cass. Hast du gerade einen Witz über das gemacht, was das *Silverstone-Team* eigentlich macht?«

»Du musst lockerer werden«, entgegnete sie frech. »Und damit das klar ist: Ich bin generell gegen Mord, aber jeden einzuschüchtern und zu verängstigen, der es wagt, meinem Jungen zu sagen, dass er alles andere als perfekt ist ... das ist in Ordnung für mich.«

»Verdammt, Frau. Du bist echt heftig«, bemerkte Gramps und lächelte auf sie herab.

»Keiner legt sich mit meinem Sohn an. Er ist perfekt, so wie er ist.«

»Und damit das klar ist: Mit dir legt sich auch niemand an«, erklärte er ihr ernst.

»Danke. Es ist ein gutes Gefühl, einen Beschützer zu haben ... und das ist auch der Grund, warum ich alles tun werde, um Mario zu beschützen.«

»Komm schon, Mama Bär. Besorgen wir etwas zu essen für dich und das Bärenbaby. Ihr werdet euch nächste Woche gut schlagen.«

»Das hoffe ich«, murmelte Cassidy.

Gramps wollte sie noch mehr trösten, aber er wusste nicht, was er sonst noch sagen sollte. Er würde nächste Woche einfach ein Auge auf sie haben müssen. Sie würden beide mit einer neuen Situation konfrontiert werden. Mario musste wissen, dass Gramps immer für ihn da sein würde, und Cassidy musste wissen, dass sie sich auf ihn verlassen konnte.

Sie gingen durch den leeren Keller – Smoke hatte offensichtlich Molly und die Kinder zurück ins Hauptgeschoss gebracht – und machten sich auf den Weg zur Treppe.

Gramps hatte ein gutes Gefühl dabei, wie die Dinge zwischen ihm und Cassidy standen. Sie waren offensichtlich auf einer Wellenlänge und er wusste genau, dass sie auch körperlich zueinander passen würden. Er war schon immer ein wenig seltsam gewesen, wenn es um Vorfreude ging. Er liebte sie. Als Kind liebte er das Gefühl in der Magengrube, wenn es auf Weihnachten zuging. Er liebte die Aufregung beim Öffnen der Geschenke, aber er genoss auch die Vorfreude. Als er beim Militär war, genoss er den Moment, kurz bevor bei den Einsätzen die Hölle losbrach. Und im *Silverstone-Team* genoss er stets die Vorfreude, die er während des Planungsprozesses immer verspürte.

Das gleiche Gefühl hatte er auch jetzt. Die Vorfreude wuchs in ihm. Die Gewissheit, dass er und Cassidy irgendwann miteinander schlafen würden, verursachte in seinem Magen ein mulmiges Gefühl – auf eine gute Art und Weise. Es würde passieren, wenn es passierte, und es würde umso besser sein, weil sie nichts überstürzt hatten. In der Zwischenzeit würde er es verdammt genießen, sie zu küssen, sie im Vorbeigehen zu streicheln und die Lust und das Verlangen in ihren Augen zu sehen, von denen er wusste, dass sie sich in seinen eigenen widerspiegeln würden.

»Dieser Blick macht mich nervös«, bemerkte Cassidy, als sie zu ihm aufblickte.

Gramps zuckte nur mit den Schultern. »Das sollte er nicht. Ich habe nur dein Bestes im Sinn. Immer.«

Daraufhin steckte sie ihre Finger in die Gürtelschlaufe an seinem Rücken und folgte ihm durch den Raum in Richtung Küche. Das leichte Ziehen an seiner Taille war eine kleine Erinnerung daran, dass sie ihm gehörte. Und er würde sie nicht zurückgeben oder sie jemand anderem überlassen. Wer's findet, dem gehört's und so.

Lloyd schaute zu Martin hinüber. Sie sahen beide etwas mitgenommen aus nach den letzten Wochen, in denen sie sich versteckt hatten. Die Lage in Jamaika war ziemlich schlimm. Cokes gesamte Organisation befand sich im Umbruch, und die Tatsache, dass die Leute wussten, dass er mit einem Haufen Geld abgehauen war, machte es ihnen schwer, das Land unbemerkt zu verlassen.

Coke hatte *überall* Verbindungen, in fast jeder Stadt. An Busbahnhöfen, Flughäfen ... so viele Leute, die er für seine Spionage bezahlt hatte, sodass die Flucht sich schwieriger gestaltete, als selbst Lloyd es sich vorgestellt hatte.

Aber Lloyd war auch fleißig gewesen, während sie untergetaucht waren. Er hatte ein paar Verbindungen in El Paso geknüpft, wo er wusste, dass Cassidys Eltern lebten. Coke war zwar der Kopf der Organisation gewesen, aber Lloyd hatte im Laufe der Jahre hart daran gearbeitet, Beziehungen zu einigen nützlichen Leuten in Jamaika zu knüpfen, und das zahlte sich jetzt aus.

In einer Woche würden er und Martin einen Piloten auf einer privaten Landebahn treffen, der sie nach Mexiko fliegen würde. Von dort würden sie abgeholt und nach El Paso gebracht werden. Dann wollten sie sich mit einem örtlichen Drogenhändler treffen, der ihnen helfen würde, die Hewitts zu finden.

Lloyd war normalerweise ein geduldiger Mann, aber je länger er sich verstecken musste, als sei *er* der Kriminelle, desto gereizter wurde er. Warum sollten Cassidy und ihr Rotzbengel in Freiheit leben, wenn er es nicht durfte? Frauen waren den Männern unterlegen. Sie waren nicht so stark oder so intelligent. Seiner Meinung nach wäre die Welt besser dran, wenn sie nie das Wahlrecht erhalten hätten oder viele andere Rechte, für die die *Männer* gekämpft hatten und gestorben waren.

Wenn Cassidy dachte, sie könnte irgend so einen Mistkerl einschleusen, der alles ruinierte, wofür er sein ganzes Leben lang gearbeitet hatte, und ungeschoren davonkommen, dann irrte sie sich gewaltig.

»Was ist der Plan, wenn wir in Texas ankommen?«, wollte Martin wissen.

Lloyd zügelte seine Verärgerung. Er hatte Martin bereits gesagt, wie der Plan lautete. Nun ja ... so viel, wie er *bereit* war, ihm mitzuteilen. Aber er würde ihm ein bisschen von dem geben, was er wollte. Lloyd kannte Martin gut und wusste, dass er es liebte, ein Vollstrecker zu sein und Leute zu verprügeln.

»Wenn wir ihre Eltern finden, werden wir sie freundlich fragen, wo ihre Tochter ist. Wenn sie es uns nicht sagen, kannst du deine eigene Art der Überzeugungsarbeit leisten«, versicherte er Martin.

Martin lächelte. »Sie werden uns sagen, wo sie ist«, erklärte er zuversichtlich. »Ich weiß genau, wie man die Leute zum Reden bringt.«

»Ich weiß, dass du es schaffen wirst«, stimmte Lloyd zu. Martin brauchte sich nicht mit den kleinen Details ihrer Reise zu befassen. Seine Aufgabe war es, das zu tun, was ihm gesagt wurde, und Lloyd die Informationen zu besorgen, die er brauchte.

Natürlich wusste Martin nicht, dass *er* nicht nach Jamaika zurückkehren würde. Lloyd und der Junge ja ... aber nicht Martin.

Lloyd wollte nicht, dass Martin wie eine schlechte Erinnerung an ihm hing. Früher wollte er Martin an seiner Seite haben, aber nachdem er zu viel Zeit mit ihm verbracht hatte, war ihm klar geworden, dass er ihn nicht ausstehen konnte. Er war verdammt nervig. Sobald Martin ihm geholfen hatte, Cassidy zu finden, sie loszuwerden und den Jungen zu schnappen, war es mit seiner Nützlichkeit vorbei.

Mit einem Achselzucken und ohne sich darüber Gedanken zu machen, dass er das Ende seines treuen Freundes bereits geplant hatte, lächelte Lloyd Martin an. »Es dauert nicht mehr lange, bis wir aus diesem Höllenloch raus sind.«

»Ich kann es kaum erwarten«, bemerkte Martin, legte sich auf den harten Boden und bedeckte seinen Kopf mit einer Mütze, um das Licht abzuschirmen.

Es war ganz gut, dass Martin ein Nickerchen machte. Lloyd hatte genug von seiner Gesellschaft.

Er lehnte den Kopf an die Wand und schloss selbst die Augen. Aber er schlief nicht. Sein Kopf war zu voll mit Plänen. Plänen, sich an der Schlampe zu rächen, von der er wusste, dass sie für die Zerstörung von Cokes Unternehmen verantwortlich war. Er wusste nicht, wie sie es geschafft hatte, aber das war auch egal. Ihre Zeit auf dieser Erde neigte sich dem Ende zu.

KAPITEL DREIZEHN

»Er kommt schon klar«, versicherte Leo ihr leise. »Atme mal durch, Cass.«

Sie versuchte es, aber es war schwer, das Gefühl zu haben, genügend Luft zu bekommen. An diesem Morgen hatte sie Mario an der Eastlake Elementary zu seinem ersten Schultag abgesetzt. Seitdem machte sie sich Sorgen. Die anderen Kinder kannten sich schon untereinander. Würde er den Anschluss in der Schule bereits verloren haben und sich dumm vorkommen? Würde er überhaupt Freunde finden? Würden die anderen sich über ihn lustig machen?

Es war der längste Tag, den sie je erlebt hatte, und Leo war jede Minute an ihrer Seite gewesen. Sie wusste, dass sie ihn wahrscheinlich in den Wahnsinn trieb, und sie war dankbar, dass er versuchte, sie abzulenken, aber nichts hatte funktioniert. Sie hatte die Wohnung von oben bis unten geputzt, einen Kuchen und drei Dutzend Plätzchen gebacken und im Internet nach Cheerleading-Sachen gesucht, die sie Mario zu Weihnachten schenken konnte, was noch in weiter Ferne lag, und sie hatte nicht länger als fünf Minuten still sitzen können.

Mario hatte gesagt, er wolle mit dem Bus nach Hause fahren,

anstatt sich von ihr abholen zu lassen. Er war auch überraschend aufgeregt, weil er zur Schule gehen sollte. Cassidy war der Meinung, dass sie ihm wahrscheinlich zu gut zugeredet hatte. Sie hatte nicht gewollt, dass er sich so davor fürchtete wie sie.

Skylar hatte sie am Abend zuvor angerufen und ihr gesagt, dass sie den ganzen Tag über persönlich nach Mario sehen und Cassidy anrufen würde, wenn er sich nicht wohlfühlte. Es war eine Erleichterung, dass Skylar ein Auge auf ihren Jungen haben würde, aber sie musste auch ihre eigene Klasse unterrichten.

»Es tut mir leid, dass ich heute so ein nervliches Wrack war«, sagte Cassidy zu Leo.

Er schlang seine Arme um sie. Sie standen auf dem Treppenabsatz vor ihrer Wohnung und hielten Ausschau nach dem Bus. Er würde am Rande des Parkplatzes halten und sie würden sehen können, wie Mario nicht nur aussteigt, sondern auch den Parkplatz überquerte und die Treppe hochkam. Sie stand mit dem Rücken zu Leo und sein Kinn ruhte auf ihrem Kopf. Sie fühlte sich ganz geborgen, und das tröstete sie sehr.

»Mario und du, ihr wart während der letzten fünf Jahre keinen einzigen Tag voneinander getrennt. Es ist ganz natürlich, dass du deswegen nervös bist. Aber dein Sohn ist ein toller Junge. Er ist lustig und nett und ich habe keinen Zweifel, dass er einen guten Tag hatte.«

Cassidy nickte und wand sich in Leos Griff. »Hat der Bus Verspätung? Er sollte doch schon längst hier sein, oder?«

»Entspann dich. Es ist erst dreißig Sekunden her, seit du das letzte Mal nach der Zeit gefragt hast. Der Bus ist nicht verspätet.«

»Dies ist so schwer«, jammerte sie.

Sie spürte, wie Leo sich an sie schmiegte. »Verglichen mit dem, was ihr schon durchgemacht habt, ist das gar nichts«, konterte er.

Cassidy holte tief Luft. Er hatte recht. Sie regte sich völlig grundlos auf. Sie machte sich lächerlich und musste sich einfach beruhigen. Mario hatte sein Handy dabei und sie hatte um die Mittagszeit eine Nachricht bekommen, in der er ihr mitgeteilt hatte, dass alles in Ordnung sei. Er hatte nicht verlangt, dass sie ihn abholte. Er hatte sie auch nicht weinend angerufen. Es ging ihm gut.

Dann hörte sie es. Das Geräusch des Schulbusses, der die Straße in der Nähe des Gebäudes entlangrumpelte.

»Ganz ruhig, Cass. Er kommt.«

Sie merkte, dass sie sich verkrampft hatte und bereit war, die Treppe hinunterzulaufen, um Mario zu begrüßen. Ihr Blick war auf die Stelle gerichtet, an der ihr Sohn auftauchen würde, und Cassidy wartete mit angehaltenem Atem.

Sie hörte ihn, bevor sie ihn sah. Sein unverwechselbares Lachen schallte über den Beton. Als er schließlich in Sichtweite kam, war er mit zwei anderen Kindern unterwegs, einem Jungen und einem Mädchen. Der Junge war schwarz, und sie wusste, dass er in einem anderen Gebäude der Apartmentanlage wohnte. Das Mädchen wohnte im Erdgeschoss auf der anderen Seite von Cassidys Gebäude. Ihre Familie war gerade aus dem Nahen Osten eingewandert. Sie trug einen Hidschab, das traditionelle Kopftuch, das alle Frauen in ihrer Familie trugen. Alle drei Kinder lächelten und lachten, und Cassidy schloss die Augen in grenzenloser Dankbarkeit.

Mario war schon immer sehr tolerant gegenüber anderen Menschen gewesen. Ihm war es egal, welche Hautfarbe jemand hatte oder was derjenige trug; er wollte der Freund von allen sein. Er hatte die beiden anderen Kinder schon kennengelernt, und es gab ihr ein gutes Gefühl, dass sie alle miteinander auskamen.

Sie drehte sich um und spürte, wie Leo sich von ihr entfernte, aber er ging nicht weit weg. Seine Hand ruhte auf ihrem Rücken, während sie darauf warteten, dass Mario sich von seinen Freunden verabschiedete und die Treppe hinaufging. Als er sie warten sah, strahlte er und stürmte den Gang entlang, um zu ihnen zu gelangen.

Er prallte so heftig mit ihr zusammen, dass sie einen Schritt nach hinten machen musste, um aufrecht zu bleiben, aber Leo war zur Stelle, um sie beide zu stützen.

»Mom! Die Schule war so toll!«

»Das freut mich sehr«, erklärte Cassidy.

»Ich kannte zwar niemanden in meiner Klasse, aber im Großen und Ganzen waren sie alle sehr nett zu mir.«

»Im Großen und Ganzen?«, fragte Cassidy und horchte auf.

»Ja, Timmy war ein Idiot und Becky mochte mich nicht wirklich, aber Frankie sagte, dass sie niemanden mag, also sollte ich es nicht persönlich nehmen. Und! Weißt du was?«

»Was?«, fragte Cassidy und versuchte nicht einmal, ihr Lächeln zu verbergen.

»Ich habe Sandra beim Mittagessen gesehen. Ich weiß, sie ist erst in der ersten Klasse, aber sie kam rüber, um Hallo zu sagen, als sie mich sah.«

»Cool«, entgegnete Cassidy.

Mario schaute zu Leo auf. »Hey, Leo.«

»Hey, Kumpel. Klingt, als hättest du einen guten Tag gehabt. Magst du deine Lehrerin?«

»Sie ist okay. Aber ich mag meinen Sozialkundelehrer mehr. Sein Name ist Mr. Smithton. Er ist groß, so wie du, und seine Zähne sind so weiß, dass sie richtig auffallen, wenn er lächelt. Und wenn er lacht, hallt es durch den ganzen Raum.«

Cassidy wusste, dass die Fünftklässler vormittags die Lehrer für Englisch, Mathe und Sozialkunde wechselten und nachmittags bei ihrem Klassenlehrer blieben. Sie hatte gedacht, dass das für Mario verwirrend sein könnte, aber er schien gut klargekommen zu sein. »Hast du Hunger?«

»Natürlich!«, sagte Mario.

Cassidy hörte Leo lachen, aber sie schüttelte nur den Kopf. Es war eine dumme Frage – Mario hatte immer Hunger. Sie dachte sich, dass das ein Nebenprodukt des Lebens in Jamaika war, wo sie nicht in die Küche gehen durften und Snacks streng verboten waren. Er war ein heranwachsender Junge mit einem hohen Stoffwechsel, der alle Kalorien brauchte, die er bekommen konnte.

»Komm schon, ich habe heute gebacken«, erklärte sie ihm.

Mario zog eine Augenbraue hoch, lehnte sich an sie und

drückte sie fest an sich. »Warst du meinetwegen nervös, Mommy?«, fragte er leise.

Cassidy fuhr ihm mit einer Hand über den Kopf. »Natürlich war ich das. Ich wollte, dass du dich wohlfühlst und keine Angst hast. Aber wie es aussieht, habe ich mir wohl mehr Sorgen gemacht als du.«

Mario schaute sie mit einem ernsten Gesichtsausdruck an. »Ich habe dich aber vermisst.«

»Ich weiß, mein Sohn, aber es ist wichtig, eine gute Ausbildung zu bekommen. Ob du es glaubst oder nicht, es wird in nicht allzu ferner Zukunft eine Zeit kommen, in der deine Mommy dich wahrscheinlich in Verlegenheit bringt und du nicht in ihrer Nähe sein willst.«

»Niemals«, schwor Mario. »Ich liebe dich, Mommy. Für immer und ewig.«

Cassidy schloss die Augen. Sie liebte diesen Jungen mehr als alles andere auf der Welt. Er hatte ein weiches Herz und sie machte sich ständig Sorgen, dass jemand darauf herumtrampeln würde. »Ich liebe dich auch. Komm, lass uns ein paar Plätzchen holen.«

Mario ließ sie sofort los und stieß einen kleinen, aufgeregten Schrei aus. Er raste vor ihnen her und in ihre Wohnung.

»Siehst du? Ich habe dir doch gesagt, dass er klarkommt«, erklärte Leo.

Cassidy schaute zu ihm auf. »Ich wollte es ja glauben, aber Kinder sind gemein. Ich wollte nur nicht, dass er jeden Tag Angst hat, zur Schule zu gehen.«

Leo beugte sich zu ihr herunter und küsste sie leicht auf die Lippen. Sie liebte es, wenn er das tat, und er tat es immer wieder. Er berührte sie ständig am Rücken, hielt ihre Hand oder legte seine Handfläche auf ihren Oberschenkel, wenn sie nebeneinandersaßen. Es war sehr lange her, dass sie Zuneigung von einem Mann erfahren hatte, und es dauerte ein bisschen, bis sie sich daran gewöhnt hatte. Sie war überrascht, dass er nicht versuchte, sie ins Bett zu kriegen, nachdem er so oft davon gesprochen hatte, dass er mit ihr schlafen wolle und dass er genau wisse, wie toll es werden würde. Aber sie schätzte es, dass er die Dinge nicht überstürzen wollte.

»Komm schon, der Geruch dieser Plätzchen ist unwiderstehlich«, erklärte Leo grinsend.

Der Widerspruch zwischen dem jungenhaften Leo und dem Mann, von dem sie wusste, dass er Michael Coke getötet hatte, war manchmal verblüffend. Aber zu wissen, dass er sowohl liebevoll als auch gefährlich sein konnte, schreckte sie nicht ab. Sie hatte keinen Zweifel, dass er sie beschützen würde, wenn jemand sie oder Mario bedrohte.

Cassidy hatte nicht im Geringsten ein schlechtes Gewissen, weil es ihr *gefiel*, dass Leo sie beschützen konnte. Sie hatte sich so lange allein gefühlt und der Druck, Mario aus der Gefahrenzone zu halten, hatte an ihr gezehrt, bis sie sich nur noch wie eine Hülle des Menschen fühlte, der sie einmal gewesen war. Vielleicht war es für eine Frau gesellschaftlich nicht akzeptabel, dass sie einen Mann wollte, der sich um sie kümmerte, aber sie war erschöpft von der Last und der Verantwortung, die sie als Mutter allein tragen musste. Sie würde sich gern von Leo helfen lassen. Vor allem weil sie wusste, dass er sich um Mario sorgte. Er war nicht nett zu ihm, um zu versuchen, sie ins Bett zu bekommen. Er mochte ihren Sohn aufrichtig, und das machte den Unterschied aus.

Bevor sie nach Jamaika geflohen war, hatte sie oft das Gefühl gehabt, dass Alfred seinen eigenen Sohn nicht einmal *mochte*. Cassidy wusste, dass Mario das auch gespürt hatte. Er hatte sich in seiner Nähe zurückgezogen und war schüchtern gewesen, wenn sein Vater zum Sorgerechtsbesuch kam. Und Alfred hatte nicht protestiert, als Cassidy angekündigt hatte, dass sie nach Jamaika ziehen und ihren Sohn mitnehmen würde. Sie hatte sogar das Gefühl, dass er erleichtert gewesen war.

Sie gingen Arm in Arm in ihre Wohnung, und nachdem die Tür geschlossen war, beugte Leo sich zu ihr herunter und küsste sie kurz, dann ging er zu Mario in die kleine Küche. Cassidy beobachtete die beiden einen Moment lang, bevor Leo sie bemerkte.

»Komm her«, sagte er und hielt ihr die Hand hin.

Cassidy schlenderte in die Küche und musste lachen, als Leo sie um die Taille packte und anfing, sie zu kitzeln. Auch Mario fing an, sie zu kitzeln, und beide fielen über sie her. Sie lachte, bis sie weinen musste, dann ging sie auf Mario los und kitzelte ihn, bis er laut schrie. Dann versuchten sie und Mario, Leo anzugreifen, aber er war größer und stärker als sie beide, und so landeten sie alle zusammen auf dem Küchenboden. Es war nicht gerade bequem, aber Cassidy konnte sich nicht erinnern, jemals glücklicher gewesen zu sein.

»Los, mach dich fertig für deine Gymnastikstunde«, sagte Leo zu Mario. Er sprang sofort vom Boden auf und stürmte aus der Küche.

»Du verwöhnst ihn«, protestierte Cassidy leicht.

»Cass, der Junge hat eine Leidenschaft für Gymnastik, Cheerleading und Tanzen. Nach allem, was er durchgemacht hat, wird er sicher *nicht* gleich zu einem verwöhnten Bengel werden, wenn ich ihm ab und zu etwas gönne. Außerdem habe ich ihn noch nie so glücklich gesehen, wie wenn er auf den Matten steht und versucht, Radschläge und wie auch immer diese Drehungen und Saltos heißen zu meistern.«

Da hatte er recht. »Ich muss mir überlegen, wie ich einen Wagen bekomme. Du kannst uns nicht jeden Tag nach der Schule zu seinem Training fahren.«

»Warum nicht?«, fragte Leo.

Cassidy legte den Kopf schief und starrte Leo verwirrt an. »Warum nicht was?«

»Warum kann ich euch nicht fahren?«

»Weil«, entgegnete Cassidy, »du ein Leben hast. Du hast deine Arbeit. Ein Geschäft zu führen.«

Dann ließ Leo sie mit seinen nächsten Worten völlig kalt. »Ich hatte kein Leben, bis du und Mario es betreten habt. Ich kann mir nichts Schöneres vorstellen, als zu sehen, wie dein Sohn vor meinen Augen aufblüht, wenn er einen neuen Jubelruf lernt oder jemand ihn lobt, weil er endlich einen Sprung beherrscht, an dem er gearbeitet hat. Die Freude in seinem ganzen Körper, wenn er tanzt, ist etwas ganz Besonderes, und es zaubert mir ein Lächeln ins Gesicht, wenn ich ihm bei etwas zuschaue, das er liebt. Und *Silverstone Towing* läuft auch ohne mich ganz gut. Wir haben nicht ohne Grund die Besten der Besten eingestellt, damit wir unsere Mitarbeiter nicht im Detail beaufsichtigen müssen.

Wenn du mich nicht so oft dabeihaben willst, sag es einfach und ich ziehe mich zurück. Ich stimme dir zu, dass du einen Wagen brauchst, damit du unabhängig bist und niemandem Rechenschaft darüber ablegen musst, wann und wohin du gehen willst. Du hast schon zu lange so gelebt, und ich will dich nicht noch einmal dazu zwingen. Ich kann dir helfen, ein bezahlbares Gefährt zu finden. Ich bin sicher, unser Kumpel Stan wird dir helfen. Er hat eine Autowerkstatt und kann mit älteren Fahrzeugen wahre Wunder vollbringen, indem er sie reibungslos und sicher zum Laufen bringt.«

Cassidy blinzelte ihn an. Sie saßen beide noch immer auf dem Boden ihrer kleinen Küche, aber das hielt sie nicht davon ab, sich auf Leo zu stürzen. Er fing sie problemlos auf.

»Ich weiß nicht, was wir ohne dich getan hätten«, sagte sie leise.

»Du wärst wieder auf die Füße gekommen, daran habe ich keinen Zweifel. Jeder, der seinen Sohn so sehr liebt wie du, würde nichts anderes zulassen.«

»Da bin ich mir nicht so sicher«, erklärte sie ihm.

»Ich schon«, entgegnete Leo voller Zuversicht. Dann stand er mit ihr in seinen Armen auf. Er ließ es so einfach erscheinen. »Ich verliebe mich in dich, Cassidy. Ich weiß, es geht schnell, aber irgendwie kommt es mir so vor, als sei ich schon mein ganzes Leben lang in dich verliebt. Ich liebe Mario. Ich liebe es, dass er so ist, wie er ist, und dass er sich einen Dreck darum schert, was die anderen denken. Das hat er dir zu verdanken. Weil du ihm das Selbstvertrauen gegeben hast, sich selbst treu zu bleiben. Ich weiß, dass du eine Menge Schuldgefühle hast, weil du ihn nach Jamaika gebracht hast, aber du musst das loslassen. Er ist ein toller Junge.«

Cassidy konnte nie genug davon bekommen, gute Dinge über ihren Sohn zu hören … aber sie kam über seinen ersten Satz nicht hinaus. »Du verliebst dich in mich? Wie ist das überhaupt möglich?«

»Du bist mir unter die Haut gegangen, als ich achtzehn war, und hast mich nie wieder losgelassen. Als ich beim Militär war, hast du mir Briefe geschrieben, die mich zum Lachen gebracht haben. Du hast mir geholfen, weniger Schuldgefühle zu haben, weil meine Eltern sich nicht vertragen haben, und es war dir egal, dass mein Onkel ein Verbrecher ist. Du hast mich ermutigt und mir gut zugeredet, als ich dachte, ich sei ein Vollidiot. Und es hat mir das Herz gebrochen, als du geheiratet hast. Ich wusste, dass ich dich verloren hatte. Das war schlimm. Ich meine, es war meine eigene verdammte Schuld, aber trotzdem.«

»Leo«, flüsterte Cassidy.

»Es ist okay. Ich habe es dir nicht gesagt, damit du ein schlechtes Gewissen hast oder es erwiderst. Ich will nur, dass du es weißt. Ich verbringe meine Zeit nicht mit dir, um dich in mein Bett zu zerren. Nichts für ungut, aber das kann ich mit viel weniger Aufwand bekommen.« Er lächelte und zwinkerte, um den Stich, den seine Worte vielleicht verursachen könnten, zu mildern. »Ich bin hier, weil ich es will. Weil du und Mario mich so oft zum Lächeln gebracht habt wie seit Jahren nicht mehr. Weil ich mich durch euch wieder lebendig fühle.«

Cassidy wollte ihm sagen, dass sie sich auch in ihn verliebt hatte. Aber sie hatte einen Kloß im Hals und brachte kein Wort heraus. Sie hatte auch gedacht, dass sie Alfred liebte, und was war daraus geworden?

Leo war nicht Alfred. Nicht einmal annähernd. Und sie war die meiste Zeit ihres Lebens ein bisschen in Leo verliebt gewesen. Trotzdem hatte sie Todesangst, dass sie ihn verlieren würde, wenn sie es laut zugeben würde.

Zum Glück bewahrte Mario sie davor, etwas sagen zu müssen.

Er stürmte zurück in das kleine Wohnzimmer und rief: »Ich bin bereit!«

Leo führte eine Hand zu ihrem Gesicht und streichelte für den Bruchteil einer Sekunde mit seinem Daumen ihre Wange, bevor er sie losließ und sich Mario zuwandte. »Du siehst gut aus, Kumpel!«

Mario streckte ein Bein aus und reckte sein Kinn in die Höhe, um für Leo zu posieren. Er hatte sich knallrosa Shorts angezogen und ein gelbes T-Shirt darüber gestreift. Er hatte leuchtend weiße Socken zu seinen Turnschuhen an und sah aus, als sei er in einen Bottich mit fluoreszierender Farbe gefallen.

»Ganz schön grell, Mario«, bemerkte Cassidy lachend.

»Ich weiß! Ist das nicht toll?«, entgegnete Mario, ohne sich darum zu kümmern, was sie von seinem Aufzug hielt.

»Das ist es, Kumpel. Ich habe dir ein paar Erdnussbuttercracker als Snack mitgebracht. So sehr ich die Plätzchen deiner Mutter auch liebe, Sportler brauchen auch Proteine, um ihre Energie und Kraft aufrechtzuerhalten«, bemerkte Leo und reichte Mario eine Packung, die er von der Theke genommen hatte.

Cassidy war dankbar, dass Leo sich so sehr um Marios Wohlbefinden kümmerte wie sie selbst. Sie hatten sich über seine Ernährung unterhalten, und obwohl sie sich einig waren, dass er ein paar Pfunde zulegen musste, war sie froh, dass einer von ihnen dafür sorgte, dass er dies auf gesunde Weise tat und nicht nur durch irgendwelchen Mist. Cassidy wollte ihren Sohn verwöhnen und ihm all die Dinge geben, die ihm so lange vorenthalten worden waren; Leo sorgte für ein Gleichgewicht zu ihren mütterlichen Instinkten.

Er brachte sie *beide* ins Gleichgewicht. Seit sie in Indianapolis angekommen war, hatten sie fast jeden Abend zusammen verbracht, und irgendwie gehörte Leo zu jedem ihrer wachen Gedanken. Und Mario ging es auch so.

Leo hatte Mario unter seine Fittiche genommen und ihm geholfen aufzublühen. Ihr Sohn mochte von Natur aus positiv eingestellt sein, aber einen großen Teil seines Erfolgs beim Übergang in ein normales Leben hier in den Staaten hatte er Leo zu verdanken. Seit sie in Indiana angekommen waren, hatte er keinen einzigen Albtraum mehr gehabt, und allein das hätte schon als Grund gereicht, dass Cassidy sich in Leo verliebte.

Plötzlich wollte sie ihm sagen, dass sie ihn liebte, aber jetzt war weder die Zeit noch der Ort dafür. Mario hatte es eilig, in die Turnhalle zu kommen, und Cassidy wollte ungestört sein, wenn sie Leo zum ersten Mal sagte, wie viel sie für ihn empfand. Sie wusste nicht, wann und wo das passieren würde, aber sie wusste, dass es kommen würde. Es gab keine Möglichkeit, ihre Gefühle noch viel länger zurückzuhalten. Leo hatte es verdient zu wissen, dass sie ihn für einen tollen Mann hielt. Sie war nicht annähernd gut genug für ihn, aber wenn er sie wollte, würde sie so hartnäckig bleiben, wie sie konnte. Sie erkannte einen guten Mann, wenn sie einen sah, und Leo war einer der besten.

KAPITEL VIERZEHN

»Danke, dass ihr heute mit mir gekommen seid«, sagte Cassidy zu Skylar, Taylor und Molly. Sie saßen in der Turnhalle und schauten Marios Cheerleader-Training zu. Er war seit einer Woche in der Schule und fand es immer noch so toll wie am ersten Tag. Es war sein erstes Samstagstraining und es dauerte zwei Stunden statt der einstündigen Trainingseinheiten nach der Schule. Leo hatte geplant, sie zu fahren und mit ihr zusammen zu bleiben, während sie von der Tribüne aus zusahen, aber auf der Arbeit war etwas dazwischengekommen und die Jungs mussten einige Zeit in ihrem Schutzraum verbringen, um es zu besprechen.

Cassidy hatte nicht gefragt, was es war. Sie wusste es. Sie sprachen über die Möglichkeit eines weiteren Einsatzes. Einerseits hasste sie die Vorstellung, weil sie nicht wollte, dass sich einer der Männer, die ihr ans Herz gewachsen waren, in Gefahr begab, aber andererseits musste sie auch an die Situation denken, in der sie sich befunden hatte. Wenn sie nicht das Risiko eingegangen wären, sie zu verfolgen, wären sie und Mario jetzt in einer ganz anderen Situation.

Tiana hätte sie und Mario zur Turnhalle gefahren, aber Molly hatte sich freiwillig gemeldet. Und dann hatten Taylor und Skylar gesagt, dass sie auch mitkommen wollten. Ehe sie sichs versah, waren sie zu sechst, einschließlich des kleinen Kevin, in Mollys Volvo-Geländewagen unterwegs.

»Ich will mir das schon ansehen, seit du mir erzählt hast, dass er Cheerleading-Unterricht nimmt«, erklärte Molly mit leuchtenden Augen und legte eine Hand auf ihren Bauch, während sie das Geschehen vor ihnen beobachtete.

»Das ist eine ernste Sache, nicht wahr?«, bemerkte Skylar. »Ich meine, ich dachte, es sei nur ein Haufen Kinder, die auf und ab springen und in die Hände klatschen.«

»Das dachte ich anfangs auch«, entgegnete Cassidy, »aber ich habe schnell gemerkt, wie falsch ich lag.« Mario stand gerade mit anderen Kindern in seinem Alter zusammen und schaute einer älteren Gruppe von Schülern zu, die demonstrierten, wie man einen Flugsprung sicher auffängt, während ein Mädchen in die Luft geworfen wurde, um einen Salto oder ein anderes akrobatisches Kunststück zu vollführen.

»Das sieht ziemlich gefährlich aus«, bemerkte Taylor ein wenig zögerlich.

Cassidy nickte, obwohl ihre Meinung darüber, was gefährlich war, ein bisschen anders war als die der Frauen, die neben ihr saßen. Drogen in den heruntergekommenen Vierteln von Kingston auszuliefern war gefährlich. Cheerleading kam nicht einmal ansatzweise in die Nähe davon.

»Und ... wie ist es dir ergangen?«, fragte Taylor.

Cassidy lächelte. Es tat gut, jemanden zu haben, mit dem sie reden konnte. »Gut«, sagte sie.

»Ist die Wohnung in Ordnung?«, fragte Skylar.

»Ja. Tiana, Maria und alle anderen waren sehr freundlich und hilfsbereit.«

»Ich weiß, dass sie nicht in der besten Gegend liegt«, erklärte Skylar und verzog ein wenig das Gesicht.

Cassidy konnte sich ein Lachen nicht verkneifen. »Ernsthaft? Wir kamen aus dem Schoß des Luxus in Jamaika, aber es war ein Gefängnis. Wir waren definitiv nicht in Sicherheit, auch wenn wir hinter einer riesigen Mauer lebten. Ich fühle mich in dieser Wohnung sicherer, als ich es jemals in Michaels Haus getan habe.«

Die Frauen kannten alle ihre Geschichte und wussten, was ihre Männer getan hatten, um sie zu retten. Sie war darüber informiert worden, dass das *Silverstone-Team* meistens nicht verriet, wohin sie gingen oder wo sie waren, aber als sie mit ihr und Mario zurückkamen, mussten sie es ihren Frauen irgendwie erklären.

»Glaubst du, dass jemand hinter dir her sein wird?«, fragte Molly.

Cassidy seufzte. »Ehrlich gesagt? Ich weiß es nicht. Ich würde gern sagen, dass wir viel zu weit von Jamaika entfernt sind, aber nach allem, was ich dort gesehen habe, habe ich keine Ahnung, was Michaels Leute tun werden. Sie haben das Geld, um hierherzukommen, aber würden sie es tun? Ich weiß es wirklich nicht.«

»Macht dir das keine Angst?«, fragte Taylor. Es schien, als drückte sie Kevin ein bisschen fester an ihre Brust, als sie fragte.

»Ein bisschen. Aber mehr als das macht es mich wütend. Ich bin froh, dass meine Eltern für eine Weile aus El Paso verschwinden, denn Michaels Sicherheitschef hat ihre alte Telefonnummer. Ich hasse es, ihnen nicht sagen zu können, wie lange sie wegbleiben sollen, aber im Moment behaupten sie, dass sie froh über die Ausrede sind, Verwandte zu besuchen, die sie seit Jahren nicht gesehen haben.

Michael und seine Leute haben ihr Bestes getan, um nicht nur mein Leben zu ruinieren, sondern auch das von Mario. Und warum? Nur weil sie es konnten. Weil sie denken, dass Frauen den Männern unterlegen sind. Weil ich Eigentum war und Drogen und Geld wichtiger sind, als ein anständiger Mensch zu sein. Warum sollte so jemand nicht denken, dass ich kein Recht hatte zu gehen? Und ... sie denken wahrscheinlich, ich hätte etwas mit dem Tod ihres Chefs zu tun. Das allein könnte bedeuten, dass sie mich zur Rechenschaft ziehen oder jemandem wehtun wollen, den ich liebe.«

»Warum flippst du dann nicht aus?«, fragte Molly.

»Seinetwegen«, erklärte Cassidy und deutete auf die Matten vor ihnen, wo Mario lächelte und sich prächtig amüsierte. »Weil er es verdient, ein Leben ohne Angst zu führen. Und wenn ich ängstlich bin und ständig über meine Schulter schaue, überträgt sich das auf ihn. Er ist sehr sensibel und würde es merken. Aber wollt ihr noch einen weiteren Grund wissen?«

Drei Augenpaare richteten sich auf sie, und alle Frauen nickten.

»Wegen Leo. Wenn ich in seiner Nähe bin, fühle ich mich einfach ... sicher. Ich weiß, dass ich das nicht zugeben dürfte, aber es ist wahr.«

»Es ist nicht falsch, das zuzugeben«, entgegnete Molly. »Als ich entführt wurde, wusste ich, dass Mark mich holen würde. Ich hoffte, dass er mich rechtzeitig finden würde, aber ich wusste genau, dass er so oder so nicht aufhören würde, bis er mich gefunden hatte.«

»Ich bin schon oft gefragt worden, ob ich Angst habe, wenn ich unterwegs bin, weil ich niemanden erkennen kann, und meine Antwort ist: Manchmal ja. Aber wenn ich mit Eagle zusammen bin? Niemals. Wenn ich ihn bei mir habe, fühle ich mich fast unbesiegbar«, stimmte Taylor zu.

»Wie können wir uns nicht beschützt und sicher fühlen, wenn unsere Männer an unserer Seite sind?«, fügte Skylar hinzu. »Und Gramps ist ungefähr zwei Meter fünfzig groß, er überragt also jeden. Keiner würde es wagen, etwas zu tun, wenn er an deiner Seite ist.«

Alle lachten. »Ganz so groß ist er nicht«, protestierte Cassidy lächelnd. Dann wurde sie nüchtern. »Darf ich euch etwas fragen?«

»Alles.«

»Natürlich.«

»Schieß los.«

Sie mochte diese Frauen wirklich. »Manchmal habe ich das Gefühl, dass Leo ein bisschen besorgt ist, weil es mir egal ist, was das *Silverstone-Team* macht. Sollte ich das? Bin ich ein schrecklicher Mensch, dass es mir nichts ausmacht, dass sie im Grunde genommen Attentäter sind?«

Skylar verzog das Gesicht und hielt eine Hand hoch. »Ich übernehme das«, sagte sie zu Molly und Taylor. Die beiden nickten. »Ich fürchte, es ist meine Schuld, dass er sich Sorgen um eure Reaktion macht. Als Carson mir erzählt hat, was er mit dem *Silverstone-Team* macht, habe ich es nicht gut aufgenommen. Ich habe ihn weggestoßen und wusste nicht, ob ich damit umgehen konnte. Ich bin sehr behütet und beschützt aufgewachsen und konnte nur schwer verstehen, warum er es in Ordnung fand, Menschen zu töten.

Ich hatte auch den Teil, in dem er sagte, dass er mit dem FBI zusammenarbeitet, irgendwie verdrängt, weil ich so erschrocken war. Ich hatte den Eindruck, dass das *Silverstone-Team* eine Art Selbstjustizgruppe ist, die Richter und Henker spielt. Aber ich hätte es besser wissen müssen. Ich meine, ich liebe den Mann. Aber ich glaube, das hat es noch schwerer gemacht, es zu verstehen. Gramps hat mich angerufen und mir geholfen, es ein bisschen besser zu verstehen. Aber die Jungs gingen auf einen weiteren Einsatz, sodass ich nicht mehr mit Carson sprechen konnte, bevor er ging. Und dann wurde ich entführt.«

»Erzähl ihr von Carsons Eins-bis-zehn-Skala«, drängte Taylor.

Cassidy war überrascht. Sie hätte nicht gedacht, dass ausgerechnet Skylar diejenige war, die das *Silverstone-Team* nicht akzeptiert hatte. Sie unterrichtete in der Innenstadt. Sie war eine der am wenigsten diskriminierenden Menschen, die sie kannte. Dass sie ein Problem damit hatte, dass das *Silverstone-Team* so schreckliche Menschen wie Michael Coke ausschaltete, war eine Offenbarung.

»Als ich Carson fragte, warum er den Pädophilen, der Sandra und mich entführt hatte, nicht getötet hatte, erklärte er mir, dass er eine Skala der Bösartigkeit habe«, entgegnete Skylar.

»Eine Skala?«, hakte Cassidy nach.

»Ja. Ich dachte, Jay Ricketts, der Typ, der mich entführt hat, ist mindestens eine Acht oder Neun. Ich meine, was ist schlimmer als ein Pädophiler? Aber Carson sagte, er sei eigentlich eine Drei oder

Vier. Und dass er und das *Silverstone-Team* nur die Neuner und Zehner verfolgten und eliminierten. Das war zwar erschreckend, aber ich fühlte mich danach etwas besser und verstand die Bedeutung ihrer Arbeit.

Aber als Eagle den Kerl getötet hat, der unseren Wagen von der Straße gedrängt hatte, hat er mir gesagt, dass er mit Bulls Idee der ›Skala‹ nicht einverstanden ist. Dass jeder, der es wagen würde, mich zu verletzen, den höchsten Preis zahlen würde«, erklärte Taylor.

»Natürlich war Brett Williams auf der Skala eine Elf«, bemerkte Skylar trocken.

»Stimmt, aber damals wussten wir nicht, dass er ein Serienmörder war, der mich foltern und töten wollte«, erwiderte Taylor.

»Das ist wahr«, stimmte Skylar zu.

»Ich glaube, weil Mark und ich uns so kennengelernt haben, hatte ich nicht die gleichen Vorbehalte wie Skylar«, fügte Molly hinzu. »Ich meine, ich befand mich in einem Loch mitten in Afrika ohne Hoffnung auf Rettung, als er buchstäblich vom Himmel auf mich fiel.«

Cassidy war fasziniert. Sie kannte die Geschichten der anderen Frauen, aber zu hören, wie sie über ihre Erfahrungen sprachen, und dabei fast schon ... *lässig* wirkten, war aufschlussreich.

Sie wollte so sein wie sie. Sie wollte darüber sprechen können, was ihr in Jamaika widerfahren war, ohne einen Knoten in der Magengrube zu spüren und sich übergeben zu müssen.

»Mir war klar, dass Mark und seine Freunde nicht nur zum Vergnügen durch den Dschungel spazieren gingen. Sie hatten kein Problem damit, die Leute zu töten, die all diese Schulmädchen entführt hatten. Sie waren genau aus diesem Grund gekommen, um den Verantwortlichen zu eliminieren. Sie waren nur so nett, mich mitzunehmen, als sie gingen.«

Darüber lächelten sie alle.

»Ich schätze, du willst damit sagen, dass es okay ist, dass ich moralisch nicht schockiert bin von dem, was sie tun«, bemerkte Cassidy.

»Unsere Männer sind *gut*«, beharrte Skylar. »Am Anfang hatte ich vielleicht Schwierigkeiten mit allem, aber ich habe das Licht gesehen. Ohne sie würde ich hier nicht mit drei der besten Freundinnen sitzen, die ich je hatte.«

Cassidy presste die Lippen zusammen und versuchte, nicht zu weinen. In Skylars Aussage eingeschlossen zu sein bedeutete ihr alles, vor allem weil sie schon so lange keine echte Freundin mehr gehabt hatte.

»Jetzt, da wir *das* aus dem Weg geräumt haben ...«, sagte Molly mit einem kleinen Lächeln. »Erzähl uns, wie es mit Gramps läuft. Ich meine, es ist offensichtlich, dass der Mann dich mag, aber seid ihr zwei ... mehr als Freunde?«

Cassidy konnte nicht anders, als das Lächeln zu erwidern. »Ja«, entgegnete sie ein wenig schüchtern.

»Juhu!«, rief Skylar und warf die Arme in die Luft.

»Du meine Güte, Sky, beruhige dich, du weckst Kevin auf!«, schimpfte Taylor.

»Tut mir leid! Aber das ist so fantastisch«, erwiderte Skylar etwas ruhiger. »Erzähl uns mehr!«

»Ihr wisst, dass Leo und ich in der Highschool befreundet waren«, erklärte Cassidy.

»Ich wette, er war schon damals gut aussehend, oder?«, fragte Taylor.

»Oh ja«, erklärte Cassidy mit einem Seufzer.

Die anderen grinsten alle.

»Ich war frisch an der Highschool und er war in der Abschlussklasse. Aber das schien ihn nicht zu stören. Er war immer nett zu mir und ich habe wohl mindestens hundertmal Mrs. Cassidy Zanardi mit einem Herz drum herum in meine Hefte geschrieben.«

Wieder lachten sie alle.

»Ich habe seine Adresse von meinen Eltern bekommen, die sie von seinen Eltern bekommen haben, und ich habe ihm geschrieben, als er beim Militär war. Wir schrieben uns sogar eine ganze

Weile, aber irgendwann wurde mein Leben zu anstrengend, und seins wohl auch.«

»Du hast geheiratet und dein Mann wollte nicht, dass du einem anderen Mann schreibst«, vermutete Skylar.

Cassidy nickte. »Ich hatte ein schlechtes Gewissen, weil ich mich mehr auf einen Brief von Leo gefreut habe als auf meinen eigenen Mann. Ich hätte mir wohl eher mal Gedanken machen sollen, was das bedeutet, aber stattdessen habe ich mich dem gebeugt, was Alfred wollte. Er entfremdete mich von all meinen Freunden und war generell ein Idiot. Als ich Mario bekommen habe, half das eine Zeit lang, aber dann wurde es wieder schlimm. Nach der Scheidung sagten mir alle, die ich kannte, wie dumm ich gewesen sei, Alfred zu verlassen. Ich brauchte eine Pause davon. Ich dachte, Jamaika könnte lustig werden. Und der Rest ist Geschichte.«

»Es tut mir leid, was du durchmachen musstest, aber ich kann mir nicht helfen, ich denke, dass es irgendwie Bestimmung war. Ich meine, wie merkwürdig ist es, dass der Typ, in den du in der Highschool verknallt warst, derjenige ist, der dich rettet?«, fragte Taylor.

»Ich weiß. Es ist ziemlich unglaublich«, stimmte Cassidy zu.

»Aber ihr seid doch jetzt *richtig* zusammen, oder?«, fragte Molly.

Cassidy zuckte mit den Schultern. »Ich denke schon.«

»Du denkst schon?«, bemerkte Skylar und schüttelte dann den Kopf. »Liebes, wenn du es nicht weißt, musst du dir mehr Mühe geben.«

»Wir gehen die Dinge langsam an. Es fühlt sich einfach komisch an, intim zu werden, wenn Mario in der Nähe ist.«

»Da kommst du drüber hinweg«, erklärte Taylor mit einem Lächeln. »Glaub mir. Ich weiß, wie du dich fühlst. Es hat ewig gedauert, bis ich dazu in der Lage war, mehr als meinen Mann nur zu küssen, wenn Kevin bei uns im Zimmer war. Obwohl er noch ein Baby ist, dachte ich, ich könnte ihm emotional schaden, wenn wir uns dort lieben, wo er uns sehen und hören kann. Aber eines Nachts, nachdem ich ihn mitten in der Nacht gefüttert und zurück in sein Bettchen gelegt hatte, konnte ich Eagle nicht mehr widerstehen. Ich habe den armen Mann angefallen, und wir haben uns stundenlang geliebt. Und weißt du was? Kevin hat die ganze Zeit durchgeschlafen. Ich weiß, dass es bei Mario anders ist, weil er kein Baby mehr ist, aber ich denke, solange du nicht direkt vor dem Abendessen verrückten, lauten Sex im Wohnzimmer hast, ist alles in Ordnung.«

Cassidy wurde rot. Sie hatte noch nie mit jemandem so offen über Sex gesprochen. Aber es fühlte sich irgendwie befreiend an. »Ich will ihn«, gab sie zu. »Aber ich weiß nicht, wie ich den ersten Schritt machen soll.«

»Ich schätze, du wirst nicht viel tun müssen«, erklärte Molly trocken. »Ich habe bemerkt, wie Gramps dich ansieht. Er weiß immer ganz genau, wo du bist und was du tust. Bei *Silverstone Towing* habe ich gesehen, wie er sich von seinem Stuhl erhoben hat, wobei er das Gespräch mit einem der Fahrer unterbrochen hat, um dein Glas zu holen, zum Kühlschrank zu gehen, es dir nachzufüllen und es dir wiederzubringen, bevor er sich wieder seinem Gespräch widmete, als sei nichts passiert. Als Smoke ihn darauf ansprach, zuckte Gramps nur mit den Schultern und sagte, er wolle nicht, dass du durstig bist. Wenn er das nächste Mal in deiner Wohnung ist und aufsteht, um zu gehen, schnapp ihn dir einfach und küsse ihn. Er wird sich nicht mehr losreißen können.«

»Allerdings sind die Wände in ihrem Wohnhaus ziemlich dünn«, gab Skylar zu bedenken. »Ich habe öfter als ich zählen kann gehört, wie Tiana und Maria die Gesellschaft von Männern genossen haben. Vielleicht fühlst du dich besser, wenn du einen Schritt auf ihn zu machst, wenn du bei *ihm* zu Hause bist.«

Cassidy nickte. Sie hatte bemerkt, wie dünn die Wände in ihrem Wohngebäude waren, und sie wollte auf keinen Fall, dass Mario aufwachte und in ihr Zimmer kam, um irgendwelche seltsamen Geräusche zu untersuchen, die er hören könnte. Er hatte lange genug gebraucht, um sich daran zu gewöhnen, allein in einem Zimmer zu schlafen.

In Leos Haus fühlte er sich sogar noch wohler. Er liebte es, sein Zimmer so einrichten zu können, wie es ihm gefiel, und hatte kein Problem damit, allein zu schlafen, wenn sie dort waren.

»Was ist, wenn er nicht will? Das wäre mir so peinlich«, gab Cassidy zu.

»Glaub mir, er will«, erklärte Skylar.

Cassidy atmete tief durch und nickte. Sie wollte Leo auch. Sie wollte mehr als seine Küsse. Sie wollte alles von ihm. Sie hatte über zwanzig Jahre gewartet; sie wollte nicht länger warten.

»Du schaffst das! Gut gemacht, Jake! Du schaffst es, Beth!«

Cassidy erkannte die Stimme ihres Sohnes und drehte sich um, um seine Gruppe zu beobachten. Die jüngeren Kinder hatten sich wieder einmal um die ältere Klasse versammelt. Es lief Musik und sie machten irgendeine komplizierte Übung. Einige Jungen fingen die Mädchen auf, nachdem sie in die Luft geworfen worden waren, andere hielten die Mädchen auf ihren Schultern und zwischen den Kunststücken versuchten alle verschiedene Übungen auf den Matten.

Die jüngeren Kinder schauten mit weit aufgerissenen Augen schweigend zu, außer Mario. Er lächelte und klatschte und rief den älteren Kindern aufmunternde Worte zu.

»Oh mein Gott! Das war toll, Harriot! Mach weiter so! Unglaublich! Du machst das so gut, Josh! Schon gut, mach dir nichts draus, weiter so, Sarah!«

Ihre Augen füllten sich mit Tränen, als sie hörte, wie ihr Sohn alle anderen anfeuerte. Sie wusste, dass er am liebsten mit den anderen Kindern Übungen gemacht hätte, statt nur zuzusehen, aber das hinderte ihn nicht daran, sie zu ermutigen.

»Er ist ein ziemlich toller Junge«, erklärte Molly. »Wenn meine Tochter auch nur annähernd so ist wie er, wäre ich glücklich.«

»Kevin hat ein fantastisches Vorbild«, fügte Taylor hinzu.

»Ich wünschte, ich hätte ihn in meiner Klasse haben können«, stimmte Skylar zu.

Zu sehen, wie Mario aufblühte, war eines der befriedigendsten Dinge auf der ganzen Welt. Seine Cheerleading-, Gymnastik- und

Tanzkurse waren teuer, aber das schien Leo nicht zu stören. Und egal, wie viel sie kosteten, sie würde alles tun, um Mario glücklich zu machen, selbst wenn es mit ihr und Leo nicht klappen sollte. Sie würde alles tun, um das Lächeln auf dem Gesicht ihres Sohnes zu erhalten, das er in diesem Moment hatte. Seine Leidenschaft waren weder schnelle Fahrzeuge noch Sport oder irgendetwas anderes, von dem die meisten Männer sich wünschen würden, dass ihr Sohn sich dafür interessierte, aber sie wusste genau, dass das für Leo keine Rolle spielte. Er hatte Mario vom ersten Tag an gefördert. Er hatte ihn ermutigt, so zu sein, wie er war, ohne zu versuchen, ihn in eine Schublade zu stecken, die die Gesellschaft für akzeptabel hält.

Dafür liebte sie Leo. Und sie konnte es kaum erwarten, ihm zu sagen, wie sehr sie alles schätzte, was er für sie und Mario getan hatte, seit er sie in Jamaika aufgespürt hatte.

Sie konnte sich ein dämliches Grinsen nicht verkneifen. Sie wusste nicht, wann oder wie, aber sie wollte Leo zeigen, wie sehr sie ihn liebte. Wie sehr sie ihn schon liebte, seit sie fünfzehn Jahre alt war. Leo Zanardi war der richtige Mann für sie, und je länger sie in seiner Nähe war, desto sicherer wurde sie sich dessen.

Bis vor Kurzem war sie noch nicht einmal davon überzeugt gewesen, dass sie noch lange genug leben würde, um zu sehen, wie ihr Sohn zu einem Mann heranwuchs. Jetzt fühlte sie sich, als würde sie den amerikanischen Traum leben. Vielleicht lebte sie in einer heruntergekommenen Wohnung mit gebrauchten Möbeln und Klamotten, aber sie hatte Freunde, Menschen, die sich um sie sorgten. Sie hatte einen Job und verdiente ihr eigenes Geld. Und ihr Sohn lebte endlich so, wie sie es sich immer für ihn gewünscht hatte.

Es war an der Zeit, nicht mehr so unsicher zu sein, was ihre Beziehung zu Leo anging, und es einfach zu tun. Leo würde sie nicht zurückweisen – das wusste sie auch ohne Skylars, Taylors und Mollys Zusicherung. Sie musste nur nach dem greifen, was sie wollte. Und was sie wollte, war Leo.

KAPITEL FÜNFZEHN

Irgendwas hatte sich an Cassidy geändert, aber Gramps wusste nicht genau was. Seit Taylor, Skylar und Molly sie zu Marios Cheerleading-Training begleitet hatten, verhielt Cassidy sich ein wenig merkwürdig.

Er hatte es gehasst, nicht mitkommen zu können, aber Willis hatte sie mit Informationen über eine mögliche Zielperson kontaktiert. Die Männer hatten sich alle im Sicherheitsraum von *Silverstone Towing* versammelt, um darüber zu sprechen.

Doch die Diskussion verlief nicht gerade reibungslos. Eagle schickte Taylor immer wieder Nachrichten, um sich nach ihr und Kevin zu erkundigen. Smoke machte sich Sorgen um Molly, weil ihr an diesem Morgen etwas schwindelig gewesen war. Sie hatte sich zwar weder übergeben noch war sie ohnmächtig geworden, aber er machte sich während des Treffens immer wieder Gedanken. Und Bull hatte sich gegen längere Einsätze ausgesprochen, weil er Skylar nicht so lange allein lassen wollte.

Alle vier waren abgelenkt, und das sollte nicht so sein, wenn sie über eine mögliche zukünftige Mission diskutierten. Es war mehr als offensichtlich, dass das *Silverstone-Team* bereit für eine

Veränderung war, aber niemand war bereit auszusprechen, was sie wahrscheinlich alle dachten.

Gramps beendete das Treffen schließlich, als er eine Nachricht von Cassidy erhielt, in der sie ihm mitteilte, dass Mario eine tolle Trainingseinheit gehabt hatte und Molly sie in ihrer Wohnung absetzen würde. Er war neugierig, warum Cassidy das Wort TOLL großgeschrieben hatte, und freute sich darauf, mit Mario zu sprechen, um selbst zu erfahren, wie es gelaufen war.

Seit diesem Tag hatte Gramps Cassidys Blicke immer stärker auf sich gespürt. Als er sie darauf angesprochen hatte, hatte sie nur mit den Schultern gezuckt und gesagt, dass alles in Ordnung sei. Das machte Gramps natürlich noch nervöser. Wenn eine Frau sagte, etwas sei *in Ordnung*, bedeutete das, dass es wahrscheinlich nicht in Ordnung war. Und das beunruhigte ihn.

Sie waren gerade von einem weiteren Cheerleader-Training zurückgekommen und er hatte Pizza zum Abendessen bestellt. Sie hatten sich alle mehr als satt gegessen, und dann hatte Mario sich verabschiedet, um nach oben zu gehen und einige der Sachen zu üben, die er an diesem Tag gelernt hatte. Eine Zeit lang hatte Gramps ihn oben in seinem Zimmer gehört, wie er die Rufe wiederholte und herumsprang. Aber jetzt war es schon nach zweiundzwanzig Uhr und oben war alles ruhig.

Er und Cassidy saßen nebeneinander und taten so, als würden sie eine Komödie schauen. Gramps hatte keine Ahnung, welche Komödie gerade lief, denn seine ganze Aufmerksamkeit galt der Frau neben ihm.

Es wurde immer schwieriger, seine Hände bei sich zu behalten, vor allem weil sie fast die ganze Zeit miteinander verbrachten. Morgens begleitete sie ihn zu *Silverstone Towing* und kümmerte sich im Aufenthaltsraum um die Kinder, die dort auftauchten, während er ein paar Schichten übernahm oder mit seinen Freunden übers Geschäft sprach. Dann nahm er sie mit, um Mario abzuholen, und sie fuhren mit ihm zu seinem Training und aßen gemeinsam zu Abend. Meistens übernachtete er in ihrer

Wohnung und schlief auf dem Sofa, oder sie übernachtete in seinem Haus in einem Gästezimmer.

Aber nachts von ihr getrennt zu sein konnte er nicht länger ertragen. Er mochte Cassidy. Er redete gern mit ihr. Es gefiel ihm, mit ihr zusammen zu sein. Sie lachen zu sehen, wenn ihr Sohn etwas Witziges sagte oder tat. Sie mussten nicht einmal miteinander reden; allein die Nähe zu ihr entspannte ihn.

Und er wollte sie. Mehr als er jemals eine Frau gewollt hatte. Er brauchte nur einen Blick auf ihr Dekolleté zu werfen, und schon bekam er einen Ständer. Er masturbierte so oft wie noch nie zuvor, denn nur so konnte er verhindern, dass sein Schwanz den ganzen Tag über peinlich steif war.

Gramps wollte Cassidy auf keinen Fall unter Druck setzen. Er wollte nicht, dass sie mit ihm zusammen war, weil sie ihm dankbar war, dass er sie gerettet hatte, oder weil sie sich verpflichtet fühlte. So unsicher war er noch nie bei einer Frau gewesen. Er hatte sich immer das genommen, was er haben wollte. Aber bei Cassidy war alles, was er in der Vergangenheit getan hatte, vollkommen anders.

Und jetzt ging ihr etwas durch den Kopf, aber sie sprach nicht mit ihm darüber, was ihn wahnsinnig machte. Er wollte alle ihre Drachen erschlagen. Ihr das Leben so einfach wie möglich machen. Aber wenn sie nicht mit ihm reden wollte, konnte er ihr nicht helfen. Und das war inakzeptabel.

Gramps griff nach ihrer Hand und nahm sie in seine. Er führte sie an seine Lippen heran und küsste ihren Handrücken. Cassidy blickte ihn überrascht an, riss ihre Hand aber nicht weg.

»Sprich mit mir«, forderte er sie auf.

Sie zog verwirrt die Augenbrauen zusammen. »Worüber?«

»Darüber, was dich bedrückt. Darüber, dass du, wenn ich dich frage, ob etwas nicht stimmt, sagst, dass alles in Ordnung ist. Ich weiß, dass irgendetwas nicht in Ordnung ist. Sag mir, was los ist, damit ich dir helfen kann, das Problem zu lösen. Ist es Mario? Ich dachte, die Schule läuft gut für ihn.«

Cassidy schüttelte den Kopf. »Das tut sie auch.«

»Was dann? Rede mit mir, Cass.«

Er schwieg und beobachtete, wie sie versuchte, ihren Mut zu sammeln. Er hasste das. Er wollte, dass sie ihm genügend vertraute, um mit ihm über alles zu reden, und die Tatsache, dass sie sich offensichtlich unsicher fühlte, war ein Dolchstoß ins Herz.

Sie holte tief Luft, drehte sich um, um ihm in die Augen zu sehen, und sagte: »Ich will dich.«

Gramps blinzelte überrascht. »Was?«

Sie wurde rot, sah aber nicht weg. »Vor ein paar Wochen hast du gesagt, dass du dich in mich verliebt hast. Ich glaube, ich bin schon in dich verliebt, seit ich fünfzehn Jahre alt bin«, gab Cassidy zu. »Ich habe keine Ahnung, warum du mich zu mögen scheinst. Ich bin ein Wrack und habe in letzter Zeit viele dumme Dinge getan. Aber der letzte Monat oder so war die glücklichste Zeit in meinem Leben.«

Sie zog ihre Hand aus seiner – und Gramps war noch geschockter, als sie nach dem Knopf seiner Jeans griff. Ihre Hände zitterten und sie fummelte unbeholfen an dem Knopf herum. Er griff nach unten, packte ihre Handgelenke und hielt sie fest.

Ihre Augen füllten sich mit Tränen und sie wandte den Blick von ihm ab. Gramps hasste es, dass er sie in Verlegenheit gebracht hatte, aber er musste sicher sein, dass sie sich einig waren, bevor sie weitermachten.

»Sieh mich an«, befahl Gramps.

Es dauerte einen Moment, aber Cassidy hob langsam den Kopf, um seinem Blick zu begegnen.

»Ich habe dich nicht zu mehr Intimität gedrängt, weil ich wollte, dass du dir sicher bist«, erklärte er sanft. »Wenn ich dich nehme, war's das. Es gibt kein Zurück mehr. Wie damals, als ich achtzehn war und wusste, dass ich dich nie wieder verlassen kann, wenn ich dich um eine Verabredung bitte, weiß ich jetzt, dass es nie wieder eine andere für mich geben wird, wenn du mich in deine heiße, feuchte, wunderschöne Muschi sinken lässt. Du bist die Eine für mich. Ich musste dir Zeit geben, um hundertprozentig sicher zu sein, dass du das auch willst. Ich bin nicht Alfred oder

Michael oder irgendein anderer Mistkerl, der dich in der Vergangenheit verletzt hat. Ich bin dominant, beschützend und viel zu unverblümt, aber ich gebe dir mein Wort, dass ich alles in meiner Macht Stehende tun werde, damit du und Mario von nun an nur noch Gutes in eurem Leben habt. Wenn du dich nicht binden kannst, wenn du dir nicht sicher bist, ob du eine langfristige Beziehung mit mir willst, wenn du dir nicht vorstellen kannst, meinen Ring für den Rest deines Lebens zu tragen ... dann müssen wir warten. Ich bin dazu bereit, aber ich bin nicht bereit, ins Paradies einzutauchen, nur um es danach wieder zu verlieren.«

Cassidy starrte ihn an, ohne zu blinzeln. Gramps konnte nicht deuten, was sie dachte. Sie hatte die Kunst des Pokerface perfektioniert. Wahrscheinlich weil sie es in der Vergangenheit hatte tun müssen, um sich zu schützen. Das machte ihn wütend.

»Ich liebe dich, Cassidy«, fuhr Gramps fort. »Euch beide, dich und Mario. Ich habe mich noch nie so lebendig gefühlt. Plötzlich gibt es für mich mehr im Leben als meinen Job. Ich wache mit einem Lächeln auf, weil ich weiß, dass ich euch beide bald sehen werde, und wenn ich ins Bett gehe, lasse ich all die Momente Revue passieren, die wir an diesem Tag miteinander verbracht haben. Ich will dich. Mehr als ich jemals eine Frau gewollt habe. Aber das gilt für alle Aspekte meines Lebens, nicht nur im Bett. Wenn ›ich will dich‹ bedeutet ›nur fürs Bett‹ ... ist meine Antwort nein. Ich bin nicht bereit, mich damit zufriedenzugeben. Ich will alles von dir. Jedes kleine Stück. Das Gute, das Schlechte und das Hässliche.«

Gramps hielt den Atem an, als er ihre Handgelenke losließ und auf ihre Antwort wartete. Wenn sie jetzt einen Rückzieher machte, wäre das niederschmetternd, aber er wollte nicht nachgeben. Er würde ihr etwas Freiraum geben und sein Bestes tun, um sie davon zu überzeugen, es mit ihm zu versuchen. Er würde nie mehr verlangen, als sie ihm zu geben bereit war – aber er wollte alles.

Cassidy leckte sich über die Lippen und legte ihre Finger erneut auf den Bund seiner Jeans. Aber sie bewegte sich nicht, als sie sprach. »Es ist sechs Jahre her, dass ich mit einem Mann zusammen war«, bemerkte sie leise und errötete.

Gramps konnte nicht anders. Ihm gefiel diese Tatsache.

»Und davor war ich nur mit Alfred zusammen. Er war mein erster, und ich muss sagen, dass es nie gut war. Ihm war es egal, ob ich Spaß an dem hatte, was wir taten. Sein einziges Ziel war seine eigene Befriedigung. Die meiste Zeit über war es demütigend und peinlich, mit ihm zusammen zu sein. Ich habe viele Bücher gelesen und mir viele Pornos angesehen, um herauszufinden, wie ich es besser machen kann. Die traurige Wahrheit ist, dass die Beziehungen der Darstellerinnen und Darsteller in diesen Pornovideos liebevoller waren als meine eigene Ehe.«

Gramps runzelte die Stirn. Nicht weil sie davon sprach, Pornos geschaut zu haben oder mit einem anderen Mann zusammen gewesen zu sein, sondern weil er es hasste, dass sie sich nie geliebt gefühlt hatte.

»Die letzten Wochen mit dir haben mir gezeigt, worum es in einer echten Beziehung geht. Es geht nicht nur um Sex gegen die Wand und darum, sich gegenseitig zu befriedigen. Es geht darum, sich gegenseitig zum Lachen zu bringen. Es geht darum, dass du meinem Sohn beibringst, sich selbst zu lieben, egal wie sehr er sich von anderen unterscheidet. Zu sehen, wie er unter deiner Aufmerksamkeit aufblüht. Wie es ist, jemanden zu haben, der für uns kocht, und zu wissen, dass ich nur zu fragen brauche, wenn ich etwas benötige.

Ich liebe dich, Leo. Ich dachte, ich liebe Alfred, aber ich glaube, ich wollte unbedingt eine Beziehung haben. Ich wollte eine Verbindung zu jemand anderem finden. Was ich für dich empfinde, macht mehr als deutlich, dass ich vorher keine Ahnung hatte.«

Sie begann erneut, ihre Finger zu bewegen, und Gramps hielt den Atem an, denn er wollte ihre Hand auf seinem pulsierenden Schwanz spüren, und zwar mehr als alles andere auf der Welt.

»Aber vor allem will ich wissen, wie es sich anfühlt, Liebe zu machen. Ich will wissen, wie die Frauen in den Videos sich gefühlt haben, als ihre Partner sie zum Orgasmus gebracht haben. Ich will wissen, wie du dich anfühlst, wenn du mich mit deinem Schwanz ausfüllst. Ich habe praktisch mein ganzes Erwachsenenleben lang von dir geträumt ... und das Warten darauf, dass du den ersten Schritt machst, hat mich umgebracht.«

Sie ließ sich Zeit, seine Jeans langsam zu öffnen, und Gramps hätte sich um Haaresbreite auf sie gestürzt. Er hasste es, dass sie seine Absichten infrage gestellt hatte. Sie sagte es zwar nicht direkt, aber es war offensichtlich, dass sie genau das störte. Das war es, was es mit dem »Es ist alles in Ordnung« auf sich hatte. Es war nicht alles in Ordnung, und das war seine Schuld. Er hatte seine Frau im Stich gelassen.

Damit war jetzt Schluss. Sie würde sich nie wieder fragen, ob er sie so sehr wollte, wie sie ihn wollte.

Sie wandte den Blick von seinem Gesicht ab und schaute auf seinen Schoß. Sie schob die Jeans herunter und sein Schwanz schwoll sofort an, froh, nicht mehr eingesperrt zu sein. Cassidys Wangen färbten sich rot und sie leckte sich über die Lippen, während sie ihn anstarrte. Ihre Hand bewegte sich langsam, aber bevor sie ihn berühren konnte, konnte Gramps sich nicht mehr beherrschen.

Er war fertig mit dem Reden.

Sie hatte ihre Entscheidung getroffen.

Sie gehörte ihm. Jetzt und für immer.

Gramps bewegte sich wieder, stand in einer einzigen fließenden Bewegung auf und griff nach Cassidy. Er beugte sich vor und hob sie vom Sofa hoch, als wöge sie nicht mehr als ein Kind. Er hielt sie in seinen Armen und ging auf die Treppe zu.

Er ging den Flur entlang und blieb vor Marios Tür stehen. Er ließ Cassidys Beine herunter, bis sie stand, öffnete dann die Tür und lehnte sich hinein, um nach Mario zu sehen. Er lag mit ausgebreiteten Armen und Beinen auf seinem Bett und schlief tief und fest. Er schlief den Schlaf der Unschuldigen. Er wusste, dass er in seinem Zimmer, in diesem Haus, sicher war, und sein tiefer Schlaf bewies es.

Gramps schloss geräuschlos die Tür, dann nahm er Cassidy wieder auf den Arm und ging in sein Zimmer. Von diesem Moment hatte er mehr Nächte geträumt, als er zählen konnte. Er hatte es gehasst, Cassidy dabei zuzusehen, wie sie ins Gästezimmer ging und die Tür hinter sich zumachte. Er hatte sich danach gesehnt, sie zu packen und in sein Bett zu bringen. Und jetzt hatte er endlich die Gelegenheit dazu.

Er stieß die Tür mit der Schulter auf und schloss sie mit einer Hüfte sanft hinter sich. Dann schritt er auf das Bett zu und legte Cassidy darauf. Er lehnte sich über sie. »Musst du auf die Toilette?«

Sie schüttelte den Kopf.

»Dies ist deine letzte Chance, deine Meinung zu ändern«, erklärte er, obwohl alles in ihm danach schrie, den Mund zu halten. Sie zu nehmen.

»Besorg es mir, Leo«, bat sie leise.

Und damit war es um seine Selbstbeherrschung geschehen. Gramps packte sie an den Seiten und zog sie weiter auf das Bett. Er griff nach ihrer Jeans und innerhalb weniger Augenblicke hob sie ihre Hüften an, damit er ihr die Hose über die Beine schieben konnte. Er packte den Saum ihrer zarten weißen Bluse und zerrte sie nach oben. Dann lag sie auf seinem Bett, nur mit einem weißen Baumwoll-BH und einem schwarzen Slip mit Leopardenmuster bekleidet. Sie passten nicht zusammen, aber irgendwie wirkte das umso sexyer. Umso authentischer.

Sein Schwanz schmerzte in seiner offenen Jeans, und Leo konnte keine Sekunde mehr warten. Er stieg auf das Bett und drückte ihre Beine auseinander. Ohne ein Wort zu sagen, senkte er seinen Kopf und schmiegte sich an die Baumwolle über ihrer Muschi. Er atmete tief ein und stöhnte tief in seiner Kehle.

»Leo?«, fragte Cassidy, aber er war schon zu vertieft, um zu antworten.

Er ließ seine Hände nach oben gleiten und schob das Höschen grob zur Seite, damit er zum ersten Mal ihre Muschi sehen konnte. Ihre Schamlippen glänzten feucht und der Anblick ließ ihm das Wasser im Mund zusammenlaufen.

Gramps bewegte sich, ohne nachzudenken, und leckte mit seiner Zunge über ihren Schlitz. Die Position war etwas ungünstig, da er nicht die Geduld gehabt hatte, ihr die Unterwäsche auszuziehen, bevor er sich über sie hermachte. Er konnte mit seiner Zunge nicht in ihren Körper eindringen, aber er kam an ihre Klitoris heran. Er musste sie zum Orgasmus bringen. Er musste ihr zeigen, was sie bisher verpasst hatte.

Er saugte an der empfindlichen Knospe und leckte kräftig daran.

Cassidy gab ein hohes Fiepen von sich und setzte sich halb auf dem Bett auf. Er legte eine Hand auf ihren Bauch und hielt sie still, während er mit der anderen Hand ihre Unterwäsche aus dem Weg hielt.

»Lass mich das ausziehen«, flehte Cassidy.

Aber Leo schüttelte den Kopf. Jetzt, da er sie gekostet hatte, würde er nicht eher aufhören, bis sie besinnungslos vor Lust war.

Er blickte auf, während er mit seiner Zunge weiter ihre Klitoris bearbeitete. Er konnte ihre erigierten Brustwarzen sogar durch die Baumwolle ihres BHs sehen. Cassidy starrte auf ihn herab, ihre Augen waren groß und die Pupillen geweitet, während er sie verwöhnte.

»Leo«, flüsterte sie.

Er konnte nicht aufhören. Nicht jetzt. Er musste sie zum Orgasmus bringen. Er musste ihr mehr Vergnügen bereiten, als sie ertragen konnte. Ohne den Blick von ihr abzuwenden, verstärkte Gramps seine Bemühungen. Schon bald begannen ihre Schenkel zu zittern und er konnte spüren, wie ihre Bauchmuskeln sich unter seiner Hand anspannten.

»Oh mein Gott«, keuchte Cassidy. »Ich komme gleich.«

Gramps hätte am liebsten triumphierend gejubelt. Er war nicht so eingebildet zu denken, dass es nur an seiner Technik lag. Es war offensichtlich schon sehr lange her, dass sie gekommen war, und es war definitiv überfällig gewesen. Aber er konnte nicht leugnen, dass er sich verdammt freute, dass er derjenige war, der sie zum Orgasmus gebracht hatte.

Es dauerte nur noch etwa dreißig Sekunden. Cassidy ließ sich auf den Rücken fallen und hielt sich an seinem Kopf fest, während sie unkontrolliert zitterte. Ihr berauschender Duft nahm zu, bevor sie kam. Sie stemmte sich gegen ihn und Gramps verlor fast seinen Halt. Er lächelte, während er den Sog an ihrer Klitoris verstärkte.

Mit Rücksicht auf ihren schlafenden Sohn dämpfte Cassidy ihre Schreie. Gramps konnte den Tag kaum erwarten, an dem er sie nehmen konnte, ohne dass sich einer von ihnen Gedanken über den Lärm machen musste, den sie machten. Aber im Moment konnte er sich nichts Anregenderes vorstellen, als dass seine Frau an seiner Zunge den Verstand verlor.

Sie zuckte und schlug um sich, während ihr Orgasmus immer weiterzugehen schien. Erst als sie wimmerte, ließ Gramps Gnade walten. Er zog sich zurück, hielt aber immer noch ihre Unterwäsche fest, als er sah, wie ihre Muschi vor Erregung triefte. Er konnte nicht anders, als sich nach unten zu beugen und ihren Schlitz zu lecken, wobei er seine Zunge zwischen ihre Falten zwang, um so viel von ihrer Flüssigkeit aufzusaugen, wie er erreichen konnte.

Cassidy stöhnte erneut auf.

Und damit wusste Gramps, dass er sie haben musste. Jetzt sofort. Er konnte keinen Moment länger warten, in sie einzudringen.

Cassidy lag erschöpft da, als Leo sich von ihr löste und neben das Bett stellte. Er zog sich in Rekordzeit aus, ohne den Blick von ihr abzuwenden. Sie hatte keine Ahnung gehabt, dass ein Orgasmus sich so anfühlen kann. Sie hatte in der Vergangenheit masturbiert, aber die Orgasmen, die sie sich selbst verschafft hatte, hatten sich nie so angefühlt wie das, was Leo gerade mit ihr gemacht hatte.

Sie waren langsam und sanft gewesen. Aber Leo hatte nicht nachgelassen, als sie kurz davor war, zum Orgasmus zu kommen. Er hatte sie noch mehr geleckt. Fester gesaugt. Das löste in ihr eine fast schmerzhafte Explosion der Lust aus.

Ihre Brüste hoben und senkten sich, während sie versuchte, wieder zu Atem zu kommen, und Leo dabei zusah, wie er sich vor ihr entblößte. Er war nahezu perfekt. Seine Brust war mit leichtem Haar bedeckt. Die dunklen Strähnen waren reichlich mit grauem Haar vermischt, was ihn in ihren Augen noch sexyer machte. Seine Schultern waren breit, und obwohl er keinen perfekten Waschbrettbauch hatte, war es mehr als offensichtlich, dass er immer noch trainierte und auf seinen Körper achtete. Er hatte sogar diese V-Muskeln, die sie so sexy fand.

Sie ließ den Blick zu seiner Taille wandern und ihre Augen wurden größer, als sie sah, wie groß sein Schwanz tatsächlich war. Selbst von dort, wo sie lag, konnte sie sehen, wie er pulsierte. Die pilzförmige Spitze sah rot und pochend aus, und sie war sich nicht sicher, ob er überhaupt in sie hineinpassen würde.

Zum ersten Mal fühlte Cassidy sich unwohl und biss sich auf die Lippe.

»Wir werden schon zusammenpassen«, beschwichtigte Leo sie, als könnte er ihre Gedanken lesen. Er griff nach ihrer Unterwäsche und Cassidy wurde rot, als er den Gummizug über ihre Hüftknochen herunterzog. Sie hob den Hintern an, um ihm zu helfen, und kam nicht umhin zu denken, dass sie für diesen Mann keineswegs gut genug war.

Sie hatte ein Baby bekommen. Davon zeugten noch immer die Dehnungsstreifen an ihrem Körper. Ihre Brüste waren nicht mehr besonders prall, und sie ging nie ohne BH aus dem Haus.

Plötzlich war sie sich nicht mehr sicher, ob sie das durchziehen konnte.

»Du bist so verdammt schön«, erklärte Leo ehrfürchtig, während er den Blick über ihren Körper wandern ließ. Mit seinen Händen fuhr er unter ihren Rücken, um ihren BH zu öffnen, während Cassidy ihm in die Augen sah.

Hätte sie auch nur einen Hauch von Enttäuschung gesehen, hätte sie nicht weitermachen können. Aber stattdessen sah sie nur Lust. Auf sie.

Sie war nackt wie an dem Tag, an dem sie geboren wurde, atmete schwer und die Lust, die der Orgasmus, den er ihr beschert hatte, noch immer durch ihren Körper jagte, war ungebrochen. Alfred hatte sie nie geleckt. Er fand das eklig und hatte sich immer geweigert. Natürlich fand er es nicht eklig, wenn sie ihm einen blies, und oft zog er es vor, dass sie ihn auf diese Weise befriedigte, bevor er einschlief, ohne ihr eine Gegenleistung zu erbringen.

Leo legte ein Knie auf das Bett und rutschte zwischen ihre Beine. Als sie an ihm herunterschaute, sah sie, dass er sich ein Kondom übergezogen hatte, während sie in Gedanken versunken gewesen war. Einen Moment lang war sie enttäuscht. Sie wollte nichts zwischen ihnen, aber sie wusste, dass es das Verantwortungsvollste war, was sie tun konnten.

»Ich wollte mit dir über Verhütung reden, bevor wir im Bett landen. Aber ich war zu feige und habe zu lange gewartet«, erklärte Leo.

Cassidy hätte nie gedacht, dass der unglaubliche Mann, der über ihr kniete, ein Feigling war.

»Ich verhüte«, erklärte sie ihm und beobachtete, wie sein Schwanz bei diesen Worten förmlich stramm stand. »Als Mario und ich nach unserer Ankunft in Indianapolis zum Arzt gegangen sind, habe ich ihn um ein Verhütungsmittel gebeten. Ich hatte mir vor der Abreise nach Jamaika die Verhütungsspritze geben lassen, weil ich nicht wusste, wie meine Situation dort sein würde, aber natürlich konnte ich sie dort nicht mehr bekommen.«

Leo holte sie in die Gegenwart zurück, indem er ihr eine Hand an die Wange legte. »Du wirst bei mir immer in Sicherheit sein«, entgegnete er leise. »Wir werden später darüber reden und alles klären, aber ich kann keinen Moment länger warten, mit dir zu schlafen.«

Cassidy gefiel es, dass er sich nach ihr verzehrte. Und ihr ging es genauso. Ihre Liebe zu ihm wuchs in ihr.

Die Spitze seines Schwanzes berührte ihren Bauch, und sie atmete scharf ein. Als sie aufblickte, konnte sie nur einen Hauch von Braun in seiner Iris erkennen. Seine Pupillen waren geweitet und seine Nasenlöcher gebläht, während er sich bemühte, seine eiserne Selbstbeherrschung nicht aufzugeben.

»Mach langsam«, flüsterte sie, spreizte die Beine und lud ihn in ihren Körper ein.

»Ich werde dir nicht wehtun«, schwor er. »Ich würde dir *nie* wehtun.«

Anstatt seinen Schwanz an ihre Öffnung zu setzen, griff Leo nach unten und fuhr mit seinen Fingern über ihren Schlitz. Er spielte mit ihrer feuchten Muschi, rieb sie, strich über ihre Klitoris und brachte sie dazu zusammenzuzucken, bevor sie sich auf der Matratze entspannte.

Er schob einen Finger in ihre enge Muschi und beide stöhnten auf.

»Verdammt, Cass, du bist so heiß. Und du umschließt meinen Finger so fest, dass du meinen Schwanz wahrscheinlich richtig drücken wirst, wenn er da drin ist.«

Bei seinen Worten spannten ihre Muskeln sich an und er stöhnte.

Dann sprach keiner von ihnen mehr, während er sich darauf konzentrierte, sie daran zu gewöhnen, wieder etwas in ihrem Körper zu haben. Aus einem Finger wurden zwei. Sein sanftes Erforschen ging in ein anspruchsvolleres Tempo über. Er drehte seine Hand und die beiden Finger trafen auf etwas in ihr, das sie buchstäblich dazu brachte, unter seiner Berührung zusammenzuzucken.

Leo lächelte. »So ist es richtig«, sagte er, mehr zu sich selbst als zu ihr.

Cassidy wusste nicht, wovon er sprach, aber sie konnte auch nicht nachdenken, als Leo seine Hand immer schneller werden ließ. Mit der anderen Hand begann er, ihre Klitoris zu reiben. Er massierte sie heftig und Cassidy hatte das Gefühl, als würde sie das Bett unter sich durchnässen, so feucht war sie. Die schmatzenden Geräusche, die seine Finger machten, wären ihr peinlich gewesen, wenn sie nicht so erregt gewesen wäre.

Sie wusste, dass er ihren G-Punkt gefunden hatte. Sie hatte genügend Pornovideos gesehen, in denen Männer das Gleiche mit Frauen machten. Sie hatte angenommen, dass ihre übertriebenen Reaktionen nur gespielt waren. Aber wenn diese Schauspielerinnen auch nur einen Bruchteil der Lust empfunden hatten, die sie in diesem Moment empfand, lag sie mit dieser Annahme falsch. Sehr falsch.

Cassidy fühlte sich, als würde sie von innen nach außen gedreht. Sie öffnete die Beine noch weiter, um mehr von Leo zu bekommen.

»Das ist es, lass dich gehen, mein Schatz«, sagte Leo.

Sie hörte ihn kaum, weil das Rauschen in ihren Ohren so laut war. So etwas hatte sie noch nie gefühlt. Die Lust war fast schmerzhaft. Das Eindringen seiner Finger in sie hatte zuerst wehgetan, aber jetzt wollte sie mehr. Brauchte mehr.

Sie schloss und öffnete abwechselnd die Beine; die Muskeln in ihrem ganzen Körper spannten sich um seine Finger an und lockerten sich dann wieder. Sie wollte mehr und gleichzeitig wollte sie, dass er aufhört. Dann spürte sie einen Schwall von Flüssigkeit zwischen ihren Schenkeln, als das unglaublichste Gefühl sie überkam. Sie wurde von einer Welle kribbelnder Hitze überrollt und Cassidy war in dem erotischsten Gefühl verloren, das sie je erlebt hatte.

Als sie wieder zu sich kam, war Leo wieder zwischen ihren Beinen. Die Spitze seines Schwanzes berührte ihre feuchten Schamlippen. Sie war dort empfindlich, aber sie hatte keine Angst mehr vor der Größe seines Schwanzes.

»Bist du sicher, Cass?«, fragte er, als er an ihrer Öffnung innehielt.

Als Antwort setzte Cassidy sich auf und legte ihre Hände an seine Wangen. Mit einer Faust stützte er sich über ihr ab und mit der anderen hielt er seinen Schwanz an ihre Muschi.

»Ich liebe dich«, erklärte sie leise. »Ich gehöre dir.«

Als sie das sagte, war es um Leos Selbstbeherrschung geschehen.

Er drang mit einem einzigen langen Stoß in sie ein.

Cassidy hatte sich vor der Größe seines Schwanzes gefürchtet, aber sie war so feucht und erregt, dass sie nichts als Lust empfand, als er den leeren Raum in ihr ausfüllte.

Sie stöhnten beide auf, als ihre Schamhaare sich ineinander verfingen. Cassidy spürte, wie seine Hoden gegen ihren Hintern drückten, und sie stemmte sich an ihn, weil sie ihn tiefer in sich spüren wollte. Sie genoss das Gefühl, wie er sie ausfüllte.

Er hatte den Kopf zurückgeworfen, als er in sie eindrang, aber jetzt neigte er das Kinn, um sie anzusehen. »Ich werde dich niemals aufgeben«, erklärte er.

Cassidy hätte am liebsten geweint. Das war ihr mehr als recht. »Und du gehörst mir«, erwiderte sie.

»Ich gehöre dir«, schwor Leo, als er seinen Schwanz aus ihr herauszog und wieder in sie hineinstieß.

Cassidy stöhnte auf. Sie fand es toll, dass er nicht langsam war. Sie wollte – musste – spüren, wie er sie in Besitz nahm.

Danach sprach keiner von ihnen mehr ein Wort. Leo stieß in sie hinein und zog seinen Schwanz wieder heraus, und Cassidy tat ihr Bestes, um jeden Stoß zu erwidern, indem sie ihre Hüften nach oben drückte. Sie waren völlig synchron. Verbunden durch mehr als nur ihre fleischliche Lust.

Der G-Punkt-Orgasmus war so fantastisch gewesen, dass Cassidy sich damit zufriedengab, Leo sein Vergnügen zu überlassen, aber er hatte etwas anderes vor. »Bring dich zum Orgasmus«, befahl er.

Cassidy blinzelte zu ihm auf. »Was?«

»Berühre dich selbst«, erklärte er.

»Das ist okay für mich«, protestierte sie. »Jetzt sollst du genießen.«

»Falsch«, entgegnete Leo sofort. »Wir sollen beide genießen.«

»Aber ich bin schon zweimal zum Orgasmus gekommen«, gab sie zu bedenken.

»Und ich will spüren, wie du an meinem Schwanz kommst«, erklärte Leo ihr. »Fass dich an, Cass. Ich will spüren, wie deine Muskeln sich um meinen Schwanz zusammenziehen.«

Wie konnte sie dazu Nein sagen? Verlegen schloss sie die Augen und führte ihre Hand zwischen ihre beiden Körper. Sie spürte, wie sein Schamhaar über ihren Handrücken strich, als sie zaghaft ihre Klitoris berührte. Sie war noch sehr geschwollen und empfindlich und sie zuckte bei der ersten Berührung zusammen.

Leo stöhnte auf. »Verdammt, ja, genau so. Mach die Augen auf und sieh mich an, während du dich selbst befriedigst.«

Sofort öffnete sie die Augen und starrte zu Leo hoch. Sein Gesicht und sein Oberkörper waren rot und fleckig, und sie genoss es, wie er die Zähne zusammenbiss und seinen Kiefer anspannte.

»Verdammt, du bist so schön«, hauchte Leo.

Cassidy atmete schwer, aber sie konnte den Blick nicht von seinen Augen abwenden. Während er sie liebte, stieß sein Schwanz immer wieder in sie hinein und glitt wieder heraus.

»So ist es gut«, ermutigte er sie. »Sorge dafür, dass du dich gut fühlst.«

»*Du* sorgst doch schon dafür, dass ich mich gut fühle«, konterte sie. »So habe ich mich noch nie gefühlt.«

»Gut«, erklärte er ein bisschen zu selbstgefällig.

Cassidy konnte sich ein Lächeln nicht verkneifen.

»Schneller, Cass. Ich halte nicht mehr lange durch.«

Sie fand tatsächlich, dass er ein beeindruckendes Durchhaltevermögen hatte, und sagte ihm das auch.

»Ich habe jeden Morgen masturbiert, manchmal auch mitten in der Nacht«, sagte er zu ihr, ohne dass es ihm peinlich war. »Mein Schwanz war zu steif, als dass ich nichts dagegen tun konnte, aber vor allem wusste ich, dass ich sonst in dem Moment explodieren würde, in dem ich in dir bin. Aber ich bin auch nur ein Mensch, und du fühlst dich einfach zu gut an. Komm schon, Schatz. Ich flehe dich an.«

Cassidy gefiel der Gedanke nicht, dass Leo sie um etwas anflehen musste, also bewegte sie ihre Finger schneller. Sie zog ihre Beine hoch und stellte ihre Füße auf die Matratze, um mehr Druck auszuüben. Sie hob ihren Hintern an, dankbar dafür, dass Leo ihr die Hand unter den Hintern legte, um den richtigen Winkel zu halten, und versuchte krampfhaft, zum Orgasmus zu kommen.

Als ihr Höhepunkt kam, war er sanfter und schwächer als die beiden vorherigen, die Leo ihr beschert hatte, aber nicht weniger lustvoll.

»Verdammt, ja!«, stöhnte Leo, als ihre Muschi sich um seinen knallharten Schwanz zusammenzog. Er stieß noch vier weitere Male kräftig in sie hinein, dann drang er so tief wie möglich in sie ein und Cassidy beobachtete fasziniert, wie sich jeder Muskel in seinem Körper anspannte, als er zum Höhepunkt kam. Sie wollte spüren, wie sein heißer Samen sie ausfüllte, aber das Kondom verhinderte es.

Er brach zusammen, als seine Arme nachgaben, ließ sich aber zur Seite rollen, um sie nicht zu erdrücken. Leo zog sie an seine Brust, und sie lagen beide da und versuchten, zu Atem zu kommen.

Schließlich hob er den Kopf und starrte sie mit einem Blick an, der so intensiv war, dass sie sich ein wenig unwohl fühlte.

»Was?«, fragte sie schüchtern.

»Ich liebe dich«, erklärte Leo ihr. »So sehr, dass es mir Angst macht.«

Cassidy war überrascht, dass er diesen letzten Teil zugab. »Mir geht es genauso«, stimmte sie zu.

»Aber wir werden es trotzdem schaffen«, sagte Leo. »Willst du wissen, woher ich das weiß?«

»Woher?«, flüsterte Cassidy.

»Weil nichts, was sich so gut anfühlt, falsch sein kann. Ich sage nicht, dass alles eitel Sonnenschein sein wird, aber ich werde für dich kämpfen, für uns«, erklärte Leo. »Ich habe mein ganzes Leben auf dich gewartet. Ich habe Dinge gesehen und getan, auf die ich nicht stolz bin, aber du und Mario seid meine Belohnung.«

Cassidys Augen füllten sich mit Tränen. »Leo«, stieß sie hervor.

»Psssst«, beruhigte er sie. »Es ist okay.«

Und das war es auch. Sie wusste aus erster Hand, dass Beziehungen nicht immer funktionieren, aber aus irgendeinem Grund machte sie sich keine Sorgen um sie und Leo. Er hatte ja recht. Es fühlte sich natürlich an, mit ihm zusammen zu sein. Als sei es so gewollt. Sie hatten beide viel durchgemacht, und jetzt, da sie einander gefunden hatten, war sie entschlossen, so fest wie möglich zusammenzuhalten. Leo war es wert, um ihn zu kämpfen – und das würde sie auch tun.

Sie lagen einen langen Moment zusammen, bevor er aufstehen musste, um das Kondom zu entsorgen. Cassidy hasste es, ihn gehen zu lassen, aber er war in einer Minute mit einem warmen Waschlappen zurück. Er säuberte sie sanft zwischen den Beinen, was Cassidy noch mehr erröten ließ als zuvor. Aber Leo kommentierte das nicht, sondern lächelte sie nur zärtlich an, bevor er den Waschlappen zurück ins Bad brachte.

Er zog sich Shorts an und lehnte sich über sie. »Ich bin gleich wieder da. Ich will nur nach Mario sehen.« Dann küsste er sie auf die Stirn und war verschwunden.

Das hatte Alfred nie getan. Kein einziges Mal. Wenn Mario als Säugling geweint hatte, hatte er erwartet, dass sie aufstand, um sich um ihn zu kümmern. Wenn sie seltsame Geräusche hörte, hatte er nie nachgeforscht, um sie zu beruhigen. Cassidy wusste ganz genau, dass Leo sich nicht einfach umdrehen und wieder einschlafen würde, wenn auch nur die geringste Möglichkeit bestand, dass etwas nicht stimmte. Dass er nach Mario sah, obwohl es keinen Grund gab anzunehmen, dass er nicht tief und fest schlief, bewies, dass er ein Mann war, auf den sie beide zählen konnten. Egal was passierte.

Leo war innerhalb von drei Minuten zurück. Er zog die Shorts aus und stieg neben ihr ins Bett. Er griff nach seinem Handy und drückte ein paarmal darauf rum, bevor er es wieder auf den Nachttisch legte. Dann zog er sie an seine Brust und Cassidy seufzte zufrieden.

»Ich weiß nicht, wie du dazu stehst, dass Mario weiß, dass du hier bei mir schläfst, also habe ich den Wecker auf halb sieben gestellt, nur für den Fall.«

Cassidys Herz schmolz noch mehr dahin.

»Ich möchte, dass ihr bei mir einzieht, aber ich weiß, dass ihr eure Unabhängigkeit braucht. Ich bin bereit, geduldig zu sein, wenn es darum geht, dass wir zusammenleben, aber ich möchte dich bitten herauszufinden, was Mario davon hält. Wenn du denkst, dass er noch nicht bereit ist, dass wir eine dauerhafte Beziehung eingehen, werden wir langsam und behutsam daran arbeiten. Ich möchte wirklich keine Nacht mehr ohne dich in meinen Armen verbringen.«

Sie hob den Kopf. Die Tatsache, dass Leo an Mario dachte, half ihr dabei, nicht über die Tatsache auszuflippen, dass er sie gerade gebeten hatte, bei ihm einzuziehen.

»Ich mag es nicht, das Ganze heimlich zu machen«, erklärte Leo. »Ich verstehe, dass er etwas Zeit braucht. Ihr seid schon so lange ein Team, wie er denken kann. Ich möchte ein Teil dieses Teams sein, aber ich möchte nicht, dass er das Gefühl hat, abgeschoben zu werden.«

»Danke«, sagte Cassidy leise zu ihm.

»Du brauchst mir nicht zu danken. Ich liebe den Jungen. Ich bin nur gierig und will alles haben. Dich, ihn und uns, wie wir als Familie zusammenleben. Ich gebe euch beiden so viel Zeit, wie ihr braucht, um euch an den Gedanken zu gewöhnen, aber ihr sollt wissen, das Ziel ist: Ihr zieht ein, du heiratest mich und wir leben zusammen, und zwar für immer.«

»Ich liebe dich.« Mehr brachte sie nicht hervor. Sie wollte sagen, dass sie sofort einziehen würde, aber sie wusste, dass sie noch nicht so weit war.

»Und ich liebe dich auch«, entgegnete Leo. »Wir werden einen Zeitplan ausarbeiten. Ich schlafe ab und zu bei dir und ihr schlaft ab und zu hier. Das wird schon klappen.«

Er klang so zuversichtlich, dass Cassidy sich einfach an ihn schmiegen musste. Sie wusste, dass es nicht so einfach sein würde, aber sie hatte im Moment nicht die Energie, sich darüber

Gedanken zu machen. Sie hatte gerade drei Orgasmen gehabt und war gründlich befriedigt worden. Über die Logistik würde sie sich später Gedanken machen. Im Moment genügte es ihr zu wissen, dass Leo sowohl ihr als auch Marios Bestes im Sinn hatte.

Sie schlief mit Leos Herzschlag im Ohr ein und hatte noch nie besser geschlafen.

KAPITEL SECHZEHN

Es war drei Uhr morgens, und Lloyd hockte mit Martin irgendwo versteckt in einem Garten. Es hatte ein bisschen gedauert, Alice und Julio Hewitt in El Paso aufzuspüren. Aber sie hatten es endlich geschafft.

Seit der Landung in den Staaten war nichts mehr richtig gelaufen und Lloyd war mehr als bereit, nach Jamaika zurückzukehren ... zumal die Dinge in Kingston sich langsam zum Besseren wendeten.

Vorsichtig hatte er einige der Leute kontaktiert, die ihm sagten, dass ein entfernter Cousin von Michael die Organisation übernehmen würde. Lloyd hatte behauptet, er habe das Geld genommen, um G aufzuspüren und Michael zu rächen. Und er wollte auch Cassidy finden und sie für den Tod ihres Chefs bezahlen lassen. Alle waren sich einig, dass sie *etwas* damit zu tun haben musste, dass G aufgetaucht und Cassidys Balg so kurz darauf verschwunden war.

Glücklicherweise glaubten die anderen ihm seine Erklärung, und Lloyd war mehr als dankbar. Das bedeutete, dass er möglicherweise wieder in sein altes Leben zurückkehren und für

Jamaikas neuesten Drogenboss arbeiten konnte … sobald er den Bengel in seiner Gewalt hatte.

Lloyd war sich bewusst, dass Martin immer noch der Meinung war, er solle den Jungen einfach töten und fertig. Aber das war ihm nicht genug. Er wollte, dass die Schlampe wusste, was mit ihm passieren würde. Dass er zu genau dem werden würde, was sie hasste – zu einem Drogendealer. Jemand, der ohne Gewissensbisse tötete. Der Drogen an Kinder verkaufen würde. Dem es nichts ausmachte, Frauen zu verletzen oder zu vergewaltigen.

Er würde es Cassidy bis ins kleinste Detail erklären, bevor er sie umbrachte. Dann würde er genau das tun, womit er gedroht hatte. Der Junge würde ihn fürchten und respektieren und alles tun, was er ihm sagte.

Lloyd hasste Kinder, aber er hatte das Gefühl, dass es ihm Spaß machen würde, Mario fertigzumachen. Ihn davon zu überzeugen, dass seine Mutter ihn nie geliebt hatte. Ihn härter zu machen. Ihn in einen skrupellosen Drogendealer zu verwandeln.

Aber zuerst musste er die beiden finden.

Und der heutige Abend war der erste Schritt dazu. Ihm gingen die Zeit und das Geld aus. Das meiste von dem, was er gestohlen hatte, hatte er in Jamaika gelassen, also war er knapp bei Kasse. Er sollte gerade genug haben, um einen Flug dorthin zu bezahlen, wo die Schlampe sich versteckt hielt, und dann zurück nach Jamaika zu gelangen. Zum Glück hatte Coke ein großes Netzwerk von Piloten. Sie waren bereit, ihn und Martin dorthin zu fliegen, wo sie hinwollten – ohne zu fragen, was sie bei sich hatten. Für nur fünfzigtausend Dollar würden sie einen »schlafenden« Jungen ignorieren.

»Jetzt?«, fragte Martin.

Lloyd schaffte es kaum, nicht um sich zu schlagen. Er hatte die Schnauze voll von Martin. Der einzige Grund, warum er noch atmete, bestand darin, dass er seine Muskelkraft brauchte, um Cassidys Eltern zu überwältigen und zu verhören.

Er hatte eigentlich vorgehabt, jetzt schon im Haus zu sein. Es war die ganze Nacht über ruhig geblieben – aber überraschenderweise war das *Viertel* sehr aktiv gewesen. Es war ein Freitag und ständig fuhren Fahrzeuge die Straße entlang, und zwei Häuser weiter fand sogar eine Art Party statt. Er wollte auf keinen Fall riskieren, in das Haus der Hewitts einzubrechen, wenn Leute in der Nähe waren. Ein Nachbar könnte sie sehen, oder einer der Hewitts könnte so viel Lärm machen, dass jemand sie hörte, bevor sie zum Schweigen gebracht werden konnten.

Sie brauchten viel Zeit, um von dem älteren Ehepaar Informationen zu bekommen. Und das bedeutete, sich stundenlang zu verstecken, bis er sicher war, dass alle schliefen.

»Jetzt«, bestätigte Lloyd Martin.

Langsam erhoben sie sich vom Boden und streckten sich, um die verkrampften Muskeln zu lockern. Sie hatten das Haus überwacht und waren zu dem Schluss gekommen, dass sie am einfachsten durch das Küchenfenster ins Haus gelangen konnten. Sie hatten es bereits getestet, als es nicht so aussah, als sei jemand zu Hause, und es ließ sich leicht nach oben schieben. Die blöden Idioten hatten es unverschlossen gelassen. Es würde einfach sein hineinzukommen, ohne ein Fenster oder eine Tür aufbrechen zu müssen.

Innerhalb von zwei Minuten standen sie in der Küche. Lloyd lächelte Martin an. Vielleicht ging es ja doch noch aufwärts. Während der letzten Wochen hatten sie schon genügend Verzögerungen und Frustrationen erlebt. Es war an der Zeit, dass etwas wie geplant lief.

Die beiden Männer schlichen auf Zehenspitzen durch das Haus und die Treppe hinauf. Das Haus war nicht groß und es war einfach, das große Schlafzimmer zu finden. Es wäre noch einfacher gewesen, Cassidys Eltern im Schlaf zu töten, aber sie brauchten Antworten.

Lloyd holte das gezackte Taschenmesser heraus, das er sich nach ihrer Ankunft in El Paso besorgt hatte, und öffnete es, während er gegen die Tür des gesuchten Raumes stieß.

Aber das Mondlicht, das durch die Fenster fiel, schien auf ein leeres Bett.

»Was zum Teufel?«, murmelte Lloyd. »Ich dachte, du hättest gesagt, sie seien zu Hause!«, fuhr er Martin an.

»Waren sie auch! Vor ein paar Tagen ...«

»Verdammt!«, fluchte Lloyd.

Nachdem sie sich ein wenig im Haus umgesehen hatten, fanden sie einen Zettel, den Cassidys Mutter auf den Küchentisch gelegt hatte. Darin stand, wie oft die Pflanzen gegossen werden mussten und dass sie sich melden würde, sobald sie wieder zu Hause wären.

»Ach, Mist«, bemerkte Martin.

Lloyds Gedanken überschlugen sich. Er wollte El Paso nicht verlassen, ohne herausgefunden zu haben, wo Cassidy sich versteckt hielt. Wenn er schon ihre Eltern nicht in die Finger bekam, kannte er trotzdem noch jemanden, der vielleicht eine Idee hatte, wo die Schlampe zu finden war. »Komm schon«, sagte er zu Martin und ging zur Hintertür.

»Wohin gehen wir?«, fragte Martin.

»Wir werden herausfinden, wo die Schlampe steckt.«

»Aber ...«

Lloyd war mit seiner Geduld am Ende. »Ihr Ex!«, stieß er hervor und drehte sich um, um Martin anzustarren. »Ich weiß, wie er heißt. Michael hatte vor Cassidys Einstellung eine gründliche Überprüfung von ihr angeordnet. In den USA gibt es Regeln zum Sorgerecht für Kinder und ich wette, sie musste ihm sagen, dass sie zurück ist und wo sein Sohn steckt. Wir werden herausfinden, wo Alfred Pepper wohnt, und *ihm* einen Besuch abstatten.«

»Dann kann ich ja immer noch meinen Spaß haben«, freute Martin sich mit einem Glitzern in den Augen.

Lloyd schüttelte den Kopf. »Ja, du Mistkerl, du kannst immer noch deinen Spaß haben. Aber du tötest ihn nicht, bevor wir die Informationen haben, die wir brauchen.«

»Natürlich nicht.«

Die beiden Männer schlichen sich aus dem Haus und Lloyd holte sofort das Wegwerfhandy aus seiner Tasche, das er gekauft hatte. Sie mussten einen Mann aufspüren und foltern, bevor sie die Stadt verließen.

Vier Stunden später war Lloyd mehr als frustriert. Das Ganze dauerte viel zu lange. Er hatte nicht damit gerechnet, dass der Ex der Schlampe so lange durchhalten würde, wie er es tat.

Ihn ausfindig zu machen war gar nicht so schwierig gewesen. Ein paar Anrufe, das Versprechen, etwas Geld vorbeizubringen, und schon hatten sie eine Adresse bekommen. Es war lächerlich einfach, in das Haus des Idioten einzubrechen. Er hatte die Alarmanlage nicht eingeschaltet und der Zaun um sein Grundstück machte es leicht, unbemerkt von den Nachbarn in das Haus einzudringen.

Alfred saß gerade auf einem Stuhl in der Küche, die Hände mit Kabelbindern auf dem Rücken gefesselt. Es war ein Leichtes gewesen, ihn zu überwältigen, was fast eine Enttäuschung war. Er war durchschnittlich groß für einen Mann, etwa eins fünfundsiebzig, und dünn, und es war offensichtlich, dass er mehr Zeit mit Trinken als mit Sport verbrachte. Sein Bierbauch stand aus seinem schmächtigen Körper hervor. Der Idiot hatte nicht einmal versucht, sich zu wehren, als er bemerkt hatte, dass in sein Haus eingebrochen worden war.

Martin hatte den Mann abwechselnd geschlagen und aufgeschnitten und versucht, Informationen aus ihm herauszubekommen. Aber er war entweder zu dumm oder zu stur, um ihnen zu sagen, was sie wissen wollten.

Lloyd hatte keine Lust mehr herumzualbern. Am Anfang hatte es Spaß gemacht, sich mit dem Kerl anzulegen, aber jetzt wollte er es einfach nur noch hinter sich bringen und verschwinden.

Er ging hinter Alfred und durchtrennte grob den Kabelbinder, mit dem der Mann an den Stuhl gefesselt war, ließ aber seine Hände gefesselt. Er ignorierte Alfreds Schmerzensschrei und drückte ihn auf dem harten Fliesenboden auf die Knie, dann trat er ihn, sodass er auf die Seite fiel.

Er kniete sich neben den Mann, der jetzt unkontrolliert weinte, und schnitt ihm die Jogginghose auf, sodass er nackt war.

»Sag mir, wo deine Ex ist«, forderte er ein weiteres Mal. »Du magst sie nicht einmal. Sie ist eine blöde Schlampe; warum ziehst du das Ganze unnötig in die Länge?«

»Wegen meines Sohnes«, erwiderte Alfred keuchend.

»Ich werde deinen Sohn nicht töten«, erklärte Lloyd ehrlich. Er konnte förmlich sehen, wie die Gedanken des Mannes sich überschlugen, als er seine Worte verstand. »Mario ist mir egal«, log Lloyd. »Ich will nur Cassidy. Also sag mir, wo sie ist, damit wir das hier beenden können.«

Es war erbärmlich, dass Alfred jetzt versuchte, seinen Sohn zu schützen. Für Lloyd kam das viel zu spät. Wenn irgendeine Schlampe versucht hätte, *seinen* Sohn aus dem Land zu bringen, hätte er es nicht zugelassen.

»Ich weiß nicht genau, wo sie ist«, entgegnete Alfred langsam.

Lloyd stand auf und nickte Martin zu. Der andere Mann lächelte und beugte sich hinunter, hielt sein Messer an Alfreds Schwanz und drückte die Spitze hinein, bis ein Blutstropfen heraustrat.

Alfred heulte vor Schmerz auf, aber da seine Arme immer noch auf dem Rücken gefesselt waren, konnte er nichts gegen das Messer an seinem Schwanz tun.

»Sag mir sofort, wo sie ist, oder ich sorge dafür, dass Martin dir den Schwanz abschneidet und ihn dir in den Hintern schiebt«, drohte Lloyd.

»Indianapolis!«, rief Alfred, ohne zu zögern.

Freude durchflutete Lloyds Adern.

»*Wo* in Indianapolis? Wir brauchen mehr als das. Wir brauchen eine Adresse.«

»Ich weiß es nicht!«, keuchte Alfred, und Tränen liefen ihm übers Gesicht und Rotz lief ihm aus der Nase. »Sie hat angerufen, um mir zu sagen, dass sie wieder in den Staaten ist, aber mehr hat sie nicht gesagt.«

Martin schüttelte den Kopf. »Das ist nicht gut genug, Mann.« Er bewegte sein Messer zu einem von Alfreds Hoden.

Lloyd trat Alfred in den Magen, woraufhin dieser würgte und nach hinten fiel, wobei er versuchte, ihm zu entkommen. Lloyd legte eine Hand um den Hals des Mannes und beugte sich näher heran. »Sag uns, was wir wissen wollen, und wir lassen dich am Leben. Wie können wir sie finden?«

Alfred, das Weichei, starrte Lloyd mit großen Augen an, die Tränen liefen ihm immer noch über die Wangen. Er sah *erbärmlich* aus. Sein Gesicht war fleckig und er keuchte, als er versuchte, durch den Griff an seiner Kehle zu atmen. Lloyd hatte ein paar Geschichten darüber gehört, wie der Mann Cassidy behandelt hatte, sodass er dachte, er sei leicht zu brechen, da der Kerl anscheinend wenig Zuneigung für seine Ex empfand. Aber er hatte viel länger durchgehalten, als Lloyd vermutet hatte. Das hieß aber nicht, dass er ihn respektierte. Er würde trotzdem sterben.

»*Silverstone Towing*«, krächzte er.

Lloyd gab ihm gerade genügend Luft, damit er sprechen konnte. »Was ist damit?«, fragte er.

»Ihr neuer Freund arbeitet dort.«

Die Schlampe hatte also schon einen Freund gefunden, was? Zweifellos machte sie die Beine für ihn breit und gab ihm alles, was sie Lloyd in Jamaika verweigert hatte.

Sie würde schon noch lernen, wie ein richtiger Mann sich anfühlt, bevor er ihr die Kehle aufschlitzte.

Lloyd lächelte böse auf den Mann herab und packte fester zu. Er drückte seine Daumen in seine Kehle und beobachtete, wie Alfred merkte, dass er nicht die Absicht hatte, ihn loszulassen. Lloyd hatte alles, was er brauchte, um die Schlampe und ihren Sohn zu finden.

»Kann ich ihm den Schwanz abschneiden?«, fragte Martin ein wenig zu eifrig.

»Das ist mir verdammt egal«, erwiderte Lloyd und hielt den

Blick auf Alfred gerichtet. »Sie wird sterben«, erklärte er ihm. »Ich habe nicht gelogen – dein Sohn wird am Leben bleiben, aber ich werde ihn nach Jamaika mitnehmen. Ich werde ihm beibringen, wie man tötet ... und wie man es liebt, so wie ich es tue.«

Alfred versuchte zu sprechen, aber er bekam keine Luft mehr in seine Lunge.

Es war verdammt aufregend, die Angst in seinen Augen zu sehen. Er hatte seinen Sohn zwar seit fünf Jahren nicht mehr gesehen, aber Lloyds Pläne für ihn gefielen ihm offensichtlich nicht. Wenn Alfred schon so betroffen war, würde Cassidy ihren verdammten Verstand verlieren.

Befriedigung und Vorfreude rasten durch Lloyds Adern. Er konnte es kaum erwarten, Cassidy in die Finger zu bekommen, damit er sie über das Schicksal ihres Sohnes informieren konnte. Sie würde mit dem Wissen sterben, dass *sie* das ihrem Sohn angetan hatte. Dass es *ihre* Schuld war.

Alfred zuckte unter ihm zusammen, und seine Augen wurden noch größer.

»Verdammt, ich liebe es, wenn das Blut aus ihnen heraussprudelt!«, rief Martin aus.

Lloyd blickte auf und sah, wie Martin Alfreds Schwanz in die Luft hielt. Er drehte sich um, um in Alfreds Gesicht zu schauen, und sah, wie das Leben aus seinen Augen schwand. Er hob die Hände und stand auf.

»Mach schon«, sagte er zu Martin. »Hab deinen Spaß.«

Der andere Mann grinste, ließ Alfreds Schwanz fallen und stürzte sich wie ein Besessener auf ihn.

Lloyd wich zurück und sah zu, wie Martin immer wieder auf Cassidys Ex einstach. Selbst als Alfred offensichtlich bereits tot war, stieß Martin das Messer weiter in seinen Körper.

Einige Minuten später stand Martin schwer atmend auf, sein dunkles Haar hing ihm über die Augen.

»Fertig?«, fragte Lloyd trocken.

Als Antwort zog Martin sein Bein zurück und trat dem Mann

so fest er konnte gegen den Kopf. Dann nickte er und sah Lloyd an. »Fertig.«

»Gut. *Silverstone Towing* in Indianapolis. Wir haben, weswegen wir gekommen sind. Wir machen uns bald mit unserem neuen Rekruten auf den Heimweg«, erklärte Lloyd.

Die beiden Männer machten sich auf den Weg zur nahe gelegenen Tür. Lloyd warf einen Blick zurück in die Küche, bevor er den Raum verließ. Der Stuhl, auf dem Alfred gesessen hatte, lag auf der Seite, und die Wände waren buchstäblich mit Blut bedeckt. Unter Alfreds Körper bildete sich eine rote Lache.

Es war egal, ob die Polizisten ihre DNA, Finger- oder Fußabdrücke am Tatort fanden. Sie waren in keiner amerikanischen Verbrecherdatenbank verzeichnet. Sie lebten nicht hier, und es würde keine Verbindung zwischen ihnen und dem Idioten auf dem Boden geben. Es konnte einen oder mehrere Tage dauern, bis Alfreds Leiche gefunden wurde, aber das spielte keine Rolle. Lloyd würde dann schon mit Mario auf dem Weg zurück nach Jamaika sein.

Zufrieden, dass er und Martin getan hatten, weswegen sie gekommen waren, folgte er seinem Partner und verließ das Haus. Er dachte nur daran, unbemerkt zum Hotel zurückzukehren, sich zu waschen, zum privaten Flugplatz zu fahren und dann nach Indiana zu fliegen, um dieses *Silverstone Towing* zu finden.

Wir kommen dich holen, Cassidy. Ich hoffe, du bist bereit, dachte er mit einem kleinen Lächeln.

Lloyd lehnte sich in der schäbigen Limousine zurück, die sie geklaut hatten, und starrte auf die Werkstatt, die er und Martin seit einem Tag observierten. Das war ihr einziger Hinweis darauf, wo die Schlampe sein könnte. Jetzt begann er zu glauben, dass sie den Ex zu schnell getötet hatten. Vielleicht hatte er gelogen, vielleicht hatte Cassidy mit ihrem neuen Freund Schluss gemacht.

Vielleicht waren sie in der falschen Stadt oder hatten den Namen des Unternehmens falsch verstanden.

Bis jetzt hatten er und Martin noch niemanden gesehen, der wie die Schlampe oder ihr Sohn aussah.

Dieser Misserfolg machte die letzten vierundzwanzig Stunden noch schmerzhafter. Wenn Lloyd noch einen Tag länger mit Martin hier sitzen musste, würde er den Mistkerl umbringen, bevor ihre Mission beendet war. So viel Zeit mit ihm zu verbringen, auf so engem Raum, bestärkte ihn in seinem Entschluss, den Mann vor seiner Rückkehr nach Jamaika loszuwerden.

Martin konnte sein verdammtes Maul nicht halten. Er erzählte immer wieder davon, wie viel Spaß es gemacht hatte, den Ex der Schlampe umzubringen. Dann erzählte er ausführlich von anderen Leuten, die er umgebracht hatte. Lloyd erfuhr sogar von den drei Frauen, die er von den Straßen Kingstons entführt, vergewaltigt, ermordet und entsorgt hatte.

Martin würde auf keinen Fall seine große Klappe halten können in Bezug auf das, was auf dieser Reise passiert war.

Im Moment brauchte Lloyd ihn noch. Aber wenn sie Cassidy getötet und ihren verdammten Sohn mitgenommen hatten, war Martin nur noch Ballast, und er würde sterben müssen.

Als Lloyd das Fernglas hochhob und sein Bestes tat zu ignorieren, worüber sein Partner gerade sprach, sah er, dass ein Fahrzeug durch das Tor gefahren war, während er darüber nachgedacht hatte, wie er Martin am besten umbringen konnte.

»Ist sie das?«, fragte Martin.

Lloyd öffnete den Mund, um Martin zu sagen, er solle die Klappe halten. Im Laufe der letzten vierundzwanzig Stunden hatte er dieselbe Frage schon vierhundertdreiundfünfzig Mal gehört, zumindest kam es ihm so vor.

Als der Wagen jedoch geparkt wurde und eine Frau ausstieg, erhöhte sich Lloyds Puls. Dann stieg ein Junge vom Rücksitz aus.

Er konnte den Fahrer nicht sehen, aber er konnte feststellen, dass der Mann groß war. Er stieg auf der anderen Seite des

Wagens aus und Lloyd warf einen kurzen Blick auf seinen Rücken, bevor sie das Gebäude betraten.

Er setzte das Fernglas ab und lächelte. »Das ist sie«, bemerkte er zufrieden.

»Das wurde aber auch Zeit!«, rief Martin aus.

Zum ersten Mal seit Tagen stimmte Lloyd seinem Partner in einer Sache zu.

»Holen wir sie uns«, forderte Martin ihn auf.

»Noch nicht. Hier ist gerade zu viel los«, gab er zu bedenken. Den ganzen Tag über hatten sie mehrere Männer und Frauen ein- und ausgehen sehen. »Wir warten, bis ein paar von den Idioten abgehauen sind.«

»Aber was ist, wenn sie das nicht tun?«, erwiderte Martin. »Wir können sie entführen. Komm schon, lass uns sie und den Bengel einfach mitnehmen!«

»Ich habe *Nein* gesagt«, schrie Lloyd und verlor die Beherrschung. »Wir können es nicht mit einem ganzen Gebäude voller Menschen aufnehmen. Wir werden uns das eine Weile ansehen. Mal schauen, was passiert. Eventuell können wir ihr dorthin folgen, wo sie sich aufhält. Jetzt entkommt sie uns nicht mehr.«

Der vertraute Hass stieg in Lloyd auf. Er hatte ein gutes Leben mit Michael Coke gehabt. Und sie hatte es ruiniert. Sie würde für den Mord an seinem Chef bezahlen ... und er konnte es kaum erwarten.

KAPITEL SIEBZEHN

Cassidy konnte sich nicht erinnern, jemals so glücklich gewesen zu sein wie in diesem Moment. Leo schien sie besser zu verstehen als jeder andere Mensch. Seit sie sich geliebt hatten, lief es einfach gut zwischen ihnen. Es gab zwar ein paar kleine Missverständnisse, aber das war nichts im Vergleich zu den langen Kämpfen, die sie und Alfred früher miteinander ausgetragen hatten.

Leo war im Allgemeinen ziemlich entspannt, außer wenn es um ihre oder Marios Sicherheit ging. Ein- oder zweimal musste sie ein Machtwort sprechen ... zuletzt, als er kurz davor war, zu einem Autohändler zu fahren, um ihr einen Wagen zu kaufen. Sie hasste es, sein Geld zu nehmen, sie wollte gleichberechtigt zu ihrem Haushalt beitragen können. Sie wusste, dass das eine Weile dauern würde, aber in der Zwischenzeit sollte er nicht so viel Geld für sie ausgeben, vor allem nicht, wenn sie im Moment keinen Wagen *brauchte*.

Sie konnte sich damit abfinden, dass Leo für Marios Cheerleading-, Gymnastik- und Tanzstunden aufkam. Sie konnte es sogar ertragen, dass er die Kosten für die Ausstattung von Marios Zimmer übernahm. Aber einen Wagen? Nein. Mario fuhr mit dem

Bus zur Schule. Leo fuhr sie zu *Silverstone Towing* und nach Hause, wenn sie mit der Arbeit fertig war. Wenn sie Besorgungen machen musste, fuhr Leo sie auch oder sie rief Molly, Taylor oder Skylar an. Sie war seit fünf Jahren nicht mehr selbst gefahren und hatte es ehrlich gesagt auch nicht eilig, sich hinters Steuer zu setzen. Leo hatte nachgegeben, aber Cassidy wusste, dass es ihm schwerfiel.

Sie hatten auch sehr darauf geachtet, dass Mario nichts von der Veränderung in ihrer körperlichen Beziehung erfuhr, aber es schien, als würde ihr Sohn nicht traumatisiert sein, *wenn* sie es ihm sagten.

Als am ersten Morgen der Wecker geklingelt hatte und Cassidy Leos Arme verlassen musste, um ins Gästezimmer zu gehen, hatte sie es gehasst.

Am zweiten Morgen, als sie wieder in ihrer Wohnung waren und Leo aufgestanden war, um aufs Sofa zu gehen, hatte sie es noch mehr gehasst.

Es war schon eine Woche vergangen, in der sie sich gezwungen hatte, die Wärme von Leos Bett und seiner Umarmung zu verlassen, und er tat dasselbe, doch sie war bereit, das Thema bei Mario anzusprechen.

Ihr Sohn kam gerade zum Frühstück aus seinem frisch gestrichenen rosa Zimmer in Leos Haus.

»Guten Morgen, Großer«, begrüßte Leo ihn, bevor er sie auf die Schläfe küsste und die Treppe hinaufging, um zu duschen.

»Wie wäre es mit Rührei mit Chorizo heute Morgen?«, fragte Cassidy.

»Ja bitte«, sagte Mario zu ihr. Er zog sich auf einen Hocker hoch, stützte die Ellbogen auf die Granitplatte und starrte sie an.

»Hast du etwas auf dem Herzen?«, fragte sie und überlegte, wie sie ein Gespräch mit ihrem Sohn über Leo und die Tatsache, dass sie *richtig* zusammen waren, beginnen sollte.

»Wirst du Leo heiraten?«, platzte Mario heraus.

Cassidy unterdrückte ein überraschtes Schnaufen und sah ihren Sohn an. »Warum fragst du das?«

»Es ist nur ... er berührt und küsst dich ständig und wir übernachten oft hier. Ich wollte es nur wissen.«

»Würde dich das stören?«, wollte Cassidy wissen und hielt den Atem an, während sie auf seine Antwort wartete. »Ich meine, wir sind schon lange nur zu zweit.«

»Ich mag ihn«, entgegnete Mario leise. »Er verdreht nie die Augen und hält die Dinge, die ich mag, nicht für Blödsinn.«

Cassidy zwang sich, ruhig zu bleiben. Sie wusste, dass die Männer im Coke-Haushalt und auch die Kinder sich über ihren Sohn lustig gemacht hatten. Sie hielten ihn für zu feminin und hatten kein Problem damit, ihm zu sagen, er solle erwachsen werden. Er solle mehr ein Mann sein.

»Aber am meisten mag ich an Leo, dass er dich gut behandelt. Er schreit dich nicht an oder sagt dir, dass du dumm bist, so wie Dad früher.«

»Erinnerst du dich daran?«, fragte sie.

Mario zuckte mit den Schultern. »Ich bin kein Baby mehr«, erwiderte er.

Und das stimmte. Das machte sie traurig und ängstigte sie gleichzeitig zu Tode. »Ich liebe Leo«, erklärte sie ihrem Sohn. »Ich bin mit ihm so glücklich wie schon lange nicht mehr.«

»Ich auch«, gab Mario zu. »Also wirst du ihn heiraten?«

»Das weiß ich noch nicht. Aber wir sind zusammen, fürs Erste. Ist das in Ordnung für dich?«

Mario nickte. »Mir gefällt sein Haus. Hier haben wir mehr Platz. Er hat einen Garten, in dem ich ein paar meiner Figuren üben kann.«

Cassidy lächelte ihren Sohn an und ging um die Küchentheke herum, damit sie ihn umarmen konnte. »Ich liebe dich, Mario. Das weißt du doch, oder?«

»Ich liebe dich auch«, erklärte er ihr.

»Wir haben viel durchgemacht, aber ich verspreche dir, dass es von nun an besser werden wird. Ich weiß, dass du älter wirst, aber ich hoffe, du wirst immer das Gefühl haben, dass du mit mir reden kannst. Über alles.«

Mario erwiderte die Umarmung und schaute sie dann schüchtern an. »Es ist in Ordnung, wenn er die ganze Nacht in deinem Zimmer bleibt, Mom.«

»Was?«, fragte sie.

»Ich bin eines Nachts aufgewacht und hatte Durst, also wollte ich mir ein Glas Wasser holen. Ich sah, wie Leo dein Zimmer verließ. Er stand lange in deinem Türrahmen und sah dir beim Schlafen zu. Er sah traurig aus. Ich bin alt genug, um zu wissen, dass Menschen, die zusammen sind, im selben Bett schlafen. Ihr könnt das ruhig machen. Es ist in Ordnung.«

Cassidy starrte auf ihren Sohn hinunter und wusste nicht, was sie sagen sollte. Aber sie brauchte nichts zu sagen, denn plötzlich war Leo da.

»Danke, Mario. Das bedeutet uns beiden sehr viel«, erklärte er, schlang seine Arme von hinten um Cassidy und legte sein Kinn auf ihre Schulter. »Du weißt, dass ich dich im Herzen und im Leben deiner Mutter nie ersetzen werde, oder?«

Mario nickte. »Ja, aber ich werde nicht für immer zu Hause wohnen. Ich werde aufs College gehen und ausziehen, wenn ich die Highschool abgeschlossen habe. Ich will nicht, dass sie allein ist.«

»Sie wird nicht allein sein«, schwor Leo und Cassidys Knie wurden weich.

»Okay«, entgegnete Mario, als sei das Thema damit beendet. »Mommy?«

»Ja, Baby?«

»Ich habe Hunger.«

Sie lachte. »Alles klar.«

»Ich kümmere mich darum«, entgegnete Leo und küsste sie auf den Kopf, während er sich zurückzog. »Willst du nach der Schule mit zu *Silverstone Towing* kommen?«, fragte Leo Mario.

»Ja!«

Cassidy setzte sich auf einen Hocker neben der Theke und hörte zu, wie Mario und Leo sich ausführlich über die neueste Figur beim Cheerleader-Training unterhielten, die Mario zu lernen versuchte. Nachdem sie alle gegessen hatten, begleitete Cassidy Mario zur Tür und sah ihm zu, wie er zur Bushaltestelle ging. Sie wartete draußen, bis der Bus kam und die Kinder aus der Nachbarschaft abholte. Dann ging sie wieder ins Haus.

Sie ging direkt zu Leo und schmiegte sich an seine Brust. »Wie viel Zeit haben wir noch, bis wir bei *Silverstone Towing* sein müssen?«

»Warum? Was hast du vor?«

Lächelnd schob Cassidy ihre Hände unter sein Hemd und begann, es langsam nach oben zu schieben. »Oh, ich bin sicher, uns fällt etwas ein, womit wir uns die Zeit vertreiben können.«

Ohne ein Wort zu sagen, beugte Leo sich vor, hob sie hoch und warf sie über seine Schulter.

Lachend starrte Cassidy auf den knackigen Hintern ihres Mannes hinunter. Als er die Treppe zum Schlafzimmer hinaufging, sagte sie: »Mario ist einverstanden, dass wir im selben Bett schlafen.«

»Das habe ich mitbekommen«, erklärte Leo. »Aber wir werden es nach Gespür machen. Er hat gesagt, es sei in Ordnung, aber ich will nichts überstürzen. Wir sollten ihm etwas Zeit geben, sich daran zu gewöhnen, okay?«

Cassidy schloss die Augen. Leo stellte die emotionalen Bedürfnisse ihres Sohnes über seine körperlichen? Das war mehr als in Ordnung. »Ich liebe dich«, erklärte Cassidy leise.

Sie kreischte auf, als er sich vor das Bett beugte und sie auf den Rücken in die Mitte der Matratze fallen ließ. »Ich liebe dich«, wiederholte er. »Und jetzt ... zieh dich aus.«

Lachend griff Cassidy nach dem Saum ihres T-Shirts.

Nach einem fantastischen Vormittag, an dem Leo ihr die Stellung *Golden Arch* beigebracht hatte, und nach einem weiteren überwältigenden G-Punkt-Orgasmus fuhr Leo mit ihr zu *Silverstone Towing*. Es war den ganzen Tag über bewölkt und düster, aber nichts konnte Cassidy die Laune verderben. Sie hatte einen Job und eine Wohnung, ihre Eltern hatten sie angerufen, um ihr mitzuteilen, dass sie sicher in Mexiko angekommen waren, Mario war glücklich und Leo war der großzügigste und wunderbarste Freund, den sie je gehabt hatte.

Vielleicht weil sie älter und weiser war, vielleicht aber auch, weil sie so viel durchgemacht hatte, war das Leben mit Leo ... einfach. Er nörgelte nicht an ihr herum, kritisierte sie nicht, wenn sie etwas tat, was ihm nicht gefiel. Sie erinnerte sich nur zu gut daran, wie Alfred nicht gezögert hatte, sie zu verspotten, wenn sie das Abendessen hatte anbrennen lassen, oder wie ungeduldig er geworden war, wenn sie einen Befehl zu langsam befolgt hatte.

Leo war geduldig und freundlich und ließ die Dinge an sich abperlen. Eines Abends hatten sie lange gelacht, als der Auflauf, den sie gekocht hatte, angebrannt war, weil sie sich zu sehr in ein Brettspiel vertieft und ihn vergessen hatten.

Sie und Leo lernten sich gerade erst kennen, aber mit jeder Kleinigkeit, die sie erfuhr, liebte sie ihn noch mehr.

Das einzig Schlechte an ihrer Beziehung war Cassidy selbst – sie wartete ständig darauf, dass irgendetwas schiefging. Sie wartete darauf, dass etwas passierte, das alles ruinieren würde. Sie hatte die Erfahrung gemacht, dass immer dann, wenn sie glaubte, etwas Gutes gefunden zu haben, dieses sich in Luft auflöste. Sie hatte geglaubt, Alfred zu lieben, aber dann hatte er sein wahres Gesicht gezeigt, und sie hatte Jahre gebraucht, sich davon zu erholen. Am Anfang hatte sie Jamaika geliebt, aber dann hatte sie sich als Gefangene in einem goldenen Käfig wiedergefunden.

Sie wusste, dass Leo ein guter Mann war. Sie *wusste* es. Aber irgendwie schien das Universum immer zu wissen, wann sie glücklich und zufrieden war, und gab alles, um es zu zerstören.

Nach der Schule hatte Leo sie nach Southpoint gefahren, um Mario abzuholen, und jetzt waren sie auf dem Weg zurück zu *Silverstone Towing*. An diesem Morgen hatten sie darüber gesprochen, zu Hause zu bleiben, nachdem Mario aus der Schule gekommen war, aber wegen des Wetters und der Tatsache, dass ihnen zwei Fahrer fehlten, weil die Grippe das Unternehmen schwer getroffen hatte, wollte Leo zurück in die Werkstatt fahren, für den Fall, dass er gebraucht würde.

Cassidy schaute Leo beim Fahren zu und tat ihr Bestes, sich zu entspannen. Er war ein sehr sicherer und souveräner Fahrer, aber ein dichter Nebel hatte sich über die Stadt gelegt, sodass es schwierig war, den Weg vor ihnen zu erkennen.

»Leo?«, fragte sie.

»Ja?«, antwortete er etwas verwirrt.

Sie biss sich auf die Lippe und schaute durch die Windschutzscheibe auf den wirbelnden Nebel. »Ach, nichts.«

»Was ist los?«, fragte er und Cassidy spürte, wie er mit der Hand sanft ihren Arm berührte.

»Bei dir fühle ich mich sicher«, platzte sie heraus. Sie hielt seinen Blick für den Bruchteil einer Sekunde fest, bevor er wieder auf die Straße schaute, aber sie spürte deutlich, wie sehr er sich über ihre Worte freute.

»Gut.«

»Wenn ich jetzt noch fahren würde, wäre ich ein nervliches Wrack. Nicht dass ich bei diesem Wetter fahren würde, denn es ist ewig her, dass ich hinter dem Steuer saß, und ich bin noch nicht sicher genug, um bei diesem Wetter zu fahren. In Jamaika hat es zwar geregnet, aber so was wie diesen Nebel gab es nicht. Außerdem habe ich gerade über alles nachgedacht, was in letzter Zeit passiert ist, und ohne dich würde ich mich wahrscheinlich nicht so gut einleben.«

»Ich auch nicht«, meldete sich Mario vom Rücksitz aus. Cassidy hatte fast vergessen, dass ihr Sohn zuhörte. »Ich habe keine Angst, etwas vor dir zu sagen ... ich weiß, dass ihr euch nicht über mich lustig macht, weil ich mein Zimmer rosa streichen will oder Cheerleading statt Fußball machen möchte.«

»Ihr seid die wichtigsten Menschen in meinem Leben«, sagte Leo in einem leisen, aufrichtigen Ton. »Ich werde immer euer sicherer Hafen sein. Immer.«

Cassidy griff nach seiner Hand und drückte sie ganz fest. Sie hätte sich am liebsten an ihm festgehalten, aber sie wusste, dass er beide Hände zum Fahren brauchte.

Die Fahrt zu *Silverstone Towing* dauerte wegen des Wetters länger als sonst und sie war noch nie so erleichtert gewesen, durch die Sicherheitstore zu fahren. Sie seufzte hörbar, als Leo den Wagen geparkt hatte.

»Geh schon mal rein, Mario. Du kennst doch den Code, oder?«, fragte Leo.

»Ja!«, sagte Mario aufgeregt. Er hatte hart daran gearbeitet, sich den zehnstelligen Code für die Hintertür einzuprägen. Er riss seine Tür auf und eilte zum Sicherheitspaneel.

Cassidy beobachtete voller Stolz, wie ihr Sohn den Code eingab, sich umdrehte und winkte, bevor er im Gebäude verschwand. Als die Tür sich hinter ihm schloss, legte Leo eine Hand in ihren Nacken und zog ihren Mund auf den seinen. Er küsste sie lange, intensiv und tief. Als er sich zurückzog, war Cassidy fast schwindelig. Sie konnte spüren, wie feucht sie war. Leo brauchte sie nur zu küssen, und sie wollte ihn. So hatte sie sich noch nie gefühlt, aber sie war ja auch noch nie mit einem Mann wie Leo zusammen gewesen.

»Ich liebe dich«, erklärte er schroff. »Dass du dich bei mir sicher fühlst, bedeutet mir die Welt. Ich habe mein ganzes Leben damit verbracht, Menschen zu helfen, und habe nicht wirklich viel darüber nachgedacht. Ich habe das Gefühl, dass jede Mission in meiner Vergangenheit mich auf dich und Mario vorbereitet hat. Um euch beide zu beschützen. Um euer Leben so einfach wie möglich zu machen.«

»Wir brauchen kein einfaches Leben – wir brauchen nur dich«, erklärte Cassidy.

»Und ihr habt mich.«

Cassidy legte ihre Hand an seine Wange und starrte den Mann vor sich an. Sie liebte ihn so sehr, dass es fast wehtat. Gleichzeitig hatte sie aber auch Angst. Sie wusste, dass es sie zerstören würde, wenn er sie verließ, sich verletzte oder während einer Mission getötet wurde.

Als könnte er ihre Gedanken lesen, sagte Leo sanft: »Wir haben nicht alles überstanden, was wir in diesem Leben durchgemacht haben, nur um uns jetzt zu verlieren.« Dann beugte er sich vor und küsste sie sanft. »Komm, lass uns sehen, was Archer für Snacks zubereitet hat, während wir weg waren.«

Cassidy lachte. Sie hatte schnell gelernt, dass es Archers Lebensziel zu sein schien, jeden mit Leckereien zu verpflegen, der durch die Türen von *Silverstone Towing* kam. Mario war auf jeden Fall dicker geworden, seit sie nach Indiana gezogen waren, und sie hatte sogar an ihrem eigenen Körper mehr Kurven entdeckt, die vorher nicht da gewesen waren. Nicht dass sie sich beschwert hätte.

Sie stieg aus dem Wagen und Leo griff sofort nach ihr, als sie sich näherte. Hand in Hand betraten sie das Gebäude.

Fünfundvierzig Minuten später saß Cassidy auf einem der Sofas und unterhielt sich mit Skylar, Molly und Taylor, als Bart in den großen Raum stürmte. Smoke, Bull, Eagle und Leo hatten in der Küche gestanden und sich mit Archer unterhalten. Die Aufmerksamkeit aller richtete sich auf den *Silverstone*-Mitarbeiter.

»Es gibt eine Massenkarambolage auf der Autobahn 70«, verkündete Bart. »Es heißt, dass mindestens fünfzig oder mehr Fahrzeuge, darunter auch Lastwagen, involviert sind. Der Gefahrgut-Räumdienst ist auf dem Weg, denn es wird vermutet, dass mindestens ein Kraftstofftransporter beteiligt war. Es wurden so viele Abschleppwagen wie möglich angefordert, um zu helfen. Ich habe bereits alle kontaktiert, die nicht schon im Einsatz sind.«

»Wir machen uns auf den Weg«, sagte Bull zu ihm.

Bart nickte und drehte sich um, um zurück in den Telefonraum zu gehen.

Alle vier *Silverstone*-Männer gingen gemeinsam auf ihre Frauen zu.

Cassidy blieb stehen und sah mit großen Augen zu, wie Leo sich auf sie zubewegte. Sie konnte nicht anders, als stolz auf ihren Mann und seine Freunde zu sein. Sie hätten sich nicht in das Geschehen einbringen müssen. Sie waren die Besitzer des Unternehmens, aber sie zögerten nicht, dort zu helfen, wo sie gebraucht wurden. Das war einer der vielen Gründe, warum Cassidy Leo liebte.

Er kam auf sie zu, legte seine Hände an ihre Wangen und neigte ihren Kopf nach hinten. »Ich weiß nicht, wie lange ich weg sein werde«, erklärte er ihr.

»Es ist okay.«

»Bleib hier bei Mario. Archer hat genügend Lebensmittel im Kühlschrank, um euch ein Abendessen zu machen. Wenn ich mich wirklich verspäten sollte, können du und Mario einen der Schlafräume nehmen. Oh, und ich wollte Mario helfen, für seinen Sozialkundetest in ein paar Tagen zu lernen – sorge dafür, dass er vor lauter Üben seiner Gymnastikübungen und seiner neuesten Tanznummer nicht das Lernen vergisst.«

Cassidy griff nach Leos Handgelenken. »Das werde ich«, flüsterte sie. Sie vermutete, dass manche Frauen sich darüber aufregen würden, dass ihr neuer Freund ihr Befehle in Bezug auf ihren eigenen Sohn gab, aber sie fand es toll, dass Leo sich so für Mario und seine Schule interessierte. Er war streng, aber nicht gemein. Er wollte nur das Beste für ihren kleinen Sohn, und sowohl sie als auch Mario wussten das und blühten unter seiner Obhut auf.

»Sei vorsichtig«, bat sie ihn leise.

»Immer«, erwiderte Leo. Dann beugte er sich zu ihr herunter und küsste sie. Es war ein ziemlich keuscher Kuss, aber sie wussten beide, dass er keine Zeit für mehr hatte.

»Ich liebe dich«, erklärte Leo.

»Ich liebe dich auch.«

Dann wandte er sich von ihr ab und ging zur Tür.

Cassidy beobachtete, wie die anderen Jungs ihm folgten, und als die Tür sich hinter ihnen schloss, herrschte Stille im Raum. Sie schaute zu Skylar, Taylor – die Baby Kevin auf dem Arm hatte – und Molly, die mit einer Hand auf ihrem Babybauch dastand.

»Na, das war ja aufregend«, scherzte Cassidy.

Die anderen drei Frauen lachten.

»Man sollte meinen, ich hätte mich inzwischen daran gewöhnt«, erklärte Skylar, »aber es ist immer noch ein bisschen unwirklich.«

»Was? Dass sie rausgehen und helfen, wenn es einen Unfall gibt?«, fragte Cassidy verwirrt.

Skylar schüttelte den Kopf. »Nein. Sobald unsere Männer hören, dass jemand Hilfe braucht, sind sie hundertprozentig zur Stelle. Es spielt keine Rolle, ob es sich um ein vermisstes Kind, einen Unfall oder eine Naturkatastrophe handelt. Es liegt ihnen in den Genen, anderen zu helfen. Sie würden sich nie mit einem Schreibtischjob oder einem Managementjob zufriedengeben. Dafür wurden sie geboren.«

»Stimmt«, bemerkte Taylor. »Obwohl ich mir manchmal wünschte, sie würden einen sichereren Weg finden, um zu helfen, als in die entlegensten Winkel der Erde zu reisen, um Verbrecher zu erledigen.«

»Das wäre schön, oder?«, fand auch Molly.

»Wenn wir uns um sie sorgen, vergeht die Zeit auch nicht«, bemerkte Skylar pragmatisch. »Wie wäre es, wenn wir nach unten gehen und uns etwas auf Netflix ansehen?«

Und schon begannen die drei Frauen, darüber zu streiten, was sie sich ansehen wollten. Cassidy folgte ihnen und lächelte. Sie wusste, wenn sie allein wäre, würde sie sich wahrscheinlich Sorgen um Leo machen, der bei dem nebligen Wetter unterwegs war, aber in Gesellschaft der *Silverstone*-Frauen war sie nicht allein.

Sie hatte sich schon *immer* allein gefühlt. Selbst als sie mit Alfred verheiratet war, wusste sie, dass sie auf sich allein gestellt war, was den Umgang mit Mario betraf. Wenn er krank war, war sie es, die bei ihm geblieben war. Wenn er wütend war, war sie es, die ihn beruhigt hatte. Und in Jamaika hatte sie sich auf niemanden außer sich selbst verlassen können.

Es war toll, eine Gruppe von Freundinnen zu haben, mit denen sie ihre Hoffnungen und Ängste teilen konnte. Sie würden sie nicht auslachen, wenn sie Angst um Leo hatte. Sie würden ihre

Ängste nicht als unwichtig abtun. Sie würden zuhören, *wirklich* zuhören, mitfühlen und alles tun, damit es ihr besser ging. Das wusste sie, weil sie das Gleiche für sie getan hätte.

Die Briefe an das FBI zu schreiben war beängstigend gewesen, aber sie hatten ihr Leo gebracht. Und *Silverstone Towing*. Und diese Frauen. Cassidy schickte ein kurzes Dankgebet in den Himmel und ging die Treppe hinunter in den Keller.

Gramps blickte finster drein, als er auf dem Seitenstreifen in Richtung der Massenkarambolage auf der Schnellstraße fuhr. Der Unfall war schlimmer, als er es sich hätte vorstellen können. Fahrzeuge und Lastwagen, die mit mehr als neunzig Kilometern pro Stunde unterwegs gewesen waren, waren ineinander gerast. Ein Fahrer an der Spitze des Unglücks hatte eine Vollbremsung hingelegt, und wegen des Nebels hatten die nachfolgenden Fahrzeuge erst gesehen, was passiert war, als es schon zu spät war.

Krankenwagen und Feuerwehrfahrzeuge waren überall geparkt. Die Lichter der Polizeifahrzeuge flackerten in dem sich schnell verdunkelnden Himmel. Es herrschte ein totales Chaos und er wusste, dass es eine Weile dauern würde, bis die Abschleppwagen gebraucht wurden. Die verletzten Opfer mussten zuerst versorgt werden. Auf dem Seitenstreifen stand bereits eine lange Schlange von Abschleppwagen, die darauf warteten, den Unfallort zu räumen, und Gramps hielt seinen Abschleppwagen hinter dem, den Bull fuhr. Er sprang heraus und ging auf seine Freunde zu. Er wusste, dass sie alle helfen wollten, aber zuerst mussten sie einen Verantwortlichen finden. Sie wollten auf keinen Fall zu der allgemeinen Verwirrung beitragen, indem sie in der Gegend herumliefen.

Die vier Männer des *Silverstone-Teams* gingen auf eine andere Gruppe von Männern zu, die in der Nähe stand. Die sieben Männer erinnerten Gramps sehr an sein Team. Er erkannte eine Ausstrahlung an ihnen, als ob sie beim Militär gewesen seien oder vielleicht *immer noch* beim Militär waren. Er schätzte sie auf Mitte dreißig oder vierzig, genau wie ihn und seine Freunde. Sie wirkten angespannt, als wollten sie sofort helfen.

Der größte Mann drehte sich um und sah sie an, als sie sich näherten.

»Was ist hier los?«, fragte Bull. Es hätte wie eine dumme Frage klingen können, denn es war mehr als offensichtlich, dass hier eine riesige Rettungsaktion im Gange war, aber keiner der anderen Männer verdrehte die Augen bei dieser Frage.

»Wir hatten das Glück, dass wir gerade so von diesem Chaos verschont geblieben sind«, erklärte der große Mann. »Wir waren in einem Wagen auf dem Weg zurück in die Stadt, als die Massen-karambolage direkt vor unseren Augen passierte. Wir haben so vielen Menschen geholfen, wie wir konnten, bevor die Behörden auftauchten, aber wir wurden gebeten, hier zu warten. Ich verstehe, dass die Sanitäter nicht wollen, dass Zivilisten in der Gegend herumlaufen, aber es ist verdammt frustrierend, nicht helfen zu können.«

»Ich bin Bull«, erklärte er und hielt ihm die Hand hin.

»Talon«, erwiderte der große Mann. »Das sind meine Freunde Ethan, Cohen, Zeke, Raiden, Drew und Brock. Wir kommen aus Fallport, Virginia, einer kleinen Stadt in den Ausläufern der Appa-lachen. Wir sind zu Besuch in Indianapolis wegen einer Konfe-renz für Rettungsteams.«

»Rettungsteams?«, hakte Smoke nach.

»Ja. Wir haben uns einen Tag freigenommen, um die Stadt zu besichtigen, aber bei dem Nebel sieht man nicht viel vom berühmten Indianapolis Motor Speedway. Wir waren auf dem Rückweg zum Hotel, als das hier passiert ist.«

»Ihr hattet Glück«, bemerkte Gramps.

»Das wissen wir«, entgegnete Talon mit einem Nicken.

»Ich sehe einen Polizisten, den ich kenne«, bemerkte Gramps. »Ich werde mit ihm reden. Er soll wissen, dass wir hier sind, und mir sagen, ob wir irgendwie helfen können.«

»Bitte frag auch, ob wir helfen können«, bat Talon, und seine Freunde stimmten zu.

»Wird gemacht«, erwiderte Gramps und ging auf den Polizisten zu. Er wollte auf keinen Fall nur herumstehen, wenn sie in irgendeiner Weise helfen konnten. Selbst wenn es nur darum ging, Decken für die Opfer bereitzuhalten, die aus ihren Fahrzeugen geholt wurden. Eine so schlimme Massenkarambolage hatte er schon lange nicht mehr gesehen, wenn überhaupt jemals. Er verstand, dass alle in Sicherheit gebracht werden mussten, aber wenn es elf qualifizierte Männer gab, die bereit und imstande waren zu helfen, sollten die Verantwortlichen ihr Angebot annehmen.

Cassidy hatte vor zehn Minuten eine kurze Nachricht von Leo erhalten, in der er ihr mitteilte, dass sie sicher angekommen waren und darauf warteten, dass ihnen gesagt wurde, wie sie helfen konnten, bis der Einsatzort so weit war, dass die Fahrzeuge abgeschleppt werden konnten. Sie war erleichtert zu hören, dass es ihm gut ging, und nicht überrascht, dass er und seine Freunde mit anpacken wollten. Wie Skylar gesagt hatte, lag es nicht in ihren Genen, herumzusitzen und nichts zu tun.

Skylar hatte gerade begonnen, ein Fantasy-Drama im Fernsehen zu sehen, etwas, an dem Cassidy kein großes Interesse hatte, als ihr Handy klingelte. Als sie nach unten schaute, sah sie, dass dort *Nummer unbekannt* stand.

Sie war versucht, den Anruf zu ignorieren, da es sich wahrscheinlich um einen Werbeanruf handelte, aber wenn Leo sich aus irgendeinem Grund das Handy einer anderen Person ausgeliehen hatte, um sie anzurufen, wollte sie ihn nicht verpassen.

»Hallo?«

»Cass?«

Die Stimme war schwach und zittrig, aber Cassidy erkannte sie sofort. »Mom?«

»Ja, ich bin's.«

Cassidy stand auf und ging auf die andere Seite des Raumes. Ihre Mutter klang furchtbar. Ihre Stimme war heiser und Cassidy fragte sich, ob sie geweint hatte. In ihrem Bauch bildete sich ein Gefühl des Unbehagens. »Was ist los?«, fragte sie leise, um ihre Freundinnen nicht zu beunruhigen.

»Hast du schon von jemandem in El Paso gehört?«

»In Bezug worauf?«, fragte Cassidy verwirrt.

»Ich ... ich weiß nicht, wie ich dir das sagen soll ...«

Als sie nicht weitersprach, bekam Cassidy plötzlich ein ganz schlechtes Gefühl. »Was, Mom? Sag mir einfach, was los ist.«

»Es geht um Alfred. Er wurde vor ein paar Tagen ermordet.«

Cassidy blinzelte. »Du meine Güte! Was ist passiert?«

»Ich weiß es nicht genau. Carmela Sanchez hat mich angerufen. Sie ist unsere Nachbarin, die für uns auf das Haus aufpasst. Jedenfalls hat sie von einem Freund eines Freundes gehört, dass jemand in sein Haus eingebrochen ist. Er wurde niedergestochen, Cass. Da wir hier unten in Mexiko sind, haben wir erst davon erfahren, als Carmela uns anrief.«

Cassidy wusste nicht, was sie denken sollte. Alfred gehörte definitiv nicht zu ihren Lieblingsmenschen, aber trotzdem ... wenn man erstochen wurde, während man sich in seinem eigenen Haus sicher wähnte ...

Dann dachte sie an Mario. Alfred war sein Vater. Ja, sie hatten sich entfremdet, aber sie hatte immer noch die Hoffnung gehegt, dass er eines Tages zur Vernunft kommen und eine Beziehung zu seinem Sohn aufbauen könnte.

»Hat die Polizei den Täter gefasst?«, fragte sie.

Als ihre Mutter nicht sofort antwortete und stattdessen zu weinen begann, wurde Cassidy noch angespannter. »Mom?«

Sie hörte ein Rascheln, dann kam die Stimme ihres Vaters durch die Leitung. »Hey, Cass.«

»Was ist denn los, Dad?«

»Es sieht so aus, als hättet du und Leo recht gehabt, dass wir nach Mexiko abhauen sollen«, erklärte er leise. »Carmela sagte, als sie zum Gießen der Pflanzen ins Haus wollte, war das Küchenfenster offen und die Hintertür unverschlossen.«

»Oh mein Gott«, flüsterte Cassidy.

»Sie sagte auch, dass es in den Nachrichten Hinweise darauf gab, dass zwei Männer in Alfreds Nachbarschaft Fragen gestellt hätten, welches Haus ihm gehöre. Sie hatten behauptet, sie seien von einem Rasenmäherdienst. Cass ... sie hatten einen jamaikanischen Akzent.«

Cassidy gefror das Blut in den Adern.

»Du bist nicht in Sicherheit«, sagte ihr Vater eindringlich.

»Sie haben nach mir gesucht«, flüsterte Cassidy.

»Das glauben wir auch«, stimmte er zu. »Und du hast Alfred gesagt, wo du und Mario seid, oder?«

»Das musste ich, das weißt du doch. Wann ist das passiert?«, fragte Cassidy und ließ den Blick durch den Raum schweifen, als würden Lloyd Robinson – sie war sich *sicher*, dass er es war – und sein Begleiter gleich hinter einem Sofa hervorspringen oder so.

»Vor zwei Tagen.«

Die Antwort ihres Vaters ließ Cassidys Adrenalinspiegel in die Höhe schnellen. *Zwei Tage?* Das war genügend Zeit für sie, um nach Indiana zu kommen. Sie war nicht in Sicherheit. *Mario* war nicht in Sicherheit.

In diesem Moment lachte Taylor über etwas im Fernsehen, und Cassidy ließ den Blick zu ihr wandern. Sie hielt Kevin in ihren Armen und lächelte. Auch Molly grinste und Cassidy schaute auf ihren Bauch hinunter. Auf das Baby, das sie in sich trug. Skylar brachte ihre Freundinnen zum Schweigen und hielt den Blick aufmerksam auf den Bildschirm gerichtet.

Wenn Lloyd und Martin wussten, wo sie war, waren sie vielleicht schon vor Ort. Wer wusste schon, was sie mit Alfred gemacht hatten, um ihn zum Reden zu bringen. Obwohl er ihre Adresse nicht kannte, hatte sie ihm von einem Freund erzählt, der ihnen half ... einem Freund, dem *Silverstone Towing* gehörte.

Wenn Lloyd bereit war, Alfred zu töten, um sie zu finden, war jeder in ihrem Umfeld in Gefahr. Michaels Leute würden nicht zögern, *jeden* zu verletzen oder zu töten, der sich zwischen sie und ihr Opfer stellte.

Cassidy dachte vielleicht, sie hätte Jamaika hinter sich gelassen, aber sie hatte sich etwas vorgemacht. Sie würde niemals entkommen ... genau wie Michael es ihr gesagt hatte.

Wenn man einmal in die Drogenwelt verwickelt war, war es nicht mehr möglich, sie zu verlassen.

»Flieh, mein Kind«, flüsterte Cassidys Vater ihr ins Ohr. »Sorge dafür, dass sie dich nicht finden!«

»Es tut mir so leid«, begann Cassidy.

»Deine Mutter und ich haben dich lieb«, sagte ihr Vater. »Und jetzt sieh zu, dass du dich in Sicherheit bringst!«

»Passt auf euch auf, Dad.«

»Das werden wir. Pass auf Mario auf. Sag ihm, wie sehr seine Großeltern ihn lieben.«

»Das mache ich«, flüsterte Cassidy. »Tschüss.« Und damit legte sie auf.

Vor Schreck wusste sie nicht, was sie tun sollte. Wohin sie gehen sollte. Ihr erster Gedanke war, Leo anzurufen, ihm zu erzählen, was passiert war, und ihn um Hilfe zu bitten. Er würde wissen, was zu tun war. Und so schwach sie sich auch fühlen mochte, sie wusste, dass er sie und Mario beschützen würde.

Sie hatte gerade das Display ihres Handys berührt, um ihre Kontaktliste aufzurufen, als von draußen ein lauter Knall ertönte.

Cassidy erstarrte und wusste instinktiv, dass ihre Zeit bereits abgelaufen war. Lloyd war hier. Sie wusste nicht, woher sie das wusste, aber sie wusste es ... wahrscheinlich genauso, wie sie vermutete, dass Martin bei ihm war, ein weiterer von Michaels bösartigsten Wächtern.

Sie hatte keinen Zweifel daran, dass sie alle um sie herum töten würden. Nur weil sie es konnten, um sie leiden zu lassen und um der Welt zu zeigen, dass niemand sich mit ihrer Organisation anlegen durfte.

Ein kleines Wimmern entwich ihr, bevor sie es herunterschlucken konnte.

»Was war das?«, fragte Molly und richtete sich auf dem Sofa auf.

Skylar schaltete den Fernseher aus und alle vier Frauen lauschten aufmerksam.

Sie hörten über ihren Köpfen Geräusche aus dem Erdgeschoss und dann Schritte, die die Treppe hinuntereilten. Cassidy hielt den Atem an und betete, dass sie Lloyd nicht im Treppenhaus sehen würde. Sie seufzte erleichtert, als sie Archer und Mario sah, denen Bart dicht auf den Fersen war.

Aber ihre Erleichterung währte nicht lange.

»In den Schutzraum«, bellte Bart. »Sofort!«

Cassidy fühlte sich, als würde sie versuchen, durch Treibsand zu schwimmen, und sah mit großen Augen zu, wie Archer Molly vom Sofa hoch half und die beiden anderen Frauen aufstanden. Bart trieb sie zu dem Zimmer am Ende des kurzen Flures.

Mario eilte herbei und ergriff ihre Hand. »Komm schon, Mom!«, sagte er und zerrte an ihr. »Bart sagte, dass gerade jemand die Ostseite des Zauns durchbrochen hat. Er hat es auf den Überwachungskameras gesehen! Die Typen sind nicht durch die Vorderseite gekommen, weil das Tor gesichert ist und sie nicht durchkommen würden. Er sagt, wir müssen uns verstecken!«

Die erschrockene Stimme ihres Sohnes riss Cassidy aus dem seltsamen Trancezustand, in dem sie sich befunden hatte.

Sie wusste, was sie zu tun hatte.

Sie wollte nicht, dass Mario oder eine ihrer neuen Freundinnen wegen einer schlechten Entscheidung, die sie vor Jahren getroffen hatte, leiden musste. Wenn Lloyd *sie* in die Finger bekäme, würde er alle anderen in Ruhe lassen. Daran hatte sie nicht den geringsten Zweifel. Sobald er sie in der Hand hätte, würde er sie mitnehmen und verschwinden. Mario wäre in Sicherheit.

Mit einem Blick auf das Beste, was sie je in ihrem Leben zustande gebracht hatte, nickte sie.

»Sind *sie* das?«, fragte Mario.

Cassidy wollte ihrem Sohn auf keinen Fall sagen, dass sein

schlimmster Albtraum wahr wurde. »Ich weiß nicht, wer es ist, aber um sicherzugehen, müssen wir hierbleiben, bis Leo kommen kann. Versprich mir, dass du alles tust, was Bart und die anderen dir sagen, okay?«

»Okay, Mom«, stimmte Mario zu.

Cassidy war innerlich am Verzweifeln, aber äußerlich blieb sie so ruhig, wie sie konnte. Als sie mit den anderen zum Schutzraum eilte, steckte sie ihr Handy in die Tasche. Bart gab Skylar ein Zeichen, dass sie mit ihrem Fingerabdruck die Tür öffnen sollte. Die Angestellten von *Silverstone Towing* wussten zwar nicht, was ihre Chefs auf ihren gelegentlichen »Geschäftsreisen« taten, aber sie wussten alle, dass neben den Eigentümern nur ihre Frauen Zugang zu diesem Raum hatten.

Die Tür schnappte auf. Cassidy versuchte, sich so zu positionieren, dass sie am Ende der Schlange stand, aber Bart stand vor der Tür und vergewisserte sich offensichtlich, dass alle drin waren, bevor er eintrat.

Drinnen angekommen, drückte Cassidy Marios Schulter. Sie wollte ihn ein letztes Mal fest umarmen, aber sie wollte nicht, dass jemand in Bezug auf ihr Vorhaben Verdacht schöpfte.

Schweren Herzens setzte Cassidy ihren Plan in die Tat um.

Archer war damit beschäftigt, es Molly bequem zu machen, und Bart versuchte, die anderen Frauen zu beruhigen und ihre besorgten Fragen zu beantworten. Als alle abgelenkt waren, schlich Cassidy sich aus dem Raum und schloss die Tür zum Schutzraum. Sie wandte sich dem Tastenfeld an der Wand zu und drückte den Code für die Notverriegelung, von dem Leo ihr erzählt hatte.

Hinter der Stahltür konnte sie nichts hören, aber sie konnte sich vorstellen, wie aufgeregt ihr Sohn sein musste. Ganz zu schweigen von den anderen.

Sie würden das nicht verstehen. Sie würden ihr sagen, sie solle reinkommen und bei ihnen in Sicherheit bleiben, aber niemand kannte Lloyd und Martin so gut wie sie. Sie würden *nie* aufhören. Sie würden jeden verletzen, der ihr etwas bedeutete, bis sie sie gefunden hätten. Aber wenn sie sich selbst opferte ... wenn Lloyd sie tötete ... dann gäbe es für ihn keinen Grund mehr, in den Staaten zu bleiben. Die anderen wären in Sicherheit.

Sie war mehr als bereit, dieses Opfer zu bringen, um zu verhindern, dass noch jemand verletzt oder getötet wurde.

Wenn Leo hier wäre, könnte er ihr vielleicht helfen, aber er war es nicht. Es lag an ihr, ihren Sohn und ihre Freundinnen zu beschützen. Sie hatte Leo gesagt, dass niemand jemals wieder vor Mario kommen würde, und jetzt war es an der Zeit, das zu beweisen.

Sie drehte sich um, machte sich auf den Weg zur Treppe und lief sie hinauf, wobei sie immer zwei Stufen auf einmal nahm. Sie hatte keine Ahnung, wo Lloyd sein könnte, und sie wollte auf keinen Fall, dass er das Gebäude in Brand steckte oder so. Das würde sie ihm durchaus zutrauen. Der Gedanke, dass ihre Freundinnen in dem Gebäude verbrannten, war schrecklich. Noch schrecklicher als alles, was Lloyd ihr antun könnte.

Im Gebäude war es gespenstisch still. Sie konnte nicht hören, was draußen vor sich ging. Sie war versucht, in die Einsatzzentrale zu gehen und sich die Kameras anzusehen, aber sie bezweifelte, dass sie sich diesen Luxus zeitlich leisten konnte. Cassidy atmete tief durch und hielt an der Hintertür inne. Ruhig griff sie nach dem Namensschild an ihrem Hemd, nahm es ab und befestigte es an der Magnettafel. Sie hatte das Gefühl, außerhalb ihres Körpers zu sein, zu schweben und von oben zuzusehen.

Sie fühlte sich wie betäubt.

Aber wenn sie sich opfern müsste, um Mario, den kleinen Kevin und Mollys ungeborenes Kind zu retten, dann würde sie es tun. Sie hatten es nicht verdient zu sterben. Nicht wegen *ihrer* Fehler. Das hatte niemand.

Mit einem Blick auf die Kamera, von der sie wusste, dass sie auf die Tür gerichtet war, sagte sie: *Ich liebe dich*, bevor sie nach dem Türknauf griff.

Schnell trat sie nach draußen und vergewisserte sich, dass sie das Schloss einrasten hörte, bevor sie von der Tür wegging. Sie ging um die Seite des Gebäudes herum und hielt Ausschau nach Lloyd.

Als sie um die nächste Ecke bog, die zur Vorderseite des Gebäudes führte, wäre sie fast direkt in den Mann hineingelaufen. Er war nur einen Moment lang überrascht, dann grinste er triumphierend und packte ihren Bizeps so fest, dass Cassidy zusammenzuckte. Aber das war nur der Anfang der Schmerzen, die er ihr zufügen würde. Sie wusste es ... und sie weigerte sich, ihm die Genugtuung zu geben, zu wissen, wie sehr er ihr wehtat.

»Ich hab dich, du Schlampe!«

Sie hätte nie gedacht, dass sie seine Stimme noch einmal hören würde, aber er war wirklich hier. In Indiana.

»Wo ist dein verzogener Sohn?«

Cassidy presste die Lippen aufeinander und beschloss, kein Wort zu sagen.

Lloyd starrte sie an und drehte sie dann in seine Arme. »Martin, überrede sie, uns zu sagen, wo ihr Sohn ist.«

So hatte sie sich das nicht vorgestellt, als sie sich selbst aufgab. Sie sollten sie schnappen, sie in ihren Wagen packen und abhauen.

Noch bevor sie blinzeln konnte, flog eine mächtige Faust direkt auf ihr Gesicht zu. Cassidy konnte sich nicht einmal ducken, um auszuweichen, weil Lloyd sie zu fest gepackt hielt. Schmerz breitete sich in ihrer Wange aus. Der Schlag tat weh ... und zwar *sehr*. Sie war schon einmal geschlagen worden, aber aus irgendeinem Grund, vielleicht weil sie nichts als Liebe kannte, seit Leo sie gefunden hatte, war der Schmerz dieses Mal viel stärker.

»Noch mal«, befahl Lloyd.

»Nein ...«, stöhnte Cassidy und vergaß sofort ihr Gelübde zu schweigen.

Aber Martin zögerte nicht und schlug mit der anderen Faust zu, wobei seine Fingerknöchel ihren Wangenknochen auf der anderen Seite trafen. Jetzt pochte ihr ganzes Gesicht.

»Wo ist der Rotzbengel?«, zischte Lloyd und schüttelte sie kräftig, ohne sie jedoch zu Boden fallen zu lassen.

Und damit wusste Cassidy, dass sie erneut eine falsche Entscheidung getroffen hatte ... schon wieder.

Sie hatte gedacht, sie würde ihren Sohn und ihre Freundinnen beschützen, aber anstatt sich damit zufriedenzugeben, dass sie ihm ausgeliefert war, klang Lloyd fast verzweifelt in seinem Bestreben, *Mario* zu finden.

»Du wirst ihn nie finden«, erklärte sie und wusste, dass das Beben in ihrer Stimme ihre Tapferkeit Lügen strafte.

»Da liegst du falsch. Ich werde ihn nicht nur finden, sondern ihn auch dabei zusehen lassen, wie ich es dir besorge«, fuhr Lloyd sie an. »Der Junge muss mit eigenen Augen sehen, was es bedeutet, ein *richtiger* Mann zu sein. Dann wird er zusehen, wie Martin es dir besorgt. Und das Letzte, was du je sehen wirst, ist, wie dein geliebter Junge fast zu Tode geprügelt wird! Aber wir werden ihn nicht töten. Oh nein. Wir haben andere Pläne für Mario. Du wirst mit dem Wissen sterben, dass er jetzt *uns* gehört. Ich werde ihn zum härtesten und skrupellosesten Vollstrecker machen, den die Organisation je gesehen hat. Er wird Drogen an Kinder verkaufen. Er wird Menschen töten ... und es *genießen*. Er gehört mir.«

Cassidy wimmerte entsetzt. Sie hatte keine Angst um sich selbst. Sie hatte gewusst, dass Lloyd sie vergewaltigen und töten würde, als sie nach draußen gegangen war. Sie war bereit, das zu ertragen, wenn auch nur, um ihren Sohn zu beschützen. Nein. Sie fürchtete um Mario. Sie wusste, dass Lloyd genau das tun würde, womit er gedroht hatte, wenn er ihn in die Finger bekäme.

Tief in ihrem Inneren festigte sich ihre Entschlossenheit. Lloyd konnte Mario nichts antun, wenn er ihn nicht finden konnte. Leo würde ihren Sohn nach ihrem Tod in Sicherheit bringen. Er und seine Freunde würden Lloyd und Martin aufspüren und sie töten. Sie würden nicht aufhören, bis jede Bedrohung für Mario tot war.

Sie würde in dem Wissen sterben, dass Leo alles tun würde, um Mario zu beschützen.

Lloyd strich mit einer Hand über ihren Arm und streichelte

dann anzüglich ihren Hintern. »Es wird mir gefallen, es dir von hinten zu besorgen«, erklärte er fast im Plauderton.

Cassidy versteifte sich, als er ihr Handy in ihrer Gesäßtasche entdeckte. Er zog es heraus und lachte. »Ich will nicht, dass du das benutzt«, erklärte er, ließ das Handy auf den Boden fallen und stampfte so fest er konnte darauf herum.

Cassidy hatte einen winzigen Funken Hoffnung gehegt, dass Leo und seine Freunde sie vielleicht über ihr Handysignal aufspüren konnten. Oder dass sie sogar eine Möglichkeit finden würde, ihn anzurufen. Aber jetzt wurde ihr klar, wie dumm diese Hoffnung gewesen war. Das gab es nur in Filmen und in den Liebesromanen, die sie in letzter Zeit gelesen hatte.

»Wann darf ich eine Runde mit ihr drehen?«, fragte Martin.

»Wenn ich es dir verdammt noch mal erlaube«, feuerte Lloyd zurück. »Vollidiot.«

Das letzte Wort sagte er leise, aber Cassidy hörte es.

Vielleicht ... konnte sie Lloyds offensichtliche Verärgerung über Martin gegen ihn verwenden. Sie hatte keine Ahnung wie, aber wenn sie gegeneinander kämpften, würden sie vielleicht ihre Aufmerksamkeit von ihr ablenken und sie könnte irgendwie entkommen.

So verängstigt sie auch war, Cassidy versuchte, ein tapferes Gesicht zu machen. Sie reckte ihr Kinn in die Höhe und bemühte sich, Martins Blick zu erwidern. Sie war nicht überrascht, ihn hier mit Lloyd zu sehen. Sie hatte sofort vermutet, dass er der andere Mann war, der in das Haus ihrer Eltern eingebrochen war. Wahrscheinlich war er derjenige gewesen, der Alfred getötet hatte. Martin war kein sonderlich kluger Mann, aber er war loyal. Er tat alles, was Lloyd verlangte, ohne Fragen zu stellen.

Dann grinste Martin. Ein Lächeln, das so böse war, dass Cassidy sofort eine Gänsehaut bekam. Er knackte mit den Fingerknöcheln und verstummte, als in der Ferne ein vertrautes Geräusch ertönte.

Eine Sirene.

Gott sei Dank.

»Verdammt!«, fluchte Lloyd und drehte sie so schnell, dass sie hingefallen wäre, wenn er sie nicht am Arm festgehalten hätte. Er begann, schnell zu laufen. Cassidy musste joggen, um nicht über den Boden geschleift zu werden.

»Was ist mit dem Jungen?«, fragte Martin.

»Keine Zeit«, stieß Lloyd hervor. »Die Bullen sind auf dem Weg. Wir schnappen ihn uns später.«

Cassidy wusste nicht, ob die Polizei kommen würde. Es konnte auch nur ein Polizist sein, der auf dem Weg zu einem anderen Einsatz war oder jemanden anhalten wollte, aber sie hielt den Mund. Wenn sie Lloyd dazu bringen konnte zu verschwinden und ihren Sohn und die anderen damit in Sicherheit brachte, war sie damit einverstanden.

Martin joggte voraus und setzte sich hinter das Steuer des viertürigen Wagens. Der vordere Kühlergrill war völlig zertrümmert, wahrscheinlich weil er durch den Zaun des Grundstücks gerast war. Lloyd setzte sie auf den Vordersitz und quetschte sie zwischen sich und Martin, der sich neben sie drängte.

»Los, los, los!«, brüllte Lloyd.

Cassidy schloss erschrocken die Augen, als der Wagen nach vorn schoss. Der Nebel war immer noch dicht und sie konnte kaum mehr als drei Meter sehen, aber Martin schien das nicht zu stören. Er drückte aufs Gaspedal, wendete und raste auf das Eingangstor zu. Kaum waren sie durch das Tor gefahren, gab Martin Gas und der Wagen raste über den Schotterweg, der von *Silverstone Towing* wegführte.

Sie spürte, wie Lloyd ihren Oberschenkel drückte, und Cassidy hielt sowohl die Augen als auch die Beine fest verschlossen. Sie hatte keine Ahnung, was als Nächstes passieren würde, aber sie konnte nur beten, dass Lloyd sie schnell tötete.

KAPITEL ACHTZEHN

Gramps stand etwas abseits und blickte finster drein, als sein Handy klingelte.

Smoke, Eagle und Bull sprachen mit den Jungs vom *Fallport Such- und Bergungsteam* und sie warteten immer noch darauf, dass jemand sie zur Hilfe holte. Er war frustriert darüber, wie unorganisiert die Dinge an der Unfallstelle waren.

»Gramps«, meldete er sich brüsk.

»Ich bin's, Bart. Hier ist die Kacke am Dampfen.«

Gramps wurde sofort hellhörig. Der sonst so unerschütterliche Mann war definitiv über irgendetwas beunruhigt. Seine Stimme bebte, und er atmete viel zu laut und schnell. »Was ist los?«, fragte Gramps und gestikulierte zu seinen Freunden.

Als Bull, Smoke und Eagle auf ihn zukamen, hörte er zu, wie Bart versuchte zu erklären, warum er angerufen hatte.

»Irgendein Verrückter ist durch den Zaun an der Ostseite des Grundstücks gerast. Er ist nicht einmal langsamer geworden. Ich habe nicht im Telefonraum gewartet, sondern bin zum Schutzraum gelaufen. Dort habe ich die Frauen und Kinder sowie Archer hineingescheucht. Ich dachte mir, dass das, was hier vor sich geht, nichts Gutes bedeutet und dass es besser ist, auf Nummer sicher zu gehen. Skylar öffnete die Tür und wir gingen alle rein, aber ich war abgelenkt und ... Cassidy hat sich rausgeschlichen. Im nächsten Moment schloss sich die Tür und sie war einfach nicht da. Ich versuchte, die Tür aufzumachen, aber sie ließ sich nicht öffnen. Molly sagte, Cassidy muss den Sperrcode eingegeben haben. Wir kommen nicht raus, Chef.«

Gramps wurde ganz flau im Magen. »Hast du die Computer zum Laufen gebracht, um zu sehen, was los ist?«, fragte er.

»Ja. Es hat ein paar Minuten gedauert, aber als ich mich eingeloggt und die Kameras aufgerufen habe, war Cass nicht mehr zu sehen. Und wer auch immer es war, der durch den Zaun gekommen ist, war auch weg. Ich weiß allerdings nicht, wie ich von hier aus auf die Bänder zugreifen kann. Ich kann nur die Live-Übertragungen sehen. Es tut mir leid«, erklärte Bart. »Ich habe die Polizei angerufen.«

»Geht es allen anderen gut?«, fragte er.

»Ja. Mario ist ziemlich durch den Wind, aber er hält durch.«

»Und die Frauen?«

»Es geht ihnen gut«, versicherte Bart ihm.

»Okay.« Er gab Bart die Anweisung, den Notfallcode, den Cassidy eingegeben hatte, um alle im Schutzraum einzusperren, außer Kraft zu setzen. »Aber verlasst den Raum noch nicht. Ich werde die Bänder mit den Jungs durchgehen. Wenn das ein Hinterhalt ist, seid ihr sicherer, wo ihr seid.«

»Weißt du, wer das getan hat?«, fragte Bart.

»Nein«, erklärte Gramps grimmig, »aber ich habe eine Vermutung. Gib mir Mario.«

Gramps wusste, dass er eigentlich auflegen sollte. Er musste sich das Überwachungsvideo ansehen und herausfinden, was da los war, aber zuerst musste er Mario beruhigen.

»Leo?«, fragte Mario mit zittriger Stimme.

»Ja, ich bin's, Kumpel. Es wird alles wieder gut, verstanden?«

»Warum ist Mom nicht mit in den Schutzraum gekommen? Sie hat mich verlassen!«

Gramps hasste den Schmerz und die Angst, die er nur allzu

deutlich aus dem Tonfall des kleinen Jungen heraushören konnte. »Du weißt doch, wie sehr deine Mom dich liebt, oder?«, fragte er.

»Ja ...«

»Sie würde alles tun, um dich zu beschützen.«

»Das waren *sie*, nicht wahr?«, fragte Mario und seine Stimme überschlug sich. »Ich habe Mommy dasselbe gefragt, aber sie wollte es mir nicht sagen.«

Gramps brauchte nicht zu fragen, wen er meinte. »Ich weiß es nicht. Aber das ist auch egal. Ich werde deine Mutter zurückholen.«

»Ich habe Angst«, flüsterte Mario.

»Ich auch.«

»Wirklich?«, fragte der kleine Junge schockiert.

»Ja. Ich liebe deine Mutter. Ich bin stolz auf sie, dass sie getan hat, was sie für richtig hielt, um dich zu beschützen, aber ich habe trotzdem Angst um sie. Ich werde sie finden, Mario. Ich gebe dir mein Wort.«

»Okay.«

Dieses eine Wort. Mehr brauchte es nicht, um Gramps' Entschlossenheit zu bekräftigen. Mario glaubte an ihn, und er wollte den kleinen Jungen auf keinen Fall im Stich lassen. Er hatte in seinem Leben schon genug durchgemacht. Er würde seine Mutter nicht verlieren, solange Gramps ein Wörtchen mitzureden hatte. »Ich muss Schluss machen«, erklärte er. »Bleib, wo du bist, und kümmere dich um die anderen, okay?«

»Okay. Leo?«

»Ja, Kumpel?«

»Ich liebe dich.«

Gramps' Herz krampfte sich zusammen. »Ich liebe dich auch, mein Großer.«

Die Verbindung wurde beendet und Gramps drehte sich zu seinen Freunden um. Sie sahen ihn mit wütenden Blicken an. Er fasste schnell zusammen, was bei *Silverstone Towing* passiert war. Bull, der genug mitgehört hatte, um zu wissen, dass sie sich die

Überwachungsbänder ansehen mussten, hatte bereits sein Handy gezückt und klickte auf die entsprechende App.

Innerhalb von zwei Minuten standen alle vier mit ihren Köpfen über das Handy gebeugt da und beobachteten, was passiert war.

Sie sahen, wie der alte Ford den Zaun durchbrach und über den Hof in Richtung Werkstatt raste. Als sie die Kamera umschalteten, sahen sie, wie Bart alle durch den Flur in den Schutzraum trieb. Gramps beobachtete fassungslos, wie Cassidy aus dem Raum trat, dann die Tür zuschlug und schnell den Notfallcode eingab.

Sie stürmte die Treppe zur Hintertür hinauf. Sein Herz schlug schneller, als sie in die Kamera schaute, bevor sie nach draußen ging und *Ich liebe dich* sagte.

Er wusste, dass sie direkt zu ihm sprach. Er hätte sie am liebsten angeschrien. Er wollte ihr sagen, sie solle nicht nach draußen gehen. Aber nichts, was er tat oder sagte, würde etwas an dem ändern, was bereits geschehen war.

Alle vier Männer sahen zu, wie Cassidy direkt in die Arme eines Mannes lief, der vor der Tür lauerte. Gramps ballte hilflos die Fäuste, als er sah, wie Cassidy von einem zweiten Mann zwei Schläge ins Gesicht bekam. Dann zerrte der Mann, der sie festhielt, sie zum Wagen und sie fuhren davon, nachdem sie durch das Tor verschwunden waren.

»Wer zum Teufel sind diese Kerle?«, fragte Smoke.

»Lloyd Robinson und sein Handlanger Martin«, knurrte Gramps.

»Ich schätze, sie kommen aus Jamaika?«, fragte Bull.

»Da schätzt du richtig«, antwortete Gramps.

»Ich habe das Kennzeichen notiert«, bemerkte Eagle.

»Was meinst du, wo sie sie hinbringen?«, fragte Smoke.

»Vielleicht können wir das Video den Polizisten hier vor Ort zeigen«, schlug Bull vor.

Gramps schüttelte den Kopf. »Von hier aus können sie nichts tun.«

»Sie könnten Verstärkung anfordern. Sie könnten eine Fahndung nach dem Fahrzeug herausgeben«, erklärte Bull.

»Bart hat die Polizei schon gerufen. Sie sollten bereits auf dem Gelände sein. Wenn diese Mistkerle zurückkommen, werden die Polizisten alle, die noch drin sind, beschützen.«

»Glaubst du, sie hätten den anderen etwas angetan?«, fragte Eagle.

Gramps nickte. »Daran habe ich nicht den geringsten Zweifel.«

»Sie hat sich geopfert, um sie zu retten«, erklärte Smoke.

Und das hatte sie. Es war klar, dass Cassidy Angst hatte, aber sie hatte sich trotzdem direkt in die Hände von Männern begeben, die ihr und Mario mehr angetan hatten als jeder andere in ihrem Leben.

»Wir werden sie finden«, erklärte Smoke. »Ich weiß nicht, was ich getan hätte, wenn jemand Molly noch einmal wehgetan oder etwas getan hätte, das dazu geführt hätte, dass sie unser Baby verliert.«

»Oder Kevin und Taylor«, erklärte Eagle.

»Oder Skylar«, fügte Bull hinzu.

Seine Freunde hatten Cassidy schon vorher gemocht, aber was sie getan hatte, als sie ihr eigenes Leben aufs Spiel setzte, um ihre Frauen und Kinder zu schützen, festigte ihre Loyalität. Gramps wusste, dass sie es vor allem getan hatte, um Mario zu schützen, aber er hatte keinen Zweifel daran, dass sie auch die Sicherheit ihrer Freundinnen im Hinterkopf gehabt hatte.

»Können wir euch irgendwie helfen?«, fragte eine tiefe Stimme hinter ihnen.

Gramps drehte sich um und sah die sieben Männer vom *Fallport Such- und Bergungsteam*, die besorgt hinter ihnen standen.

»Wir wissen nicht, was los ist, aber wenn ihr uns braucht, sind wir gern bereit zu helfen. Wir haben alle entweder Erfahrung in der Strafverfolgung oder als Soldaten beim Militär, und wenn ihr Hilfe braucht, um jemanden zu finden, sind wir dabei. Ganz zu schweigen davon, dass es im Hotel eine ganze Reihe von Männern und Frauen wie uns gibt, die sich nicht scheuen würden, bei der Suche zu helfen.«

Gramps wusste das Angebot zu schätzen. »Danke, aber im Moment weiß ich nur, dass meine Frau verschwunden ist. Ich weiß nicht, wo ich anfangen soll zu suchen.«

»Also«, erklärte Talon und griff in seine Tasche, »hier ist meine Karte. Geht und tut, was ihr tun müsst, und wenn ihr unsere Hilfe braucht, ruft an. Wir werden alles stehen und liegen lassen, um euch zu helfen.«

»Ich weiß es wirklich zu schätzen.« Und das tat er tatsächlich. Gramps steckte die Karte ein und nickte den Männern zu. Sie sahen alle besorgt aus, aber sie hielten sich zurück und ließen ihm und seinem Team genügend Freiraum.

»Könntest du ihr Handy orten? Sie könnte es bei sich haben«, bemerkte Eagle.

»Das würde zu lange dauern«, erklärte Smoke. »Wir könnten Hilfe anfordern, aber das wird trotzdem eine Weile dauern.«

»Wir haben das Kennzeichen – die Polizei kann danach fahnden«, erinnerte Bull sie.

»Stimmt, aber die meisten Polizisten sind *hier*. Bei diesem Nebel werden nicht so viele auf der Straße auf Streife sein«, gab Eagle zu bedenken. »Es sind nicht genügend Leute auf der Straße, damit die Fahndung etwas bringt.«

Die Worte seines Freundes lösten etwas in Gramps aus. »Dann brauchen wir mehr Leute«, murmelte er, drehte sich um und lief zu dem Abschleppwagen, den er am Straßenrand geparkt hatte. Talons Bereitschaft, ihm zu helfen, kam ihm in den Sinn, und vielleicht würde er auf dieses Angebot eingehen. Eine ganze Ansammlung von Männern und Frauen – deren einziger Job es war, Menschen zu finden – würde bestimmt helfen können.

Aber er brauchte sofort Hilfe, und es würde dauern, bis die Such- und Bergungsteams sich auf den Weg machen konnten. Er brauchte Leute, die bereits in Indianapolis in ihren Fahrzeugen unterwegs waren.

Er kletterte ins Fahrerhaus und griff nach dem Funkgerät.

Gramps drehte den Knopf von dem privaten Kanal, den sie benutzten, um mit der Zentrale bei *Silverstone Towing* zu sprechen, auf die offene Leitung, die von den meisten Abschleppunternehmen im Großraum Indianapolis benutzt wurde.

Das Abschleppgewerbe war hart umkämpft, aber trotzdem respektierten sie einander. Es kam nicht oft vor, dass jemand versuchte, dem anderen das Geschäft wegzuschnappen. Es gab zwar immer ein oder zwei Idioten, aber im Großen und Ganzen waren die Abschleppmitarbeiter in der Gegend von Indianapolis höflich und professionell.

»Achtung an alle, die das hören können. Hier ist Gramps von *Silverstone Towing*. Meine Frau wurde entführt. Haltet Ausschau nach einem braunen viertürigen Ford Crown Victoria älteren Baujahrs. Die Front ist total zertrümmert. Das Kennzeichen lautet fünf-vier-sieben-P-H-F. Ich wiederhole, fünf-vier-sieben-P-H-F. Es sind zwei Männer bei ihr, die höchstwahrscheinlich bewaffnet und sehr gefährlich sind. Greift sie nicht an, aber wenn ihr den Wagen seht, meldet euch. Bitte.« Als er fertig war, fügte er hinzu: »Sie ist mein Leben. Ich kann sie nicht verlieren.«

Bull hatte den Funkspruch gehört und lief dann auf einen Polizisten zu, wahrscheinlich um ihn dazu zu bringen, die gleichen Informationen auf den Notruffrequenzen der Polizei und der Feuerwehr zu verbreiten.

Als er das Mikrofon des Funkgeräts weglegte, war Gramps erleichtert, als er sofort Bestätigungsanrufe erhielt, dass sein Aufruf angekommen war, und andere Kommentare von den Fahrern, die in der Stadt unterwegs waren. Wenn jemand den Wagen finden konnte, dann war es das riesige Netz von Lastwagen. Er wusste auch, dass einige Abschleppwagenfahrer die Informationen an Sattelschlepper weitergeben würden, die durch die Gegend fuhren. Es war nur eine Frage der Zeit, bis jemand das Fahrzeug entdeckte. Er hoffte nur, dass es für Cassidy nicht zu spät war.

Cassidy klammerte sich so heftig am Armaturenbrett fest, dass ihre Knöchel weiß hervortraten. Sie hatte nie Angst, mit Leo in einem Wagen zu sitzen, weil sie genau wusste, er würde nicht zulassen, dass ihr etwas zustieß. Aber Martin war ein miserabler Fahrer. Vielleicht lag es daran, dass in Jamaika die Fahrzeuge auf der anderen Seite der Straße fuhren als hier in den Staaten. Vielleicht lag es daran, dass er zu sehr darüber nachdachte, sie zu vergewaltigen. Oder vielleicht war er einfach nur ein Idiot.

Cassidy dachte, dass es wahrscheinlich eine Mischung aus allen dreien war. Sie wusste nicht, wohin sie fuhren, aber sie fuhren zu schnell für die Wetterbedingungen. Es half auch nicht, dass Martin und Lloyd sich verfahren zu haben schienen. Kurz nachdem sie das Gelände von *Silverstone Towing* verlassen hatten, fingen sie an, sich darüber zu streiten, wohin sie fahren sollten. Als Lloyd ihr befohlen hatte, ihnen zu *sagen*, wohin sie fahren sollten, musste sie zugeben, dass sie genauso ratlos war wie die beiden selbst. Außer ihrer Wohnung, *Silverstone Towing*, Marios Turnhalle und dem Lebensmittelladen kam sie nicht viel herum.

Sie hatte keine Ahnung, wie lange sie schon unterwegs waren, aber es kam ihr wie mindestens eine Stunde vor. Sie fuhren ein paarmal auf die Autobahn und wieder runter und Cassidy hoffte, dass sie vielleicht zufällig auf dieselbe Schnellstraße fahren würden, auf der Leo und seine Freunde sich befanden, um bei dem großen Unfall zu helfen, aber so viel Glück hatte sie nicht.

Ihr Gesicht schmerzte von den zwei Schlägen, die sie von Martin bekommen hatte. Sie hatte Probleme, auf dem linken Auge zu sehen, und hoffte, dass er ihr keine Knochen im Gesicht gebrochen hatte. Natürlich waren gebrochene Knochen im Moment die geringste ihrer Sorgen.

Lloyd hatte begonnen, jemandem eine Nachricht zu schreiben, und war während der letzten zwanzig Minuten beunruhigend still geworden, außer dass er Martin ab und zu sagte, wohin er sich wenden sollte.

Martin hingegen konnte die Klappe nicht halten. Er meckerte über das Wetter, drohte ihr mit anschaulichen Beschreibungen, was er mit ihr anstellen würde, wenn sie dort ankamen, wo sie hinwollten, prahlte damit, wie Alfred vor Schmerzen geschrien hatte, als er ihn abgestochen hatte, und war allgemein ein nerviger Vollidiot.

Das *einzig* Gute an ihrer Situation war, dass Lloyd es plötzlich sehr eilig zu haben schien, den Staat zu verlassen ... was bedeutete, dass Mario vielleicht in Sicherheit war.

Wenn sie getötet wurde, dann war das eben so. Solange niemand anderes ihretwegen verletzt wurde, wäre sie mit allem einverstanden.

»Da!«, rief Lloyd plötzlich und erschreckte Cassidy zu Tode. Sie sprang auf und runzelte die Stirn, als Martin über ihre Reaktion lachte.

»Du bist eine schreckhafte kleine Schlampe, was?«, höhnte er, als er gerade auf den Parkplatz eines kleinen Regionalflughafens einbog.

Cassidy hatte nicht gewusst, dass dieser Ort existierte. Sie wünschte, sie wären zu dem großen internationalen Flughafen im Westen der Stadt gefahren, aber das würde natürlich nicht passieren.

Es war kein Mensch in der Nähe. Wahrscheinlich weil dies das denkbar schlechteste Wetter zum Fliegen war. Der Nebel schien noch dichter zu werden, seit sie *Silverstone Towing* verlassen hatten. Vielleicht würde das Flugzeug nicht starten können. Das könnte ihr etwas Zeit verschaffen. Vielleicht hätten Leo und sein Team dann Zeit, sie zu finden.

Aber ihre Hoffnungen wurden zerstört, als Martin fragte: »Sind wir startklar?«

»Auf jeden Fall. Ich habe unserem Piloten eine Nachricht geschickt. Solange ich sein Geld habe, ist es ihm egal, wie das Wetter ist – er wird uns fliegen.«

»Gut. Ich kann es kaum erwarten, aus diesem verdammten Wagen auszusteigen und eine Muschi zu vögeln«, erklärte Martin. »Wenn ich deinen Sohn nicht in die Finger kriege, werde ich mich mit dir begnügen.«

»Fahr hinten rum«, befahl Lloyd.

Cassidy begann zu zittern. Sie wollte nicht mit ihnen gehen. Sie wollte nicht zurück nach Jamaika. Sie hatte jetzt ein Leben hier. Ein gutes Leben. Endlich. Hatte sie nicht für all die schlechten Entscheidungen bezahlt, die sie in ihrem Leben getroffen hatte? Hatte Mario nicht dafür bezahlt? Sie zu verlieren würde ihn am Boden zerstören. Er hatte gerade erst begonnen, sich zu öffnen. Der unbekümmerte Junge zu sein, den sie sich immer gewünscht hatte.

Martin parkte den Wagen und Lloyd öffnete sofort die Tür, als könnte er es keinen Moment länger im Wagen aushalten. Dann beugte er sich vor, packte sie am Arm und zerrte sie über den Sitz.

Cassidy stolperte, als sie sich aufrichtete, aber Lloyds eiserner Griff verhinderte, dass sie auf dem Boden landete. Er wandte sich vom Wagen ab, ohne Martin einen zweiten Blick zuzuwerfen.

»Lloyd«, begann Cassidy, aber er blieb plötzlich stehen und sie prallte auf ihn.

Er drehte sich um und beugte sich zu ihr. Sein Atem roch, als sei etwas in seinen Mund gekrochen und gestorben, und Cassidy musste ein wenig würgen. »Ich will kein verdammtes Wort von dir hören«, zischte er in einem tiefen, bedrohlichen Ton. »Du hast mein Leben vollkommen versaut! Ich bin nicht gut drauf – und du willst nicht herausfinden, was ich dir antun könnte, wenn ich so drauf bin, verstanden?«

Cassidy nickte. Sie hätte ihn am liebsten angeschrien. Sie wollte schreien: »Du denkst, dein Leben ist komplett im Eimer?« Aber sie wusste es besser. Sie konnte die Skrupellosigkeit und Wut in seinen Augen sehen. Er würde nicht zögern, sie auf der Stelle zu töten.

Da wurde ihr klar, was für einen kolossalen Fehler sie begangen hatte. Sie war bereit gewesen, für ihren Sohn zu sterben, aber Cassidy wurde klar, dass sie stattdessen für Mario *leben* wollte. Sie hätte Leo und seinen Freunden vertrauen sollen, als sie erfuhr, dass Lloyd möglicherweise in Indianapolis war. Sie hätte im Schutzraum bei Mario und den anderen bleiben sollen.

Sie hatte nichts von alledem getan und musste nun den Preis dafür zahlen.

Auf der Stelle getötet zu werden wäre besser als Vergewaltigung und Folter, aber sie wollte nicht sterben. Sie musste Leo Zeit geben, sie zu finden. Sie hatte keinen Zweifel daran, dass er alles daransetzen würde, sie zu finden – sie hoffte nur, dass er nicht zu spät kommen würde.

Martin lachte hinter ihnen ... und Hass stieg in Cassidy auf. Er stieg so schnell auf, dass es ihr fast Angst machte.

Bevor sie ein Wort sagen konnte, griff Lloyd hinter seinen Rücken, zog eine Pistole und richtete sie auf Martin. Er drückte ab.

Das Geräusch des Schusses war so laut, dass Cassidy zusammenzuckte und ihr sofort die Ohren dröhnten. Erschrocken blickte sie wieder zu Martin. Er lag jetzt auf dem Boden, und aus einem kleinen Loch in seiner Brust sickerte Blut.

Er hustete und ein gurgelndes Geräusch kam aus seiner Kehle. Blut spritzte zwischen seinen Lippen hervor.

Lloyd lachte, es klang fast unbekümmert. »Gott, das wollte ich schon seit Tagen tun! Meine Güte, der Mann wollte einfach nicht die Klappe halten!«

Cassidy begann zu weinen. Sie konnte es nicht verhindern. Sie gab keinen Laut von sich, aber die Tränen liefen ihr über die Wangen, als hätte jemand einen Wasserhahn aufgedreht.

Sie war im Begriff zu sterben.

Irgendwie hatte sie immer noch gehofft, dass sie das hier lebend überstehen und zu dem neuen Leben zurückkehren würde, das sie mit Leo und Mario aufgebaut hatte. Aber die rücksichtslose Art, mit der Lloyd einen Mann erschossen hatte, mit dem er jahrelang zusammengearbeitet und der ihm geholfen hatte, sie zu entführen, machte ihr klar, dass sie keine Hoffnung auf Rettung hatte. Er würde ihr genauso wenig Gnade zeigen.

Lloyd ignorierte den Mann zu ihren Füßen, dessen Leben langsam dahinschwand, und starrte sie an. »Ich will wissen, wie du es gemacht hast.«

»Wie ich was gemacht habe?«, fragte Cassidy, die Martin immer noch beobachtete.

Mit diesen Worten steckte Lloyd seine Waffe zurück in die Hose und verpasste ihr einen Faustschlag.

Cassidy schrie vor Schmerz auf und versuchte, ihren Arm aus seinem Griff zu reißen, aber er hielt sie fest.

»Du weißt doch genau was«, sagte Lloyd. »Wie du Coke getötet hast.«

»Das habe ich nicht«, protestierte sie.

»Du hast ihn vielleicht nicht vergiftet, aber ich weiß, dass es trotzdem dein Werk war. Wo hast du G getroffen? Wo ist er jetzt? Wie hast du ihn überzeugt, dir zu helfen? Hast du eine magische Muschi oder so etwas?«

Cassidy konnte nicht glauben, dass Lloyd nicht herausgefunden hatte, dass G Leo war. Aber andererseits hatte sie Alfred auch nicht seinen Namen genannt. Er wusste auch nicht, dass Leo derjenige war, der sie aus Jamaika gerettet hatte.

Sie überlegte, was sie ihrem Entführer sagen könnte, um ihn zu beruhigen.

Aber sie war zu langsam.

Lloyd legte seine Hände um ihre Kehle und drückte zu. »Sag es mir«, befahl er.

Cassidy öffnete den Mund, aber sie bekam nicht genügend Luft, um zu sprechen.

»Das Gleiche habe ich mit deinem Ex gemacht«, bemerkte Lloyd im Plauderton. »Er hat gekeucht wie ein Fisch auf dem Trockenen. Es war urkomisch, ihm zuzusehen.«

Cassidy starrte den Mann an, der ihr Leben buchstäblich in den Händen hielt, und flehte ihn mit ihren Augen an loszulassen.

Er schmunzelte und lockerte seinen Griff. »Willst du schon reden?«, fragte er.

»Ich kannte G nicht!«, keuchte Cassidy. »Ich habe dem FBI Briefe geschrieben und um Hilfe gebeten. Ich habe niemanden darum gebeten, Michael zu töten.« Sie würde Lloyd alles sagen, was er wissen wollte ... solange es Leo nicht in Gefahr brachte. Sie würde ihn niemals verraten. Lloyd würde sie umbringen, egal was sie ihm sagte oder nicht, also würde sie Leo so gut wie möglich beschützen ... mit ihrem Schweigen.

Aber sie wollte wirklich, *wirklich* leben. Für Mario. Für Leo. Für ihre neuen Freundinnen. Sie hatte ein neues Leben, das sie unbedingt kennenlernen wollte, und es wäre schade, wenn es zu Ende wäre, bevor es überhaupt begonnen hatte. Also würde sie ihm alles erzählen, außer wer G *wirklich* war.

»Das verdammte FBI?«, fragte Lloyd und schüttelte ungläubig den Kopf. »Mein Gott. Das hätte ich dir gar nicht zugetraut.« Wie durch ein Wunder ließ er seine Hände von ihrer Kehle sinken.

Cassidy holte tief Luft und zitterte vor Erleichterung.

»Dann müssen wir dich eben an einer kürzeren Leine halten, wenn wir zu Hause sind, nicht wahr?«, sagte er und sie wusste, dass es eine rhetorische Frage war. »Du wurdest offensichtlich zu gut behandelt und hattest zu viele Freiheiten. Dieses Mal schließe ich dich in einen Schrank ein und lasse dich nur raus, wenn du Kunden und die Angestellten in der Villa befriedigst. Du wirst unsere eigene kleine Hure sein. Du stehst jedem zur Verfügung, der eine Muschi will, und die einzige Regel ist, dass sie dich nicht umbringen dürfen. Wie hört sich das an?«

Es hörte sich schrecklich an. Cassidy würde lieber sterben, als so zu leben, wie Lloyd es ihr ankündigte. Aber er war größer und stärker, und egal wie sehr sie sich wehrte, sie konnte sich aus seinem Griff um ihren Arm nicht losreißen.

Lloyd lachte und wandte sich von Martin ab, der nun regungslos hinter ihnen lag. Er begann, Cassidy in Richtung eines kleinen Flugzeugs zu zerren, das auf der ansonsten verlassenen Rollbahn stand. Der Nebel war immer noch dicht und sie sah keine Menschenseele. Aber sie konnte sich nicht davon abhalten, den Mund zu öffnen und so laut zu schreien, wie sie konnte.

Sie würde nicht kampflos zurück nach Jamaika gehen. Selbst wenn niemand in der Nähe war, konnte sie Lloyd vielleicht so sehr verärgern, dass er sie auf der Stelle töten würde. Das wäre besser als die Zukunft, die er ihr beschrieben hatte.

Bull fuhr einen der Abschleppwagen von *Silverstone Towing*, während Eagle und Smoke im Wagen hinter ihnen saßen. Sie hatten den Unfallort verlassen und fuhren herum, wobei sie für ein Wunder beteten.

Im Funk wurde viel über den Wagen geredet, in dem Cassidy entführt worden war. Es schien, als sei jeder Abschleppwagen und jeder Sattelschlepper im Großraum Indianapolis auf der Suche nach ihm. Eigentlich hätte Gramps darüber erleichtert sein sollen, aber mit jedem Kilometer, den sie ohne eine Sichtung fuhren, wurde er immer angespannter.

»Hier ist Big Red – ich glaube, ich habe das Fahrzeug gesehen, nach dem alle suchen.«

Gramps griff nach dem Funkgerät. »Wo?«, bellte er.

»Ich war auf der 465 in der Nähe der University Heights.«

Das Gebiet lag südlich der Stadt. Bull war schon dabei, den Abschleppwagen zu wenden.

»Danke. Hast du noch mehr Informationen?«, fragte Gramps den Lkw-Fahrer. »Wie viele Insassen waren im Fahrzeug? Sind sie an einer bestimmten Ausfahrt rausgefahren?«

»Auf dem Vordersitz saßen drei Personen, viel mehr konnte ich nicht erkennen. Der Nebel ist hier unten immer noch ziemlich dicht. Ich bin ihnen eine Weile gefolgt und war mir nicht sicher, ob es der Wagen war, der gesucht wird, aber ich habe gesehen, wie er auf der Madison Avenue rausgefahren ist.«

»In welche Richtung?«

»Süden.«

»Verstanden. Danke«, erklärte Gramps dem Mann.

»Gern geschehen. Ich hoffe, du bekommst deine Frau zurück.«

»Ich auch«, erklärte Gramps, bevor er das Funkgerät wieder auf das Armaturenbrett legte. Er klickte auf die Karte in seinem Handy und zoomte hinein. »Es gibt einen kleinen Regionalflughafen südlich der 465«, sagte er zu Bull.

»Das ist eine Möglichkeit«, erklärte sein Freund.

Gramps runzelte die Stirn. Intellektuell wusste er, dass Bull seine Theorien weder bestätigen noch ausschließen konnte, was die Frage betraf, wo Lloyd sein könnte, aber es war Cassidy, die sie suchten.

»Es gibt auch eine Menge Hotels in der Gegend«, gab Gramps zu.

»Aber würden sie wirklich in Indianapolis bleiben? Warum sollten sie das machen?«, fragte Bull.

»Vielleicht weil sie sauer sind, dass sie Mario nicht in die Finger bekommen haben«, gab Gramps zu bedenken und versuchte, seine Gefühle unter Kontrolle zu bringen.

»Stimmt. Aber warum sind sie überhaupt den ganzen Weg hierhergekommen? Warum entledigen sie sich ihrer nicht einfach und ziehen weiter?«, überlegte Bull.

»Ich habe nicht viel Zeit mit Lloyd verbracht, aber er war ein Dreckskerl«, erklärte Gramps. »Ich würde ihm auf keinen Fall trauen. Ich meine, ich habe auch Coke nicht vertraut, aber ich wusste, dass ihm sein Wort wichtig war. Ich hatte das Gefühl, dass Lloyd seiner eigenen Mutter die Kehle durchschneiden würde, wenn er dadurch bekäme, was er wollte.«

»Und was er wollte, war Cassidy?«, fragte Bull.

»Ja. Aber ich glaube, es geht um mehr als das. Ich vermute, er war sauer, dass ich mich unter seinem Radar eingeschlichen habe. Als Sicherheitschef hätte er vorsichtiger sein müssen, was mich betrifft. Er hätte mich niemals mit Coke allein lassen dürfen, egal was der andere Mann ihm befohlen hatte. Ich glaube, er will sich rächen, und da er nicht an G herankommt, sucht er sich die einzige Person aus, die er in die Finger bekommen kann.«

»Cassidy«, erklärte Bull mit einem Nicken.

»Ja.«

»Und was jetzt? Er hat sie, aber was ist sein Plan? Sie töten, die Leiche entsorgen und dann nach Jamaika zurückkehren?«

»Ich weiß es nicht. Es könnte sein«, erklärte Gramps und die Worte hinterließen einen sauren Geschmack in seinem Mund. Der Gedanke, dass Cassidy getötet und wie Müll entsorgt werden könnte, erfüllte ihn mit Entsetzen. Aber er zwang sich, über die Möglichkeit nachzudenken. »Doch vielleicht ist das nicht genug. Ich glaube, er würde wollen, dass sie so lange wie möglich leidet.«

»Und wie könnte man sie besser leiden lassen, als sie ihrem Sohn wegzunehmen und nach Jamaika zurückzubringen?«, schlussfolgerte Bull.

»Ganz genau.«

»Er braucht also einen Fluchtweg. Du hast gesagt, dass es in der Gegend einen Flughafen gibt?«

»Greenfield liegt westlich der Autobahn 65, genau in der Richtung, in die er fährt.«

Bull trat aufs Gaspedal und der Abschleppwagen schlingerte nach vorn. Sie waren auf dem richtigen Weg – Gramps konnte es spüren. Er wählte Smokes Nummer. Er wusste, dass die anderen beiden Männer Big Reds Bericht über das Fahrzeug gehört hatten und ihnen dicht auf den Fersen waren. Sobald der andere Mann abnahm, begann Gramps zu sprechen.

»Greenfield Airport. Das ist eine kleine regionale Landebahn. Wenn sie versuchen, schnell aus der Stadt zu kommen, ist das der beste Weg. Sie können auch jemanden angeheuert haben, der sie sozusagen unter dem Radar ausfliegt«, erklärte Gramps.

»Das Wetter ist miserabel«, erwiderte Smoke. »Würden sie es trotzdem riskieren?«

»Auf jeden Fall«, erklärte Gramps mit einem Nicken. »Sie sind wahrscheinlich dankbar für den Nebel. Und ich wette, es wird sich für den Piloten lohnen, in die andere Richtung zu schauen, wenn sie Cassidy an Bord bringen.«

»Wie lautet der Plan?«, fragte Smoke.

»Alles zu tun, was nötig ist, damit sie nicht abheben«, entgegnete Gramps kurz und bündig.

»Sie werden sie nicht mitnehmen«, versprach Smoke mit tiefer, bedrohlicher Stimme.

»Nein, das werden sie nicht«, stimmte Gramps ihm zu.

»Wartet nicht auf uns, wenn wir getrennt werden«, sagte Smoke. »Wir sind direkt hinter dir.«

»Verstanden.« Gramps legte auf.

Er und Bull sprachen kein Wort, während sie viel zu schnell in Richtung Greenfield fuhren. Gramps konnte nur immer wieder in seinem Kopf wiederholen: *Halte durch, Cass. Ich komme dich holen.*

Zehn Minuten später fuhr Bull auf den Parkplatz des kleinen Flughafens. Es waren ein paar Fahrzeuge dort geparkt, aber keine Anzeichen von anderen Menschen. Gramps sprang aus dem Abschleppwagen, noch bevor Bull ganz angehalten hatte. Er hatte seine Pistole in der Hand und lief sofort in Richtung Westen, zum nächsten Hangar.

Verschiedene Flugzeuge waren unter einer langen Überdachung geparkt, aber es standen auch ein paar auf dem Rollfeld. Gramps vermutete, dass der kleine Flughafen von Menschen überschwemmt worden war, die sich vor dem Wetter in Sicherheit bringen wollten, und dass sie nicht genügend Platz hatten, um alle unter einem Dach zu parken.

Die vielen kleinen Flugzeuge boten Lloyd und Martin reichlich Möglichkeiten, sich zu verstecken – und Gramps und sein Team möglicherweise in einen Hinterhalt zu locken. Der Nebel, der um ihn herum waberte, war nicht gerade hilfreich. Während er und Bull ihre Möglichkeiten abwogen, tauchten Eagle und Smoke wie aus dem Nichts auf.

Wenige Augenblicke später machten sie sich leise, aber stetig auf den Weg zu den geparkten Flugzeugen. Sie mussten herausfinden, mit welchem von ihnen Lloyd und Martin fliehen wollten.

Durch den Nebel sah Gramps einen braunen viertürigen Ford Crown Victoria. Er war zufällig in der Nähe der geschützten Flugzeuge geparkt, außerhalb der Sichtweite des Parkplatzes. Vorsichtig ging Gramps auf das Fahrzeug zu. Er unterdrückte seine Enttäuschung darüber, dass es leer war.

Als er weiter um den Wagen herumging, blieb er stehen.

Eine Leiche lag auf dem Asphalt. Mit dem Gesicht nach oben. Sie bewegte sich nicht.

Für einen kurzen Moment dachte Gramps, es sei Cassidy. Aber gerade als ihm der Gedanke durch den Kopf ging, wurde ihm klar, dass die Leiche zu groß war. Vorsichtig näherte er sich der Leiche, und als er näher kam, konnte er sehen, dass es Martin war. Er hatte eine einzelne Schusswunde in der Brust und um seinen Körper herum befand sich eine Blutlache. Gramps verschwendete keine Zeit damit, nach einem Puls zu suchen, und ging weiter.

Seine Teamkameraden hatten sich um ihn herum ausgebreitet und überprüften alle Flugzeuge, um zu kontrollieren, dass sie nicht besetzt waren. Es begann, leicht zu regnen, was in Verbindung mit dem dichten Nebel eine unheimliche Atmosphäre schuf.

Gramps hörte Stimmen, die vom gegenüberliegenden Ende der Reihe von Flugzeugen kamen.

Er drehte sich sofort in die Richtung, aus der das Geräusch kam, und wollte schon loslaufen, doch plötzlich war Bull da und hielt ihn am Arm fest, um ihn aufzuhalten.

»Ganz ruhig, Mann«, erklärte Bull leise.

Gramps' erster Impuls war, sich von seinem Freund loszureißen und ihm zu sagen, er solle zur Hölle fahren, aber er wusste, dass Bull recht hatte. Er durfte nicht handeln, ohne nachzudenken, auch wenn er Angst um Cassidy hatte. Die Kugel, die Martin ausgeschaltet hatte, hätte genauso gut ihr Leben beenden können. Wenn er so nahe dran war und sie jetzt im Stich ließ, würde er sich das nie verzeihen.

Aus dem Augenwinkel sah Gramps, wie Smoke und Eagle rechts von ihm auftauchten. Sie unterhielten sich kurz, bevor Bull und Smoke verschwanden, um einen weiten Kreis zu ziehen, um Lloyd zu umzingeln.

Gramps und Eagle schlichen sich in die Richtung der Stimmen. Zuerst dachte Gramps, sie kämen aus einem nahe gelegenen Hangar, aber als er einen Schrei hörte – Cassidys Schrei –, änderte er wieder die Richtung.

Sie ging auf eines der Flugzeuge auf dem Rollfeld zu.

Gramps fing an zu laufen und konzentrierte sich hundertprozentig auf die beiden Gestalten, die er jetzt einige Meter vor sich sehen konnte. Wegen des Nebels hatte er kein gutes Schussfeld, aber das machte nichts. Lloyd würde dafür sterben, dass er

Cassidy angefasst und Mario Angst eingejagt hatte. Das hatte er sofort beschlossen, als er erfuhr, dass der Mann sie entführt hatte.

Das Geräusch eines aufheulenden Flugzeugmotors verstärkte seine Entschlossenheit noch. Auf keinen Fall wollte er so kurz davor stehen, Cassidy zu retten, nur damit sie ihm durch die Lappen ging.

Gramps wollte Lloyd auf keinen Fall erschrecken. Vor allem wenn er eine Waffe hatte und offensichtlich keine Angst davor, sie zu benutzen. Der Nebel wirkte sich jetzt zu ihren Gunsten aus, als sie sich an ihre Beute heranpirschten. Da sie keine Headsets trugen, konnten sie sich nicht verständigen, aber sie waren in der Vergangenheit schon oft in tödlichen Situationen gewesen. Sie wussten, was zu tun war.

Lautlos bewegte er sich näher an Lloyd und Cassidy heran. Sie mussten nahe genug heran, um Lloyd eine Kugel in den Kopf zu jagen, ohne seine Geisel zu verletzen.

Gramps verengte die Augen zu Schlitzen. Dies musste ein Ende haben. Und zwar sofort. Er war nahe genug dran, um den Schrecken auf Cassidys Gesicht zu sehen, als sie verzweifelt das Rollfeld absuchte – und schockierenderweise fand ihr Blick ihn.

Er hasste es, dass sie Angst hatte, aber er wollte sie nicht verlieren.

Er hob seine Pistole und holte tief Luft, während er zielte.

Genau in diesem Moment warf Lloyd einen Blick über die Schulter und entdeckte Gramps in der Nähe der Tragfläche eines geparkten Flugzeugs.

Er hob sofort seine Waffe, aber anstatt sie auf Gramps zu richten, grinste er und richtete sie auf Cassidy.

Ein lauter Schuss ertönte, der durch den nahe gelegenen Hangar und über die flache Prärie, die den kleinen Flughafen umgab, widerhallte.

Für einen Moment war Gramps wie erstarrt – bis Lloyd mit einem dumpfen Knall zu Boden fiel.

Cassidy stand einen Moment lang fassungslos da, dann stürmte sie auf Gramps zu.

Durch den Nebel hinter Lloyd sah Gramps gerade noch, wie Smoke seine Waffe senkte. Er hatte den Schuss abgegeben. Es war ihm gelungen, Lloyd daran zu hindern, Cassidy zu töten.

Gramps hatte gerade noch genügend Zeit, seine Waffe in das Halfter zu stecken, bevor Cassidy sich in seine Arme warf. Er hielt sie genauso fest, wie sie sich an ihn klammerte. Er war viel zu nahe dran gewesen, sie zu verlieren. Einen Moment lang sagte keiner von beiden ein Wort, während sie einfach nur dastanden und einander zitternd umarmten.

Schließlich zog Gramps sie gerade so weit zurück, dass er in ihr Gesicht sehen konnte. »Bist du verletzt?«

»Ja.«

Gramps' Herz setzte einen Schlag aus. Hatte Lloyd es geschafft zu schießen? »Wo?«, fragte er barsch.

»Es ist mein Gesicht«, entgegnete Cassidy. »Wo er mich geschlagen hat. Und mein Arm bringt mich um. Er hat mich zu fest gehalten, als er mich herumgeschleift hat.«

Es dauerte einen Moment, bis er ihre Worte verstand. »Aber du wurdest nicht angeschossen?«, fragte er eindringlich.

»Das glaube ich nicht. Oder doch?«, fragte sie, immer noch unter Schock, und blickte ihn mit ihren großen braunen Augen voller Schmerz und Angst an.

»Verdammt«, murmelte Gramps, bevor er Cassidy wieder an sich zog. Er hielt sie wieder viel zu fest, aber er konnte sie nicht loslassen. Wie durch ein Wunder ging es ihr gut. Sie war sicher in seinen Armen. Er hatte sie noch rechtzeitig gefunden.

Wenn er den Lastwagenfahrer, der sich Big Red nannte, finden würde, würde er ihm eine verdammt hohe Belohnung geben.

»Was ist mit Mario?«, fragte Cassidy, hob den Kopf und sah Gramps an.

»Ihm geht es gut. Er und die anderen sind immer noch in dem Schutzraum, in dem du sie zurückgelassen hast«, erklärte Gramps. Er hätte ihr gern eine Standpauke gehalten, weil sie sich nicht selbst in Sicherheit gebracht hatte, aber er konnte verstehen, warum sie das getan hatte. Es gefiel ihm zwar nicht, aber er konnte es verstehen.

Dieser Albtraum war nun endlich vorbei. Zumindest hoffte er das. Es bestand immer die Möglichkeit, dass jemand anderes hinter Cassidy her sein würde, aber Gramps bezweifelte das. Lloyd schien wie besessen von ihr gewesen zu sein. Er glaubte nicht, dass sich jemand anderes genügend für sie interessieren würde, um sie aufzuspüren.

Andererseits dachte er auch, dass alle zu sehr mit den Folgen von Cokes Tod beschäftigt waren, als dass sie sich um sie Gedanken machen würden. Von nun an würde er besonders vorsichtig sein müssen. Seit seiner Rückkehr nach Indianapolis war er zu nachlässig gewesen. Das würde nicht noch einmal passieren. Auf gar keinen Fall.

»Sie haben Alfred getötet«, sagte Cassidy leise an seiner Schulter.

»Was?«

»So haben sie mich gefunden. Sie sind nach El Paso gefahren, um meine Eltern zu finden. Aber Gott sei Dank waren die schon nach Mexiko abgereist. Also haben sie stattdessen Alfred aufgespürt. Sie haben ihn gefoltert, bis er ihnen gesagt hat, wo ich bin. Meine Mutter hat mich sofort angerufen, als sie davon erfahren hat. Ich hatte keine Zeit, dir Bescheid zu sagen, bevor Lloyd und Martin den Zaun um *Silverstone Towing* durchbrochen hatten.«

Gramps schüttelte den Kopf. »Es tut mir leid, mein Schatz.«

»Er war ein Idiot und ein Mistkerl und hat mich wie Dreck behandelt. Aber ... er war trotzdem Marios Vater. Ich hatte gehofft, dass sie eines Tages eine richtige Vater-Sohn-Beziehung haben könnten«, erklärte Cassidy schließlich.

Gramps öffnete den Mund, um zu antworten, aber Eagles Stimme durchbrach den Nebel.

»Das Flugzeug ist leer!«

Gramps erstarrte. »Wollte Lloyd das Flugzeug selbst hier wegfliegen?«, fragte er Cassidy.

Sie blinzelte zu ihm auf und schüttelte den Kopf. »Nein.

Martin und Lloyd haben darüber gesprochen, dass der Pilot bereit war, bei jedem Wetter zu starten.«

In der Hoffnung, dass der Pilot schlau genug gewesen war, um zu erkennen, dass er besser von dort verschwinden sollte, drückte Gramps Cassidy an sich, legte den Arm um sie und zog seine Waffe.

Bevor jemand aus dem Team sich bewegen konnte, ertönten weitere Schüsse.

Gramps ließ sich sofort mit Cassidy in den Armen in die Hocke fallen und versuchte, sie als Ziel so klein wie möglich zu machen.

Kaum hatten die Schüsse begonnen, hörten sie auch schon wieder auf.

»Eagle? Smoke? Bull?«, schrie Gramps.

»Mir geht's gut!«, brüllte Bull. »Wo ist Cassidy?«

»Sie ist hier. Uns geht es gut«, rief Gramps.

»Der Pilot ist erledigt!«, entgegnete Eagle.

Durch den Nebel hindurch sah Gramps eine Bewegung auf der rechten Seite, in der Nähe der dicht nebeneinander geparkten Flugzeuge unter dem Unterstand. Er stand auf und half auch Cassidy auf.

»Verdammt! *Smoke hat's erwischt!*«, rief Bull von ihrer rechten Seite.

Als Gramps den Kopf drehte, sah er, wie Bull versuchte, Smoke aufrecht zu halten, aber es war ein aussichtsloser Kampf. Bull schaffte es, seinem Freund zu helfen, sich hinzulegen, ohne ihn fallen zu lassen.

Eagle eilte herbei und Gramps bewegte sich mit Cassidy an seiner Seite schnell in ihre Richtung. Als sie Bull erreicht hatten, war es offensichtlich, dass es Smoke nicht gut ging. Er keuchte und schien nicht mehr atmen zu können.

»Verdammt!«, knurrte Bull und riss Smokes Hemd auf. Sein Brustkorb war mit Blut bedeckt. Einer Menge davon. Zu viel.

Eagle hatte sein Handy bereits am Ohr und telefonierte mit einer Notrufzentrale.

Gramps wusste, dass gleich die Hölle losbrechen würde. Sie befanden sich auf dem Flughafen mit zwei – nein, *drei* – Leichen, und jetzt hatte einer von ihnen mindestens einen, vielleicht sogar zwei Schüsse abbekommen.

Cassidy ließ Gramps los und kniete sich neben Smoke. Bull drückte auf das Loch in seiner Brust und sie tauschten einen besorgten Blick aus. Es war nicht das erste Mal, dass einer aus ihrem Team verletzt wurde, aber das hier war schlimm.

Cassidy kniete sich neben Smokes Kopf und hielt ihn mit ihrer Hand fest. »Du wirst wieder gesund«, erklärte sie ihm ruhig. »Leo und Bull kümmern sich darum. Halte durch.«

Gramps war überrascht, wie stark sie nach allem, was passiert war, klang, aber das hätte er wahrscheinlich nicht sein sollen. Seine Cass hatte ein Rückgrat aus Stahl.

Smokes Lippen bewegten sich, aber Gramps konnte nicht hören, was er sagte.

Cassidy beugte sich über ihn. »Was?«, fragte sie.

Smoke wiederholte seine Worte und Cassidy setzte sich aufrecht hin. Ihre Lippen waren aufeinandergepresst und ihre Stirn war verzweifelt gerunzelt. »Nein«, sagte sie und ihre Stimme zitterte. »Das werde ich ihr nicht sagen. Du wirst es ihr selbst sagen müssen, wenn du sie im Krankenhaus siehst.«

Und damit wusste Gramps, was Smoke gesagt hatte. Er hatte Cassidy gesagt, sie solle Molly sagen, dass er sie liebt.

Er hatte gedacht, sein Herz würde brechen, als Cassidy in Gefahr gewesen war, aber er spürte, wie es erneut zerbrach. Er durfte Smoke nicht verlieren. Einen seiner besten Freunde. Molly durfte ihren Mann nicht verlieren. Ihr Baby durfte seinen Vater nicht verlieren. Aber wenn Smoke sich fühlte, als würde er sterben, dann war die Lage ernst.

Als sie anfingen, für das Militär auf Einsätze zu gehen, hatten sie sich geschworen, das, was Smoke gerade getan hatte, niemals zu tun – es sei denn, es stünde schlimm um sie. *Tödlich* schlimm. Gramps wusste, dass Smoke Cassidy nicht gebeten hätte, seiner

Frau zu sagen, dass er sie liebt, wenn er geglaubt hätte, dass er überleben würde.

Als er nach unten blickte, sah er, dass aus Smokes linker Seite Blasen aufstiegen. Der Pilot hatte auf ihn geschossen – *zweimal*. Verdammter Dreckskerl! Wenn er nicht schon tot wäre, hätte Gramps ihn noch einmal erschossen. Er drückte fest gegen das kleine Loch in seiner Seite und sein Freund stöhnte unter ihm auf.

Gramps beugte sich hinunter, legte seine freie Hand auf Smokes Stirn und beugte sich nahe zu ihm herunter. »Du wirst hier *nicht* sterben«, befahl er. »Verstanden?«

»Es ist schlimm«, flüsterte Smoke.

»Und wir haben schon Schlimmeres zusammen durchgemacht«, entgegnete Gramps. »Erinnerst du dich an das Feuergefecht in Somalia? Wir dachten, wir seien erledigt, aber wir haben es überlebt. Und vergessen wir nicht, wie Eagle eine Kugel in die Oberschenkelarterie bekommen hat. Wir waren alle voller Blut, bevor wir ihn abbinden konnten. Aber er ist hier und hat jetzt ein verdammtes Kind. Du musst für Molly durchhalten«, erklärte Gramps, und seine Stimme brach. »Und für dein ungeborenes Kind. Sie brauchen dich beide. *Kämpfe* für sie, Smoke. Mit allem, was du hast.«

»Sag ihnen, dass ich sie liebe«, erklärte Smoke, während seine Stimme schwächer wurde. Sein Gesicht war so weiß wie der Nebel, der sie umgab, und sein qualvolles Atmen war unerträglich.

»Nein«, sagte Gramps zu seinem besten Freund. »Das werde ich nicht. Sag es ihnen selbst, wenn du sie siehst.«

»Mistkerl«, erwiderte Smoke schwach, dann fielen ihm die Augen zu und sein Körper wurde schlaff.

»Sie kommen«, bemerkte Eagle und ließ den Blick von Smokes bewusstlosem Körper zum Piloten und zu Cassidy wandern.

Gott segne seine Frau. Selbst nach allem, was sie durchgemacht hatte – blaue Flecke im Gesicht, fast erschossen worden zu sein und Lloyds Tod zu verkraften, während sie direkt neben ihm stand –, stand sie auf. »Ich gehe zum Parkplatz und führe sie her«, erklärte sie.

»Ich komme mit. Bull und Gramps können den Druck nicht von Smokes Wunden nehmen«, erwiderte Eagle.

»Danke«, entgegnete Cassidy schlicht. Dann gab sie Eagle eine schnelle einarmige Umarmung. »Danke, dass du mich gerettet hast«, sagte sie leise. Sie ging zu Bull hinüber, der über Smoke kniete, und küsste ihn auf den Scheitel. »Danke, dass du mich gerettet hast«, wiederholte sie. Dann ging sie zu Gramps hinüber ... und er wollte aufstehen und sie in den Arm nehmen. Sie war verletzt, das war klar. Sie war voller Schuldgefühle, weil Smoke angeschossen worden war.

Er musste sie wiederaufbauen, aber im Moment brauchte Smoke ihn mehr.

Sie küsste ihn auf die Schläfe. »Danke, dass du mich gerettet hast«, stieß sie hervor. Sie kniete sich wieder vor Smokes Kopf hin. Auch wenn er bewusstlos war, küsste sie ihn auf die Stirn und sagte ein letztes Mal: »Danke, dass du mich gerettet hast.«

Dann stand sie auf und ging mit Eagle in den Nebel hinein, zum Parkplatz und zu den Sirenen, die sie endlich in der Ferne hören konnten.

Gramps sah Bull an. Keiner von beiden sagte ein Wort. Sie konnten nur abwarten und beten.

KAPITEL NEUNZEHN

Drei Tage.

So lange lag dieser schreckliche Abend zurück. Cassidy kam es so vor, als sei es schon Wochen her. Sie hatten ewig im Krankenhaus darauf gewartet, dass Smoke wieder aufwachte.

Nachdem er angeschossen worden war, waren die Dinge auf dem kleinen Flughafen verrückt geworden. Oder besser gesagt, *noch* verrückter. Der Krankenwagen war gekommen, hatte Smoke abgeholt und ihn ins Krankenhaus gebracht. Es hatte viel länger gedauert, bis sie, Leo, Bull und Eagle gehen durften. Die Polizisten waren zu Recht nicht glücklich darüber, drei Leichen zu finden. Es hatte eine ganze Weile gedauert, bis sie erklären konnten, was passiert war. Und bevor sie gehen durften, hatte Leo einen Kontakt beim FBI angerufen, um für sein Team zu bürgen.

Der Flughafen verfügte über Überwachungsvideos, aber nach dem zu urteilen, was Cassidy gehört hatte, war es bei dem dichten Nebel, der an diesem Abend herrschte, schwer zu erkennen, was genau passiert war. Aber sie nahm an, dass die Polizisten gesehen haben mussten, was sie brauchten, denn niemand war verhaftet worden, was sie als gutes Zeichen wertete.

Die Wiedervereinigung mit Mario war eine große Erleichterung, aber ihr Wiedersehen war wegen Smokes Zustand etwas gedämpft. Molly hielt durch, aber der Stress, nicht zu wissen, ob Smoke durchkommen würde, belastete sie sehr. Sie aß nicht mehr so, wie sie sollte, und ihre Morgenübelkeit hatte sich verzehnfacht.

Die Ärzte hatten Smoke operiert und seine Lunge geflickt, die von einer der Kugeln durchbohrt worden war, aber es war die andere Kugel, die mehr Schaden angerichtet hatte. Sie war in ihm herumgeprallt, hatte seinen Darm durchschlagen und Bakterien und Ausscheidungen in seinem Bauch verteilt. Er hatte eine Blutvergiftung und die Ärzte taten alles, um die Infektion zu bekämpfen, die in seinem Körper wütete.

Er lag in einem künstlichen Koma, um ihm Zeit zu geben, möglichst stressfrei zu heilen. Molly war so oft wie möglich bei ihm gewesen. Alle wechselten sich ab, um mit ihr in seinem Zimmer zu bleiben. Nachdem sie die ganze Geschichte gehört hatten, drückten die Krankenschwestern ein Auge zu und gestatteten mehr als die erlaubte Anzahl von Personen gleichzeitig in seinem Zimmer.

Cassidy spürte Leos Arm um ihre Schultern. Er hatte seine Zeit so eingeteilt, dass er die Stellung bei *Silverstone Towing* halten und an Smokes Seite bleiben konnte.

»Du siehst müde aus«, bemerkte Leo.

Cassidy stieß einen leisen Atemzug aus. Sie war erschöpft. Sie hatte ihr Bestes getan, um Mario wieder in einen normalen Tagesablauf zu bringen. Sie hatte darauf bestanden, dass er wieder in die Schule und zur Gymnastik, zum Cheerleading und zum Tanzen ging. Cassidy wusste, dass er mit ihr und Leo zusammen sein wollte, aber er brauchte Normalität in seinem Leben.

Er war sehr wütend auf sie, weil sie ihn in dem Schutzraum bei *Silverstone Towing* zurückgelassen hatte, als Lloyd und Martin aufgetaucht waren, und sie hatte immer noch keine Zeit gehabt, sich mit ihm zusammenzusetzen und alles zu besprechen, was passiert war.

Cassidy lehnte sich zur Seite, legte ihren Kopf auf Leos

Schulter und schloss die Augen. »Mir geht es gut«, erklärte sie seufzend.

Sie spürte, wie er den Kopf schüttelte, aber er widersprach ihr nicht. »Wie geht es Smoke?«

»Er hält sich wacker.« Sie wünschte sich, Leo sagen zu können, dass es seinem Freund besser ging, aber leider war das nicht der Fall. Die Ärzte hatten nicht gesagt, dass es ihm schlechter ging, aber sie waren auch nicht allzu optimistisch, dass es ihm besser gehen würde. »Sie sagen nur, dass es Zeit braucht«, erwiderte sie mit einem Seufzer.

Sie befanden sich in einem kleinen privaten Wartezimmer. Bull war gerade gegangen, um Eagle abzulösen, der mit Molly in Smokes Zimmer saß, und Taylor würde bald vorbeikommen.

»Dies ist nicht deine Schuld«, versicherte Leo ihr leise.

Cassidy kniff die Augen zusammen und wollte das jetzt nicht tun. Sie wollte diese Diskussion am liebsten überhaupt nicht mit ihm führen.

»Sieh mich an«, sagte Leo streng.

Cassidy schüttelte den Kopf.

Leo bewegte sich von ihrer Seite weg. Als sie die Augen öffnete, sah sie, dass er auf dem Teppich vor ihrem Stuhl kniete. Er war groß genug, um ihr in die Augen sehen zu können, während er ihr Gesicht mit seinen großen, warmen Handflächen umrahmte.

»Dies ist nicht deine Schuld.«

Okay, sie würden diese Diskussion also doch jetzt führen. Sie musste sich einfach damit abfinden. »Doch.«

»Nein«, erwiderte er mit Nachdruck.

Sie machte den Mund auf, um ihm zu erklären, warum er sich irrte, aber er unterbrach sie. »Ich weiß, was du sagen willst, aber das ist alles Blödsinn.«

»Ist es nicht«, beharrte Cassidy. »Wenn ich stärker wäre, wenn ich nicht vor meinen Problemen weggelaufen wäre, wären wir nie nach Jamaika gegangen. Alfred wäre nicht tot. Dann würde Smoke nicht in dem Krankenhausbett oben liegen.«

»Falsch. Wenn ich nicht so ein Feigling gewesen wäre, wenn ich dich vor fünfundzwanzig Jahren für mich beansprucht hätte, hättest du Alfred nicht geheiratet. Er hätte dich und Mario nicht wie Dreck behandelt und euch gezwungen, aus El Paso zu fliehen. Wenn Michael Coke kein verdammter Drogendealer gewesen wäre, der Menschen ausnutzt und sie ausbeutet, hättest du nicht in Jamaika festgesessen. Du wärst nicht so verzweifelt gewesen, dass du das FBI um Hilfe bitten musstest. Und wenn Lloyd nicht ein verdammter Perverser und ein arroganter Mistkerl gewesen wäre, hättest du dich nicht opfern müssen, um einen Raum voller Freundinnen zu retten, die du liebst und die dich im Gegenzug lieben. Du wärst nicht entführt und ins Gesicht geschlagen und beinahe aus dem Land geflogen worden, zurück in deinen schlimmsten Albtraum. Wenn du also jemandem die Schuld dafür geben willst, dass Smoke angeschossen wurde, dann mir.«

Cassidy starrte Leo erstaunt an. »Dies ist nicht deine Schuld«, argumentierte sie.

»Und es ist nicht deine. Ich weiß nur, dass es dich sehr belastet, wenn du die Verantwortung für alles übernimmst, was deinen Mitmenschen passiert. Im Leben passiert viel Mist, Cass. Manches davon ist gut, manches schlecht. Und wenn du dich mit dem Schlechten beschäftigst, frisst es dich auf.«

Er hatte recht, das wusste sie, aber es fiel ihr schwer, die Sache auf sich beruhen zu lassen. Vor allem weil sie Angst hatte, dass Smoke sterben könnte. Sie würde wahrscheinlich die besten Freundinnen verlieren, die sie je gehabt hatte. Wenn Molly ihr die Schuld geben würde, wüsste sie nicht, was sie tun sollte.

»Ich habe gehört, dass du dich geweigert hast, seine Worte an Molly weiterzugeben«, sagte Leo.

Cassidy zuckte zusammen.

Leo schüttelte den Kopf. »Es war richtig, das zu tun. Ich kenne Smoke schon verdammt lange. Er hat in diesem Moment nach Erlaubnis gesucht, um aufgeben zu können. Du hast sie ihm nicht gegeben. Er bat mich, das Gleiche zu sagen. Und du hast gehört, wie ich ihm gesagt habe, dass ich das auf keinen Fall tun würde, und dass er Molly und seinem Kind selbst sagen kann, dass er sie verdammt noch mal liebt. Wenn ich da oben wäre, würde ich mit dem Teufel persönlich kämpfen, um zu dir zurückzukommen. Smoke wird das Gleiche tun. Wir müssen ihm nur Zeit geben.«

Cassidy konnte die Träne nicht zurückhalten, die ihr aus dem Auge lief. Aber Leo blinzelte nicht einmal. Er beugte sich vor und küsste sie weg. Dann tat er dasselbe mit der nächsten Träne.

Im nächsten Moment saß sie auf Leos Schoß auf dem Boden. Er nahm sie in den Arm, während sie schluchzte. Sie war sich nicht einmal sicher, warum sie weinte, aber als sie einmal angefangen hatte, konnte sie nicht mehr aufhören.

Fünfzehn Minuten später war ihr Gesicht geschwollen und ihre Augen waren rot, aber sie fühlte sich schon viel besser.

Die Tür ging auf, und Taylor blinzelte überrascht, als sie zwei Menschen auf dem Boden sitzen sah. Leo sagte sofort ihre Namen, damit sie wusste, wen sie vor sich hatte.

»Ähm ... gibt es einen Grund dafür, dass ihr auf dem Boden sitzt?«, fragte sie und schob Kevin in ihren Armen hin und her.

Leo antwortete nicht, sondern half Cassidy beim Aufstehen und stellte sich dann neben sie. Er schnappte sich ein Taschentuch aus der Schachtel auf dem Tisch neben den Stühlen, auf denen sie gesessen hatten, und wischte ihr sanft übers Gesicht. Cassidy hatte immer noch zwei blaue Augen und ihr Gesicht war wund von den Schlägen, die sie erhalten hatte, aber alles in allem hatte sie das Gefühl, die ganze Situation relativ unbeschadet überstanden zu haben.

Taylor kam auf sie zu und Leo nahm Cassidys Hand, während ihre Freundin sie musterte.

Schließlich sagte sie: »Ich wusste nicht, was an dem Tag los war. Aber ich war wütend auf dich, weil du Mario verärgert hattest. Er war völlig außer sich. Er konnte nicht glauben, dass du ihn verlassen hattest. Als mir dann klar wurde, was du getan hattest, hatte ich ein schlechtes Gewissen, weil ich mich auch nur einen Augenblick lang aufgeregt hatte. Du hast uns beschützt. Uns *alle*, nicht nur deinen Sohn. Du hast den Schutzraum so schnell verlassen, dass wir nicht einmal Zeit hatten, darüber zu reden, was los war.«

»Ich hatte gerade mit meiner Mutter und meinem Vater gesprochen«, sagte Cassidy. »Er sagte mir, dass Lloyd wusste, wo ich war. Ich wusste, dass er es war«, gab Cassidy leise zu.

Taylor nickte. »Ich habe in meinem Leben noch nie etwas Mutigeres gesehen. Ich bin voller Ehrfurcht vor dir. Und ich kann dir nicht genug dafür danken, dass du meinen Sohn beschützt hast.«

Cassidy spürte, wie die Tränen wieder in ihr aufstiegen, und schluckte sie herunter. Sie hatte schon genug geweint. Außerdem hatte sie schon so viel Rotz in den Nebenhöhlen, dass es wehtat. »Ich bin nicht mutig. Ich habe nichts getan, um zu fliehen. Ich habe nichts getan, um zu helfen, als Leo und die anderen kamen, um mich zu retten.«

Taylor schüttelte den Kopf. »Mutig zu sein bedeutet nicht immer, große Gesten zu machen oder jemanden mit Kung-Fu fertigzumachen. Es geht darum, jeden Tag mit Würde zu leben und anderen mit Freundlichkeit und Respekt zu begegnen. Aus der Sicherheit von *Silverstone Towing* herauszutreten, direkt in die Hände eines Mörders, war so mutig wie kaum etwas anderes, das ich je gesehen habe. Du wusstest, worauf du dich einlässt, aber du hast es trotzdem getan. Alles, was danach passiert ist, macht deine Geste nicht ungeschehen.«

»Sie hat recht«, sagte Leo und küsste sie auf die Schläfe.

»Natürlich habe ich recht«, antwortete Taylor mit einem kleinen Lächeln.

»Bist du bereit, nach oben zu gehen?«, fragte Leo Taylor, um das Thema zu wechseln.

Cassidy fühlte sich nach dem Gespräch mit ihrer Freundin ein wenig besser. Sie wusste, dass sie auch mit Molly und Skylar reden musste, bevor sie sich völlig entspannen konnte, aber sie hatte jetzt mehr Hoffnung, dass sie ihr vielleicht nicht die Schuld für das geben würden, was mit Smoke passiert war.

Das Gespräch mit Molly machte ihr große Angst, aber sie

würde sie zu nichts drängen, bis es Smoke besser ging. Und er *würde* wieder gesund werden. Daran musste sie glauben.

»Ja«, antwortete Taylor Leo. »Ich weiß, dass er bald aufwachen wird. Das muss er.«

Cassidy war der gleichen Meinung. Sie war sich nicht sicher, wie lange Molly noch durchhalten würde. Ihr Verstand hing am seidenen Faden und es war nur eine Frage der Zeit, bis sie ausrastete oder einer der anderen Jungs sie zwang, zur Sicherheit ihres ungeborenen Kindes Abstand zu nehmen. Und Cassidy wusste ehrlich gesagt nicht, was passieren würde, wenn sie das versuchten.

Die drei fuhren mit dem Aufzug in Smokes Stockwerk und nickten der Krankenschwester zu, die am Schalter saß. Sie runzelte die Stirn, hielt sie aber nicht auf. Cassidy war nicht entgangen, dass sich bereits mehr Leute in Smokes Zimmer aufhielten, als erlaubt waren, aber Leo tat nicht so, als würde ihn das interessieren, und sie nahm an, dass das auch nicht der Fall war.

Als sie die Tür öffneten, war der erste Mensch, den Cassidy sah, Molly. Sie saß an Smokes Bett und hielt seine Hand. Sie hatte dunkle Ringe unter den Augen und war sichtlich erschöpft. Sie hatte sich seit Tagen nicht mehr die Haare gewaschen und trug immer noch die gleichen Klamotten wie gestern.

Obwohl Bull gekommen war, um Eagle abzulösen, waren beide Männer noch im Zimmer. Taylor ging hinüber, um Molly zu begrüßen, und umarmte sie von der Seite, weil Molly nicht bereit war, Smokes Hand lange genug loszulassen, um aufzustehen und ihre Freundin zu umarmen. Cassidy hielt sich zurück und überließ es den Männern, sich gegenseitig zu begrüßen.

Die Unterhaltung im Raum war gedämpft. Gramps fragte Molly, ob sie in letzter Zeit etwas gegessen habe, und sie zuckte nur mit den Schultern. Taylor sprach eine Weile über Kevin und Cassidy sah, wie Mollys freie Hand zu ihrem Bauch wanderte, als wollte sie das Kind in ihrem Bauch streicheln.

Die ganze Szene war einfach nur traurig. Es war ihr peinlich und sie wünschte sich zum hundertsten Mal, dass die Dinge auf dem Flugplatz anders gelaufen wären.

Skylar traf etwa zehn Minuten später ein und ging sofort zu Bulls Seite. Er küsste sie kurz, dann lehnten sie sich an die Wand, ihr Rücken an seiner Brust.

Im Raum war es still geworden, alle waren in Gedanken versunken und verärgert darüber, dass Smoke sich seit seiner Operation nicht mehr gerührt hatte.

Dann begann Kevin zu zappeln. Zuerst gab er nur kleine, grunzende Geräusche von sich, aber innerhalb weniger Augenblicke, als sei ein Schalter umgelegt worden, machte er seinem Unbehagen nicht mehr auf leise, subtile Weise Luft, sondern fing an zu schreien.

Seine Schreie hallten von den Wänden des Krankenhauses wider. Der kleine Junge hatte eine starke Lunge und Taylor und Eagle taten alles, was sie konnten, um ihn zu trösten und zu beruhigen.

Doch Mollys Stimme von der anderen Seite des Raumes ließ alle erstarren.

»Bringt ihn her«, forderte sie.

Alle sahen sie überrascht an. Seitdem sie erfahren hatte, dass Smoke verletzt war, wirkte sie eher zurückhaltend und in sich gekehrt. Aber jetzt klang sie fast aggressiv.

Ohne sie zu fragen, trug Taylor ihren schreienden Sohn näher zu ihrer Freundin. Molly setzte sich nach vorn auf den Stuhl und hob Smokes Hand an. Sie hielt sie an ihre Wange. »Hörst du das, Mark?«

Er antwortete nicht.

Cassidy presste verzweifelt die Lippen aufeinander. Hatte Molly den Verstand verloren? Was tat sie da?

»Leg ihn bitte hier hin«, bat Molly und deutete auf das Bett vor sich.

Wieder tat Taylor, was sie verlangte, und legte ihren sehr unzufriedenen Sohn neben Smoke auf das Bett.

»Es ist nicht unser Baby ... aber das kleine Mädchen wird dich brauchen, wenn sie weint«, sagte Molly zu Smoke, während sie sich näher an ihn heranlehnte. »Ich möchte, dass du zu uns zurückkommst. Wir brauchen dich. Wer küsst ihre Wunden, wenn sie sich verletzt hat? Wer beschützt sie vor Rüpeln? Wer bringt ihr bei, wie man auf Bäume klettert und wie man sich gegen übereifrige Jungs verteidigt? Du hast lange genug geschlafen – es wird Zeit, dass du zu uns zurückkommst.«

Alle im Raum schienen den Atem anzuhalten.

Molly drehte den Kopf und schaute Taylor mit tränengefüllten Augen an. »Er hat meine Hand gedrückt, als Kevin zu weinen begann«, erklärte sie.

Das Baby weinte immer noch, zappelte heftig und fuchtelte in seiner Not mit den Händen in der Luft herum. Cassidy wollte zu ihm gehen, ihn trösten, aber sie blieb wie erstarrt neben Leo stehen.

Dann geschah ein Wunder. Der Monitor an Smokes Brustkorb begann, schneller zu piepen – und seine Augen öffneten sich mit flackernden Lidern.

Es war nur für einen kurzen Moment, aber sie alle hatten es gesehen. Die Ärzte hatten begonnen, ihn von den Medikamenten zu entwöhnen, die ihn im Koma hielten, aber er hätte noch nicht aufwachen dürfen.

Cassidy sah, wie Bull aus dem Zimmer schlüpfte, wahrscheinlich um eine Krankenschwester zu holen, aber alle anderen starrten einfach auf ihren Freund im Bett.

»Also, er ist ein bisschen laut, nicht wahr?«, bemerkte Molly leichthin und blickte zu Taylor auf. Sie schenkte ihr ein müdes Lächeln.

Eagle ging an ihre Seite und nahm seinen Sohn in den Arm. Er hielt ihn fest und reichte Taylor die Hand. »Wir füttern ihn nur schnell. Er wird ein bisschen launisch, wenn er Hunger hat«, erklärte er trocken.

»Echt jetzt?«, entgegnete Leo sarkastisch.

Eagle ignorierte ihn und ging um das Bett herum auf die andere Seite von Smoke. »Es wird Zeit, dass du aus deinem

Nickerchen aufwachst«, neckte er ihn und drückte seinem Freund die Schulter, bevor er einen Arm um Taylor legte und nach draußen ging.

Skylar trat an die Seite des Bettes, beugte sich hinunter und küsste Smoke auf die Schläfe. »Ich war schon bereit, die Rolle des Atemtrainers für deine Frau zu übernehmen«, erklärte sie ihm mit einem kleinen Lachen. »Aber so sehr ich Molly auch liebe, ich wollte nicht *so viel* von ihr im Kreißsaal sehen.«

Sie umarmte Molly und wandte sich dann an Cassidy. »Ich liebe dich, meine Süße. So sehr.« Sie umarmte sie ebenfalls, bevor sie Eagle und Taylor aus dem Raum folgte.

Leo gab Cassidy einen kleinen Schubs in Richtung Bett. Sie ging wie in Trance. Smoke war noch nicht über den Berg, aber er war hartnäckig, genau wie Molly, und so hatte sie die Hoffnung, dass er sich wieder vollständig erholen würde. Sie war noch nie in ihrem Leben so erleichtert gewesen wie in dem Moment, in dem Smoke die Augen geöffnet hatte.

Vielleicht war die Gewissheit, dass Lloyd tot war und sie nicht als Sexsklavin für eine Villa voller Drogendealer herhalten musste, einen Tick besser als dieser Moment, aber nur eine Spur.

Es war ihr unangenehm, einfach neben dem Bett zu stehen, also nahm sie Smokes Hand in ihre. »Es tut mir so leid«, erklärte sie leise.

»Was denn?«, fragte Molly.

Cassidy konnte nur Verwirrung im Tonfall ihrer Freundin hören.

»Dass Smoke verletzt wurde.«

Molly schüttelte den Kopf. »Es war nicht deine Schuld, also brauchst du dich nicht zu entschuldigen.«

Es war auch eine Erleichterung zu hören, dass ihre Freundin wieder wie sie selbst klang. Im Laufe der letzten drei Tage hatte Molly kaum etwas gesagt.

Cassidy zuckte zusammen, als sie spürte, wie Smoke ihre Hand drückte. Als sie nach unten blickte, sah sie deutlich, wie seine Finger sich um ihre legten. Sie schaute auf sein Gesicht. Er hatte immer noch einen Beatmungsschlauch im Hals und konnte deshalb nicht sprechen, aber er öffnete für einen kurzen Moment die Augen und schaute sie an.

Die Tränen, die sie vorhin zurückgedrängt hatte, kamen mit voller Wucht zurück.

Er runzelte leicht die Stirn.

»Mir geht es gut«, flüsterte sie. »Uns geht es allen gut.«

Sein Kopf drehte sich auf dem Kissen und er schaute zu seiner Frau hinüber.

»Ich liebe dich«, erklärte Molly und Tränen liefen ihr über die Wangen. Aber sie lächelte über das ganze Gesicht. Sie weinte zwar, aber es waren Tränen der Freude.

Cassidy drückte Smokes Hand, bevor sie sich vom Bett zurückzog. Der Moment zwischen Smoke und Molly war wunderschön und so herzzerreißend, dass es wehtat.

Als sie Leos Arm um ihre Taille spürte, drehte sie sich um und sah zu ihm auf. Angesichts der Liebe, die sie in seinen Augen sah, wurden ihr die Knie weich. Dieser Mann war ihre Welt.

Und jetzt würde alles gut werden. Das wusste sie einfach.

Als die Krankenschwestern in das Zimmer stürmten, Smoke versorgten und sich darüber freuten, dass er aufgewacht war, winkte Cassidy Molly zu, bevor sie und Leo aus dem Zimmer schlichen.

Draußen lehnte Leo sich an die Wand und fragte: »Geht es dir gut?«

»Ja, mir geht es gut.« Und das stimmte auch. Der Katalysator war die Tatsache, dass Smoke sich erholte. Sie war am Leben. Mario war am Leben. Sie war endlich mit einem Mann zusammen, den sie liebte und der sie auch liebte. Sie hatten bereits Pläne gemacht, nach ihrer Rückkehr aus Mexiko nach El Paso zu ihren Eltern zu fliegen. Das Leben hatte ihr in letzter Zeit viel zugemutet, aber mit Leo an ihrer Seite wusste Cassidy, dass sie klarkommen würde.

»Bist du bereit, Mario abzuholen?«, fragte er.

Cassidy nickte. Sie hatten ihn im Laufe der letzten Tage immer wieder zur Schule gebracht und abgeholt, weil sie ihn nicht mit dem Bus fahren lassen wollten. Cassidy wollte zwar, dass er wieder zur Routine zurückfand, aber das bedeutete nicht, dass sie bereit war, ihn länger als nötig aus den Augen zu lassen.

Neben dem Fahrservice für Mario und dem Warten im Krankenhaus auf Informationen über Smokes Zustand war keine Zeit für etwas anderes geblieben. Cassidy war erschöpft, geistig und körperlich.

»Ich liebe dich, Cass«, erklärte Leo ihr.

»Und ich liebe dich. Mehr als du jemals wissen wirst«, erklärte Cassidy.

»Ich weiß es. Denn ich liebe dich genauso sehr.«

KAPITEL ZWANZIG

Die Zeit, sich mit Mario zu unterhalten, war gekommen.

Zwei Tage nachdem Smoke aufgewacht war, hatten die Ärzte ihnen endlich versichert, dass er sich wahrscheinlich vollständig erholen würde.

Mario war an diesem Morgen extrem schlecht gelaunt gewesen. Er hatte Leo angeschnauzt, als dieser in sein Zimmer gegangen war, um ihn zu wecken, und er war in Leos Haus herumgestampft, als sei er fünf Jahre alt statt elfeinhalb.

Cassidy wusste, dass es schlecht ausgehen würde, wenn sie ihn in die Schule schickte. Deshalb wandte sie sich beim Frühstück an Leo und sagte: »Mario und ich werden heute Morgen hierbleiben«, während Mario nur sein Essen auf dem Teller herumschob und sich weigerte, ihr in die Augen zu schauen.

Leo sah sie einen Moment lang an und nickte dann. »Hört sich gut an. Ich muss mich mit ein paar Ermittlern der Polizei treffen.«

»Alles in Ordnung?«, fragte Cassidy nervös.

Leo griff über den Tisch und nahm ihre Hand. »Es ist alles in Ordnung. Sie wollen nur, dass ich ihren offiziellen Bericht über den Vorfall lese und mich vergewissere, dass sie nichts ausgelassen haben.«

Cassidy seufzte erleichtert. »Okay.« Sie hatte Todesangst, dass Leo und seine Freunde für das, was passiert war, Ärger bekommen würden. Das Überwachungsvideo am Flughafen entlastete sie weitgehend. Selbst durch den Nebel konnten die Polizisten erkennen, dass Lloyd ihr eine Waffe an den Kopf gehalten hatte. Leo und die anderen hatten in Notwehr gehandelt.

In der ersten Nacht nach ihrer Entführung hatten sie alle drei zusammen in Leos großem Doppelbett geschlafen. Mario wollte sich nicht von seiner Mutter trennen, und Cassidy wollte von keinem von ihnen getrennt sein. Er hatte gesagt, dass es ihm nach dieser Nacht nichts ausmachte, in seinem eigenen Zimmer zu schlafen. Aber Cassidy war klar, dass sie sich mit ihrem Sohn zusammensetzen und darüber reden musste, was passiert war. Es war nicht Marios Art, sich danebenzubenehmen, und es war offensichtlich, dass es ihm schwerfiel, alles zu verarbeiten.

»Ist es okay für dich, zu Hause zu bleiben, Kumpel?«, fragte Leo.

Mario zuckte mit den Schultern, antwortete aber nicht.

»Ich habe dich etwas gefragt«, bemerkte Leo und legte etwas mehr Nachdruck in seine Stimme. »Ich würde es begrüßen, wenn du mir mit einem ganzen Satz antworten würdest, anstatt nur mit den Schultern zu zucken.«

Daraufhin blickte Mario auf. »Es ist okay«, erwiderte er. Sein Tonfall war zwar immer noch etwas gereizt, aber wenigstens hatte er geantwortet.

»Gut. Denn du musst für mich auf deine Mutter aufpassen. Sie hat letzte Nacht nicht gut geschlafen, hatte einen Albtraum und fühlt sich heute ein bisschen daneben.«

Cassidy stieß Leos Bein unter dem Tisch an. Sie wollte nicht, dass Mario von ihren Albträumen erfuhr. Es war ihr ohnehin schon peinlich, dass sie sie hatte. Sie war in Sicherheit, Lloyd und Martin waren tot und ihre Verletzungen verheilten. Sie hatte absolut nichts, worüber sie sich beklagen konnte, und wollte nicht, dass jemand Mitleid mit ihr hatte.

Aber Leo ignorierte ihre nicht ganz so subtile Aufforderung, die Klappe zu halten, und redete weiter.

»Deine Mutter hat Angst, mit dir zu reden, aber du bist alt genug, um die Details über das zu kennen, was passiert ist und warum. Ich hoffe, du wirst sie bei eurem Gespräch mit Respekt behandeln.«

»Leo«, beschwerte Cassidy sich, aber er drehte sich nicht zu ihr um.

»Okay?«, hakte er nach.

Mario schaute von Leo zu ihr und dann wieder zu Leo. Schließlich sagte er: »Das werde ich.«

Leo nickte. »Isst du deine Eier auf?«

Mario schaute auf seinen Teller. »Ja.«

»Gut. Das Eiweiß wird deine Muskelmasse stärken. Wir werden später über Ernährung sprechen und darüber, welche Lebensmittel deine Muskeln wachsen lassen, damit du die Springer bei den Figuren besser fangen kannst.«

Und damit sagte er genau das Richtige. Mario setzte sich aufrecht in seinem Stuhl hin und schenkte Leo ein kleines Lächeln. »Großartig«, entgegnete er leise.

Die Stimmung im Raum hatte sich etwas verbessert, aber Cassidy war immer noch sehr nervös wegen des längst überfälligen Gesprächs, das sie mit ihrem Sohn führen musste.

Viel zu schnell war es für Leo an der Zeit zu gehen. Mario saß auf dem Sofa und sah sich im Fernsehen eine Dokumentation über Cheerleader an. Leo beugte sich vor, küsste ihn auf den Kopf und sagte: »Ich hab dich lieb, Mario.«

»Ich dich auch, Leo.«

Cassidy hatte das Gefühl, dass ihr das Herz zerspringen würde. Jedes Mal wenn sie hörte, wie ihr Sohn und Leo sich »Ich hab dich lieb« sagten, kamen ihr die Tränen. Als Leo an ihr vorbeiging, ergriff er ihre Hand und zog sie mit sich, als er zur Haustür ging. Er zog sie nach draußen und sobald die Tür sich hinter ihnen geschlossen hatte, drückte er sie mit dem Rücken dagegen und küsste sie. Heftig.

Seit ihrer Rettung hatten sie nicht mehr miteinander geschlafen. Sie waren beide erschöpft von dem Stress wegen Smokes Zustand gewesen. Aber seitdem hatten sie jede Nacht in den Armen des anderen geschlafen, und Cassidy hatte sich nie zuvor so sicher gefühlt.

Dies war der erste Hauch von Leidenschaft, den sie seit jenem schrecklichen Abend miteinander teilten, und Cassidy spürte, wie ihre Libido in Wallung geriet, als Leo sie küsste. Sie liebte es, sich an ihn zu pressen. Sie liebte das Gefühl, von ihm gehalten zu werden. Leo war ihr sicherer Ort, daran gab es keinen Zweifel.

»Alles in Ordnung?«, fragte er, nachdem er den Kopf gehoben hatte.

Cassidy nickte.

Leo betrachtete sie einen Moment lang. »Ist es nicht, aber das wird schon wieder. Ruf mich an, wenn du mit ihm geredet hast, und ich komme nach Hause. Ich lade euch beide zum Mittagessen ein. Dann fahren wir vor Marios Training heute Nachmittag rüber zu *Silverstone Towing*.«

Cassidy schluckte. »Du hältst mich nicht für eine schrecklich schlechte Mutter, weil ich ihn heute nicht zur Schule schicke?«

Leo schnaubte. »Nein, Cass. Du würdest es niemals schaffen, eine schlechte Mutter zu sein, selbst wenn du es darauf anlegen würdest. Die Schule ist wichtig, aber seine seelische Verfassung ist noch wichtiger. Wenn das bedeutet, dass du mit ihm nach Chicago fährst, um einen Cheerleading-Wettbewerb anzuschauen, ist das toll. Wenn es bedeutet, dass du mit ihm in den Zoo, nach New York City zu einem Broadway-Musical, ins Einkaufszentrum oder sogar zu dem verdammten McDonald's fährst, auch gut. Zeit mit deinem Sohn zu verbringen und ihm zu zeigen, dass er geliebt wird und der wichtigste Mensch in deinem Leben ist, macht dich nicht zu einer schlechten Mutter. Außerdem braucht ihr beide das. Mario muss wissen, was passiert ist und warum du die Entscheidungen getroffen hast, die du getroffen hast.«

»Er ist wütend auf mich«, antwortete Cassidy.

Leo nickte. »Ja, ich glaube, das ist er. Aber er wird es verstehen, wenn du es ihm erklärst.«

»Das hoffe ich.«

»Da bin ich mir sicher.«

»Leo?«

»Ja, Cass?«

»Danke, dass du mit uns nach El Paso kommst, wenn meine Eltern aus Mexiko zurück sind«, sagte Cassidy. »Ich weiß, dass es nicht dein Lieblingsort ist, aber ich weiß es zu schätzen, dass du mit uns kommst.«

»Ich würde dich auf keinen Fall allein fahren lassen«, versicherte Leo ihr.

»Ich liebe dich«, flüsterte sie.

Leo beugte sich hinunter und küsste sie kurz. »Und ich liebe dich. Du schaffst das. Der Junge liebt dich auch. Ihr seid seit elfeinhalb Jahren alles füreinander. Er wird es verstehen – sei einfach ehrlich zu ihm. Er ist kein Baby mehr, Cass.«

»Ich weiß. Und ich glaube, das gefällt mir ganz und gar nicht«, erklärte sie mit einem kleinen Lächeln.

Leo strich ihr die Haare aus dem Gesicht, holte tief Luft und sah sie an.

»Gehst du jetzt?«, fragte sie, nachdem etwas Zeit vergangen war und er sich nicht von ihr gelöst hatte.

»Ja«, entgegnete er bedauernd. »Ich habe nie verstanden, warum Bull, Eagle und Smoke bei Feierabend so begierig darauf waren, ihre Frauen zu sehen, aber jetzt verstehe ich es. Ich liebe es, mit dir zusammen zu sein, Cass. Du bringst mich dazu, ein besserer Mensch zu sein, einfach indem du da bist.«

Gott, war das schön. Aber Cassidy wusste, dass sie ins Haus gehen und mit ihrem Sohn reden musste. Sie würde kneifen, wenn sie zu lange wartete. »Geh«, sagte sie halblaut und drückte gegen seinen Oberkörper. »Je eher du gehst, desto eher kann ich dir eine Nachricht schicken und dir sagen, dass wir fertig sind, damit du zurückkommen und uns zum Mittagessen ausführen kannst.«

Leo grinste, beugte sich vor und nuschelte an der Haut neben ihrem Ohr. Dann biss er ihr sanft ins Ohrläppchen und Cassidy erschauderte. Auf ihren Armen bildete sich eine Gänsehaut und ihre Brustwarzen wurden steif. »Heute Abend werde ich mit dir Liebe machen«, versprach er und das Gefühl seines warmen Atems an ihrem Ohr ließ sie aufstöhnen. »Ich werde es dir mit dem Mund besorgen, zusehen, wie du an meiner Zunge kommst, und dann werde ich dich langsam und sanft lieben ... und du wirst an nichts anderes mehr denken können, als dass ich in dir bin.«

»Leo«, wimmerte Cassidy, während sie sich bemühte, Luft in ihre Lunge zu bekommen.

Daraufhin trat Leo einen Schritt zurück, sodass sie sich plötzlich ganz verlassen vorkam, weil er seinen Körper nicht mehr an sie gepresst hatte. Er lächelte sie an und ging rückwärts von der Veranda, wobei er sie die ganze Zeit ansah.

»Das war gemein«, erklärte sie ihm.

Sein Lächeln wurde breiter.

Aber als Cassidy auf die Vorderseite seiner Jeans schaute, wusste sie, dass sie nicht die Einzige war, auf die seine Worte einen Effekt gehabt hatten. »Fahr vorsichtig«, rief sie ihm nach.

»Immer«, antwortete er. »Geh rein, Cass.«

Sie tat, was er verlangte, öffnete die Tür und winkte noch einmal, bevor sie sich daranmachte, mit ihrem Sohn zu sprechen.

Sie ging zum Sofa und setzte sich neben Mario. Sie beobachtete ihn einen Moment lang, bevor er seufzte und den Fernseher ausschaltete.

»Du wolltest reden, also ... rede«, forderte er sie auf.

Cassidy gefiel die Haltung, die Mario an den Tag legte, nicht, aber sie wusste, dass er nicht absichtlich gemein war. Er war verwirrt und kämpfte damit, das Geschehene zu verarbeiten. Sie beschloss, nicht um den heißen Brei herumzureden, und stürzte sich kopfüber in das Gespräch.

»Du bist sauer auf mich, weil ich dich bei *Silverstone Towing* in den Schutzraum gesperrt habe«, erklärte sie.

Mario blinzelte, sah dann auf seine Hände in seinem Schoß und nickte.

Cassidy holte tief Luft, um sich Mut zu machen, und fing an zu sprechen. »Als ich deinen Vater kennengelernt habe, dachte ich, ich würde ihn lieben. Er war erfolgreich und viel älter als ich. Ich war nicht bis über beide Ohren in ihn verliebt, aber ich respektierte ihn und dachte, er würde dasselbe für mich empfinden. Von Beginn unserer Ehe an lief es nicht gut zwischen uns. Aber selbst wenn ich könnte, würde ich nicht zurückgehen und etwas an meiner Beziehung zu ihm ändern. Weißt du warum?«

Mario schaute zu ihr auf und schüttelte den Kopf.

»Weil ich dadurch dich bekommen habe«, erklärte Cassidy ernsthaft. »Du bist buchstäblich das Beste, was mir je passiert ist. An dem Tag, an dem du geboren wurdest, habe ich mir geschworen, immer nur das Beste für dich zu tun. Ich dachte, ich würde das tun, als wir nach Jamaika gezogen sind. Das Leben in El Paso war nicht gut für mich, nachdem dein Vater und ich uns hatten scheiden lassen. Er hatte viele Freunde, und wann immer ich ihnen begegnete, sahen sie mich an, als sei ich verrückt, weil ich mich von ihm hatte scheiden lassen. Sie konnten nicht verstehen, warum ich mir einen so guten Fang durch die Lappen hatte gehen lassen. Aber wir haben uns nicht geliebt und es war für uns beide besser, uns zu trennen. Also ging ich nach Jamaika und dachte, wir könnten dort für ein Jahr oder so leben, um uns neu zu orientieren. Ich hatte vor, zurück in die Staaten zu kommen und dich irgendwo auf einer guten Schule anzumelden. Ich wusste nicht wo, aber nicht in El Paso.«

»War mein Vater verärgert, dass du mich weggebracht hast?«, fragte Mario.

Cassidy biss sich auf die Lippe, dann beschloss sie, so ehrlich wie möglich zu sein. »Ich glaube, er war es, aber ich glaube auch, dass es zu diesem Zeitpunkt in seinem Leben eine Erleichterung war. Nicht deinetwegen, sondern weil er mich nicht mehr sehen musste und an sein Versagen erinnert wurde.«

»Ich erinnere mich, dass er oft geschrien hat«, sagte Mario.

Cassidy fand das schrecklich, nickte aber. »Keiner von uns beiden war sehr glücklich«, erklärte sie diplomatisch. »Aber nur weil wir nicht verliebt waren, heißt das nicht, dass ich nicht traurig über seinen Tod bin. Niemand hat das verdient, was ihm passiert ist.«

Mario dachte einen Moment lang darüber nach und nickte. Dann sagte er: »Leo schreit uns nicht an. Und er sieht mich nie an, als sei er enttäuscht. Als ich mein Zimmer rosa streichen wollte, hat er nicht einmal mit der Wimper gezuckt. Und es ist ihm egal, dass ich nicht Football spielen will. Er hat schon gesagt, dass er meinen ersten Auftritt mit den Cheerleadern kaum erwarten kann und ihn um nichts in der Welt verpassen würde. Ich weiß auch noch, dass Dad mich angeschrien hat, weil ich mit der Puppe gespielt habe, die du mir geschenkt hast, anstatt mit dem Ball, von dem er dachte, dass ich ihn herumkicken sollte.«

So sehr sie sich über Marios Gefühle für Leo freute, so traurig war sie, dass er sich überhaupt an das schreckliche Weihnachtsfest vor so vielen Jahren erinnerte. Es war nur einer von hundert Gründen, warum Cassidy Alfred verlassen hatte. Sie atmete tief durch und nahm ihre Geschichte wieder auf. »Ich schwöre, als ich mit dir nach Jamaika geflogen bin, hatte ich keine Ahnung, dass sie uns nicht mehr ausreisen lassen würden. Michael hat unsere Pässe genommen. Er hielt uns dort gefangen. Ich habe mich viel zu lange mit unserer Situation abgefunden, weil ich nicht wusste, wie ich sie ändern sollte. Als du jünger warst, war es nicht so schlimm. Wir blieben unter uns, ich unterrichtete dich und die anderen Kinder, und das war's.«

»Aber dann haben sich die Dinge geändert«, sagte Mario.

»Ja, das haben sie. Ich hatte getan, was ich mir geschworen hatte, niemals zu tun – dich in Gefahr zu bringen. Also habe ich heimlich Briefe an das FBI hier in den Staaten geschickt und sie angefleht, uns zu helfen. Ich wusste nicht, ob überhaupt jemand die Briefe bekommen würde, aber etwas Besseres ist mir damals nicht eingefallen.«

»Und dann ist Leo gekommen«, erklärte Mario.

»Das ist er«, stimmte Cassidy zu. »Ich hätte mich über jeden gefreut, aber ich kannte Leo schon seit der Highschool. Er hat uns rausgeholt und ich dachte, es sei unsere zweite Chance. In Gedanken habe ich mein Versprechen erneuert, dass dein Wohlbefinden an erster Stelle steht. Ich hatte dich um einen Großteil deiner Kindheit betrogen, nur weil ich mich in El Paso unwohl fühlte. Das sollte nicht noch einmal passieren.

Die Dinge liefen gut. Du warst glücklich. Ich war glücklich. Leo und ich waren offiziell zusammen, und ich dachte, dass alles endlich so laufen würde, wie wir es uns erträumt hatten. Aber an dem Tag ... dem Tag, an dem ich dich in den Schutzraum gesperrt habe ... rief deine Großmutter an. Ich hatte erfahren, dass Lloyd deinen Vater getötet hatte und dass er wahrscheinlich wusste, wo wir waren. Ich hatte nicht einmal Zeit, darüber nachzudenken, was ich tun sollte, bevor Lloyd und Martin den Zaun durchbrachen.

Ich hatte schreckliche Angst, Mario. Sie waren da und ich konnte nur daran denken, dafür zu sorgen, dass du in Sicherheit bist. Dass sie nicht an dich herankommen und dich wieder dazu zwingen können, Drogen für sie zu verkaufen. Ich war mir sicher, dass sie dich in Ruhe lassen würden, sobald sie mich haben. Ich habe dich in den Raum eingesperrt, um dich zu schützen ... und wenn ich die Entscheidung noch einmal treffen müsste, würde ich dasselbe tun. In der Vergangenheit konnte ich dich nicht beschützen, aber ich würde alles tun, um Lloyd davon abzuhalten, dich jemals wieder in die Finger zu bekommen.«

Cassidy weinte, aber sie wendete den Blick nicht von Marios Gesicht ab.

»Ich liebe dich, mein Sohn. Es tut mir leid, dass du Angst hattest, aber mich zu opfern war die einzige Möglichkeit, die mir eingefallen ist, um dich zu beschützen. Ich hätte so etwas nie getan, wenn wir noch in Jamaika gewesen wären, denn wir waren alles, was wir hatten, und ich hätte dich nie allein gelassen. Aber hier? Ich wusste, dass Leo sich um dich kümmern würde, wenn mir etwas zugestoßen wäre. Und die anderen auch. Wir sind nicht mehr allein – wir haben Freunde, gute Freunde, die nicht zögern würden, für uns einzutreten, sollte es nötig sein.«

Mario weinte jetzt auch. »Aber Mommy, ich will nie ohne dich leben!«

Cassidy streckte die Arme nach ihrem Sohn aus, und er kam bereitwillig zu ihr. Der mürrische, launische Jugendliche war verschwunden. Dies war ihr verletzliches Baby. Der Junge, den sie mehr Nächte in den Schlaf gewiegt hatte, als sie zählen konnte. »Ich weiß, aber es ist die Aufgabe von Müttern, ihre Kinder zu beschützen. Ich habe das in der Vergangenheit nicht getan und mich dafür gehasst. Es tut mir leid. Es tut mir so leid, dass ich so viel Böses in unser Leben gebracht habe. Es tut mir leid, dass ich dich verängstigt habe. Es tut mir leid, dass ich eine schlechte Mutter war, aber ich verspreche dir, dass es von nun an anders sein wird.«

»Du bist keine schlechte Mutter«, erklärte Mario mit gedämpfter Stimme, weil er sein Gesicht an ihrer Brust vergraben hatte. »Du bist die beste Mommy der Welt. Ich war sauer, weil du mich im Stich gelassen hast. Du hast mich zurückgelassen.«

»Ich habe dich bei Leuten gelassen, von denen ich wusste, dass sie dich mit ihrem Leben beschützen würden«, konterte Cassidy. »Und ... ich musste auch den kleinen Kevin beschützen. Und Mollys ungeborenes Baby. Was denkst du, was Lloyd mit ihnen gemacht hätte, wenn er sie in die Finger bekommen hätte?«

Sie spürte mehr als dass sie sah, wie Mario sein Gesicht verzog, um zu antworten.

Cassidy zog sich zurück und umfasste Marios Gesicht mit ihren Händen. »Ich liebe dich, mein Sohn. Egal was passiert. Du wirst in deinem Leben schlechte Entscheidungen treffen, und ich werde dich trotzdem lieben. Du wirst Fehler machen, und ich werde dich trotzdem lieben. Vielleicht fällst du durch einen Test, schreist mich an oder gehorchst mir nicht. Aber egal was passiert, meine Liebe zu dir ist absolut. Egal wo du hingehst oder was du tust, deine Mommy wird dich immer lieben, verstehst du?«

Mario nickte.

Cassidy konnte nicht leugnen, dass sie sich jetzt viel besser fühlte, nachdem sie mit Mario über alles gesprochen hatte. Er würde wahrscheinlich immer noch Fragen haben und sie wusste, dass seine verletzten Gefühle nicht im Handumdrehen verschwinden würden, aber sie hoffte, dass er sich besser fühlte nach dem, was passiert war.

»Mom?«

»Ja, Baby?«

»Wirst du Leo heiraten?«

Allein diese Worte ließen Cassidys Herz schneller schlagen. »Ich weiß es nicht. Ich hoffe es. Ich liebe ihn. Aber ich kann nicht in die Zukunft sehen. Wenn ich das könnte, wäre ich nie nach Jamaika gereist.«

Mario lächelte ein wenig, dann wurde er wieder ernst. »Wirst du deinen Namen ändern, wenn du Leo heiratest?«

»Wahrscheinlich.« Sie würde *auf jeden Fall* ihren Namen ändern. Seit sie fünfzehn Jahre alt war, träumte sie davon, Cassidy Zanardi zu sein. Nach ihrer Scheidung hatte sie ihren Mädchennamen wieder angenommen, aber wenn sie und Leo jemals heiraten würden, würde sie sich die Mühe machen, alle rechtlichen Dokumente ein drittes Mal zu ändern. »Warum fragst du? Wie kommst du darauf?«

»Meinst du, Leo hätte etwas dagegen, wenn ich meinen Nachnamen auch ändere?«, fragte Mario und runzelte besorgt die Stirn.

Cassidys Herz begann, wie wild zu schlagen. Sie hätte am liebsten losgeheult.

»Ich will nur ... ich liebe ihn. Und er hat gesagt, dass er mich liebt. Ich glaube, ich wäre lieber Mario Zanardi als Mario Pepper. Es tut mir leid, dass mein richtiger Vater getötet wurde, aber ich kannte ihn nicht so gut und er hat nicht einmal versucht, uns zu besuchen, als wir weggegangen sind oder als wir zurückkamen. Und er war gemein zu uns. Ich würde lieber Leos Namen tragen.«

»Ich glaube, Leo würde sich geehrt fühlen, wenn du deinen Namen ändern möchtest«, erklärte sie ihrem Sohn ehrlich. »Aber ... ich weiß nicht, ob wir heiraten werden. Manchmal funktionieren Beziehungen aus dem einen oder anderen Grund einfach nicht«, warnte sie.

Mario zuckte mit den Schultern und kuschelte sich wieder an sie. »Diese hier wird funktionieren«, erklärte er voller Zuversicht. »Ich weiß es.«

Cassidy konnte sich ein Lächeln nicht verkneifen. »Ich hoffe es«, flüsterte sie. Aber tief in ihrem Inneren wusste sie, dass es auch so sein würde. Es war einfach nicht möglich, sich mit jemandem so verbunden zu fühlen, wie sie es mit Leo tat, und dann klappte die Beziehung *nicht*. Wenn Leo sie morgen heiraten würde, würde sie Ja sagen. Sie wusste, dass das nicht passieren würde, dass sie alle drei Zeit brauchten, um sich daran zu gewöhnen, eine Familie zu sein, aber sie konnte nicht anders, als an die Art von Hochzeit zu denken, die sie sich wünschte. Etwas Kleines und Intimes. Mit den Menschen, die ihr auf der Welt am wichtigsten waren.

»Ich liebe dich, mein Sohn. Wenn du in Zukunft wütend auf mich bist oder dir Sorgen machst, zögere bitte nicht, mit mir zu reden. Oder Leo, wenn du denkst, dass du nicht mit mir sprechen kannst. Ich bin deine Mutter, aber ich würde gern glauben, dass ich auch deine Freundin bin. Ich bin deine Fürsprecherin, deine Unterstützerin und jemand, auf den du immer zählen kannst und der immer hinter dir steht, egal was passiert, okay?«

»Okay«, erklärte Mario. Dann setzte er sich auf. »Kann ich jetzt meine Sendung zu Ende sehen?«

Cassidy betrachtete ihren Sohn. Eine große Last schien von seinen Schultern genommen worden zu sein und die Schatten in seinen Augen waren verschwunden. Sie lächelte und nickte. »Natürlich. Es ist ein bisschen zu früh, um zum Mittagessen zu gehen. Wenn es dir nichts ausmacht, gehe ich ins andere Zimmer und rufe Leo an.«

Mario zuckte mit den Schultern. Er hatte bereits nach der Fernbedienung gegriffen.

Cassidy schüttelte den Kopf und wusste, dass sie sich an diesen neuen Mario gewöhnen musste. Einen unabhängigen, etwas unnahbaren Jugendlichen. Sie würde den kleinen Jungen vermissen, der er einmal gewesen war, aber sie konnte es kaum erwarten zu sehen, wie er sich zu einem Mann entwickelte. Und mit Leo, der ihn anleitete, sowie Bull, Smoke und Eagle hatte sie keine Zweifel, dass er respektvoll, rücksichtsvoll und fürsorglich sein würde.

Cassidy stand auf und nahm ihr Handy vom Tresen. Sie schaute auf die Uhr und war überrascht, dass mehr Zeit vergangen war, als sie gedacht hatte, seit sie sich mit Mario zusammengesetzt hatte. Es fühlte sich an, als hätte das Gespräch nur zehn Minuten oder so gedauert. Sie dachte sich, dass das wahrscheinlich eine Metapher dafür war, wie die nächsten paar Jahre verlaufen würden. Sie würde auf Marios Jugendjahre zurückblicken und sich fragen, wie sie so schnell vorbeigegangen waren.

Auf dem Weg nach oben in ihr Schlafzimmer drückte sie auf Leos Namen. Sie konnte es kaum erwarten, ihm zu erzählen, wie gut das Gespräch mit Mario gelaufen war. Die Nachricht über den Wunsch ihres Sohnes, Leos Nachnamen anzunehmen, würde sie sich für einen anderen Tag aufheben.

Cassidy wusste, dass sie Glück gehabt hatte. Sie hatte es überlebt, bei einem Drogendealer zu leben, und dann als Lloyd und Martin gekommen waren, um sie zu holen. Sie hatte einen Mann, den sie von ganzem Herzen liebte und der sie erstaunlicherweise auch liebte, und einen tollen Freundeskreis; ihre Eltern waren in Sicherheit und ihr Sohn lebte sich erstaunlich gut in sein neues Leben ein.

Das Leben war schön.

KAPITEL EINUNDZWANZIG

Gramps schaute sich am Tisch um und betrachtete die drei besten Freunde, die er je gehabt hatte. Das *Silverstone-Team* hatte im Laufe der Jahre viel mitgemacht. Zuerst im Delta-Force-Team beim Militär, einschließlich ihres letzten Einsatzes im Nahen Osten, der mit einem Tadel von ihren Kommandanten endete. Sie hatten *Silverstone Towing* gegründet und sich den Hintern aufgerissen, um es zu einem Erfolg zu machen.

Die Einsätze, die sie als *Silverstone-Team* absolviert hatten, waren genauso aufregend gewesen wie die, die sie für das Militär durchgeführt hatten, vielleicht sogar noch aufregender. Sie hatten unzähligen Männern, Frauen und Kindern geholfen, ihr Leben zurückzugewinnen. Aber wie alles im Leben änderten sich die Dinge.

Es musste eine Entscheidung über die Zukunft des *Silverstone-Teams* getroffen werden. Das Team hatte dieses Gespräch monatelang aufgeschoben, aber jetzt, da Smoke aus dem Krankenhaus entlassen worden und fast wieder der Alte war, war es an der Zeit.

»Wie geht es dir?«, fragte Bull Smoke.

»Überraschend gut ehrlich gesagt. Der Arzt hat mich Anfang

der Woche für alle Aktivitäten zugelassen«, erklärte er grinsend. »Ich habe im Laufe der letzten Wochen so viel Zeit wie möglich damit verbracht, Molly zu zeigen, wie dankbar ich für ihre Fähigkeiten als Pflegerin bin.«

Alle lachten.

»Und ihre Schwangerschaft?«, fragte Eagle.

»Verläuft normal. Unsere kleine Tochter ist auf dem besten Weg. Sie wird da sein, bevor wir uns versehen.«

»Und es macht dir nichts aus, dass es ein Mädchen ist?«, fragte Bull.

»Warum sollte es mir etwas ausmachen? Ich bin wahnsinnig aufgeregt. Ehrlich gesagt konnte ich mich nicht entscheiden, ob ich einen Jungen oder ein Mädchen wollte, aber als sie mir sagte, dass unser Baby ein Mädchen wird, konnte ich mir nichts anderes vorstellen.«

»Das freut mich für dich, Smoke«, entgegnete Gramps.

Eagle und Bull schlossen sich den Glückwünschen an.

»Ich muss zugeben, dass ich eine Zeit lang Angst hatte«, gab Smoke zu. »Zuerst war es wie bei jedem anderen Einsatz. Aber als ich spürte, dass ich getroffen worden war, wusste ich, dass ich in Schwierigkeiten steckte. Ich hatte keine Angst um mich, sondern um Molly. Ich wollte sie nicht allein lassen. Ich hatte meine kleine Tochter noch nicht einmal kennengelernt und wollte auch sie nicht verlassen.«

Und das war die perfekte Einleitung in das Thema, das zur Debatte stand. »Wir haben uns verändert«, bemerkte Gramps. »Das *Silverstone-Team* hat sich verändert.« Er war nicht überrascht, als seine drei Freunde alle zustimmend nickten. »Wenn Willis heute wegen des Falles anruft, den wir vor Kurzem recherchiert haben, würden wir ihn dann annehmen wollen?«

Nach seiner Aussage herrschte Schweigen, als alle lange über ihre Antwort nachdachten.

»Taylor ist wieder schwanger«, platzte Eagle heraus.

Alle drehten sich um und starrten ihn ungläubig an.

»Verdammt, Mann«, sagte Bull.

»Ich weiß, wir hatten es nicht geplant, aber wir waren eines Abends unvorsichtig, und das hat schon gereicht«, erklärte Eagle ein wenig verlegen. »Kevin ist an diesem Abend früh schlafen gegangen und wir hatten seit ein paar Tagen nicht mehr viel Zeit miteinander verbracht und so kam eins zum anderen ...«

»Glückwunsch!«, sagte Smoke und lachte.

»Ja, das ist großartig. In der wievielten Woche ist sie jetzt?«, wollte Gramps wissen.

»Noch nicht einmal sechs Wochen, es ist also noch sehr früh. Aber wir sind schon ein bisschen aufgeregt«, sagte Eagle. »Wenn Willis anrufen und sagen würde, dass wir morgen zu einem Einsatz aufbrechen müssen, hätte ich große Bedenken.«

»Skylar und ich wollen keine Kinder«, bemerkte Bull, »aber nachdem ich gesehen habe, durch welche Hölle Molly gegangen ist, als Smoke angeschossen wurde, kann ich mir nicht vorstellen, das Skylar jemals anzutun. Ich weiß, dass das Leben Risiken birgt und dass ich morgen von einem Auto überfahren werden könnte, aber mich freiwillig in gefährliche Situationen zu begeben halte ich nicht mehr für eine gute Idee.«

»Ich habe mein ganzes Leben damit verbracht, anderen zu helfen, ohne darüber nachzudenken«, sagte Gramps. »Ich bin stolz auf das, was wir beim Militär erreicht und was wir hier mit *Silverstone Towing* aufgebaut haben, aber nachdem ich mehr als zwei Jahrzehnte vergeudet habe, die ich mit Cassidy hätte verbringen können, wenn ich mutiger gewesen wäre, bin ich weniger bereit, mein Leben zu riskieren, um möglicherweise noch mehr Zeit mit ihr zu verpassen.«

»Dem Tod so nahe zu sein hat auch meine Perspektive verändert«, fügte Smoke hinzu.

Gramps nickte. »Es sieht so aus, als seien wir alle einer Meinung.« Das überraschte ihn nicht. Sie hatten alles als Team gemacht. Als sie jünger waren, hatten sie zusammen gefeiert, als Delta-Force-Team gemeinsam gekämpft und als Willis ihnen angeboten hatte, das *Silverstone-Team* zu gründen und ihrem Land auf andere Weise zu dienen, waren sie sofort dabei gewesen. Sie hatten auch alles darangesetzt, *Silverstone Towing* zu einem Erfolg zu machen, der alle ihre Erwartungen übertraf.

»Wer wird es Willis sagen?«, fragte Smoke.

»Ich glaube nicht, dass wir das wirklich müssen. Ich glaube, es war im Laufe der letzten Monate mehr als offensichtlich, dass wir nicht mit dem Herzen bei der Sache waren. Wir haben uns kaum die Zeit genommen, die Fälle zu besprechen, die er uns geschickt hat, und wir haben auch nicht mit ihm darüber geredet«, bemerkte Eagle achselzuckend.

»Ich rufe ihn heute noch an«, erklärte Bull.

»Was du heute kannst besorgen, das verschiebe nicht auf morgen«, stimmte Gramps zu.

Die anderen nickten alle.

»Machen wir es gleich«, entgegnete Smoke.

Gramps stand auf und holte das abhörsichere Satellitentelefon, das sie für die Kommunikation mit ihrem FBI-Kontaktmann benutzten. Er wählte Willis' Nummer und legte das Gerät in die Mitte des Tisches.

Es klingelte mehrere Male, bevor er abnahm.

»Willis.«

»Hier ist das *Silverstone-Team*«, erklärte Gramps.

»Ah, schön, von euch zu hören. Es ist schon eine Weile her«, sagte Willis.

»Wir müssen reden«, bemerkte Bull.

»Ich glaube, ich weiß, was ihr mir sagen wollt«, erwiderte Willis trocken.

Gramps war nicht überrascht.

»Das *Silverstone-Team* geht in den Ruhestand«, erklärte Smoke entschieden. Er fragte nicht um Erlaubnis – er informierte Willis einfach über ihre Entscheidung. »Meine Tochter wird bald zur Welt kommen und Eagles Frau ist wieder schwanger. Gramps muss sich jetzt um einen fast zwölfjährigen Sohn kümmern und Bull hat auch eine Familie.«

»Wie geht es dir, Smoke?«, fragte Willis, der auf seine Aussage nicht reagierte.

»Jetzt wieder gut«, entgegnete er. »Du verstehst doch, was ich gerade gesagt habe, oder?«, fragte er.

Sie alle hörten den FBI-Kontaktmann am anderen Ende der Leitung seufzen. »Das tue ich. Ich wusste, dass das kommen würde – ich hatte nur gehofft, dass ich mich vielleicht geirrt habe. Ihr sollt alle wissen, dass ich das vollkommen verstehe. Ich bedaure, dass ich mich so sehr auf meine Arbeit konzentriert und nicht so viel Zeit mit meiner Frau und meiner Tochter verbracht habe. Als wir in Paris waren, konnte ich mir nicht einmal einen Nachmittag freinehmen, um mit ihnen einkaufen zu gehen. Hätte ich das getan, wären sie vielleicht nicht entführt worden. Wenn ich die Zeit zurückdrehen könnte, würde ich die Dinge anders machen. Aber das *kann* ich nicht. Und ich wusste, dass die Dinge sich ändern würden, wenn ihr selbst Frauen finden würdet. Ich wünsche euch allen viel Glück.«

Keiner wusste, was er sagen sollte. Sie alle kannten Willis' Geschichte, wie seine Frau und seine Tochter ermordet worden waren, und deshalb war er so entschlossen, die schlimmsten Verbrecher der Menschheit aufzuspüren.

»In den nächsten Monaten werdet ihr alle ein Zeichen der Anerkennung eurer Regierung für euren Dienst auf euren Bankkonten finden. Nein, ihr könnt es nicht ablehnen. Es ist beschlossene Sache, und das Geld kann nicht zurückgegeben werden, also nehmt es einfach an. Ich weiß, dass *du* das Geld nicht brauchst, Smoke, aber Pech gehabt. Geh und kaufe deiner Frau und deiner Tochter etwas Schönes. Oder ihr könnt das Geld für ein paar neue Abschleppwagen ausgeben. Es ist mir egal, was ihr damit macht ... aber ihr behaltet es, verstanden?«

Alle vier Männer lachten.

»Verstanden.«

»Verstanden.«

»Danke.«

»Machen wir.«

»Danke für eure Hilfe«, fuhr Willis fort. »Im Ernst. Ihr werdet nie Auszeichnungen oder Medaillen bekommen. Niemand wird je erfahren, was ihr getan habt. Aber ich weiß es mehr zu schätzen, als ihr ahnt. Wenn wir auflegen, wird diese Telefonnummer nicht mehr existieren und ich werde euch nicht mehr anrufen. Lebt euer Leben. Seid glücklich und in Sicherheit.«

Und so plötzlich, wie der Mann in ihr Leben getreten war, war er auch wieder verschwunden, als der Anruf beendet war.

Gramps holte tief Luft und schaute in die Runde. »Ich weiß nicht, ob ich sauer auf ihn sein soll oder erleichtert, dass es so gut gelaufen ist.«

»Geht mir auch so«, bemerkte Smoke.

»Ich fühle mich plötzlich, als sei die Last der Welt von meinen Schultern genommen worden«, sagte Bull leise. »Bin ich der Einzige?«

»Nein«, entgegnete Eagle. »Ich meine, wir müssen immer noch *Silverstone Towing* leiten, und das ist weiß Gott nicht einfach. Aber ich freue mich darauf herauszufinden, wie ich ein ›normaler‹ Ehemann und Vater sein kann. Was auch immer das bedeutet.«

»Meinst du, wir werden es vermissen?«, fragte Gramps.

Smoke zuckte mit den Schultern. »Ja, ich denke, manchmal schon. Es war ein verdammt gutes Gefühl zu wissen, dass wir einige der schlimmsten Verbrecher der Welt ausgeschaltet haben. Aber letzte Nacht lag ich im Bett neben Molly, meine Hand auf ihrem Bauch, und ich spürte, wie meine Tochter sich bewegte. Das Gefühl war fast überwältigend. Bald werde ich einen kleinen Menschen haben, den ich großziehen kann. Den ich führen und lehren kann. Den ich beschützen kann. Das ist größer und wichtiger als alles andere. Es ist eine große Verantwortung, und ich bin mir nicht sicher, ob ich wirklich bereit bin, aber ich bin auf jeden Fall bereit, es mit Molly an meiner Seite zu versuchen. Und es ist etwas, das ich fast verpasst hätte.«

Gramps nickte. Er fühlte dasselbe bei Mario. Der Junge war zwar kein Kleinkind mehr, aber Gramps hatte das Gefühl, dass er ihm trotzdem helfen konnte, indem er einen guten Einfluss auf sein Leben ausübte.

»Ihr bedeutet mir die Welt«, bemerkte Bull. »Ich finde es toll, dass wir unser Team um Skylar, Taylor, Molly und Cassidy erweitert haben. Und Kevin, Mario und die beiden Babys, die im nächsten Jahr kommen werden. Unser Leben mag sich verändern, aber ich habe keinen Zweifel daran, dass wir auch weiter auf Trab gehalten werden. Ich bin stolz darauf, mit euch allen zusammen gedient zu haben, und hoffe, dass wir noch viele Jahrzehnte zusammen sein werden.«

»Du wirst uns nicht los, Mann«, erklärte Smoke.

»Nein. Und du hast zwar keine eigenen Kinder, aber du solltest wissen, dass Taylor davon gesprochen hat, dich und Skylar zu Paten unserer Kinder zu machen«, sagte Eagle.

Bull grinste. »Im Ernst? Das ist großartig. Ich kann es kaum erwarten, bis sie älter sind und wir sie verwöhnen und mit Süßigkeiten vollstopfen können, um sie dann nach Hause zu schicken, damit du dich um sie kümmern kannst.«

»Du bist gemein«, erklärte Eagle ohne Bösartigkeit.

Gramps ging zum Kühlschrank in der Ecke des Zimmers und holte dort vier Flaschen Bier heraus. Es war noch ein bisschen früh am Tag, um mit dem Trinken anzufangen, aber es schien jetzt genau das Richtige zu sein. Sie entfernten die Kronkorken und Gramps hielt seine Flasche hoch.

»Auf *Silverstone Towing*. Und drei der besten Freunde, die ein Mann sich wünschen kann.«

»Prost!«, sagten Smoke, Eagle und Bull und stießen mit ihren Flaschen an.

Es war der Neubeginn einer alten Freundschaft und Gramps konnte es kaum erwarten, den Heimweg anzutreten und Cassidy zu sagen, dass sie sich keine Sorgen mehr machen musste, dass er auf weitere gefährliche Einsätze ging. Er wusste, dass sie darüber nachgedacht und mit den anderen Frauen darüber gesprochen hatte. Aber keine von ihnen hätte sich je beschwert. Sie hatten nur gelächelt und ihnen Glück gewünscht und sich dann die ganze Zeit über Sorgen gemacht, während sie weg waren.

Zum ersten Mal seit Jahren war Gramps zufrieden. Das Leben war nicht perfekt, aber er hatte das Gefühl, mit Cassidy an seiner Seite konnte er alles durchstehen.

EPILOG

Ein Jahr später

Gramps hielt den Atem an, als er darauf wartete, dass Cassidy den Gang zu ihm hinunterging. Es war eigentlich kein Gang, sondern nur ein Streifen Gras im Garten ihres Hauses, aber Cassidy hatte sich gewünscht, die Trauung hier abzuhalten, also fand sie auch hier statt.

Er hatte sie vor etwa sechs Monaten gebeten, ihn zu heiraten. Sie und Mario waren aus ihrer Wohnung in South-point ausgezogen und hatten sich bei ihm eingelebt, als seien sie schon immer zusammen gewesen. Mario hatte keine Anpassungsschwierigkeiten und war im Allgemeinen ein erstaunlich positives Kind. Er war zwar manchmal etwas launisch, aber Gramps genoss es, eine Vaterfigur für ihn zu sein.

Er schaute jetzt zu Mario hinüber, der als Trauzeuge neben ihm stand. In seinem Smoking sah er älter aus als zwölf Jahre, und Gramps konnte sich ein Lächeln nicht verkneifen, als er die knallrosa Fliege sah, die er unbedingt hatte tragen wollen. Er hatte einen ganz eigenen Stil und es war ihm egal, was andere davon hielten.

Kürzlich hatte Mario nach der Schule darum gebeten, mit Gramps unter vier Augen zu sprechen. Er hatte sich Sorgen gemacht, worüber der Junge reden wollte – bis er damit herausplatzte, dass er seinen Nachnamen in Zanardi ändern wollte, nachdem er und Cassidy geheiratet hatten. Gramps konnte sich nicht erinnern, jemals so gerührt gewesen zu sein.

Gramps dachte, dass Mario mit dem Wunsch, seinen Namen zu ändern, mit dem Gespräch fertig war, aber er überraschte ihn mit den Worten: »Es gibt noch etwas, das ich dir sagen möchte.«

»Du kannst mir alles sagen«, erklärte Gramps.

Mario wippte mit den Füßen und schaute auf den Boden, als er sagte: »Ich habe gestern mit Mom gesprochen, aber ich wollte es dir auch sagen.« Dann hob er den Blick und sah Gramps in die Augen. »Ich bin schwul.«

Die Worte waren eine Mischung aus Verzweiflung, Angst und Trotz, die Gramps das Herz zerrissen. »Ich weiß«, erklärte er ihm.

Mario starrte ihn überrascht an. »Du weißt es schon?«

Dann lachte Gramps. »Ja.«

»Und?«

»Und was?«, fragte Gramps.

»Liebst du mich trotzdem noch?«

Als Antwort streckte Gramps die Hand aus und umarmte den Jungen, den er liebte, als sei er sein eigen Fleisch und Blut. »Ich werde dich immer lieb haben, egal was passiert«, versicherte er ihm. »Du bist mein Sohn, in jeder Hinsicht, die zählt. Daran wird sich *nie* etwas ändern.«

Mario standen die Tränen in den Augen und Gramps konnte sehen, dass er all seine Selbstbeherrschung aufbringen musste, um nicht in Tränen auszubrechen. »Ich hab dich auch lieb.«

Wenn er Mario jetzt ansah, wie er aufrecht und selbstbewusst dastand und auf sein Stichwort für seine Rolle in der Zeremonie wartete, hätte Gramps nicht stolzer sein können.

Er ließ den Blick zur ersten Reihe wandern und lächelte

erneut seine zukünftige Schwiegermutter und seinen zukünftigen Schwiegervater an. Cassidy hatte sie vor einigen Monaten davon überzeugt, nach Indiana zu ziehen, und sie waren alle sehr glücklich mit dieser Entscheidung.

Als Nächstes nickte Gramps dem großen Mann, der neben Cassidys Mutter saß, zur Begrüßung zu. Big Red. Der Lkw-Fahrer, der Lloyds Wagen gesichtet hatte. Gramps hatte ihn ausfindig gemacht, um sich persönlich bei ihm zu bedanken, und er und seine Frau waren nun häufig zu Gast in ihrem Haus, wenn Big Red nicht unterwegs war. Er verdankte dem Mann alles.

Als der Hochzeitsmarsch aus den kleinen Lautsprechern ertönte, die aufgestellt worden waren, richtete er die Aufmerksamkeit wieder auf den Gang. Dann sah er sie.

Cassidy.

Seine Frau.

Seine Seelenverwandte.

Sie trug ein cremefarbenes, trägerloses Kleid, das ihr bis zu den Waden reichte. Es war am Oberkörper eng anliegend und an den Hüften ausgestellt. Ihr Haar war zu einer schicken Hochsteckfrisur hochgesteckt, die das Diadem stützte, auf dem Mario bestanden hatte.

Als ihr Blick den seinen traf, seufzte Gramps zufrieden. Sie sah sorglos und glücklich aus. Das war ein Blick, den er für den Rest ihres Lebens jeden Tag an ihr sehen wollte.

Mario trat vor, als Cassidy zu schreiten begann. Er traf seine Mutter auf halber Strecke des Ganges und nahm ihren Arm in den seinen. Dann kamen die beiden wichtigsten Menschen in seinem Leben auf ihn zu, und Gramps konnte nicht anders, als sich zu fragen, wie er so viel Glück gehabt hatte. Mit Cassidy hatte er eine großartige zweite Chance bekommen. Er hatte gedacht, er sei zu alt, um eine Frau zu finden, die es mit ihm aushalten würde. Er bedauerte nur, dass er nicht schon vor Jahren zu ihr zurückgekehrt war, um sie zu erobern.

In dem Moment, in dem Cassidy ihn erreichte und ihre Hand in seine legte, entspannte sich alles in Gramps. Sie war hier, und in ein paar Minuten würde sie offiziell zu ihm gehören. Später in dieser Woche würde Mario offiziell sein Sohn sein.

Dies war die beste Woche seines Lebens und Gramps konnte nicht aufhören zu lächeln.

Er erinnerte sich nicht an viel von der Zeremonie. Er wusste, dass seine Freunde ihn später dafür auslachen würden, aber er konnte nur in Cassidys braune Augen schauen und konnte sein Glück nicht fassen. Als es an der Zeit war, seine Braut zu küssen, musste er über den warnenden Blick lachen, den Cassidy ihm zuwarf.

Gramps versuchte, sich zu beherrschen; er wollte seine Frau nicht vor ihren Freunden in Verlegenheit bringen. Er beugte sie nach hinten und küsste sie schnell, aber leidenschaftlich. Er hielt sie einen Moment lang über seinen Arm gebeugt und starrte ihr einfach in die Augen. »Alles, was ich je getan habe, habe ich für genau diesen Moment hier gemacht. Für die Belohnung, dass du hier bist, meinen Ring trägst und in meinen Armen liegst«, sagte er leise zu Cassidy.

Sie schloss kurz die Augen, und als sie sie wieder öffnete, waren sie voller Tränen. »Ich habe dich fast mein ganzes Leben lang geliebt«, gab sie zu, »aber ich glaube, wir mussten uns beide erst ein bisschen die Hörner abstoßen, bevor wir zusammen sein konnten.«

Gramps war davon zwar nicht unbedingt überzeugt, aber er war so dankbar, dass sie jetzt zusammen waren, dass er ihr nicht widersprechen wollte. Er hatte zwanzig Jahre mit ihr verpasst, aber er wollte alles in seiner Macht Stehende tun, um das in den Jahren, die ihnen noch blieben, wiedergutzumachen.

Er zog sie hoch und sie drehten sich zu Shawn Archer um, der wochenlang mit Bart darum gekämpft hatte, die Ehre zu haben, ihre Trauung zu vollziehen. Mario trat an die andere Seite seiner Mutter und nahm ihre Hand.

»Darf ich vorstellen: Cassidy, Mario und Leo Zanardi!«, rief Archer freudig aus und deutete mit einer Geste auf das Dreiergespann.

Alle brachen in Jubel aus und Gramps wusste, dass er das Bild von Cassidy, die von einem Ohr zum anderen lächelte und ihren Sohn an ihrer Seite hatte, nie vergessen würde, als sie durch den Garten zurückgingen.

Später an diesem Abend, nach einer höllischen Party, stand Gramps mit Bull, Smoke und Eagle am Rande seines Gartens. Ihre Frauen saßen alle an einem Tisch in der Nähe, lachten und tratschten. Skylar hielt Kevin im Arm, der vor ein paar Stunden eingeschlafen war. Molly hatte ihre kleine Tochter an ihre Brust gedrückt und Mario tanzte im Garten mit Sandra.

Eagle hatte seine neugeborene Tochter im Arm und Gramps konnte sich nicht erinnern, jemals so entspannt gewesen zu sein, wie er es jetzt war. In der Vergangenheit war er immer angespannt gewesen. Bereit für die Gefahr, die ihn erwartete. Bereit, dass das Handy klingelte und sie sich auf den Weg in die entlegensten Winkel der Erde machten, um die Welt zu beschützen. Heute und im letzten Jahr bestand seine größte Sorge darin, dafür zu sorgen, dass die Schichten bei *Silverstone Towing* ausreichend besetzt waren, und seinen Zeitplan mit dem von Cassidy abzustimmen, damit sie keines von Marios vielen Trainings oder Auftritten verpassten, oder ihn zu einem seiner Veranstaltungen zu fahren.

»Vermisst du es?«, fragte Bull, als könnte er hören, was Gramps dachte.

»Die Aufregung, den Adrenalinstoß und das euphorische Gefühl, dass wir dazu beigetragen haben, die Welt sicherer zu machen?«, fragte Gramps.

»Ja, das«, sagte Bull mit einem Lachen.

»Nein, gar nicht. Und ihr?«

»Nö«, bemerkte Smoke.

»Nein«, stimmte Eagle zu.

»Ich bin stolz auf das, was wir getan haben«, bemerkte Bull, »aber ich vermisse es nicht. Ich bin mehr als zufrieden damit, mit meinen besten Freunden ein paar Bier zu trinken und mich zu fragen, wie wir vier es geschafft haben, unsere schönen Frauen dazu zu bringen, uns zu lieben.«

Alle lachten.

»Jedes Mal wenn ich meine Kinder ansehe, kann ich nicht anders, als dankbar zu sein, euch als Freunde zu haben«, bemerkte Eagle.

»Geht mir genauso«, erwiderte Smoke und starrte seine Frau an.

»Ich dachte, ich sei ein harter Kerl«, sagte Gramps mit einem Kopfschütteln. »Ich weiß, wie man jemanden auf hundert verschiedene Arten töten kann. Aber ein Wort von Cassidy, und ich bin Wachs in ihren Händen.«

»Und du liebst es«, erwiderte Bull und grinste.

»Ja, verdammt. Ich weiß nicht, was die Zukunft für uns bereithält, aber ich weiß, dass sie gut sein wird. Ich habe das Gefühl, dass ich mit euch allen an meiner Seite alles schaffen und jede Situation überstehen kann, die mir das Leben in den Weg stellt. Ich liebe euch, Leute. Ganz ehrlich.«

Gramps wusste nicht, was über ihn gekommen war. Er und die anderen sprachen nie wirklich über ihre Gefühle. Sie waren eng miteinander befreundet, und das wussten sie alle. Aber ausgerechnet heute hatte er das Bedürfnis, Bull, Smoke und Eagle zu zeigen, wie sehr er sie liebte. Wie sehr er sie in seinem Leben brauchte.

»Geht mir genauso«, erklärte Bull leise.

»Ohne euch könnte ich diese ganze Sache mit der Familie nie durchziehen«, stimmte Smoke zu.

»Wir stehen das alles gemeinsam durch«, versicherte Eagle ihm.

Gramps lächelte. Er erinnerte sich daran, dass Eagle das Gleiche gesagt hatte, als sie zum ersten Mal als Delta-Force-Team eingeteilt worden waren. Damals hatten sie sich geschworen, sich gegenseitig Rückendeckung zu geben, und obwohl sich alles geändert hatte ... hatte sich nichts geändert.

»Gramps?«, fragte Smoke.

»Ja?«

»Was zum Teufel machst du noch hier? Nimm deine Frau und

verschwinde.«

Gramps lachte. »Ich wollte nicht unhöflich sein und meine eigene Party verlassen.«

»Es ist deine Hochzeitsnacht – ich denke, wir alle verstehen das«, bemerkte Eagle trocken.

»Bist du sicher, dass es dir nichts ausmacht, über Nacht zu bleiben?«, fragte Gramps Bull.

»Natürlich.«

»Mario hat frühmorgens Tanztraining. Er ist gern früh da, damit er mit allen quatschen kann. Du musst um acht losfahren und ihn um sieben wecken. Er braucht ewig, um sich fertig zu machen. Am besten schon um halb sieben, denn sonst wird er nervös sein, weil es so spät ist. Er wird die zusätzlichen dreißig Minuten brauchen, um im Bett zu liegen und darüber zu jammern, wie früh es ist. Sein Eiweißshake ist schon fertig und steht im Kühlschrank ...«

»Gramps?«, unterbrach Bull ihn.

»Was?«

»Bring deine Frau ins Hotel, okay? Skylar und ich machen das schon.«

Gramps schüttelte den Kopf und lächelte ein wenig über sich selbst, dann nickte er. »Ja, klar. Danke. Es ist nur so, dass dies die erste Nacht seit Langem ist, in der wir von ihm getrennt sind.«

»Verschwindet jetzt«, forderte Smoke ihn auf. »Wir helfen hier beim Aufräumen.«

»Morgen kommt ein Putzdienst, also macht euch nicht zu viel Mühe«, entgegnete Gramps. Dann nickte er seinen Freunden zu, küsste die kleine Alessa, die in Eagles Armen fest schlief, und ging auf Cassidy zu.

Sie blickte auf, als er sich ihr näherte, und die Röte auf ihren Wangen war ihm nicht entgangen.

»Bist du bereit zu gehen?«, fragte er.

Sie nickte eifrig und stand, ohne zu zögern, auf. Gramps schüttelte innerlich den Kopf. Er hatte ihr Zeit gegeben, mit den anderen zu reden, aber es sah so aus, als wollte sie genauso schnell gehen wie er. Sie schlang ihren Arm um seine Taille und lehnte sich an ihn.

Gramps pfiff Mario zu, und er lief herbei. Er umarmte seine Mutter und Gramps und hörte geduldig zu, als Cassidy ihm sagte, er solle sich gut benehmen, damit Bull und Skylar keine Mühe mit ihm hätten. Sie wollte gerade aufzählen, was morgen auf dem Programm stand, aber Gramps zog sie in Richtung Haus. »Zeit zu gehen«, sagte er nachdrücklich.

»Viel Spaß!«, sagte Mario, drehte sich um und kehrte dorthin zurück, wo Sandra immer noch auf dem Rasen tanzte.

Auf dem Weg zum Hotel hielt Gramps Cassidys Hand fest in der seinen. »Also, Mrs. Zanardi, war das alles so, wie Sie es sich gewünscht haben?«

»Ja. Aber selbst wenn wir zum Standesamt gegangen wären und eine schnelle Hochzeit gehabt hätten, wäre das ebenfalls der Fall gewesen. Denn endlich gehöre ich dir, und du gehörst mir. Das ist alles, was ich je wollte. Alles andere – die Feier, die Anwesenheit unserer Freunde – war nur das Tüpfelchen auf dem i.«

»Ich liebe dich. So sehr!«, erklärte Gramps ihr.

»Ich liebe dich auch«, erwiderte Cassidy. Dann zögerte sie.

»Was ist?« fragte Gramps.

»Ich habe mich gerade daran erinnert, wie nervös ich immer war, wenn ich mit dir geschlafen habe, wenn Mario im Haus war.«

»Das haben wir jetzt irgendwie überwunden, oder?«, bemerkte Gramps mit einem Lächeln.

»Ja, aber ich freue mich auf heute Nacht. Darauf, nicht leise sein zu müssen.«

Das Lächeln, das sie ihm schenkte, war wollüstig, und Gramps rutschte in seinem Sitz hin und her. Sein Schwanz war steif und er konnte es kaum erwarten, ihn in ihrem wunderschönen, einladenden Körper zu versenken. Er drückte etwas fester auf das Gaspedal.

Als sie lachte, konnte Gramps nicht anders, als dankbar zu sein, dass sie es bis hierher geschafft hatten. So viele Dinge hätten in ihrem Leben anders verlaufen können. Selbst wenn nur eine

Sache anders verlaufen wäre, wären sie sich vielleicht nie wieder begegnet. In diesem Moment schwor er sich, seine Frau niemals als selbstverständlich anzusehen und alles in seiner Macht Stehende zu tun, um dieses Lachen für den Rest seines Lebens jeden Tag zu hören.

Fünf Jahre später

Bull lächelte seine Frau an, als sie über die Bühne ging, um ihren Preis entgegenzunehmen. Sie war als Lehrerin des Jahres für ihren Schulbezirk nominiert worden und hatte gewonnen. Sie war auch im Rennen um die gleiche Auszeichnung, allerdings für den gesamten Bundesstaat Indiana. Und sie hatte gerade erfahren, dass sie auch diesen Preis gewonnen hatte.

Die letzten fünf Jahre waren hektisch gewesen, aber Bull konnte sich nicht erinnern, jemals glücklicher gewesen zu sein. Skylar liebte das Unterrichten, und auch wenn es manchmal hart war, würde seine Frau nie etwas anderes machen wollen.

Das Beste an der heutigen Veranstaltung war, dass Sandra Archer den Preis überreichen würde. Sie war jetzt in der Mittelstufe, aber sie und Skylar waren so eng wie eh und je miteinander befreundet. Sie hatten ein Band geschmiedet, das niemals brechen würde, als sie sich nach ihrer Entführung aufeinander verlassen hatten.

Sandras Vater Shawn arbeitete immer noch bei *Silverstone Towing* und hatte im Jahr zuvor eine absolut umwerfend schöne Sudanesin namens Khoudia geheiratet. Sie hatte die dunkelste, atemberaubendste Haut, die Bull je gesehen hatte; sie schien förmlich zu leuchten. Sie und Shawn hatten sich kennengelernt, als er als Caterer für eine exklusive Veranstaltung im historischen Tinker House in der Innenstadt von Indianapolis engagiert worden war. Offenbar hatte er zufällig mitbekommen, wie einer der Gäste eine rassistische Bemerkung gemacht hatte, und ihn daraufhin zur Rede gestellt. Er und Khoudia waren ins Gespräch gekommen und es stellte sich heraus, dass sie gerade mit ihrem Sohn in die Gegend gezogen war und versuchte, eine gute Schule für ihn zu finden.

Shawn hatte ihr Eastlake empfohlen, und der Rest war Geschichte. Sandra verstand sich prächtig mit ihrem neuen Bruder, und jetzt hingen sie beide ständig bei *Silverstone Towing* ab. Sie entwickelte sich zu einer hübschen jungen Frau, und Bull konnte nur lachen, wenn Shawn sich über die vielen Stunden beschwerte, die sie mit Nachrichten und Gesprächen mit Jungs aus ihrer Schule verbrachte.

Heute Abend trug Sandra ein Kleid, das sie älter aussehen ließ als ihre elf Jahre. Sie trug sogar ein Paar Schuhe mit kleinen Absätzen und sie hatte mindestens zwei Wochen lang geübt, darin zu gehen, weil sie Angst hatte, bei der Zeremonie auf die Nase zu fallen und sich zu blamieren.

Bull ließ den Blick wieder zu seiner wunderschönen Frau wandern. Sie hatte den Tag mit Taylor, Molly und Cassidy im Friseursalon verbracht. Ihre kastanienbraunen Haare fielen ihr in üppigen Locken über den Rücken. Sie trug mehr Make-up als sonst, und obwohl Bull den auffälligen Look zu schätzen wusste, zog er ihre natürliche Schönheit vor. Sie trug ein smaragdgrünes Kleid, das perfekt zu ihren Augen passte. Es war vorn und hinten tief ausgeschnitten, sodass er am liebsten seine Hand unter den Stoff geschoben hätte, um ihre warme, seidige Haut zu berühren.

Bis jetzt hatte er seine Hände bei sich behalten, aber er wusste, dass es in dem Moment, in dem er sie zurück in ihr Schlafzimmer gebracht hatte, kein Halten mehr gab. Vielleicht würde er nicht mehr so lange durchhalten. Er stellte sich vor, wie er ihr das Kleid über die Hüften schob, sie über das Sofa beugte und sie von hinten nahm.

Er blinzelte das Bild weg und konzentrierte sich auf Skylar, die hinter dem Podium in die Menge lächelte. Sie hielt die Trophäe in zittrigen Händen und atmete tief durch.

Bull ermutigte sie mit einem Lächeln, als sie zu sprechen begann.

»Vielen Dank, ich bin überwältigt von dieser Ehre«, erklärte Skylar. »Als ich anfing zu unterrichten, wurde ich oft gefragt, warum ich in Eastlake arbeiten wollte. Alle sagten mir, wie unglücklich ich sein würde, wie arm die Gegend sei und dass die finanzielle Unterstützung durch den Bezirk extrem dürftig sei. Meine Antwort darauf war, dass ich an einer Schule arbeiten wollte, an der ich wirklich gebraucht werde. Wo ich geschätzt werden würde. Wo ich etwas bewirken kann. Die Kinder, die Eastlake besuchen, sind genauso intelligent wie die, die die teuersten Privatschulen besuchen – sie brauchen nur jemanden, der an sie glaubt. Lehrerinnen und Lehrer, die bereit sind, über die Kaufkraft ihrer Familien hinwegzusehen und das zu tun, wofür sie angestellt wurden ... zu *unterrichten*.

Unsere Kinder sind die Zukunft. Sie werden das Heilmittel gegen Krebs finden, sie werden die führenden Köpfe in unserer Regierung sein, sie werden die Männer und Frauen sein, die bei uns zu Hause auftauchen, wenn unsere Abwasserleitung geplatzt ist und das Abwasser aus unserer Toilette herausschießt.«

Alle lachten bei dieser Vorstellung, und Skylar grinste und wartete, bis die Erheiterung sich gelegt hatte, bevor sie wieder sprach.

»Jedes Kind verdient es, so behandelt zu werden, als sei es der nächste Albert Einstein. Man muss ihnen sagen, dass sie klug und begabt sind und dass sie alles werden können, was sie werden wollen. Klempner, ein Raketenwissenschaftler oder sogar ein Hausmann oder eine Hausfrau. Die Welt liegt ihnen zu Füßen, und ich bin stolz darauf, dass ich sie auf ihrem Weg in ein hoffentlich langes und erfülltes Leben unterstützen kann.

Ich wünschte, jeder Lehrer könnte diese Auszeichnung erhalten. Unterrichten ist anspruchsvoll. Wir verbringen viele Tage und Abende damit, unseren Unterricht vorzubereiten, nur um dann unsere Pläne komplett über den Haufen werfen zu müssen, wenn sich Lernmöglichkeiten ergeben, mit denen wir nicht gerechnet haben. Lehrerinnen und Lehrer werden oft angeschrien, bespuckt, herabgesetzt und generell nicht respektiert. Und trotzdem gehen wir wieder in die Schule, Tag für Tag. Und warum? Für unsere Kinder. Für unsere Zukunft. Im Namen aller Lehrerinnen und Lehrer bedanke ich mich sehr für diese Ehre heute.«

Skylar nickte, und der Raum brach in Applaus aus.

Alle, die mit Bull am Tisch saßen, standen auf und gaben Skylar eine Standing Ovation. Eagle und Taylor, Smoke und Molly, Gramps und Cassidy. Skylars Eltern. Shawn und Khoudia. Bull konnte von seinem Platz aus sehen, wie Skylar errötete. Er war so stolz auf sie und freute sich für sie. Sie tat das, was sie liebte, und dafür auch noch ausgezeichnet zu werden war ein zusätzlicher Bonus.

Später an diesem Abend, nachdem er genau das getan hatte, wovon er geträumt hatte – er hatte sie über das Sofa gebeugt und sie schnell und heftig von hinten genommen –, trug Bull seine erschöpfte Frau in ihr Schlafzimmer. Nachdem sie sich das Gesicht gewaschen und Hunderte von Haarnadeln aus ihren Haaren entfernt hatte, half er ihr, das Kleid auszuziehen. Er sah zu, wie sie sich die Strumpfhose, den knappen Slip und den BH auszog. Kopfschüttelnd zog er seine eigenen Sachen aus und folgte ihr in ihr Schlafzimmer zurück. Er schlüpfte unter die Decke und nahm sie in seine Arme.

Er spürte, wie ihr Herz gegen seine Brust schlug, und schloss zufrieden die Augen. »Herzlichen Glückwunsch«, erklärte er leise.

»Danke. Du weißt, dass ich es ohne dich nicht geschafft hätte, oder?«, fragte sie.

Bull schnaubte. »Was für ein Blödsinn.«

»Ich meine es ernst. Du machst mir das Leben in so vielen Bereichen leichter, dass ich mich ganz auf das Unterrichten konzentrieren kann.«

Bull wusste, dass sie sich irrte, dass sie eine fantastische Lehrerin wäre, auch wenn sie ihn nicht kennengelernt hätte, aber er wusste auch, dass seine Frau stur war. Sie würde sich die ganze Nacht streiten, wenn er nicht nachgab.

»Ich liebe dich, Sky.«

»Ich liebe dich auch. Danke, dass du heute Abend da gewesen bist.«

»Das hätte ich mir für nichts auf der Welt entgehen lassen.«

»Carson?«

Bull lächelte. Er liebte es, dass sie immer seinen Namen sagte, bevor sie ihn etwas fragte. »Ja, mein Schatz?«

Sie fuhr mit einer Fingerspitze in kleinen Kreisen über seine Brust und schaute schüchtern durch ihre Wimpern zu ihm auf. »Du sahst heute Abend wirklich gut aus in deinem Smoking.«

Bull spürte, wie sein Schwanz sich regte. Schon wieder. »Ja?«

»Oh ja. Bist du müde?«

Er lächelte. Es war ein wenig überraschend, dass Skylar nach all den Jahren immer noch schüchtern war, aber das war nur einer von Millionen Gründen, warum er diese Frau liebte. Irgendwie hatte sie sich ihre unschuldige Art bewahrt, obwohl er sie immer wieder um den Verstand gevögelt hatte. »Hast du etwas Bestimmtes im Sinn?«, fragte er.

Als Antwort setzte Skylar sich rittlings auf ihn. Die Decke fiel von ihr ab und Bull starrte die schönste Frau auf der ganzen Welt an. Seine Frau. Seine Ehefrau.

»Ich dachte, wenn du müde bist, könnte ich die ganze Arbeit übernehmen.«

»Tu dir keinen Zwang an«, sagte Bull zu ihr.

Sie wussten beide, dass sie, wenn sie kamen, unter ihm sein und Bull die Führung übernommen haben würde. Er konnte nicht anders. Er liebte es, wenn Sky die Zügel in die Hand nahm, aber er konnte sich nicht beherrschen, wenn er sah, wie ihre Brüste hüpften, während sie ihn ritt.

Skylar ging auf die Knie und beugte sich ein wenig nach hinten. Sie nahm seinen Schwanz in die Hand und dieser wurde innerhalb weniger Augenblicke steinhart. Dann führte sie ihn ganz langsam in ihren Körper ein, um sie beide zu erregen. Sie stöhnten beide auf, als er ganz in sie eingedrungen war. Jedes Mal wenn er sie nahm, fühlte es sich wie das erste Mal an. Bei ihr war es um seine Selbstbeherrschung geschehen.

»Ich liebe dich«, erklärte sie, während sie langsam auf ihm zu wippen begann. »Der beste Tag meines Lebens war, als du meinen Wagen abgeschleppt hast.«

»Das ist mein Text«, entgegnete Bull. Er legte seine Hände auf ihre Hüften und drückte zu. Er würde nicht mehr lange durchhalten. Nicht heute Abend.

Innerhalb von drei Minuten hatte Bull sie auf den Rücken gelegt und besorgte es Skylar. »Ich. Bin. So. Stolz. Auf. Dich«, keuchte er, während er in sie stieß.

»Ich liebe dich«, erwiderte sie ebenfalls keuchend, schlang ihre Beine um seinen Hintern und verschränkte ihre Knöchel.

Sobald Bull spürte, dass sie kurz vor dem Orgasmus stand, ließ er sich gehen. Er drang so tief in sie ein, wie er konnte, und sah Sterne, als er zum Höhepunkt kam.

Er ließ sich auf das Bett fallen und konnte gerade noch verhindern, dass er sie zerquetschte. Da er nicht wollte, dass sein Schwanz aus ihr herausrutschte, rollte er sich, bis sie wieder auf ihm lag. Er legte eine Hand auf ihren Hintern und drückte sie an sich, während sie beide keuchten und versuchten, zu Atem zu kommen.

»Carson?«

»Ja?«

»Ich liebe dich.«

»Ich liebe dich auch.«

Innerhalb weniger Augenblicke spürte er, wie Skylars Atemzüge sich verlangsamten. Sie war erschöpft von einem sehr langen, aufregenden Tag und Bull war mehr als froh, sie im Arm halten zu können, während sie schlief.

Lächelnd schlief er schließlich selbst ein, so glücklich wie nie zuvor in seinem Leben.

Zehn Jahre später

»Gib den Ball an Alessa weiter, Kevin!«, rief Taylor.

»Ganz ruhig, meine Liebe«, erwiderte Eagle lachend. Sie waren beim Fußballspiel ihrer Kinder und Taylor verlor immer ein wenig den Kopf, wenn sie sie anfeuerte.

Die letzten zehn Jahre waren eine Mischung aus purem Schreck und Hochgefühl gewesen. Taylors gesamte Schwangerschaft mit Alessa war sehr wechselhaft gewesen. Als sie im dritten Monat zu bluten begann, dachten sie, sie hätten sie verloren. Aber sie hatte durchgehalten, und die nächsten sechs Monate waren extrem stressig gewesen.

Zum Glück hatten sie ihre Freunde gehabt. Skylar, Molly und Cassidy hatten Kevin zur Seite gestanden und als Taylor zur Bettruhe gezwungen war, hatten sie praktisch abwechselnd in ihrem Haus gelebt, Taylor unterhalten und ihr geholfen, sich um ihren Sohn zu kümmern.

Als Alessa auf die Welt kam, war Eagle so glücklich wie noch nie zuvor in seinem Leben. Aber seine Freude war nur von kurzer Dauer. Taylor war bei der Geburt fast verblutet.

Zum Glück waren sie jetzt hier, seine Tochter und seine Frau, und sie waren vollkommen gesund. Sie hatten gehofft, dass Alessa genauso viel Glück haben würde wie Kevin und dass sie die Krankheit ihrer Mutter nicht geerbt hätte, aber das war nicht der Fall. Schon in der ersten Woche war klar, dass Alessa keinen ihrer Elternteile wiedererkannte.

Taylor war untröstlich, während Eagle fest entschlossen war, Wege zu finden, wie Alessa ihre Eltern »wiedererkennen« konnte. Jedes Mal wenn er in ihr Zimmer ging, summte er dasselbe Lied: »To Make You Feel My Love«. Es schien das zu verkörpern, was er fühlte, wenn er in das wunderschöne Gesicht seiner kleinen Tochter schaute. Da Taylor zu dieser Zeit stillte, nahm er auch eines ihrer getragenen Hemden und warf es sich über die Schulter, bevor er Alessa hochnahm.

Es schien zu funktionieren. Sobald sie aber die Stimme ihres Vaters hörte und den einzigartigen Duft ihrer Mommy roch, beruhigte sie sich sofort. Es war nicht immer einfach, aber Taylor hatte alles getan, um Alessa die Krankheit zu erklären, sobald sie alt genug war, um sie zu verstehen, und ihrer Tochter zu versichern, dass ihre Mommy das Gleiche hatte und alles gut werden würde.

Alessa und Kevin waren altersmäßig so nahe beieinander, dass sie so gut wie alles gemeinsam unternahmen. Eagle und Taylor hatten alles besprochen und beschlossen, Kevin ein Jahr länger in der Schule zu lassen, damit er und seine Schwester in dieselbe Klasse gehen konnten. Ihren Bruder bei sich zu haben schien Alessa das nötige Selbstvertrauen zu geben. Kevin beschützte seine kleine Schwester sehr und machte ihr klar, dass jeder sich vor ihm verantworten musste, der sich über sie lustig machte oder gemein zu ihr war.

Eagle und Taylor waren keine perfekten Eltern, aber er wusste, dass ihre Kinder sich sicher, beschützt und geliebt fühlten.

Nachdem Alessas Geburt so schwer gewesen war, hatten sie beschlossen, keine weiteren Kinder zu bekommen. Taylor war enttäuscht, aber sie hatte sich schnell wieder gefangen und sich darauf konzentriert, ihre beiden Kinder so gut wie möglich aufzuziehen.

Und dazu gehörte offenbar auch, dass sie an allen möglichen Aktivitäten teilnahmen. Eagle wollte sich beschweren, aber insgeheim liebte er es, seinen Kindern beim Laufen, Springen, Schwimmen, Malen, Schauspielern und allem anderen zuzusehen, womit sie gerade beschäftigt waren.

Egal an wie vielen Aktivitäten die Kinder teilnahmen, Eagle wusste, dass ihre Lieblingsbeschäftigung immer das Flipperspielen sein würde. Er hatte nachgegeben und vor ein paar Jahren einen alten Star-Wars-Flipper für ihr Haus gekauft. Er und Taylor spielten ständig, und nachdem sie eine Weile zugeschaut hatten, wollten auch Kevin und Alessa mitspielen.

Kevin hatte momentan die höchste Punktzahl und Alessa lag nicht weit dahinter. Die beiden Kinder waren sogar besser als ihre

Eltern, worauf Eagle verdammt stolz war, auch wenn er ständig vor seinen Freunden darüber lästerte.

»Hast du das gesehen?«, rief Taylor verärgert aus. »Der Junge hat Kevin total geschnitten. Schnapp ihn dir!«, schrie sie Alessa an. Das braune, lockige Haar ihrer Tochter lag zerzaust auf dem Kopf und wurde mit einem Haargummi aus dem Gesicht gehalten. Es war dicht, wie das ihrer Mutter, und Eagle vermutete, dass es in ein paar Jahren sowohl der Fluch seiner Tochter als auch ihr bestes Merkmal sein würde. Er wusste das, weil Taylor sich ständig darüber beschwerte, wie lange es dauerte, bis ihr Haar trocken war, und wie nervig es war, aber er konnte seine Hände nicht davon lassen und konnte sich nicht vorstellen, dass sie es abschneiden ließe.

Eagle konnte nur den Kopf schütteln, als Taylor schimpfte. Er hätte es nie erwartet, aber er wusste, woher Kevin und Alessa ihre Rivalität hatten.

»Los, los, los!«, brüllte Molly neben ihm.

Vielleicht hatten seine Kinder ihren Ehrgeiz nicht nur von ihrer Mutter.

»Blocke ihn!«, rief Cassidy von der anderen Seite von Molly.

»Oh mein Gott, schieß ein Tor und die Snacks gehen auf mich!«, rief Skylar.

Die Frauen um ihn herum lachten alle, und Eagle konnte nur die Augen verdrehen. Skylar und Bull hatten große Freude daran, seine Kinder zu verwöhnen. Er behauptete, es mache ihn verrückt, aber insgeheim gefiel es ihm. Kevin und Alessa liebten ihre »Tanten und Onkel« fast so sehr wie ihre Eltern. Die ganze Bande war ständig zusammen.

Sie gingen früher alle zu den Footballspielen der Highschool, um Mario anzufeuern, und sie versuchten, so viele Musicals, Spiele und Aktivitäten wie möglich zu besuchen. Die sechs Männer und Frauen um ihn herum waren wirklich seine Familie. Und Eagle wusste, dass er zu jeder Zeit auf sie zählen konnte.

»Los, Alessa!«, rief Kelsy. Sie war die Tochter von Smoke und Molly und die beste Freundin von Alessa. Sie waren praktisch seit ihrer Geburt zusammen und waren so unterschiedlich wie Tag und Nacht. Kelsy war kontaktfreudig und liebte es, im Mittelpunkt zu stehen, während Alessa sich lieber zurückhielt und ihre Umgebung auf sich wirken ließ, bevor sie sich an den Aktivitäten beteiligte. Das lag zum Teil an ihrer Prosopagnosie, aber mit der Hilfe von Kelsy und ihrem Bruder war sie im Laufe der Jahre immer selbstbewusster geworden.

Eagle war glücklich. Er war zufriedener, als er es je für möglich gehalten hätte.

Er beugte sich vor und küsste Taylor auf die Schläfe.

Taylor schaute ihn an und Eagle sah, wie sie den Blick zu der verblassten Narbe auf seiner Stirn wandern ließ. Er hatte sie vor einem Jahrzehnt bekommen, als der Serienmörder, der es auf seine Frau abgesehen hatte, einen Unfall mit ihrem Wagen verursacht hatte. Für Taylor war sie ein Segen. So konnte sie ihn sogar von der anderen Zimmerseite aus erkennen, was ihr aufgrund ihres Zustands sonst nicht möglich gewesen wäre. Für Eagle war es jeden Tag, wenn er in den Spiegel schaute, eine Erinnerung daran, wie wertvoll das Leben war. Bei diesem Anblick schwor er sich im Geiste, alles zu tun, um seine Frau und seine Kinder vor dem Bösen in der Welt zu schützen.

Er hatte Jahre damit verbracht, andere Menschen zu beschützen, und jetzt bestand seine Lebensaufgabe darin, seine Kinder zu rücksichtsvollen, freundlichen und anständigen Menschen zu erziehen.

»Was ist los?«, fragte Taylor und starrte zu ihm auf.

»Nichts«, versicherte Eagle ihr.

»Du bekommst nur diesen Gesichtsausdruck, wenn du zu viel nachdenkst«, schalt sie ihn spielerisch.

»Ich frage mich nur, wie ich so viel Glück haben konnte«, erklärte er.

Taylor verdrehte die Augen. »Wie wäre es, wenn du dich fragst, was wir den Kindern zu essen machen, wenn sie nach Hause kommen? Du weißt genauso gut wie ich, dass sie immer komplett ausgehungert sind – und wehe, es gibt wieder Fast

Food. Das Zeug wird ihre Körper von innen heraus verfaulen lassen.«

Eagle lachte. »Genau. Ich werde Hamburger machen. Wie findest du das?«

»Besser als Hotdogs«, grummelte Taylor.

Seine Frau hasste Hotdogs, aber ihre Kinder liebten sie. Sie tat alles, was sie konnte, um die Dinger aus dem Haus zu halten, aber ab und zu schmuggelte Eagle sie als besondere Leckerei für Kevin und Alessa hinein. Es war ja nicht so, dass sie nur Blödsinn aßen, ganz und gar nicht, aber Taylor war fest entschlossen, ihnen von allem nur das Beste zu geben, auch von dem, was sie aßen.

In diesem Moment fingen alle um sie herum an zu schreien, und Eagle sah gerade noch rechtzeitig auf, um zu sehen, wie Alessa den Ball ins Tor schoss. Der Torwart der anderen Mannschaft hatte sich in Richtung des Balles geworfen, ihn aber nicht erwischt.

Kelsy und alle anderen sprangen auf und ab und schrien vor Begeisterung. Eagle war mächtig stolz, als seine Tochter, anstatt mitzufeiern, zum Torwart ging und ihm auf die Schulter klopfte. Erst als er aufhörte, finster dreinzuschauen und sie anlächelte, drehte sie sich zu ihrem Team um und stemmte eine Faust in die Luft.

Er und seine Freunde hatten dafür gesorgt, dass alle wussten, was es heißt, sich sportlich zu verhalten, und die Lektionen waren wirklich gut angekommen. Vielleicht war es aber auch nur Alessa, die so war, wie sie war.

Das Spiel ging noch dreißig Minuten weiter und am Ende stand es zweiundzwanzig zu achtzehn für die eigene Mannschaft. Fußball für Elfjährige entsprach nicht gerade professionellen Standards, denn es wurden mehr Tore geschossen als geblockt, aber es war ein lustiges und spannendes Spiel.

Kevin und Alessa liefen vom Spielfeld auf sie zu, sein Sohn wie immer an der Spitze. Jedes Mal wenn Eagle darüber nachdachte, wie schwer Alessas Leben mit der Prosopagnosie war – ohne ihren

Bruder konnte sie nicht einmal erkennen, welche Gruppe von Zuschauern ihre Eltern und Freunde waren –, wurde er noch entschlossener, dafür zu sorgen, dass seine Tochter sich geliebt und sicher fühlte. Wenn er daran dachte, wie seine Frau aufgewachsen war und sich allein gefühlt hatte und schikaniert worden war, hatte er immer noch Lust, jemandem ernsthaft wehzutun.

Er ging in die Hocke und wartete darauf, dass seine Tochter sich ihm näherte. Dann sagte er: »Gutes Spiel, Les.« Er benutzte immer ihren Spitznamen, wenn er sie begrüßte, damit sie wusste, dass er es war.

Lächelnd warf Alessa sich in seine Arme. Eagle schloss die Augen und saugte den Moment in sich auf. Er wusste, dass es nur eine Frage der Zeit war, bis seine kleine Tochter seine Umarmungen nicht mehr brauchte. Bevor sie beschloss, dass er nervig war und sie überhaupt nicht verstand. Er war sich nicht sicher, ob er für die Jugendjahre bereit war, aber zusammen würden er und Taylor alles durchstehen.

»Gut gemacht!«, lobte Kelsy und lächelte ihre Freundin an. Alessa löste sich aus Eagles Armen und umarmte ihre Freundin.

»Wie wär's mit Pizza?«, fragte Smoke die Gruppe.

Taylor öffnete den Mund, um zu protestieren, aber Eagle legte von hinten einen Arm um ihren Oberkörper. »Pssst«, flüsterte er ihr ins Ohr.

»Aber gestern gab es doch schon Pizza«, protestierte sie.

»Das stimmt. Aber Smoke hat gesagt, dass er und Molly gern auf Kevin und Alessa aufpassen und sie nach Hause bringen, wenn alle gegessen haben«, erklärte Eagle ihr.

»Das wusstest du, als du Hamburger vorgeschlagen hast?«, fragte sie und versuchte, wütend auszusehen.

Eagle nickte.

»Und wir gehen nicht mit ihnen?«, fragte Taylor und drehte sich in seinen Armen.

Eagle grinste anzüglich. »Nein.«

Sie öffnete den Mund, um nach dem Grund zu fragen, schloss

ihn dann aber plötzlich, als ihr klar wurde, was ihr Mann getan hatte. »Oh«, machte sie.

»Ja. Oh. Bist du bereit zu gehen?«

»Auf jeden Fall«, erwiderte sie, schob eine Hand zu seinem Hintern hinunter und drückte zu.

»Wir verschwinden auf der Stelle«, sagte Eagle plötzlich und winkte ihren Freunden zu, während er sie zum Parkplatz führte.

Gelächter folgte ihm, aber das war ihm egal. Smoke und der Rest ihrer Freunde gaben ihnen mindestens eine Stunde Zeit für sich. Das wollte er ausnutzen.

Taylor lehnte sich dicht an ihn heran und schnüffelte an ihm, als sie zu ihrem Wagen gingen. »Du müffelst«, bemerkte sie.

»Wirklich?«

»Ja. Ich glaube, du brauchst eine Dusche.«

Eagle grinste. »Ach ja? Wäschst du mir den Rücken, Flower?«

Sie lächelte ihn an und hakte einen Finger in die Gürtelschlaufe an seinem Rücken ein. »Wenn du darauf bestehst.«

»Ich bestehe darauf«, versicherte Eagle ihr, als er an der Beifahrertür ihres Wagens stehen blieb. Er beugte sich hinunter und küsste seine Frau lange und intensiv. Er würde nie genug von ihr bekommen. Egal wie alt sie werden würden, er würde sie immer noch so sehr wollen wie in diesem Moment. Sie war sein Ein und Alles. Er liebte Kevin und Alessa, aber er liebte es auch, Zeit allein mit seiner Frau zu verbringen.

»Eagle«, sagte Taylor stöhnend, als er sich endlich zurückzog.

»Ich liebe dich, Flower. Und jetzt steig in den Wagen, damit wir unsere volle Stunde genießen können, bevor unsere Biester nach Hause kommen.«

Sie lächelte ihn an, und Eagle hatte in seinem ganzen Leben noch nie etwas so Schönes gesehen. Er strich ihr die widerspenstigen Locken aus dem Gesicht und langte nach dem Türgriff. Er ließ den Blick zu ihren wunderschönen Beinen schweifen, während sie sich setzte, und zwang sich dann, die Tür zu schließen.

Als sie nach Hause fuhren, warf Eagle im Rückspiegel einen

Blick auf die Narbe auf seiner Stirn. Sie erinnerte ihn einmal mehr daran, wie viel Glück er hatte. Wie viel Glück *sie* hatten.

Fünfzehn Jahre später

Smoke stand mit Bull, Eagle und Gramps an der Wand und beobachtete das hektische Treiben in seinem Wohnzimmer. Heute Abend war der Abschlussball und Kelsy, Alessa und Kevin hatten sich alle bei ihm zu Hause versammelt, um die obligatorischen Fotos vor dem Ball zu machen. Skylar, Taylor, Molly und Cassidy – und die Eltern der anderen Kinder – waren in ihrem Element und wiesen die zehn Jungen und Mädchen an, wo sie stehen und wie sie posieren sollten.

Es war chaotisch und laut … und Smoke hätte es nicht anders gewollt.

Die letzten fünfzehn Jahre schienen wie im Flug vergangen zu sein. Als Kelsy geboren worden war, hatte er sie stundenlang im Arm gehalten und seine kleine Tochter einfach nur angestarrt, so verdammt dankbar, dass er da war, um sie zu halten.

Der Schuss hatte ihn erschreckt. Sehr sogar. Er hatte gewusst, dass sein Job gefährlich sein konnte, aber er hatte nie wirklich an den Tod gedacht. Als er vor all den Jahren auf der Rollbahn des kleinen Flughafens gelegen hatte, war er in Panik geraten, dass er Molly und seine ungeborene Tochter allein lassen könnte.

Das *Silverstone-Team* aufzugeben war keine schwere Entscheidung gewesen. Ganz und gar nicht. Nicht, als er auf Kelsy herabgeblickt und gesehen hatte, wie zerbrechlich und verletzlich sie war. Und Molly. Jetzt war ihm der Gedanke, dass er die letzten fünfzehn Jahre nicht hätte mit ihnen verbringen können, unerträglich.

Sie hatten gelacht, geweint, gestritten, sich versöhnt und ihr Leben in vollen Zügen gelebt. Kelsy war ihr einziges Kind, aber manchmal fühlte es sich so an, als seien Kevin und Alessa auch ihre Kinder. Sie übernachteten bei ihnen fast so oft wie bei sich selbst. Die Kinder hielten zusammen wie Pech und Schwefel.

»Mom, es reicht!«, sagte Kevin zu Taylor mit einem leisen Knurren, das Smoke an den Vater des Jungen erinnerte.

»Niemals«, erwiderte Taylor. »Später wirst du froh über diese Bilder sein.«

Es war schon amüsant, dass Taylor diejenige war, die so wild darauf war, unzählige Fotos zu machen, obwohl sie niemanden darauf erkennen konnte außer ihren Sohn. Aber das hielt sie nicht davon ab, fast jeden Moment im Leben ihrer Kinder zu dokumentieren.

»Sie sehen toll aus«, sagte Bull neben ihm.

Smoke nickte, aber er schaute die Teenager nicht an. Er hatte nur Augen für seine Frau. Molly war sehr gut gealtert. Er liebte die kleinen Falten um ihre Augen und ihren Mund, denn sie bedeuteten, dass sie ständig lachte und lächelte. Er konnte sich noch an den Moment erinnern, als er in dem Loch in Afrika auf sie gefallen war. Sie war verwahrlost und dreckig gewesen, aber sie hatte ihn sofort mit ihrer Gelassenheit in seinen Bann gezogen. Mit ihrer Stärke.

Und diese Stärke hatte sie ihm im Laufe der letzten fünfzehn Jahre immer wieder gezeigt, aber nie so sehr wie in der Zeit, als sie schwanger war und er sich noch von seinen Schussverletzungen erholte.

»Noch ein Gruppenfoto!«, befahl Molly den Teenagern.

Die Freunde stellten sich vor dem Kamin auf und lächelten in die Kameras, die auf sie gerichtet waren. Die fünf jungen Männer und fünf jungen Frauen sahen viel älter aus als ihre fünfzehn und sechzehn Jahre.

»Das haben wir gut gemacht«, bemerkte Eagle leise von Smokes anderer Seite.

Ohne den Blick von der Gruppe abzuwenden, stimmte Smoke zu. »Das haben wir.«

Dann herrschte ein kontrolliertes Chaos, als die Jugendlichen zur Tür und zu der großen Limousine gingen, die in der Einfahrt wartete. Smoke hatte darauf bestanden, das Ungetüm für die Kinder zu mieten, weil er nicht wollte, dass jemand eine dumme Entscheidung traf, indem er sich betrunken hinter das Lenkrad setzte. Er hatte mit Kelsy darüber gesprochen, dass sie in Bezug auf Alkohol und Drogen klug sein sollte, aber sie war noch ein Teenager. Er wollte nicht, dass eine impulsive Entscheidung, die sie treffen könnte, den Rest ihres Lebens ruinierte. Die Limousine würde den ganzen Abend warten und alle nach dem Tanz nach Hause bringen. Das war ein kleiner Preis für seinen Seelenfrieden.

Es wurden noch mehr Fotos von der Gruppe vor der Limousine gemacht, und dann waren sie plötzlich weg. Die anderen Eltern machten sich auf den Heimweg, dann waren nur noch seine Freunde und ihre Frauen da.

»Abschlussbälle waren nie so, als wir in ihrem Alter waren«, bemerkte Cassidy seufzend.

Gramps lachte und legte seiner Frau den Arm um die Schultern. »Du warst nicht einmal auf dem Abschlussball«, erklärte er ihr.

»Ja, aber selbst wenn ich hingegangen wäre, wäre es nicht so gewesen«, erwiderte Cassidy.

»Ich erinnere mich aber an viel Haarspray und Bilder«, bemerkte Molly.

»Ich kann mich nicht an viel erinnern, weil meine Verabredung mir etwas in den Punsch getan hatte und ich die meiste Zeit total betrunken war«, sagte Skylar.

»Ich war auch nie auf einem Abschlussball«, entgegnete Taylor achselzuckend.

»Du hast nicht viel verpasst«, beruhigte Eagle sie. »Laute Musik, alle versuchen zu tanzen, sehen aber eher aus, als hätten sie auf der Tanzfläche Krämpfe. Beschissene Ballkönigs- und -königinnen-Zeremonien. Der beste Teil war nach dem Abschlussball.«

Alle lachten.

»Seid ihr sicher, dass es für euch in Ordnung ist, wenn Kelsy heute Abend nach dem Tanz bei euch übernachtet?«, fragte Smoke Eagle und Taylor.

»Natürlich«, erklärte Taylor. »Sie und Alessa werden ziemlich aufgeregt sein und über alles reden wollen, was passiert ist. Ich bringe sie morgen nach dem Frühstück vorbei.«

»So gegen zwei Uhr nachmittags?«, scherzte Molly.

»So ungefähr«, stimmte Taylor mit einem Lächeln zu.

»Danke, dass ihr gekommen seid«, sagte Smoke zu Bull, Skylar, Gramps und Cassidy. Mario hatte längst die Highschool und das College abgeschlossen und lebte und arbeitete jetzt in New York City. Er war fest entschlossen, sich einen Platz in einer der großen Broadway-Shows zu verdienen. Und Bull und Skylar hatten keine eigenen Kinder.

»Ich hätte es um nichts in der Welt verpassen wollen«, erklärte Gramps ihm.

»Wenn ihr glaubt, dass ich den Abschlussball verpasst hätte, seid ihr verrückt«, sagte Skylar mit einem breiten Lächeln.

Molly umarmte jede ihrer Freundinnen und Smoke nickte den anderen Männern zu, als sie alle zu ihren Fahrzeugen gingen.

Er stand mit Molly auf der Veranda und sah zu, wie alle wegfuhren. Als nur noch die beiden da waren, seufzte Molly.

»Was ist los?«, fragte Smoke.

»Nichts. Alles ist perfekt«, sagte sie zu ihm. »Ich fürchte mich nur schon vor der Zeit in naher Zukunft, wenn wir das nicht mehr haben werden.«

»Was haben?«, fragte Smoke.

»Das hier. Chaos. Lärm. Verrücktheit«, erwiderte Molly.

Smoke drehte sie um und ging zurück ins Haus. Er sah sich um und verstand, wovon seine Frau sprach. Das große Wohnzimmer sah aus, als sei es von einem Tornado getroffen worden. Stühle waren verschoben, Kissen lagen auf dem Boden und überall standen Sektgläser, die sie für die Bilder mit Orangensaft gefüllt hatten. Er konnte sich kaum noch daran erinnern, wie sein Haus ausgesehen hatte, als nur er darin gewohnt hatte. Aber er erinnerte sich, dass es groß und kalt gewesen war. Und leer.

Molly hatte nicht nur sein Herz erfüllt, sondern auch sein Haus. Mit ihrer Liebe und ihrer Energie. Erinnerungen an sie waren in jedem Winkel des Hauses zu finden.

Als er in die Küche blickte, erinnerte er sich an den Tag, an dem Molly erfahren hatte, dass ihr Buch über ihre Zeit in der Gefangenschaft in Nigeria von einem der fünf großen Verlage aufgegriffen worden war. Sie hatte gerade das Abendessen gekocht und dabei abwesend ihre E-Mails überprüft.

Sie hatten auf dem Sofa gesessen, als sie die Nachricht erhielt, dass das Buch auf der Bestsellerliste der *New York Times* stand.

Er war in seinem Büro gewesen, als sie an die Tür kam und ihm mitteilte, dass ihre Fruchtblase geplatzt war und sie ins Krankenhaus fahren mussten.

Der Sessel, in dem sie viele Stunden damit verbracht hatte, Kelsy zu schaukeln und zu füttern. Der Esszimmertisch, an dem sie jeden Abend gegessen hatte, als Kelsy noch jünger war. Die Waschküche, in die sie sich geschlichen hatten, um Sex zu haben, wenn Kelsy im Wohnzimmer schlief und sie Angst hatten, sie aufzuwecken, wenn sie sie in ihr Bettchen brachten.

Übernachtungen, Halloween, Weihnachten, Geburtstagsfeiern, Tränen, Wutanfälle … er war ein Mann, der großes Glück gehabt hatte, und er wusste es.

»Ich habe irgendwie Angst, nach oben zu gehen und in Kelsys Zimmer zu schauen«, bemerkte Molly mit einem kleinen Lachen.

Smoke nickte. Das würde wahrscheinlich eine Katastrophe werden. Alessa war hierhergekommen, um sich anzuziehen, und er wusste aus Erfahrung, dass die beiden Mädchen nicht gerade Ordnungsfanatikerinnen waren.

»Später«, sagte er entschlossen und zog Molly in Richtung Waschküche.

»Was machst du da?«, fragte Molly, aber sie versuchte nicht, sich loszureißen.

Smoke schloss die Tür hinter ihnen und drückte Molly mit dem Rücken gegen die Arbeitsplatte an einer Wand.

»Mark?«, fragte sie und legte verwirrt die Stirn in Falten.

»Wann haben wir uns das letzte Mal hier reingeschlichen, um miteinander zu schlafen?«, fragte er.

Ihre Verwirrung löste sich auf. »Ähm ... vor acht Jahren?«, erwiderte sie und lachte.

»Ganz genau. Ich habe diesen Ort vermisst«, sagte Smoke, sah sich um und lächelte.

Molly hob ihre Hand, streichelte seine Wange und fuhr mit dem Daumen über sein Grübchen. »Ich liebe dich«, erklärte sie leise. »Ich weiß, dass es nicht einfach ist, mit mir zusammenzuleben, aber du zuckst nicht einmal mit der Wimper, wenn ich schlechte Laune habe oder wenn ich durchdrehe und mich verrückt benehme.«

»Ich liebe deine Verrücktheit«, versicherte Smoke ihr ehrlich. »Du hältst mich seit fünfzehn Jahren auf Trab und ich erwarte, dass du das auch die nächsten dreißig Jahre tust.«

»Wir sind nicht mehr so jung wie früher«, gab sie zu bedenken. »Ich bin mir nicht sicher, ob Sex in der Waschküche noch funktioniert.«

Daraufhin griff Smoke nach dem Verschluss ihrer Jeans. Er öffnete den Knopf und den Reißverschluss und schob die Jeans und ihr Höschen nach unten, bis sie ihr um die Knöchel fielen. »Spring rauf«, befahl er.

Lächelnd tat Molly, was er verlangte, und er half ihr, sich ohne Hose auf den Tresen zu setzen. Die Kälte des Granits unter ihrem Hintern ließ sie zusammenzucken, aber Smoke zögerte nicht, das zu tun, woran er schon den ganzen Abend über gedacht hatte.

Seine Frau gab ihm das Gefühl, als sei er ewig fünfzehn. Er wollte sie jede Minute an jedem Tag. Wenn er sie über etwas lachen sah, wurde sein Schwanz ganz steif. Er wusste mehr als die meisten Männer, was er fast verloren hatte, und es war, als sei sein Körper immer noch entschlossen, das Beste aus seiner zweiten Chance zu machen.

Smoke drückte ihre Beine auseinander und beugte sich hinunter. Leider hatte Molly recht – Sex auf dem Tresen war hier drin wahrscheinlich nicht mehr so angenehm. Er brauchte länger, um zum Orgasmus zu kommen, und es war ihm sowieso lieber, wenn sie in ihrem weichen Bett lag, während er sie nahm. Er wollte ihr niemals wehtun.

Aber Smoke wusste, dass er sie ohne allzu große Schwierigkeiten zum Orgasmus bringen konnte. Sie liebte es, seine Hände und seinen Mund auf ihrem Körper zu haben, und kam immer zum Höhepunkt, wenn er sie leckte.

»Mark«, protestierte sie halbherzig. »Wir müssen aufräumen.«

»Morgen«, entgegnete er abwesend und leckte die Innenseite ihrer Oberschenkel. Als sie die Beine spreizte, um ihm einen besseren Zugang zu ermöglichen, lächelte Smoke. Gott, er liebte sie. Sie war in jeder Hinsicht perfekt für ihn.

Vierzig Minuten später lagen sie in ihrem Bett, seine Kleidung und ihr Oberteil lagen verstreut auf dem Boden und er steckte tief in der Frau, die er mehr liebte als das Leben selbst. Während er träge mit ihr Liebe machte, sah er ihr in die Augen.

Ihre Pupillen waren geweitet und sie umklammerte seinen Schwanz jedes Mal fest, wenn er ihn aus ihr herauszog.

»Ich liebe dich«, sagte er leise.

»Ich liebe dich auch«, bestätigte sie atemlos. »Fester, Mark. Bitte!«

Er war nicht der Typ Mann, der seine Frau gern um etwas betteln hörte, also kam er ihr sofort entgegen. Er gab ihr, was sie wollte. Brauchte.

Um ehrlich zu sein, so sehr Smoke seine Tochter und das verrückte Leben in ihrem Haus auch liebte, er freute sich darauf, wenn ihr Nachwuchs das Haus verlassen hatte. Er verbrachte gern Zeit mit Molly. Er mochte es, wenn sie nur zu zweit waren und über alles Mögliche redeten. Er hatte keine Ahnung, was das Leben ihnen in Zukunft bringen würde, aber solange sie an seiner Seite war, war es ihm egal.

Smoke stützte sich auf eine Hand und machte die andere frei, damit er zwischen sie greifen konnte. Er wusste, dass Molly wie eine Rakete losgehen würde, sobald er ihre Klitoris streichelte. Er begann, mit ihr zu spielen, und wenig später warf sie den Kopf zurück und drückte den Rücken durch. Mit den Fingernägeln grub sie sich in seinen Bizeps und sie begann zu zittern.

In dem Moment, in dem sie zum Höhepunkt kam, begann Smoke, sie heftig zu nehmen. Innerhalb von dreißig Sekunden stöhnte er auf, während er seine Frau mit seinem Samen füllte. Jedes Mal schien es so, als sei es das erste Mal. Er liebte sie mehr als gestern und morgen würde er feststellen, dass er sie noch mehr liebte als heute.

Smoke drehte sich um und zog eine leicht verschwitzte und erschöpfte Molly in seine Arme. Ihre warmen Atemzüge trafen auf seine Schulter, und wie an den meisten Abenden zeichnete sie mit dem Finger die schwache Narbe an seiner Seite nach, wo er vor fünfzehn Jahren angeschossen worden war.

»Ich liebe dich, Mark. Danke, dass du nicht gestorben bist.«

Auch das sagte sie fast jeden Abend.

»Danke, dass du mich nicht aufgegeben hast«, antwortete er, wie *er* es jeden Abend tat.

Dann seufzte sie tief und entspannte sich völlig an ihm. Smoke liebte diesen Teil ihres Tages. Wenn Molly ihm alles von sich gab und er einfach in der Dunkelheit liegen und sie festhalten konnte. Es war eine Zeit, in der er darüber nachdachte, was für ein glücklicher Kerl er war.

Er hatte in seinem Leben Dinge getan, auf die er nicht stolz war, aber er würde sie alle wieder tun, wenn er dafür hier landen könnte. Die Frau, die er liebte, lag sicher in seinen Armen, und seine Tochter war glücklich und gesund.

»Süße Träume«, flüsterte er Molly zu, schloss die Augen und ließ sich vom Schlaf übermannen, zufrieden mit dem Wissen, dass in seiner Welt alles in Ordnung war.

Zwanzig Jahre später

. . .

Cassidy wusste, dass sie ein breites, dämliches Grinsen im Gesicht hatte, aber sie konnte nicht anders. Leo hatte sie nach New York City gebracht, damit sie Marios Broadway-Debüt sehen konnten. Er hatte in seinem Leben schon viele verschiedene Dinge getan, aber dies war vielleicht eines der wichtigsten für ihn.

In der Highschool hatte er sich für das Theater interessiert, besonders für Musicals. Er konnte zwar nicht singen, aber tanzen konnte ihr Sohn auf jeden Fall. Sein Interesse an Gymnastik und Cheerleading hatte sich schließlich in eine Besessenheit für Hip-Hop-Tanz verwandelt. Er schaute sich YouTube-Videos von Shakira, Jennifer Lopez und anderen berühmten Sängerinnen und Sängern an und lernte die Tanzschritte der Backgroundtänzer. Als er mit der Highschool fertig war, hatte er sich entschlossen, nach New York zu gehen, um dort zu studieren.

Cassidy war untröstlich gewesen, aber sie hatte ihr Bestes getan, um es sich nicht anmerken zu lassen. Sie und Mario hatten fast jeden Tag ihres Lebens gemeinsam verbracht und nun, da er so weit weggezogen war, hatte es sich angefühlt, als sei ein Teil von ihr aus ihrer Brust gerissen worden.

Aber sie war auch stolz auf ihn gewesen. Er hatte sich so weit von dem schüchternen, unbeholfenen Elfjährigen entfernt, der er gewesen war, als sie mit Leo zusammengekommen war. Und sie schrieb einen großen Teil seines Selbstbewusstseins ihrem Mann und ihren Freunden zu.

Sie hatten sich für ihn eingesetzt, als er gemobbt worden war. Sie hatten ihm beigebracht, sich so zu lieben, wie er war. Und sie war davon überzeugt, dass er so gut geworden war, weil Leo ihm Tag für Tag ehrliche und wahre Liebe entgegengebracht hatte und es auch weiterhin tat. Leo war es egal, dass er schwul war. Dass er Pastellfarben mochte, manchmal Nagellack trug und den Tag lieber damit verbrachte, Wiederholungen von Gilmore Girls zu schauen als Football.

Mario hatte wie die meisten Menschen Schwierigkeiten, einen Partner zu finden, aber vor drei Jahren hatte er sich endlich mit einem Mann zusammengetan, der Cassidy sehr an Leo erinnerte.

Er war groß und schroff, aber wenn er ihren Sohn ansah, sah sie tiefen Respekt und Liebe in seinen Augen. Und er war auch ein Beschützer, was Cassidy gefiel. Mario beschwerte sich immer darüber, dass Roberto ihn nicht einmal allein ins Theater gehen lassen wollte, also begleitete er ihn jeden Tag zur Arbeit und wieder zurück.

Heute Abend war Marios Debüt in einer mit Spannung erwarteten Broadway-Show, die von den ersten Kritikern erstaunlich gute Bewertungen bekommen hatte. Er war nicht der Star, aber er hatte eine Hauptrolle. Er hatte es ihr und Leo erklärt, indem er seine Rolle mit einem der Affen in *Wicked* verglich. Er war in einigen Szenen zu sehen, tanzte und schauspielerte, aber er sprach nicht. Es war die Krönung jahrelanger harter Arbeit und Cassidy war so stolz auf ihn, dass sie vor Freude platzen wollte.

Und nicht nur Cassidy und Leo waren nach New York gereist, um Marios Debüt zu sehen, sondern ihr ganzer Clan hatte beschlossen, ebenfalls zu kommen. Bull, Skylar, Eagle, Taylor, Smoke und Molly waren alle da. Die Kinder von Eagle und Taylor, Alessa und Kevin, waren mitten im Semester an der *Purdue University* in Indiana, und Kelsy, die Tochter von Smoke und Molly, wollte eigentlich auch kommen, aber der Raketenklub, dessen Mitglied sie war, hatte einen Testflug, den sie nicht verpassen durfte.

»Meinst du, er ist nervös?«, fragte Skylar, als sie sich zu Leo beugte, um mit Cassidy zu sprechen.

Sie lachte. »Er sagt, er ist es nicht, aber ich kenne ihn. Wahrscheinlich flippt er völlig aus.«

»Er wird es schon durchstehen«, versicherte Leo ihr mit Nachdruck.

»Er wird es rocken«, stimmte Molly von Cassidys anderer Seite zu.

Als sie ihre Freundinnen ansah, konnte Cassidy nicht aufhören zu lächeln. Die letzten zwei Jahrzehnte waren unglaublich gewesen. Voller Höhen und Tiefen, aber mit mehr Lachen und Kameradschaft als Schmerz. Es war, als hätte das Schicksal sein Bestes getan, um Cassidys erste vierzig Jahre wiedergutzuma-chen, indem es sie im zweiten Teil ihres Lebens mit Liebe und Glück überhäuft hatte.

Cassidy wünschte sich, dass ihre Eltern jetzt hier sein könnten. Ihre Mutter war vor zwei Jahren gestorben und ihr Vater letztes Jahr. Es war, als könnte er es nicht ertragen, ohne seine Alice zu leben. Bevor sie starb, hatte Cassidys Mutter ihr gesagt, wie stolz sie auf sie sei und wie dankbar sie war, dass sie so viel Zeit mit ihr und ihrem Enkel verbringen konnte. Cassidy konnte nicht anders, als traurig zu sein, dass ihre Eltern nicht hier waren, um zu sehen, wie Mario den Broadway unsicher machte.

Als könnte er ihre Gedanken lesen, ergriff Leo ihre Hand und verschränkte seine Finger mit ihren. Er hielt sie fest, als die Lichter langsam schwächer wurden. Cassidys Herz schlug heftig in ihrer Brust und sie hatte ein albernes Lächeln im Gesicht, aber das war ihr egal.

Zweieinhalb Stunden später lächelte Cassidy immer noch. Mario war fantastisch gewesen. Das Musical war unterhaltsam und lustig und sie vermutete, dass es ein großer Erfolg werden würde. Sie war so stolz auf ihren Sohn. Wer hätte vor einund-zwanzig Jahren, als sie auf Jamaika gefangen gehalten wurden, gedacht, dass dies einmal sein Leben werden würde? Oder ihres?

Es dauerte eine Weile, bis Mario hinter der Bühne auftauchte, aber als er es tat, kam er sofort auf seine Mutter zu. Cassidy konnte nur lachen, als er sie umarmte, dann hochhob und im Kreis herumwirbelte. Die Freude in seinem Gesicht war das beste Geschenk, das Cassidy je hätte bekommen können.

Dann drehte er sich zu Leo um und umarmte ihn ebenfalls, bevor er die anderen umarmte. Molly, Taylor, Eagle, Smoke … alle bekamen eine Umarmung. Roberto stand an der Seite und beob-achtete Mario mit einem stolzen Lächeln im Gesicht.

Sie gingen alle in eine Schwulenbar, in der Mario und Roberto häufig verkehrten. Das Essen war gut und die Stimmung war ausgelassen.

Es war halb drei morgens, als Cassidy und Leo sich auf den

Weg zurück in ihr Hotelzimmer machten. Leo öffnete die Tür und hielt sie fest, als sie eintrat. Aufgekratzt und kein bisschen müde trat Cassidy auf den Balkon und ging nach draußen. Leo hatte sich ein Zimmer mit Blick auf den Times Square gegönnt. Die Neonlichter leuchteten hell, und selbst jetzt, in aller Herrgottsfrühe, war der Platz schon gut besucht.

Sie spürte, wie Leo seine Arme um ihre Taille schlang, als er hinter sie trat.

»Zufrieden?«, fragte er.

»Ekstatisch«, entgegnete Cassidy mit einem Seufzer.

Im Laufe der Jahre waren sie und Leo ein wenig gereist. Ihren ersten Streit hatten sie, als Cassidy etwas Neues und anderes machen wollte und Leo anflehte, mit ihr nach Uganda zu den Gorillas zu fahren, aber er hatte sich geweigert.

Cassidy hatte geschmollt und sich beschwert und ihm sogar vorgeworfen, dass er nie irgendwo hinfahren wolle.

Sie würde nie vergessen, was er daraufhin gesagt hatte.

»Cass, als wir geheiratet haben, habe ich versprochen, dich für den Rest unseres Lebens zu beschützen und für dich zu sorgen. Ich war schon an vielen Orten auf dieser Welt, die von außen betrachtet vollkommen sicher erscheinen. Die Touristenbroschüren zeigen spärlich bekleidete Frauen, die am Strand liegen, fruchtige Eisdrinks trinken und völlig entspannt aussehen. Aber was sie nicht zeigen, ist die Schattenseite des Bösen, das sich dort befinden könnte. Es ist oft nur eine Fassade, und egal wie sehr du bettelst, ich weigere mich, dich an einen Ort zu bringen, an dem du dem Bösen begegnen könntest. Das Böse habe ich selbst gesehen. Du hast mehr als genug davon gesehen, und ich bin nicht bereit, dein Leben für ein bisschen Spaß und Sonne zu riskieren.«

Da hatte sie es verstanden. So gut sie Leo auch kannte, es gab Teile seines Lebens, von denen sie nie erfahren würde. Die Orte, an denen er gewesen war, die Leute, die er erledigt hatte. Er beschützte sie auf die beste Art und Weise, die er kannte. Cassidy hätte argumentieren können, dass Länder, die vor zwei Jahrzehnten gefährlich waren, heute nicht mehr unbedingt gefährlich waren, aber seine eigenen Erfahrungen suggerierten ihm etwas anderes.

Sie hatte sich also damit abgefunden, dass sie und Leo niemals Weltreisende sein würden, und ehrlich gesagt war ihr das auch ganz recht. Sie waren in Hawaii gewesen, was ihr sehr gefallen hatte, aber sie hatte keine Lust, jemals wieder einen Fuß in die Karibik zu setzen. Selbst Florida schien ihr zu nahe an der Hölle zu sein, der sie entkommen war. Also machten sie Urlaub in Alaska und reisten durch die ganzen Vereinigten Staaten und Kanada. In einem Jahr nahm Leo sie und Mario mit nach Finnland, um die Nordlichter zu sehen. Es war wahnsinnig kalt gewesen, aber er hatte ein gläsernes Iglu gemietet und die drei waren fast die ganze Nacht wach geblieben, um zu reden und zu beobachten, wie der Nachthimmel um sie herum erstrahlte.

Leo war ein Beschützer, aber das machte Cassidy nichts aus. Er war nicht überheblich – meistens jedenfalls – und sie wusste immer, dass sie geliebt und vermisst wurde, wenn sie nicht bei ihm war. Egal wohin sie reisten, er hielt ständig Ausschau nach irgendjemandem oder irgendetwas Ungewöhnlichem. Einmal, als sie in New York waren, um Mario zu besuchen, wollte sie allein einkaufen gehen, und Leo hatte sich geweigert, sie zu lassen. Damals war sie auch sauer auf ihn, aber nachdem er ihr die Geschichte von einem FBI-Agenten erzählt hatte, der seine Frau und seine Tochter in Paris ohne ihn hatte einkaufen gehen lassen, und wie sie entführt und ermordet worden waren, hatte sie nachgegeben. Leo mitzunehmen war kein großes Opfer, und ehrlich gesagt fühlte sie sich in seiner Nähe immer sicherer.

Sie hatte nur im Laufe der Jahre gelernt, dass sie die meisten seiner Geburtstags-, Jubiläums- und Weihnachtsgeschenke online bestellen musste.

»Worüber denkst du nach?«, fragte Leo leise hinter ihr.

Cassidy seufzte, dann drehte sie sich in seinen Armen um. Er verschränkte seine Hände auf ihrem Rücken und sie lehnte sich an ihn und genoss es, dass sie auch nach all den Jahren immer noch perfekt an ihn passte. »Wie schön dieser Abend war«, erklärte sie.

»Das war er wirklich, nicht wahr?«, fragte er.

»Mit dir zusammen zu sein, umgeben von unseren Freunden, Mario zu sehen, wie er etwas tut, das er liebt, und mit Menschen zusammen zu sein, die ihn genau so mögen und respektieren, wie er ist ... vor einundzwanzig Jahren hätte ich mir nicht vorstellen können, dass mein Leben jetzt so sein würde.«

Leo beugte sich zu ihr hinunter und küsste sie auf die Stirn. Sie legte ihren Kopf auf seine Schulter, und sie wiegten sich hin und her. Sie tanzten nicht ganz, aber sie standen auch nicht still.

Dann lächelte Cassidy. Sie lockerte ihren Griff und sank langsam vor ihm auf die Knie.

»Cass?«, fragte er und runzelte die Stirn.

Sie lächelte, als sie begann, den Knopf seiner Hose zu öffnen. Sie trug immer noch das schwarze Paillettenkleid, das sie extra für heute Abend gekauft hatte. Sie und ihre Freundinnen hatten sich ganz schön ins Zeug gelegt: Sie hatten schicke Kleider angezogen, sich die Haare und das Make-up professionell machen lassen und waren auch zur Maniküre und Pediküre gegangen.

»Wir sind draußen«, warnte Leo.

»Ich weiß«, versicherte sie ihm, während sie ihre Hand in seine Boxershorts schob und begann, seinen Schwanz zu streicheln.

Sie beobachtete, wie Leo sich umschaute und dann wieder zu ihr hinuntersah. »Dein Kleid bleibt an. Es gibt viel zu viele Fenster um uns herum.«

Cassidy liebte diesen Mann. So sehr. Es war ihm verdammt egal, ob jemand seinen Schwanz sah, aber er wollte nicht, dass jemand *sie* nackt sah.

Sie senkte den Kopf und machte sich daran, ihren Mann zu befriedigen. Sie blies ihm nicht oft einen, vor allem weil er es nie erwarten konnte, in sie einzudringen. Also ließ sie sich Zeit und genoss das Gefühl, wie Leos Schwanz in ihrem Mund steif wurde. Es dauerte nicht lange, bis er eine Hand in ihrer schicken Frisur vergrub und sie wahrscheinlich völlig durcheinanderbrachte, und mit der anderen ihre Schulter streichelte, während sie es ihm mit dem Mund besorgte.

Sie wusste, dass er nicht in ihrem Mund kommen würde. Er mochte es, in ihr zu kommen, und da er alt genug war, um nur einmal pro Nacht zum Orgasmus zu kommen, wollte er nicht, dass sie ihn auf diese Weise kommen ließ. Viel zu schnell trat er von ihr zurück und griff nach ihrem Arm. Er half ihr auf und schleppte sie in das Hotelzimmer.

»Ausziehen«, befahl er mit einem Kopfnicken in Richtung ihrer Kleidung.

Cassidy lächelte verschämt und zog sich aus. Langsam zog sie ihr Kleid aus. Dann die Strumpfhose, die sie trug. Dann das schwarze Höschen und den BH. Sie war nicht mehr so jung wie früher und ihr Körper war an einigen Stellen schlaffer geworden, als ihr lieb war, aber der Blick, den Leo ihr schenkte, war genauso ungeduldig und voller Leidenschaft wie in ihrer Hochzeitsnacht vor zwanzig Jahren.

Ihre Liebe war nicht mehr ganz so energetisch wie vor fünfzehn oder zwanzig Jahren, aber sie war immer noch genauso sinnlich. Sie hatten ihre Körper über die Jahre gut kennengelernt und wussten genau, wo sie streicheln, lecken und liebkosen mussten, um sich gegenseitig in Ekstase zu versetzen.

Cassidys Orgasmus war diesmal nicht explosiv, sondern kam langsam, aber er war nicht weniger befriedigend als die schnellen und intensiven Orgasmen, die Leo ihr in der Vergangenheit geschenkt hatte. Er lächelte auf sie herab, warf dann den Kopf zurück und kam selbst zum Höhepunkt. Sie schliefen nicht mehr jede Nacht miteinander, aber das war okay. Cassidy schlief immer noch jeden Abend an ihren Mann gekuschelt ein. Es war eine ihrer Lieblingsbeschäftigungen, einfach in seiner Nähe zu sein.

Leo stand auf, um einen nassen Waschlappen zu holen, wie er es jedes Mal tat, wenn sie miteinander geschlafen hatten, und wartete, während sie sich reinigte. Dann brachte er den Lappen zurück ins Bad. Nachdem er wieder ins Bett gestiegen war, zog er sie an sich, und Cassidy seufzte zufrieden.

»Roberto sah heute Abend so stolz auf Mario aus«, murmelte sie.

»Das sollte er auch sein«, antwortete Leo.

»Sie passen gut zusammen«, bemerkte Cassidy.

»Das tun sie.«

»Ich bin froh, dass er jemanden gefunden hat, der ihn so liebt, wie du mich liebst«, sagte Cassidy und neigte den Kopf, um Leo in die Augen zu sehen. »Ich wünschte, ich könnte dir verständlich machen, wie sehr ich dich liebe.«

Er lachte. »Du kannst mich nicht mehr lieben, als ich dich liebe.«

Diesen Streit hatten sie schon oft geführt, und er brachte sie immer wieder zum Lächeln. »Danke, dass du du bist«, sagte sie zu ihm.

Leo nickte. »Schlaf jetzt, mein Schatz. Wir müssen ziemlich früh aufstehen, um die anderen zum Brunch zu treffen, und es ist wirklich schon sehr spät. Bist du sicher, dass du morgen Abend wieder zu Mario ins Theater gehen willst?«

»Ja«, erklärte Cassidy sofort. Sie würde sich jeden Abend Marios Auftritt ansehen, wenn sie könnte. Aber irgendwann würden sie, Leo und ihre Freunde zurück nach Indianapolis fahren. Die vier Freunde besaßen immer noch *Silverstone Towing*, aber sie verhandelten gerade über den Verkauf an Sandra Archer und ihren Mann. Das kleine Mädchen war in der Werkstatt aufgewachsen, und auch nach ihrem MBA-Abschluss war sie in der Nähe geblieben. Sie wusste alles über den Betrieb, und Leo und seine Freunde konnten sich nicht vorstellen, ihn an jemanden zu verkaufen, der ihn mehr lieben würde.

»Woher wusste ich, dass du das sagen würdest?«, bemerkte Leo mit einem kleinen Lachen. »Gut, dass ich uns schon Plätze besorgt habe.«

»Danke, dass du mir diesen Gefallen tust«, erklärte sie ihm.

»Ich liebe es auch, ihn auf der Bühne zu sehen«, erinnerte Leo sie. »Ich war in der Mittel- und Oberstufe bei jedem seiner Konzerte und Aufführungen.«

»Und als er auf dem College war, waren wir bei so vielen wie möglich«, erinnerte Cassidy sich. »Tut es dir leid, dass wir nie ein eigenes Kind hatten?«, fragte sie leise.

»Was? Nein! Erstens wärst du ein sehr hohes Risiko eingegangen, wenn du mit vierzig versucht hättest, ein Kind zu bekommen. Ich weiß, dass das passiert, aber ich wollte deine Gesundheit nicht aufs Spiel setzen. Zweitens: Mario ist mein Kind. Ich habe ihn zwar erst mit elf Jahren kennengelernt, aber das heißt nicht, dass ich ihn weniger liebe.«

Cassidy nickte an seinem Oberkörper. Das stimmte. Leo war ein besserer Vater, als sein leiblicher Vater es je gewesen war.

»Wie kommst du jetzt darauf?«, fragte Leo.

Cassidy zuckte mit den Schultern. »Ich weiß es nicht. Ich habe nur manchmal das Gefühl, dass ich mehr von dir genommen habe, als ich dir zurückgegeben habe.«

»Hör mir zu«, sagte Leo streng. »Du hast mir *alles* gegeben. Ohne dich habe ich das Leben nur auf Sparflamme gelebt. Im Laufe der vergangenen zwanzig Jahre habe ich mehr gelacht und mehr gelebt als in den fünfundvierzig Jahren zuvor. Du hast mir einen Sohn geschenkt und ich kann mir nicht vorstellen, auch nur einen Tag ohne dich an meiner Seite zu verbringen. An unserer Beziehung bedauere ich nur, dass ich nicht den Mut hatte, dich für mich zu beanspruchen, als ich achtzehn und du fünfzehn Jahre alt warst. Wir hätten so viel mehr Zeit zusammen haben können. Aber jetzt gehörst du mir, und ich gehöre dir. Wir machen das Beste aus der Zeit, die uns noch bleibt, verstanden?«

Cassidy lächelte. »Verstanden«, erklärte sie ihm.

»Verrückte Frau«, murmelte Leo leise, als er sie noch einmal an sich drückte. »Wenn ich noch glücklicher wäre, würde ich in der Klapsmühle eingesperrt werden.«

»Es gibt keine Klapsmühlen mehr«, informierte Cassidy ihn. »Und das ist heutzutage ein Schimpfwort.«

»Schlaf, Cass. Ich meine es ernst.«

Er versuchte, streng zu klingen, aber Cassidy schüttelte nur den Kopf. »Okay.« Ein paar Minuten vergingen, dann sagte

Cassidy: »Ich mag uns. Ich mag, wie wir zusammen sind. Ich mag unser entspanntes Leben, das viele Leute wahrscheinlich als langweilig bezeichnen würden. Ich mag unsere Freunde und ich mag es, wie viel Zeit wir miteinander verbringen. Danke, dass du mir dieses Leben geschenkt hast, Leo.«

Als Antwort küsste Leo sie nur auf den Kopf. Aber sie spürte, wie sein Atem stockte, und wusste, dass er sein Bestes tat, um seine Gefühle zurückzuhalten. Dafür liebte sie ihn umso mehr.

Leo mochte in den Sechzigern sein, aber sie hatte keinen Zweifel daran, dass er sie immer noch vor jedem beschützen konnte, der ihr oder Mario etwas antun wollte, und dabei auch noch verdammt gut aussah. Aber er war nicht so ein Macho, dass er ihr nicht sagen konnte, dass er sie liebte, oder dass er wütend wurde, wenn sie zu sentimental wurde.

Cassidy atmete tief ein und entspannte sich langsam wieder.

Das Leben war verrückt. Voller Höhen und Tiefen. Es war nicht einfach und die meiste Zeit über sogar verdammt hart. Aber sie hatte im Laufe der Jahre gelernt, dass sie stärker war, als sie es je für möglich gehalten hatte. Sie hatte Fehler gemacht, aber sie hatte aus ihnen gelernt und ihr Bestes getan, um positiv zu bleiben. Sie wusste nicht, wie lange sie noch zu leben hatte, aber sie war fest entschlossen, aus jedem Tag das Beste zu machen und ein bisschen Glück herauszuholen.

Das würde sie auch morgen beim Brunch mit ihrer *Silverstone*-Familie tun.

Cassidy schlief mit einem Lächeln im Gesicht, Zufriedenheit in der Seele und dem festen Wissen ein, dass sie es mit ihren Freunden und ihrer Familie im Rücken schaffen würde, egal was die Zukunft bringen würde.

**

Danke, dass Sie die Reihe *Die Männer von Silverstone* gelesen haben. Mir hat jede Sekunde gefallen, die ich mit diesen Männern und Frauen verbringen durfte, und sie werden mir sehr fehlen.

Die nächste neue Serie von mir heißt *Ein Spiel des Glücks* und beginnt mit dem ersten Buch *Ein Beschützer für Carlise*. Ebenfalls erhältlich sind die Bücher meiner neuen Reihe *SEALs of Protection: Alliance*, beginnend mit *Schutz für Remi*, gefolgt von *Schutz für Wren*.

Wie immer danke ich Ihnen für Ihre Unterstützung und dass Sie meine Bücher lesen. Ich wünsche Ihnen auch weiterhin viel Spaß damit und vergessen Sie nicht, immer nett zu sein!

BÜCHER VON SUSAN STOKER

<u>Die Männer von Silverstone</u>
Vertrauen in Skylar
Vertrauen in Taylor
Vertrauen in Molly
Vertrauen in Cassidy

<u>SEALs of Protection: Alliance</u>
Schutz für Remi (2 July)
Schutz für Wren (5 Nov)
Schutz für Josie (4 Mar)
Schutz für Maggie (1 Apr)
Schutz für Addison (6 May)
Schutz für Kelli
Schutz für Bree

<u>Die Zuflucht in den Bergen</u>
Zuflucht für Alaska
Zuflucht für Henley
Zuflucht für Reese
Zuflucht für Cora

Zuflucht für Lara
Zuflucht für Maisy
Zuflucht für Ryleigh (7 Jan)

Das Bergungsteam vom Eagle Point

Ein Retter für Lilly
Ein Retter für Elsie
Ein Retter für Bristol
Ein Retter für Caryn
Ein Retter für Finley
Ein Retter für Heather
Ein Retter für Khloe

SEALs of Protection: Legacy

Ein Beschützer für Caite
Ein Beschützer für Brenae
Ein Beschützer für Sidney
Ein Beschützer für Piper
Ein Beschützer für Zoey
Ein Beschützer für Avery
Ein Beschützer für Kalee
Ein Beschützer für Jane

Die SEALs von Hawaii:

Die Suche nach Elodie
Die Suche nach Lexie
Die Suche nach Kenna
Die Suche nach Monica
Die Suche nach Carly
Die Suche nach Ashlyn
Die Suche nach Jodelle

Delta Team Zwei

Ein Held für Gillian
Ein Held für Kinley

Ein Held für Aspen
Ein Held für Jayme
Ein Held für Riley
Ein Held für Devyn
Ein Held für Ember
Ein Held für Sierra

Mountain Mercenaries:

Die Befreiung von Allye
Die Befreiung von Chloe
Die Befreiung von Morgan
Die Befreiung von Harlow
Die Befreiung von Everly
Die Befreiung von Zara
Die Befreiung von Raven

Ace Security Reihe:

Anspruch auf Grace
Anspruch auf Alexis
Anspruch auf Bailey
Anspruch auf Felicity
Anspruch auf Sarah

Die Delta Force Heroes:

Die Rettung von Rayne
Die Rettung von Emily
Die Rettung von Harley
Die Hochzeit von Emily
Die Rettung von Kassie
Die Rettung von Bryn
Die Rettung von Casey
Die Rettung von Wendy
Die Rettung von Sadie
Die Rettung von Mary
Die Rettung von Macie

Die Rettung von Annie

<u>SEALs of Protection:</u>
Schutz für Caroline
Schutz für Alabama
Schutz für Fiona
Die Hochzeit von Caroline
Schutz für Summer
Schutz für Cheyenne
Schutz für Jessyka
Schutz für Julie
Schutz für Melody
Schutz für die Zukunft
Schutz für Kiera
Schutz für Alabamas Kinder
Schutz für Dakota

<u>Eine Sammlung von Kurzgeschichten</u>
Ein langer kurzer Augenblick

BIOGRAFIE

Susan Stoker ist die New York Times, USA Today und Wall Street Journal Bestsellerautorin der Buchreihen »Badge of Honor: Texas Heroes«, »SEAL of Protection«, »Die Delta Force Heroes« und einigen mehr. Stoker ist mit einem pensionierten Unteroffizier der US-Armee verheiratet und hat in ihrem Leben schon überall in den Vereinigten Staaten gelebt – von Missouri über Kalifornien bis hin zu Colorado. Zurzeit nennt sie die Region unter dem großen Himmel von Tennessee ihr Zuhause. Sie glaubt ganz und gar an Happy Ends und hat großen Spaß daran, Geschichten zu schreiben, in denen Romantik zu Liebe wird.

Besuchen Sie Susan im Netz!
www.stokeraces.com
facebook.com/authorsusanstoker
twitter.com/Susan_Stoker
bookbub.com/authors/susan-stoker
instagram.com/authorsusanstoker
Email: Susan@StokerAces.com